夜明けの風

ローズマリー・サトクリフ 作
灰島かり 訳

DAWN WIND
by Rosemary Sutcliff

Japanese language edition published
by Holp Shuppan Publications, Ltd.,Tokyo.
Printed in Japan.

日本語版装幀／城所 潤　装画／平澤朋子

目次

第一章　ブリテンの滅亡《めつぼう》　8
第二章　丘《おか》の農場　23
第三章　息子《むすこ》の場所　37
第四章　壁《かべ》の影《かげ》　53
第五章　レジナ　69
第六章　牛泥棒《うしどろぼう》　91

第七章　オリーブの木のたき火　109
第八章　サンザシの森　124
第九章　ウィドレスおじさん　152
第十章　銀の子馬　170
第十一章　古き王　193
第十二章　聖《せい》なる場所　216
第十三章　難破船《なんぱせん》　232
第十四章　自由と剣《けん》　244
第十五章　槍《やり》の和睦《わぼく》　261

第十六章　ウォーデンスベオルグ　280
第十七章　花嫁《はなよめ》競争　304
第十八章　バディール　327
第十九章　王の狩《か》り　341
第二十章　静かな場所　356
第二十一章　夜明けの風　377
第二十二章　フレイ神の馬　394
第二十三章　三人の女　419
訳者あとがき　442

南ブリテン略図（紀元6世紀）

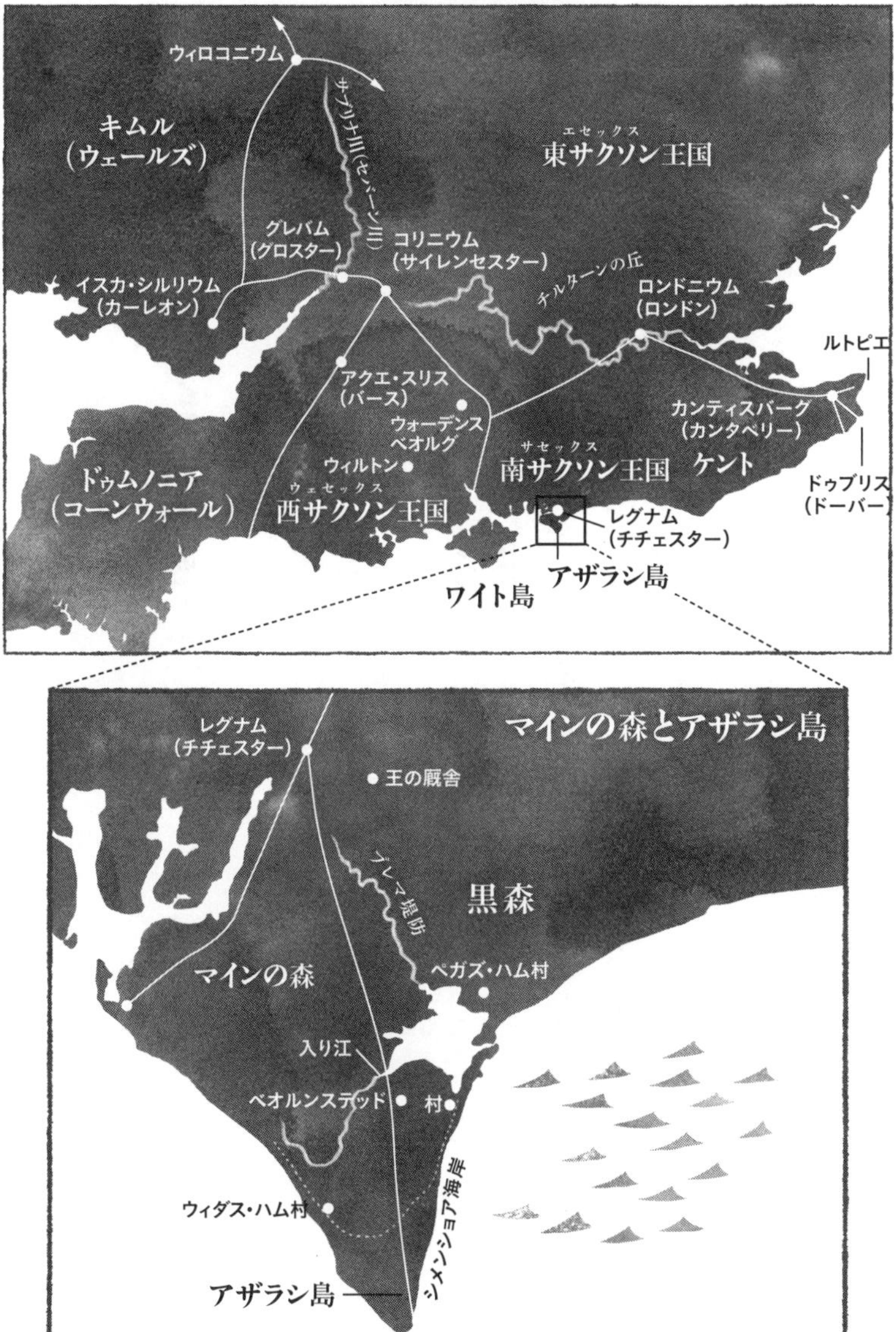
ウィロコニウム
サブリナ川（セヴァーン川）
キムル
（ウェールズ）
東サクソン王国《エセックス》
グレバム
（グロスター）
コリニウム
（サイレンセスター）
チルターンの丘
イスカ・シルリウム
（カーレオン）
ロンドニウム
（ロンドン）
ルトピエ
アクエ・スリス
（バース）
カンティスバーグ
（カンタベリー）
ウォーデンス
ベオルグ
ウィルトン
南サクソン王国《サセックス》
ケント
ドゥブリス
（ドーバー）
ドゥムノニア
（コーンウォール）
西サクソン王国《ウェセックス》
レグナム
（チチェスター）
アザラシ島
ワイト島
マインの森とアザラシ島
レグナム
（チチェスター）
王の厩舎
ブレマ堤防
黒森
マインの森
ペガズ・ハム村
入り江
ベオルンステッド
村
シメンショア海岸
ウィダス・ハム村
アザラシ島

第一章　ブリテンの滅亡《めつぼう》

低くたなびいていた雲が流れて、月が現《あらわ》れた。ぬめぬめした冷たい月光は、一瞬丘《いっしゅんおか》の頂《いただき》にかかり、やがて低木の生えたなだらかな丘《おか》をすべって、川までを照らしわたった。両土手の下の暗がりのあいだで、鈍色《にびいろ》の淀《よど》みと見えたものが、さざ波の水紋《すいもん》をあらわにした。水紋《すいもん》が銀色にゆれて、浅瀬《あさせ》にもぐった敷石《しきいし》のありかを教えている。コリニウム（現《げん》サイレンセスター）からアクエ・スリス（現《げん》バース）への街道《かいどう》がこの川をつっきっており、敷石《しきいし》はその街道《かいどう》の一部だ。水草が密生《みっせい》した中州《なかす》で、クイナの鳴き声がしたが、あたりは静まりかえっている。川の曲がりにあるこの丘《おか》に、動くものは何もない。ただサンザシの茂《しげ》みが、かすかな風にゆれているだけだった。

長いあいだ、そのままだった。だが生いしげったサンザシの暗闇《くらやみ》のなかで、風ではない何かが、カサコソ音をたてた。カサッ、カサッ、と、少しずつ身体をひきずり、あえぐような息づかいで、サンザシの根もとの暗がりから出てきたものがあった。月光のもとへとはいだしてきた痛々《いたいた》しい姿《すがた》は、まるで傷《きず》ついた動物のように見えたが、実は少年だった。年のころは、十四歳《さい》くらいか。額《ひたい》には黒ずんだ血がはりついている。革製《かわせい》の服のそでが引きちぎれており、そこにも血がこびりついていた。

頭が、がっくりと落ちている。だが少年は左手で身を支《ささ》えると、全身の力をふりしぼるようにして頭を上げて、あたりを見回した。高地の西側に、太古の時代の環状《かんじょう》の土塁《どるい》があり、ここでゆうべブリトン軍は最後の野営《やえい》をしたのだった。だが今や土塁《どるい》は、静まりかえって、人影《ひとかげ》ひとつない。荒涼《こうりょう》とした空を背《せ》に、弦《げん》の切れた竪琴《たてごと》のように意味を失って、土塁《どるい》はただそこに在《あ》った。ゆるやかな谷を下ったはるか先には、サクソン軍の野営《やえい》の火が、闇《やみ》のなかにポツポツと赤く燃《も》えている。死んだ陣地《じんち》と生きている陣地《じんち》のあいだには、川の土手ぞいにも、丘《おか》のここかしこにも、そしてアクエ・スリスに続く街道《かいどう》ぞいにも、無惨《むざん》に折りかさなった人と馬の死体が散乱《さんらん》していた。あたりには、ぞっとするほどの静けさがたれこめている。

ほんの数時間前までは、この静かな場所は、轟音《ごうおん》のとどろく戦場だった。そしてこの戦場で、少年の世界は壊滅《かいめつ》した。

少年のすぐそばに、死体がひとつころがっていた。両手を大きく広げ、ひげ面《づら》を月に向けている。この死体がだれか、少年は知っていた。生きていたときは、おかしな老人だった。いつも何かに怒《おこ》っていて、話すたびに白髪《しらが》混《ま》じりのあごひげがガクガク動いた。しかし今となっては、ひげは動くこともなく、夜の風にかすかに揺《ゆ》れるだけだった。その向こうに、男がもうひとり、下を向いて倒《たお》れていた。まるで眠《ねむ》っているように、頭を腕《うで》にのせている。そのまた向こうには、三、四人の男たちが、もつれて倒《たお》れている。彼《かれ》らはゆうべたき火を囲《かこ》んで、名高きアルトス王（訳注：アーサー王の原型《げんけい》と言われるブリテンの王）と英雄《えいゆう》たちの話をしていた。だがアルトス王は百年も前に死に、今や、話していた男たちも死んだ。彼《かれ》らは燃《も》えるような夕陽《ゆうひ》のもと、わずかに残った自由の国ブリテンを背《せ》に守り、サクソン軍に立ちむかって、死んだのだ。すべては終わり、闇《やみ》ばかりが残された。

少年はいっそう頭をたれた。すると目の前の地面に、開いた手が見えた。見ていると、指がすぼまって、コケと去年の落ち葉の中に深く食いこんでいく。自分とは全然関係がないもののように見えたが、コケの冷たさが、爪《つめ》のあいだをはい上っていて、その手が自分のものだと気づいた。そして同時に、自分がまだ死んでいないことに思いいたった。

しばらくは、それがどういうことだかわからなかった。それから記憶《きおく》がもどりはじめた。

いったんもどってくると、止まらなかった。キンダイラン王の栄光の軍旗が、夕日をあびて勇壮《ゆうそう》に輝《かがや》いていたこと。その旗のもと、戦士《せんし》たちが再《ふたた》び集まって、最後の反撃《はんげき》を試みたこと。グレバムのコンメイル王やアクエ・スリスのファリンメイル王の軍はとっくに、最後のひとりまで死に絶《た》えていた。それでもしばらくのあいだ、父、兄のオシアン、そのほかの者たちが一団《いちだん》となって、ひとりまたひとりと数を減《へ》らしながら、死にものぐるいの抵《てい》抗《こう》を続けた。サクソン兵は四方八方から、雄叫《おたけ》びをあげて槍《やり》を突《つ》きだしてくる。そのサクソン兵の喉元《のどもと》めがけて、キンダイランの軍用犬が低くうなりながら、飛びかかっていく。すさまじく切迫《せっぱく》したなか、なんとか父から離《はな》れまいとしたこと、わけても戦闘《せんとう》用の角笛がうつろに鳴り響《ひび》いたことを、覚えていた。野蛮人《やばんじん》の戦士《せんし》のぎらつく顔と、イノシシ型《がた》の兜《かぶと》が、目の前に迫《せま》り、盾《たて》の縁《ふち》から槍《やり》の刃《は》がヒューと音をたてて切りこんできたことも記憶《きおく》にあった。自分の短刀を振《ふ》り回しながら、わきによけたが、衝撃《しょうげき》が、オウェインの利《き》き手の肩《かた》のすぐ下を走った。現実《げんじつ》とは思えず、ただ世界が遠のいたかのようだった。そして突然《とつぜん》、オウェインは兵士《へいし》たちの踏《ふ》みしだく足のあいだにころがっていた。サクソン人かブリトン人か、どちらかの足で頭を蹴《け》られて、何もわからなくなった。それでも、頭の上で戦闘《せんとう》が入り乱《みだ》れていたとき、すきまができたこと、踏《ふ》みつぶされないように、とっさにそちらにはい進んだことを、ぼんやり覚えている。だがそこで記憶《きおく》はとぎれた。今いるところにどうやってたどり着いたのかは、わからない。たぶん丘《おか》の斜面《しゃめん》をころがったのだろう。混乱《こんらん》していたうえ、夕暮《ゆうぐ》れでサンザシの茂《しげ》みのなかが暗かったことが幸いして、少年をとり残したまま、戦闘《せんとう》が終わったにちがいない。

だが父と兄は？

少年はそくざに枝《えだ》につかまると、なんとか膝《ひざ》で立ち、それから足で立とうとした。立ちあがると、月光を浴びた丘《おか》の斜面《しゃめん》がグラリとゆれた。枝《えだ》をにぎった手にとげが刺《さ》さったことも、利《き》き手を突《つ》かれた傷《きず》の痛《いた》みも感じなかった。傷《きず》からの出血は止まり、革《かわ》のチュニカにこびりついている。はっきりしていたのは、父と兄を探《さが》さなければということだけだった。キンダイランが最後の反撃《はんげき》を加えた場所をめざして、よろよろと丘《おか》を登っていった。よろめき、つまずき、それでもまた力を振《ふ》りしぼる。息が上がり、あえぎ声がもれる。死体につまずくと、死体だと思ったものがうめき声を発したこともある。足を止め、しゃがんでのぞきこんだが、父ではなかったので、そのまま離《はな》れた。折り重なり、散乱《さんらん》する死体のあいだを縫《ぬ》うようにして、ふらふらと前進していった。

丘《おか》の頂《いただき》のすぐ下、最後の反撃《はんげき》の地点に、「金髪王《きんぱつおう》」キンダイランが倒《たお》れていた。まわりを親衛隊《しんえいたい》の戦士《せんし》に囲《かこ》まれ、多くのサクソン兵を道連れにしていた。キンダイランの長い金《きん》髪《ぱつ》は血まみれとなって、踏《ふ》みにじられたシダにからまっていた。着ていたローマ風の鎧《よろい》はつぶれ、その銅《どう》の輪が月光に輝《かがや》いている。だが少年は、気に止めなかった。探《さが》しているのは王でなく、父と兄だ。じきに、ふたりとも見つかった。死体が最も数多く重なっていた場所に、寄《よ》りそうようにして倒《たお》れていた。父には、無数の傷《きず》があった。猟犬《りょうけん》に追いつめられ、さんざん噛《か》まれたあげくに倒《たお》れたイノシシのようだ。一方兄のオシアンには、ほとんど傷《きず》がなかった。ただ首に小さな穴《あな》がひとつ開いていて、驚《おどろ》いた表情《ひょうじょう》をしていた。どうしてこんなことになってしまったのか、わけがわからないとでもいうように。オシアンは、戦士《せんし》に向いていなかった。やりたがっていたことは、ただひとつ。薬草園を作り、育てた薬草で病人やけが人をいやす術《すべ》を学びたがっていた。だが兄は、薬草を育てる時間を失った。西のサクソン族の王ツェアウリンが、サブリナ川流域《りゅういき》へと進軍してきたのだ。サクソン軍の鉄の弓矢は、最後のブリトン軍をまっぷたつに引き裂《さ》き、長く続いた闘争《とうそう》に終止符《しゅうしふ》がうたれた。

およそ二カ月前の早春に、キンダイラン王は全領土《ぜんりょうど》に召集《しょうしゅう》をかけた。南の壁《かべ》ぞいの梨の木から、風がしきりに花を散らせていたところに、伝令がやってきた。オシアンとオウェイン兄弟の家の農場まで、ウィロコニウムから一日馬を飛ばしてきたのだろう。父とオシアンは、広間のすすけた片《かた》すみに置いてあった箱から、自分たちの剣《けん》を出してきた。オウェインには剣《けん》はなく……よい刀身は貴重《きちょう》で、剣《けん》を使いこなせる成人男子だけが持つことができた……代わりに長めの短刀を持った。こうして三人は出立《しゅったつ》し、白壁《しらかべ》のウィロコニウムに集結している軍勢《ぐんぜい》に加わった。

父と兄の剣《けん》は、サクソン人に奪《うば》われていた。そして、金髪《きんぱつ》のキンダイランの栄光の軍旗も奪《うば》われてしまった。敵方《てきがた》の王ツェアウリンは、たぶん今夜は、あの金の縫《ぬ》いとりのある軍旗にくるまって、ぬくぬくと眠《ねむ》っているのだろう。一方キンダイランと彼《かれ》の戦士《せんし》たちは、サンザシの茂《しげ》みの下に、冷たくなって横たわっていた。だがサクソン軍の略奪《りゃくだつ》は、あわてなされたようだ。あるいは、暗くなった戦場をあさるより、明るくなってからもどったほうがよいと考えたのかもしれない。なぜなら少年オウェインが動いたときに、月光の下、父の手に緑の光を放つものを見つけた。オウェインは、はっとして、かがみこんだ。傷《きず》のあるエメラルドにイルカの紋章《もんしょう》を彫《ほ》った立派《りっぱ》な指輪は、ものごころついたころの、最初の記憶《きおく》のひとつだった。父のものであり、それ以前は、そのまた父のもの。さらにずっと前、ローマ軍が初めてブリテンにやってきたころにまで、由来《ゆらい》はさかのぼる。父のあとは、長男である兄のものになるはずだった。だがもう、兄も死んでしまった。

「指輪をもらうよ、父さん」オウェインはささやいた。「おれがもらうべきだ。あなたの二番目の息子《むすこ》なのだから。今からこれは、おれのものだ」父の手を持ち上げたとき、オウェインが感じたのは冷たさではなく、光が消えてしまったランプのようなうつろさだった。ぎこちなく片手《かたて》で重い指輪を抜《ぬ》きとると、なんとか自分の指にはめた。指輪はゆるく重かったから、はずれないようにするには指を曲げていなくてはならなかった。オウェインにできることはもう何もない。だから、ここにいてもしかたがない。もう一度、父の手に触《ふ》れ、別れにオシアンの肩《かた》にさわった。まだ何もはっきり感じることはなく、ただひどく寒かった。オウェインはよろよろ立ちあがると、その場を後にした。どこにも行くあてはない。ただここにいてはいけないということだけは、わかっていた。

とちゅう、サンザシの茂《しげ》みの中で、動くものがあった。

オウェインは立ち止まった。息がつまった。何だろう？　自分と同じ、味方の生き残りか？　略奪《りゃくだつ》にきた敵《てき》か？　それとも怒《おこ》った亡霊《ぼうれい》か？　前に進もうとしたときに、暗がりから、長い影《かげ》がじわじわと出てきた。とがった耳、大きくあけた口、オパールのようなふたつの目が月光に浮《う》かび、全身の血が凍《こお》った。オオカミだ！　左手で、短刀の柄《つか》のあるあたりを探《さぐ》った。だが、ない。一撃《いちげき》をくらったときに、失《な》くしたらしい。

そのとき、その生き物がクーンと鳴いた。同時に、銅《どう》の鋲《びょう》がついた幅広《はばひろ》い首輪をつけているのが見えた。オオカミではなく、犬だ。キンダイラン王の勇猛《ゆうもう》な軍用犬のうちの一頭だった。オウェイン同様、幸運にも死からのがれたか。それともおびえて逃《に》げてきたのか。どちらでもよかった。ここに、命あるものがいる。空虚《くうきょ》のみが冷たく響《ひび》く死の世界で、もしかしたら仲間になれるかもしれない。犬はオウェインを見て、耳を立て、前足を一本上げたまま立っていた。オウェインはしゃがれた声で、犬を呼《よ》んだ。くちびるがこわばり、喉《のど》は痛《いた》かった。「犬《ドッグ》！　おい、ドッグ！」大きなけだものは頭を下げて、再《ふた》び訴《うった》えるように鳴いた。それからムチで厳《きび》しく仕込《しこ》まれた犬らしく身体を低くして、ゆっくりと不安そうに近づいてきた。「ドッグ！」オウェインはもう一度呼《よ》んだ。犬はいったん止まった。それから走ってきて、次の瞬間《しゅんかん》にはオウェインの足に頭をこすりつけていた。

まだ若《わか》い犬だった。胸元《むなもと》のきれいなクリーム色の毛並《けな》みが、血と泥《どろ》で汚《よご》れている。血まみれの鼻面《はなづら》が月光に浮《う》かび、オウェインは犬が震《ふる》えているのを感じた。「よしよし、ドッグ。おれたちだけだ。ほかにはだれもいない。おまえとおれと、いっしょに行こう」

ドッグは――この立派《りっぱ》な犬は、死ぬまでほかの名前で呼《よ》ばれることはなかった――少年を見上げ、とほうにくれたように鼻をならし、それからオウェインの指をなめた。

「おいで」オウェインが、かすれた声で言った。「ここにいてもしょうがない。ここには本当に、何もないから」

そのあと、この犬とともに、どこを、どれくらい歩いたか、まったく覚えていなかった。とにかく道と川とサクソン軍の赤い火から、離《はな》れようとした。やがて、丘陵地《きゅうりょうち》を勢《いきお》いよく流れる、小さいが流れの速い小川にたどりついた。いっしょに岸辺に倒《たお》れこむと、急流の冷たい水をピチャピチャと飲んだ。川は月の光をあびて、流れる銀をからめたように見えた。飲みたいだけ飲んだあと、川岸のハンノキとコリヤナギ、去年の名残《なご》りのヤナギランがからみあった茂《しげ》みのなかに、犬といっしょにもぐりこんだ。暗い眠《ねむ》りに引きずりこまれる前に、オウェインが見たものは、ハンノキの葉の繊細《せんさい》な模様《もよう》と、警戒《けいかい》するようにぴんと立った犬の黒い耳、その背後《はいご》の星空だった。そして星が昨夜と変わらずにまたたいていることに、驚《おどろ》きのようなものを覚えていた。

少年は朝がくる前に、死んでいてもおかしくなかった。けがと出血のせいもあるが、自分の世界が壊滅《かいめつ》したという理由が大きかった。ひとりきりで生きていくだけの力は、少年には残されていなかったのだ。だが犬がおおいかぶさるようにして、自分の体温で暖《あたた》めてくれた。そして革《かわ》のそでの裂《さ》け目の上からなめられるかぎり、傷《きず》をなめつづけてくれた。犬は生きており、そのおかげで少年は消えかかっていた命をとりとめた。

なかば眠《ねむ》りであり、なかばは眠《ねむ》りより深い闇《やみ》から、少年がゆるゆると目覚めたときには、すでに日は高かった。最初に目に入ったものは昨晩《さくばん》と同じで、目の前に、歯をむいた犬の顔が見えた。だが今では、犬のとがった耳のうしろは雲の流れる灰色《はいいろ》の空に変わっていた。ハンノキが風にゆれ、そのひょうしに雨がパラパラと顔にかかった。きょうはあの戦闘《せんとう》の翌日《よくじつ》なのか、それともその次の日なのか、オウェインにはわからなかった。戦闘《せんとう》が、遠い昔のように思える。ウィロコニウムに集結したときよりも、もっと昔のようだ。だが頭が混乱《こんらん》しているとはいえ、そんなことはありえないとわかっていた。軍が集結したときには、父も兄も、ほかのみんなも生きていたのだ。それが、戦いが終わったときには、みんな死んでいたのだから。みんな、死んだ。みんな、死んでしまった。

このとき、これを打ち消すような別の考えが浮《う》かんで、オウェインは息をのんだ。みんなが死んだかどうかは、わからないじゃないか。軍が壊滅《かいめつ》しても、敗残の生き残りがいるかもしれない。自分や犬のように、なんとか生きのびたものがいるかもしれないのだ。そしてもしそうなら、彼《かれ》らはかつて集結した場所をめざすはずだ。だからあそこに、帰ればいい。ウィロコニウムにもどりさえすれば、また仲間に会えるかもしれない。

痛《いた》めていない方の手を支《ささ》えに、なんとか身を起こそうとしたとたんに、鋭《するど》い痛《いた》みにおそわれた。オウェインはうつむいて、じっと痛《いた》みに耐《た》えた。犬はぶちの尻《しり》を下に、きちんと座《すわ》っていた。開いた口からピンク色の舌《した》をダラリと出して、オウェインを見つめていた。

痛《いた》みが少し引き、オウェインはやっとのことで身を起こした。膝《ひざ》で立ち、それから立ち上がって、よろよろと小川へ行った。ハンノキの根元に、長々《ながなが》と寝《ね》そべると、犬のように口をつけて、また水を飲んだ。右肩《みぎかた》から下の感覚がなかったので、両手で椀《わん》をつくることさえできなかった。冷たい水を顔にかけると、少し頭がはっきりした。それからしゃがんで、下着のすそから羊毛を何本か抜《ぬ》きとった。この糸に、片手《かたて》と歯とで苦労して、父の指輪を通すと、首からぶら下げた。指にはめるにはゆるすぎるから、こうしてチュニカの下に入れたほうが、安全だろう。

ふらふらしながらもう一度立ちあがると、あたりを見渡《みわた》して、匂《にお》いをかいだ。どっちへ行けばいいのだろう。ウィロコニウムは北だ。グレバムを越《こ》えてまだ数日かかる。アクエ・スリスからグレバムへ向かう古い道が、この樹木《じゅもく》の茂《しげ》った、なだらかな丘《おか》の向こうにあるはずだ。だがサブリナ河《がわ》のこちら側では、どの道も避《さ》けたほうが無難《ぶなん》だろう。

犬がハンノキの根元をくんくんやっていたので、口笛を吹《ふ》いて呼《よ》ぼうとしたが、くちびるから音が出なかった。だがオウェインが動くと、ドッグは頭を上げて、すっとんできた。少年と犬は、ともに土手をはい上り、北をめざした。

この後、北への長い道のりをどうたどったのか、くわしいことはまるで覚えていなかった。たまに頭がはっきりして、何が起こって、どこへ、なぜ行くのか、理解《りかい》できた。だが日がたつにつれ、けがをした腕《うで》がずきずき痛《いた》み、頭に焼けつくようなもやがかかるようになった。何もかも現実《げんじつ》とは思えず、夢《ゆめ》うつつのうちにふらふらと歩いた。何も考えられず「北へ」という思いだけがあった。猟犬《りょうけん》が獲物《えもの》をかぎつけるように、オウェインは北への道をかぎわけた。人っ子ひとりいないようだったが、もしかしたら本能《ほんのう》で人のいそうな場所を避《さ》けていたのかもしれない。あるとき、ドッグがアナグマの子どもを捕《つか》まえた。ドッグが全部たいらげてしまう前に、何とか少し分け前をぶんどった。またあるときは荒野《こうや》で、ワタリガラスが喰《く》い残した子羊の死骸《しがい》を見つけた。ドッグはむさぼり喰《く》ったが、オウェインは悪臭《あくしゅう》のする生肉に吐《は》き気がして、ほとんど喉《のど》を通らなかった。四日目の晩《ばん》、グレバムへの街道《かいどう》を横切り、西の湿地帯《しっちたい》のはずれに入った。それからは食料を得《え》るのが、少し楽になった。野生の鳥の巣がまだ残っていて、あまり苦労せずに卵《たまご》を手に入れることができたのだ。ドッグは自分で食べ物をあさった。

人の気配がまるでなかった森や湿地《しっち》から、ようようグレバムの町にたどり着くと、そこは不思議な場所に感じられた。生きた人間がいて、ミツバチの巣をひっくりかえしたようにざわめいている。もっともオウェインの頭には焼けつくようなもやがかかり、まわりの何もかもがゆらいでいて、現実感《げんじつかん》はまったくなかった。だがオウェインの中の何かが、サブリナ河《がわ》を渡《わた》る場所を覚えていた。南門からわきにそれ、城壁《じょうへき》と川のあいだの土手の上に出た。水門は開いている。人々《ひとびと》は細い流れとなって、泥地《どろち》を渡《わた》る道を行き、川に船を浮《う》かべてつないだ橋を渡《わた》っていく。オウェインも橋を渡《わた》るために、その流れにまぎれこんだ。もしこの大きな犬と離《はな》ればなれになってしまったら、この世で、いや来世でも、自分にも犬にも望みはないとわかっていたので、いい方の手で犬の首輪をしっかりつかんでいた。

オウェインは、みじめな難民《なんみん》の行列にまじっていた。グレバムの町の生き血が流れでている、とぼんやり思った。商人たちは背中《せなか》に荷をかつぎ、どの家族も、これだけはという貴重《きちょう》な家財《かざい》道具をのせた荷車を押《お》していた。それとも選ぶひまなどなく、手当たりしだいにつめた荷物だろうか。少女は緑の籐《とう》カゴに、二羽のハトを入れていた。ラバに乗った女《じょ》性《せい》は、きっと裕福《ゆうふく》な商人の妻《つま》なのだろう。目の化粧《けしょう》が涙《なみだ》で流れ、ほお紅《べに》がはげて、すすけた灰色《はいいろ》の肌《はだ》がのぞいている。白目をむきだした盲目《もうもく》のこじきは、はだしの足をひきずっている。なんとたくさんの人だろう。だが全員が同じ凍《こお》りついた表情《ひょうじょう》をしていて、とても現《げん》実《じつ》の人間とは思えない。ひとつのことばだけが、何度も何度もくり返し聞こえてくる。

「サクソンだ、サクソンがくる。ああ神様、お助けを！　サクソン軍がやってくる」

なぜかオウェインは、サクソン軍がそこまでやってきているとは、考えたことはなかった。

今度はまわりがオウェインを見つめていた。口をあんぐりあけて、質問《しつもん》してくる。オウェインは自分の答える声を聞いたが、何と答えたのかは確《たし》かではなかった。アクエ・スリス街道《かいどう》の戦いとか、キンダイラン王の死、コンメイル王の死、などを話したのだろう。人々《ひとびと》は、オウェインからあとずさった。まるでオウェインが、ブリテン滅亡《めつぼう》を告《つ》げる亡霊《ぼうれい》だとでもいうように。

オウェインは、前を行く人とも後ろに続く人とも、あいだが少し開いていた。おかげで足もとで、木の橋がきしむ音が、空《うつ》ろに響《ひび》いた。ようよう向こう岸に着くと、目の前に、西の丘陵《きゅうりょう》地帯に向かう街道《かいどう》があった。

第二章　丘《おか》の農場

川を越《こ》えて一マイルも行くと、分かれ道となった。左の道は、ローマ軍団《ぐんだん》の町イスカ・シルリウム（現《げん》カーレオン）をめざして南西に向かう。右の道は丘陵《きゅうりょう》地帯をつき抜《ぬ》けて、その先でローマ軍の造《つく》った大街道《かいどう》に合流する。大街道《かいどう》は、未開の地キムル（現《げん》ウェールズ）との境界《きょうかい》にそって南北に伸《の》びている。この大街道《かいどう》に出さえすれば、後は北へと歩き続ければよい。そうすればウィロコニウムにたどり着くと、わかっていた。みじめな避難民《ひなんみん》の列は南に向かって散っていったが、オウェインはその列から離《はな》れて、右に曲がり、北西へと向かった。犬がひたひたと後をついてくるほかは、ひとりぼっちだった。

その後は、時間の感覚がなくなった。おかげで道に迷《まよ》ったと気がついたとき、その日が一日目なのか、二日目か、それとも三日目なのかわからなかった。ただ前へ前へと道を来たのだから、道に迷《まよ》うはずはなかった。だが起こるはずのないことが起こってしまった。

オウェインは引きずっていた足を止めて、あたりをながめた。うずまく煙《けむり》のなかからすんだ空気のところに出たら、そこは思いもかけぬ場所だった、そんな気分だった。だが困《こま》ったことに、こんなふうに頭がはっきりした状態《じょうたい》は長続きしない。そのときよい方の手のひらを、冷たい鼻面《はなづら》がこするのを感じた。ドッグがオウェインを見上げてクンクン鳴きながら、鼻面《はなづら》を押《お》しつけている。ドッグのごわごわした毛におおわれた頭をなでたものの、何の考えも浮《う》かばなかった。オウェインは立ちつくしたまま、絶望《ぜつぼう》してまわりをながめていた。迷《まよ》いこんでしまったこの土地をそのまま行けば、いつかどこかで、めざしている大街道《かいどう》にぶつかるだろう。だが突然《とつぜん》、自分の体力が限界《げんかい》に近づいていることを感じた。

おまけに、暗くなりかけている。低い位置で輝《かがや》いている太陽の上に、険悪《けんあく》な黒雲がたれこめている。雲の下のほうが、夕陽《ゆうひ》にチリチリと焦《こ》げていた。キムルの高い丘《おか》から吹《ふ》いてくる風は、山の匂《にお》いといっしょに、嵐《あらし》の気配も運んできていた。

嵐《あらし》が来る前に、森のどこかに避難《ひなん》しなくては。そう思って谷を下りようとしたときに、小さな事件《じけん》が起こった。セキレイが目の前を横切ったのだ。そのすばやい動きを目で追っているうちに、斜面《しゃめん》の上の方に、思いがけないものが目に入った。あそこに見えるあれは、麦畑ではないだろうか。開墾《かいこん》したときに出た石を積み上げただけの、簡単《かんたん》な石垣《いしがき》で囲《かこ》われている。セキレイはその石垣《いしがき》の上にとまって、尾《お》を小さく上下に振《ふ》っていた。

耕《たがや》された土地があるということは、そう遠くないところに農家があるということだ。家が見つかれば、どれくらい道からはずれてしまったか、聞くことができる。親切な女の人がいて、バターミルクを飲ませてくれるかもしれない。傷《きず》の痛《いた》みが激《はげ》しすぎて、飢《う》えは忘《わす》れていた。だが冷たいバターミルクは、喉《のど》から手が出るほど欲《ほ》しかった。それにもしかしたら、この嵐《あらし》が通りすぎるまで、納屋《なや》で眠《ねむ》らせてもらえるかもしれない。畑に行けば、きっと家が見えるだろう。オウェインは痛《いた》めた腕《うで》を再《ふたた》び抱《だ》くようにして、道をはずれて、丘《おか》の斜面《しゃめん》を一歩ずつ登りはじめた。ドッグはとまどったようすだったものの、ちゃんと後をついてきた。ずいぶん遠いように感じたが、ようやく畑にたどり着いた。目がまわって世界がグラグラゆれたので、石垣《いしがき》にへばりついた。だがしばらくすると、丘《おか》から風が吹《ふ》いてきて、少し頭がすっきりした。そのとき、道からは見えなかった家が丘《おか》のかげに見つかった。ほっとしたあまり、泣きだしたかった。

その家は、浅い谷の底にあった。芝土《しばつち》屋根の小屋が何軒《けん》かと、それに家畜《かちく》小屋がまとまっており、そのまわりを灰色《はいいろ》の石垣《いしがき》が囲《かこ》っている。このあたりの小さな農場によくある造《つく》りだ。ただ母屋《おもや》の壁《かべ》はローマ風に石灰《せっかい》が塗《ぬ》られていて、夕陽《ゆうひ》を浴びて、白々《しらじら》と輝《かがや》いていた。オウェインはしばらく、ふるえながら石垣《いしがき》にしがみついていた。だがどこかに身を寄《よ》せたいなら、すぐに行かなければ。それで、岸をけって泳いでいく者のように石垣《いしがき》から離《はな》れて、遠くにぼんやり見える白壁《しらかべ》をめざして、シダのあいだを歩きだした。

行けども行けどもたどりつけない気がしていたのに、ふいに目の前に家があった。低い石垣《いしがき》にとぎれめが見つかったので、身をかしげて通りぬけた。住まいの壁《かべ》に暗い窓《まど》があり、奥《おく》からかすかな灯《あか》りがチラチラもれてくる。オウェインはもつれる足で近づいた。

薄暗《うすくら》がりで何かが動いて、戸口に女があらわれた。灰色《はいいろ》の髪《かみ》をした背《せ》の高い女で、砂色《すないろ》のきゅうくつなチュニカを着て、片手《かたて》に料理用の銅製《どうせい》スプーンを持っている。髪《かみ》は頭のてっぺんでまとめてあり、なんであれ、ばかげたまねは許《ゆる》しませんよ、と言っているようだった。「さてね？」自分の家の戸口に立っているのが、だれなのか、何なのかを確《たし》かめるまもなく、女は話しはじめた。「何の用かね？　何がほしいんだい？　早くしとくれ。わたしゃ、ここに一日中つっ立っているわけにはいかないんだよ」

オウェインは戸口のナナカマドの柱に、傷《きず》がない方の肩《かた》を預《あず》けた。「ウィロコニウム」ほとんど聞きとれないつぶやきがもれた。「道に……迷《まよ》ってしまって。教えて……教え……」女の顔は、はっきり見えた。骨《ほね》ばった面長《おもなが》の顔で、あごには硬《かた》そうなうぶ毛がプツプツと生えている。ところがおかしなことに、女の顔がゆらゆら動いてどんどん大きくなり、飲みこまれそうになった。そのとき肩《かた》が柱をすべり、オウェインは小さなため息のほかは声ひとつあげずに、戸口にドサリと倒《たお》れた。

オウェインが意識《いしき》を失っていたのは、ほんの短い時間だったようだ。うずまく闇《やみ》の向こうから、かすかにいろいろな声が聞こえてきた。女が鋭《するど》い声で、プリスクスという名のだれかを呼《よ》んでいる。ドッグは低いうなり声をあげて威嚇《いかく》している。犬がだれかに飛びかかる前になだめなければと、必死で何かつぶやいた。かけつけてくる足音と、驚《おどろ》いて何かをたずねる男の声もした。

それから、はるか遠くからのように、また女の声がした。「だれかなんて、わたしにわかるもんかね。サクソン族の王ツェアウリンか、グイネズの司教様かもしれないよ。でも、どっちにしたって、家の戸口にころがしておくわけにはいかないだろう。ほら、足を持っておくれ。それとも、わたしひとりで運ばないといけないのかい？」

「少し待っておくれよ、おまえ」男の声だった。「毎日毎日、知らない男が家の戸口に転がっているというわけでもあるまいし。それはそうと、どこに運べばいいのかね？」

「火のそばだよ。ほかに考えられるかい？」

オウェインは、自分が持ち上げられ、おたおたと何歩か運ばれて、そして柔《やわ》らかいシダの干《ほ》し草の上に再《ふたた》び寝《ね》かされたのを感じた。オウェインは目を開けようとしたが、世界がぐらぐらゆれているので、あわててまた目を閉《と》じた。女に、しばらく横にならせてくれればだいじょうぶだ、と言おうとしたが、声にはならなかった。だが女がまた何か言ったときには、さっきよりはっきり聞こえる気がした。もしかしたら女が、オウェインの上にかがみこんでいたせいかもしれない。「ごらんよ、まだ、ほんの子どもじゃないか」

「それでも、殺《ころ》したり殺《ころ》されたりの男の仕事ができるくらいには、大きくなってるよ」

女は鼻を鳴らした。「そんなことをするには、まだ卵《たまご》のカラのついたひよっこだね……向こうで水をくんで、火にかけておくれな。そのあいだに、この汚《きたな》いチュニカを脱《ぬ》がせておくから。ミルクも頼《たの》むよ。きょうのミルクだからね。それから、おまえさんのナイフを貸《か》しとくれ。使うから」

傷口《きずぐち》から革《かわ》の袖《そで》をはがされたのは、寝《ね》ていた人間がいきなり冷水を浴びせられたようなものだった。激痛《げきつう》で息が止まりガタガタふるえたが、同時に息を吹《ふ》き返した。オウェインは再《ふたた》び目をあけた。世界はまだゆれている。それでも前よりましだったので、自分の上にかがんでいる女の顔を見ることができた。女は口をぎゅっと引きむすんで手を動かしていたが、傷《きず》を見て、鋭《するど》く舌打《したう》ちをした。あの戦闘《せんとう》いらい、オウェインはチュニカを脱《ぬ》いでいなかった。たぶん傷《きず》あとがひどくて見られたものではないのだろうと、ぼんやり思った。

女はオウェインが目を開いているのに気がつくと、叱《しか》るように言った。「じっとしておいで。こんな刀傷《かたなきず》を受けるほど一人前の男だというんなら、手当てをしているあいだくらい、こらえていられるだろう」

少しすると女はためらいがちに、質問《しつもん》した。がまんしていたものの、聞かずにはいられなくなったようだ。「サクソン軍にやられたのかい？」

オウェインは答えようと努力した。はっきりせず、とぎれがちだったが、今度はことばが出た。「ああ、サクソン軍だ」

「どこで？　何があったんだい？」そしてあわててつけ加えた。「だめだね。わたしは年よりで、気が短くていけない。しばらくだまっていたほうがいいね」

それでもオウェインは、どもりながら答えた。「アクエ・スリスのそばだった。そこで……サクソン軍とぶつかった。キンダイラン王は死んだ。コンメイルも、ファリンメイルも、味方の軍はみんな」世界が終わりをむかえたというのに、それをこの女が知らないなんて信じられなかった。それでとがめる口調になった。「グレバムでは、みんな知ってたのに」

「ここはグレバムじゃないよ。おまえさんが来るまで何日間も、このでこぼこ道を来る者なんぞ、いなかったんだ。だからわたしらが知っているわけはないだろ？」

女がプリスクスと呼《よ》んでいた男がもどってきた。男は、持ってきた水入れをドスンとおいた。女が話した。「王は死んだそうだよ。アクエ・スリスで、味方はサクソン軍にやられちまったらしい。なべに水を入れて、火にかけておくれな。それから、あっちの箱の中から、きれいな古布《ふるぬの》を持ってきておくれ。まったく、一から十まであたしが言わないといけないのかねえ」

「そんなことはないよ、プリシラ。でもまあ、おまえさんがふだん、そうしてるってのは、ほんとだけどね」男のことばは、混乱《こんらん》したオウェインの耳にさえ、ひどくおかしく響《ひび》いた。

その晩《ばん》と、その後のいくつもの昼と夜、オウェインは熱にうなされて奇妙《きみょう》な夢《ゆめ》を見ていた。日没《にちぼつ》のころ予測《よそく》した嵐《あらし》は、暗くなる前におそってきた。屋根にたたきつける雨と、三日三晩《みばん》うなりつづけた夏のゲイル風は、熱にうなされた夢《ゆめ》の一部のようだった。ずきずきする傷《きず》の痛《いた》みは、どうかすると彼《かれ》の身体を離《はな》れて、燃《も》えさかる炎《ほのお》の舌《した》となり、夜そのものを焦《こ》がした。ときどき少し落ちつくと、うっすらわかることがあった。壁《かべ》ぎわでシダの干《ほ》し草の上に寝《ね》ていること。傷《きず》を手当てしてもらうと、ひどく痛《いた》いこと。あるときは女の青白くて長い顔が、別のときには男のピンク色の丸顔が、のぞきこむこと。そしていつも必ず、耳をぴんとたてたブチの犬の姿《すがた》が、見はりをするようにそばに座《すわ》っていること。熱のせいで乾《かわ》いた口に、牛乳《ぎゅうにゅう》や薬草の味がすること。ひどく熱いので掛《か》け布《ぬの》をけとばすたびに、だれかが叱《しか》って、また引き上げていたことも。

あるときオウェインが暗闇《くらやみ》から目ざめると、女の顔がかぶさるように近くにあり、叱《しか》るようなことばが聞こえた。「目がさめたね。さあ、これを飲むがいい。せっかくこれだけめんどうを見たんだから、死んだりしたらしょうちしないよ。おまえさんがいま死ななきゃならないわけなど、ありはしないんだから。死んだりしたら、命を救《すく》ってくださった神様に申しわけが立たないだろ。そんなばちあたりなこと、わたしゃ絶対《ぜったい》に許《ゆる》さないからね！」

これが熱が高かった時期の終わりだったと、オウェインはふり返って、そう思った。それからまもなく、朝早く目が覚めると、傷《きず》の痛《いた》みがおさまっていて、頭もすっきりしていた。戸口がほの白く光っていて、ドッグがそちらへと、耳を立てているのが見える。外でオンドリが、ときをつくった。灰色《はいいろ》の暁《あかつき》に、オンドリの声は勝ちほこったように響《ひび》いた。

あとはよくなっていくだけだったが、ずいぶんと時間がかかった。すぐに傷《きず》の手当てを受けていたなら、これほどてこずることはなかっただろう。だが長いこと放っておいたために、ひどく悪化してしまい、おかげでプリスクスの家の戸口で倒《たお》れたときには、高熱を発していたのだ。いまオウェインは、壁《かべ》ぎわに静かに横たわっていた。このあたり特有の縞模様《しまもよう》の布《ぬの》をかけてもらい、出されたものはなんでも食べ、眠《ねむ》った。それから頭上の煙出《けむだ》しの穴《あな》を見つめた。そこから、ときに灰色《はいいろ》、ときに青い空が見え、星が見えることもあった。炉《ろ》の煙《けむり》があがるせいで、空は見えたり見えなかったりをくり返している。プリシラに見つからないようこっそりと、腕《うで》の治りかけの傷《きず》をかいた。まわりでは、丘《おか》の上の小さな農場の生活が営《いとな》まれている。ゆっくりと少しずつ、オウェインの身体に力がもどってきた。

ドッグはいつもオウェインのそばにいた。主人の胸《むね》に暖《あたた》かいあごをのせて眠《ねむ》っていることもあれば、警戒《けいかい》するように背《せ》すじを伸《の》ばして近くに座《すわ》っていることもあった。オウェインが動くたびに、しっぽをパタパタ振《ふ》った。あのプリシラが傷《きず》の手当てにくると、小さく喉《のど》を鳴らして警告《けいこく》を発した。うなるわけでも、歯をむくわけでもなかったが、おだやかにこう伝えているようだった。「気をつけろよ。もし主人に何かしたら……護衛《ごえい》がここにいるからな」

「初めから、ずっとこうなんだからね」とプリシラが文句《もんく》を言った。「ずっと前に、追っぱらうなり、外につなぐなりしてもよかったんだよ。でも、そんなことしようもんなら、こいつはあたしにかみつくだろうって、それがわかっていたんでね」プリシラはそう言いながらも毎晩《まいばん》、夕飯のシチュー鍋《なべ》から、まだ肉がたっぷりついている骨《ほね》をドッグにやっていた。

オウェインがふたたび自分の足で立てるようになったのは、夏の盛《さか》りもだいぶ過《す》ぎてからのことだった。プリスクスの古いチュニカを着せてもらい、そろそろと歩いてみたが、骨《ほね》がぐずぐずの革《かわ》ひもにでもなったような気がした。家の戸口に座《すわ》って、やせたブタが残飯をあさっているのをながめた。それから農場では欠かせない雑用《ざつよう》、何かを作ったりつくろったりに精《せい》を出した。

ある静かな夏の夕方、オウェインはいつもの場所に座《すわ》って、戸口の柱によりかかっていた。蚊柱《かばしら》のあいだをツバメが飛びかい、となりではドッグが寝《ね》ている。ドッグは、太陽の最後のぬくもりを受けようと、クリーム色の腹《はら》を出して寝《ね》そべっていた。オウェインはワラを編《あ》んで、牛の首当てを作っていた。まだ腕《うで》の動きが悪いため、手つきがぎこちない。それでも昔から手先が器用だったから、しっかりしたよい物ができあがった。夕食の支度《したく》をしていたプリシラが様子を見にやってきたので、ふたりでプリスクスをながめるはめになった。小型《こがた》の黒い牝牛《めうし》を乳《ちち》しぼりに連れてきたのだが、門を入りたがらないので、苦労している。

　プリシラは、笑いをこらえるように、クックッと喉《のど》をならした。「うちの人、いい人だろ。ちっともこぼしたりしないんだよ。自分はこんなことをするために生まれてきたんじゃないってね。でも、お百姓《ひゃくしょう》じゃないってのは、ひと目でわかるだろう」

　オウェインは作りかけの牛の首当てを手にしたまま、首をかしげて、プリシラを見上げた。「お百姓《ひゃくしょう》じゃないって？」

「まさか、そうは見えないだろう？　本当はね、陶工《とうこう》の親方なのさ。グレバムの町一番のね。もっともそう言ってるのは、女房《にょうぼう》のわたしだけどね。でも、もうだれも、立派《りっぱ》な鉢《はち》だの水差しだのを買わなくなってしまって」ため息が聞こえた。「今でもときどき、グレバムの町のにぎやかな音やら匂《にお》いやらが、恋《こい》しくなるんだよ」

　プリスクスはやっと牛を入れることができた。もうすぐプリシラが、乳《ちち》をしぼりにいくだろう。オウェインはそばにあった黄色いワラをもっと取って、手元のものとよりあわせた。

「おれが通ったとき、町の人はみんな、グレバムから逃《に》げだすところだった」オウェインはゆっくり話した。「戦いの結果を知ったんだな。家財《かざい》道具やばあさんを手押《てお》し車に乗せている家族がいた。ハトを二羽、カゴに入れている少女もいた。みんな、まるで幽霊《ゆうれい》でも見るみたいに、おれを見ていた」

「無理もないよ。家の戸口で倒《たお》れたときには、おまえさんは本物の幽霊《ゆうれい》みたいだったからね」プリシラが言った。

オウェインはワラを編《あ》む手を休めずに、しばらくだまっていた。みじめな難民《なんみん》のことがまだ頭から離《はな》れなかった。「南西に向かっていた。みんなが南西をめざしていた。いったい、どこへ行くつもりだろう？」

「南キムルのどこかかねえ。またはドゥムノニア（現《げん》コーンウォール）に渡《わた》るか。あるいは裕《ゆう》福《ふく》なれんちゅうなら、海を越《こ》えてガリア（フランス）に行くかもしれない。昔マキシムスが部下をつれて開拓《かいたく》したアルモリカ（フランスの北西部）あたりをめざすつもりじゃないかね。前にもたくさん行ってるから」それから、しんらつに鼻をならした。「そのうち、そこを『ブリテン《ブリタニー》の地』（現《げん》ブルターニュ地方）なんて呼《よ》ぶようになるかもしれないよ」

「プリシラもプリスクスも、どうしてそこへいかないの？」

「裕福《ゆうふく》なれんちゅうって、言っただろう。このごろでは、海を渡《わた》る漁船に乗せてもらうのにも、大金がいるからね。それにわたしらは一度、住みなれた土地を捨《す》ててきた。亭主《ていしゅ》もわたしも、またここを離《はな》れて、見知らぬ土地で一から始めるには年を取りすぎている。ごめんだね……畑だってあるし、わたしらはここにとどまることにするよ。野蛮人《やばんじん》だって、こんな西のはずれの丘《おか》までやって来ることはあるまいよ」

第三章　息子《むすこ》の場所

毎週土曜の夜には、プリスクスはヒゲをそる。ヒゲそりは時間のかかる、やっかいな仕事だった。硬《かた》いヒゲをそりやすくするために、ガチョウの脂《あぶら》を大量につけなくてはならないし、お湯もたっぷり用意しなくてはならない。そうして翌朝《よくあさ》、乳《ちち》しぼりなどのいつもの農場の仕事がすむと、プリスクスとプリシラはいったん奥《おく》の小さな寝室《しんしつ》にひきこもった。それからプリスクスはあずき色の上等の服、プリシラは消炭色《けしずみいろ》に赤いふちどりのあるトーガをまとって、晴れやかな顔をして部屋から出てきた。プリシラのやせた首には、青い大きなガラス玉の首飾《くびかざ》りも巻《ま》かれている。「わたしらはローマ市民だからね。週に一度、安息日の日曜くらいは、それらしいかっこうをしないとね」プリシラは、誇《ほこ》らかに宣言《せんげん》した。

礼拝《れいはい》に参加するためには、いつもは家畜《かちく》を追う道を、となりの谷まで歩いていかなくてはならない。夕方主人がもどってくるまで、農場の番をするのは、短足の牧畜犬《ぼくちくけん》、ブランウェンの役目だった。もちろんオウェインも、最初のうちは留守番《るすばん》をしていた。だがプリスクスが牛にてこずっていたあの日から二週間ほどたった土曜日のこと、一家の主人がひげをそっている最中に、プリシラが何か青いものを腕《うで》にかけて、奥《おく》の部屋から出てきた。そして「ほら」とオウェインに向かって言った。オウェインは、ヒゲそりに苦戦中のプリスクスがまん丸い顔を映《うつ》せるように、大きな銅《どう》のナベをかかげているところだった。「これは、この人の二番目に上等なチュニカだよ。明日はこれを着るといい」

「プリスクスのチュニカを、みんなボロボロにするわけにはいかないよ」オウェインは顔も上げずに言った。「ほら、この仕事用のやつだって、おれのせいで、ずいぶんくたびれてきてる」

「でも、そんな牛くさい服じゃあ、いっしょに礼拝《れいはい》に行くわけにはいかないだろうが。それともなにかい?」プリシラはちょっと傷《きず》ついたように言った。「うちの者が礼拝《れいはい》に行くのに、ちゃんとした服ひとつ着せてやらないなんて、わたしが悪口を言われてもいいのかい?」

「だれも、わしに何か聞いてくれる者は、おらんようだな」プリスクスがブツブツ言った。「そのチュニカの持ち主は、このわしなんだが」

オウェインはゆっくりと顔を上げた。「それじゃ明日は、おれもいっしょに礼拝《れいはい》に行くってこと？」

オウェインはキリスト教徒として生まれ育っており、信仰《しんこう》を大切に思っていた。信仰《しんこう》は彼《かれ》が受けついだものであり、ブリトン人でありながらローマの民《たみ》であることのあかしだった。さらには、野蛮人《やばんじん》や忍《しの》びよる闇《やみ》に対抗《たいこう》する、光と文明の象徴《しょうちょう》でもあった。だが最後のともしびが消えてしまった今では、オウェインは自分の信仰《しんこう》の火も消えたような気がしていた。一方ではプリスクスやプリシラといっしょに礼拝《れいはい》に行きたいという思いもあった。でも一方には、尻《しり》ごみする自分がいる。炉《ろ》の火が消えうせ、幸せを分けあった仲間が死に絶《た》えてしまった今、かつて幸福だった場所に再《ふたた》び足を踏《ふ》みいれることはつらすぎる。「おれは、行かないほうがいいと思う。いつもどおり、ここで留守番《るすばん》しています。そうすれば、だれかに何か言われることもないし」

「主日に家にいる者なんぞ、うちにはいないんだよ。礼拝《れいはい》に行けるだけの、じょうぶな足があるかぎりね」プリシラはあっさりと言った。「ほかのことはともかく、ひとつ、神様に感謝《かんしゃ》しなければいけないことがあるよ。おまえがいちばん助けを求めていたときに、わたしらの家へと導《みちび》いてくださったのは、神様なんだから」

オウェインは一瞬《いっしゅん》、悲しそうな笑顔を浮《う》かべて言った。「ほんとは、セキレイがつれてきてくれたんだけど」

「スズメがいつ死ぬのかまで、神様はお見通しなんだよ。小さなセキレイのようなものに、お使いをさせることだってきっとある、とわたしは思うね」プリシラはこう言うと、青い毛織《けおり》のチュニカをオウェインの膝《ひざ》の上に置いた。

オウェインは、明日は自分も礼拝《れいはい》に行くのだと理解《りかい》した。

そこで身体を洗《あら》い、太くて黒い髪《かみ》が首のあたりまで伸《の》びていたのを、プリシラに切ってもらった。翌朝《よくあさ》、プリスクスの二番目に上等なチュニカを着たところ、長さはともかく、幅《はば》はたっぷり三倍は大きかった。こうして三人は、家畜《かちく》追いのための緑の小道を登っていった。プリシラをまん中に、左側にオウェイン、右側にプリスクスというぐあいに三人が並《なら》び、その後ろをいつものように、ドッグがとことことついてきた。

長い道のりだった。道はくねくねと曲がって、丘《おか》のあいだの農場から農場へとえんえんと続いている。低木の茂《しげ》みのあいだを下って、狭《せま》い谷のような場所に出たときに、むこうの丘《おか》の中腹《ちゅうふく》に村が見えた。オウェインはまだ疲《つか》れやすかったので、村が見えたときにはホッとした。村の上の方の、畑がとぎれてその先は原野となるあたりに、小さな納屋《なや》のような建物があって、その前には大きな灰色《はいいろ》の十字架《じゅうじか》が立っていた。

とちゅうでプリスクスの靴《くつ》のひもが切れ、直していたために、おそくなった。村のリンゴ園や野菜畑のあいだを抜《ぬ》けて、十字架《じゅうじか》のそばにたどりついたときには、他の信者たちはすでに集まっていた。あわせて三、四十人だろうか。その村と周辺の農場から集まってきた男、女、子どもたちが、灰色《はいいろ》の石の十字架《じゅうじか》を囲《かこ》んで、身を寄《よ》せ合うように立っている。十字架《じゅうじか》の前には、長い粗布《あらぬの》のチュニカを着た小柄《こがら》な男が立っていた。

おくれてきた三人が輪のなかに入ってきたので、みんなが振《ふ》りむいた。多くの視線《しせん》が、プリスクスやプリシラといっしょにやって来た、やせた黒い髪《かみ》の少年の上に集まった。少年は、本人は気づいていなかったのだが、奇妙《きみょう》なほど表情《ひょうじょう》のない顔をしていた。まるで仮《か》面《めん》か盾《たて》で、顔をおおっているようだ。もっともみんなは奥地《おくち》に離《はな》れて住む人らしいつつしみ深さを持っており、少年をひと目見た後はもうじろじろ見たりしなかった。それどころかまるで昔からの仲間のように、オウェインのために十字架《じゅうじか》の近くの場所を空けてくれた。

司祭の礼拝《れいはい》はもう始まっていた。オウェインは司祭を見つめ、話に耳をかたむけようとした。司祭は小柄《こがら》で、食物が足りていないかのような体格《たいかく》をしていたが、その表情《ひょうじょう》はまるで偉大《いだい》な戦士《せんし》のように荒々《あらあら》しく情熱《じょうねつ》的で、人をひきつけるものがあった。声も魅力《みりょく》的だった。暗い色の瞳《ひとみ》に燃《も》えている炎《ほのお》は、そのまま声を伝わって、彼《かれ》の祈《いの》りをいきいきと輝《かがや》かせている。だがオウェインはプリスクスとプリシラのかたわらで、なじんだ祈《いの》りのことばを聞き、なじんだ唱和をとなえても、そこに何の意味も感じられなかった。あたりを見まわすと、十字架《じゅうじか》と司祭の住む小屋のまわりには、墓石《ぼせき》は少ないものの、死者たちを埋葬《まいそう》した小山がいくつもあった。小さな灰色《はいいろ》の羊が小屋の壁《かべ》のところまでやってきて、野草を食べている。オウェインの耳に、羊が草を食《は》む音と、ベルヘザーの花々《はなばな》の間で満足げに飛びまわるミツバチの羽音が聞こえてきた。その音は、司祭の祈《いの》りや、それに続く信者たちの連《れん》祷《とう》や賛美歌《さんびか》よりもはっきり聞こえて、長く記憶《きおく》に残ることになった。

だが司祭の説教がはじまったときに、事情《じじょう》は一変した。キムル地方の司祭といえばだいたいが雄弁《ゆうべん》と決まっているが、この司祭は特別で、まるで炎《ほのお》の舌《した》でも持っているかのようだった。

オウェインは、今聞いているのは説教ではなく、激励《げきれい》なのだと思った。その場に集《つど》ったひとりひとりの魂《たましい》に呼《よ》びかけるものであり、だからこそオウェインの胸《むね》にまっすぐに飛びこんできた。「兄弟たちよ、光が去り、闇《やみ》が押《お》しよせてくる。今こそわれわれは、ともしびを燃《も》やしつづけようではないか。そうすればやがて、われらの小さな火が世界を照らす大きな火となる日も来よう。信仰《しんこう》のともしびだけではない。信仰《しんこう》から導《みちび》かれる魂《たましい》の美しさ、その輝《かがや》きを絶《た》やすまい。人間の心に宿る智《ち》への愛。人間の精神《せいしん》の自由。われわれは文明を手にした民《たみ》であり、野蛮人《やばんじん》ではないと、誇《ほこ》らかに宣言《せんげん》できるもの、それらをみな、ともしびとして燃《も》やし続けよう」

オウェインが受けとめたのは、こういうことだった。丘《おか》の羊飼《ひつじか》いには別の受けとめ方があったろうし、プリシラの思いもまた違《ちが》ったものだったろう。

司祭の話しぶりは、今まさに必要とされているからこそ帯びる熱で、めらめらと燃《も》えているようだった。できあいの説教とは異《こと》なる、切迫感《せっぱくかん》にあふれていた。オウェインは「この人は、何かを聞いたのではないか。たった今、何か知らせが届《とど》いたにちがいない」と思った。ここにいる人たちも、もう、それが何かを知っているのだろう。じきに礼拝《れいはい》は終わった。信徒の集《つど》いは終わり、人々《ひとびと》は友人だったり敵《てき》だったり隣人《りんじん》だったりの集団《しゅうだん》にもどった。突然《とつぜん》、司祭がオウェインたちのそばにやって来て、プリスクスの腕《うで》に手をそえながら言った。「今日はおくれて来たようだな。知らせは聞いたか?」

プリスクスは首を振《ふ》った。丸い顔がサッと不安でくもった。「知らせとは何でしょうか、司祭様」

「おおかた予想はつくだろう。今となってはもう、古い話かもしれぬ。だが本当だとすれば、やはり悲観しないわけにはいかないな。グレバムがツェアウリンの手に落ちたそうだ。コリニウムとアクエ・スリスは燃《も》え落ちたとか。サブリナ川流域《りゅういき》一帯に野蛮人《やばんじん》たちが押《お》しよせてきているようだ」司祭の強いまなざしが、プリスクスとプリシラの少し後ろに立っていたオウェインを捕《とら》えた。「われわれよりもきみのほうが、よくわかっているのではないかね？　このあたりに見知らぬ者がやって来ると、すぐにうわさが広まるが、聞いたところでは、きみはアクエ・スリスの近くで、最後の大決戦に参加したそうだが」

「おれと、それから、このドッグもです」オウェインは答えた。「おれたち両方にとって、はじめての戦《いくさ》でした」

自分の名前を聞きつけたドッグは首を上げて、うれしそうにオウェインの腕《うで》に鼻先を押《お》しつけてきた。

「そうか」司祭は目を落として大きな犬を見つめ、また目を上げてオウェインの顔を見た。

「そこにひざまずきなさい、わが子よ」

オウェインはひざまずいた。頭を垂《た》れると、その上に司祭がそっと手を置いた。司祭のもう片方《かたほう》の手は、ドッグの頭の上に置かれていた。ドッグは自分の主人以外には愛情《あいじょう》を示《しめ》したことなどなかったが、鼻を上に向け、司祭の手首をなめた。「主よ」オウェインの頭の上で、太く美しい声が響《ひび》いた。「ここに、自らの内に在《あ》る最善《さいぜん》の声に従《したが》って、主の戦いを戦った少年と犬がおります。主のお恵《めぐ》みが、この少年と犬にあらんことを。そしてまた、主の勇気がこの者たちを支《ささ》え、主がご慈悲《じひ》の翼《つばさ》でもって、この者たちを包んでくださいますように」

三人はだまったたまま、家路をたどった。堆肥《たいひ》の山と牛小屋のあいだを抜《ぬ》け、家の戸口の前に着くまで、一言もことばを交《か》わすことはなかった。戸口でプリスクスは立ち止まると、はるかな谷のほうを見下ろして言った。「こんなことを言っても、役にも立たない。そうとも、何の役にも立たないことだ。わしは鍬《くわ》を持ってもだめだが、武器《ぶき》を持っても何もできはしないからな。わしにできることといったら、つぼを作ることだけだ。だが、それでも、たった今わしは思ったんだよ。もう一度若《わか》くなって、剣《けん》を持ちたい、とな」

「陶器《とうき》作りにかけては、グレバム一帯で、あんたの右に出る者はいなかった」プリシラが夫をはげますように言った。「あたしは陰《かげ》でそう言ってきたけれど、同じことをあんたに面と向かって、言うことにするよ。ひとつ才能《さいのう》があれば、それでもう充分《じゅうぶん》というものさ。さあさ、そうやって入口をふさいでちゃ、中に入れないよ。夕飯が食べたけりゃ、そこをどいて、シチュー鍋《なべ》のところへ行かせておくれ」

シチューはいい出来だったが、三人とも食欲《しょくよく》がわかなかった。みんな、また黙《だま》りこんでしまった。オウェインは鉢一杯《はちいっぱい》のシチューを、味もわからずに、ただ喉《のど》に流しこみながら炉辺《ろへん》の火を見つめていた。この家でプリシラのやさしさに包まれて過《す》ごした何週間ものあいだ、ここには敗残者の平和があった。まるで嵐《あらし》のなかの凪《なぎ》のようで、外の世界の出来事が、そう、父親の死さえもが、ずいぶん遠い昔のことのように思われた。だが今、あらゆることが一挙にもどってきた。凪《なぎ》は、終わったのだ。ここにとどまっても、やはり凪《なぎ》は終わると、わかっていた。オウェインは、鉢《はち》の底に残ったシチューを大麦のパンの皮でこそげとって口に押《お》しこむと、わざと時間をかけて飲みこんでから、鉢《はち》をわきへ置いた。そして、「明日、おれは出ていきます。長いこと、お世話になってしまいました」と言った。

プリシラは鉢《はち》を集めて、涌《わ》き水の洗《あら》い場へ持っていこうとしていたところだったが、鉢《はち》をガチャンと下に置いた。「ばかなことを言うんじゃないよ。おまえはまだ、村までだってろくすっぽ歩けやしないじゃないか」

「歩けます。平気です。おれは……行かなきゃいけない」

一瞬《いっしゅん》、あたりが静まりかえった。プリシラは口を固く結んだまま、オウェインを見つめていた。プリスクスは軽くせきばらいをして、こう言った。「プリシラや、今はあまりいいしおどきとは思えんが、この子にあのことを言うのは、どうやら今しかないようだな。ほれ、このあいだからふたりで話していることを、おまえ、言ってくれんか」

プリシラはますます固く、くちびるを結んだ。「あんたのほうから言ってちょうだいよ。これは家長の役目じゃないか」

「そうさな。でも、おまえ、これは女の仕事じゃないかね。わしはちょっと行って、ブタの背中《せなか》をかいてやることにしよう」プリスクスはこう言って静かに立ちあがると、表へ出ていった。その後ろを、牧畜犬《ぼくちくけん》のブランウェンが、短い足でパタパタついていった。

プリシラは、プリスクスが出ていくのを、怒《おこ》った目で見つめていた。夫の歯がガタガタするまでどやしつけてやりたい、とでもいうように。それからフーッと小さなため息をひとつつくと、炉辺《ろへん》のほうに向き直った。オウェインにはプリシラの顔が、もうほとんど見えなかった。夏の夕べは暑くなりすぎないように、料理が終わればすぐに火を消す。ろうそくは特別な場合にしか使わないから、部屋の中は暗かったのだ。プリシラが口を開くのを、オウェインはじっと待っていた。といっても、話の中身にそれほど興味《きょうみ》を持っていたわけではない。オウェインの頭の中は、もう、明日の出発のことでいっぱいだった。

プリシラが口を開いた。「おまえがここに来てからずっと、おまえはいったいだれだい？　なんて、わたしらのほうからたずねたことはなかったね。うちのプリスクスもわたしも、待ってさえいれば、いつかおまえが話してくれるだろうって、そう思っていたのさ。でも、もう時間がないようだね」

オウェインはあわてて顔を上げた。「ごめんなさい。どんなことでも、聞いてください。なんでも答えますから。知りたいのは、どんなことですか、プリシラ？」

「おまえが首にかけているその指輪ね、おまえが熱で寝《ね》ているあいだに、わたしが革《かわ》ひもにつけかえといたよ。気づいてたかい？　それは、おまえの父さんの指輪かね？」

オウェインはうなずいた。

「あの最後の戦いでは、父さんといっしょだったのかい？」

「父さんと、兄さんと」オウェインは、今ではすっかりくせになっていたので、腕《うで》の傷《きず》をかきながら答えた。目は燃《も》えさしを見つめたままだった。

「傷《きず》をひっかくのは、およし。痛《いた》くなっちまうからね」プリシラが言った。「父さんと兄さんは、死んだのかい？」

「はい」

「それじゃあ……」プリシラの声は、今までオウェインが聞いたこともないほど柔《やわ》らかだった。そしていつもの彼女《かのじょ》らしくなく、ためらいがちだった。「それじゃあ、母さんがおまえの帰りを待っているのかい？　おまえもいっしょに死んだんじゃないかって、ずっとそう思っていたことだろう。かわいそうに」

「母さんは、おれが小さいころ死にました」オウェインはたんたんと話した。「おれ、母さんの顔も覚えていません。でも前に父さんが、母さんの顔を、柱廊《ちゅうろう》の壁《かべ》に消炭《けしずみ》で描《か》いてくれました。母さんの絵を守るために、上から青銅《せいどう》の格子《こうし》をかけたんです。首のほっそりした女の人で、長い髪《かみ》を頭の上の方で結《ゆ》っていました」

プリシラは糸巻《いとま》きを回して、コケで染《そ》めた羊毛を、紡《つむ》ぎはじめた。糸巻《いとま》きが柔《やわ》らかくゴロゴロと響《ひび》くなかで、プリシラは再《ふた》び口を開いた。「谷のふもとに、いい土地があってね。うちの人はここに来る前は、あの土地を自分のものにするつもりだったんだよ。もしいっしょに働いてくれる息子《むすこ》がいたらの話だけど。ずっと息子《むすこ》がほしいと思ってた。あの人も、わたしも。でも神様は、わたしらに子どもを授《さず》けてはくださらなかった。神様のなさることに、文句《もんく》を言ってもはじまらないね。ただ、谷のふもとのあの土地は、まだそのままだし、わたしらの炉辺《ろへん》の息子《むすこ》の場所も空いたままなんだよ。もしだれも待っている人がいないのなら、どうだろう、おまえ、ここにいてくれるわけにはいかないかえ?」

オウェインはビクッと顔を上げて、プリシラを見つめた。もし一年ほど後に言われたのだったら、考えただろう。少なくとも何度も考えて、やがて……。だが、父の死から、まだ日が浅すぎた。そんなことを考えるだけでも裏切《うらぎ》りという気がする。オウェインは首を振《ふ》った。「ありがたい話です。とても親切にしていただきました。ここに来たときからずっと、本当にお世話になりました。でも、おれはウィロコニウムへ行かなくてはなりません。もしあの戦いを生きのびた者がひとりでもいるなら、きっとあそこに集まるでしょう。あそこには、うちの農場もあります。どうなっているのか確《たし》かめなくちゃなりません。でもその前に、どうしてもウィロコニウムへ行かなければならないんです」

「もしウィロコニウムへ集まるんなら、もうとっくに集まって、とっくに出発してしまっただろうよ。おまえは長いこと、病気だったのだから」

「ウィロコニウムの人に聞けば、みんながどこに行ったかわかるはずです。その後を追えばいい」

プリシラはもう幾本《いくほん》か羊毛を紡《つむ》いだ。「ウィロコニウムだろうとどこだろうと、戦士《せんし》が集まるなんてことは、もうあるまいよ。おまえだって、わかってるだろう。この西の丘陵《きゅうりょう》地帯にいさえすれば、わたしらは自由でいられる。でもブリテンのほかの土地じゃ、もう何もかも終わってしまった。灯《あか》りが消えてしまったんだよ。あのサクソンの大軍に向かって、おまえさんにいったい何ができるっていうんだい？」

「プリスクスだって、若《わか》かったら剣《けん》をとるのにと言っていました」

「バカもいいところだね」

「おれも同じです。おれには剣《けん》はない。でも、少なくとも、おれは若《わか》い。どうしても行かなくちゃいけないんです、プリシラ」

ふたりのあいだに、沈黙《ちんもく》が落ちた。聞こえるのはただ、糸巻《いとま》きのまわる音だけだった。やがて、プリシラが鼻を鳴らして、沈黙《ちんもく》を破《やぶ》った。「おまえときたら、まったく、子どもだね。おまけにバカなんだから。それじゃ、どうしても行くんだね」それからまた、長いこと黙《だま》っていた。あまり黙《だま》っているので、オウェインはプリシラが怒《おこ》っているのだと思った。ついにプリシラは、おもむろに糸巻《いとま》きを止めてつむを置き、大きな手を膝《ひざ》の上に落とした。「もう何も、言うことはない。では、明日の朝、行くといいよ。ただ、これだけは忘《わす》れないでおくれ。プリスクスとわたしがここにいるかぎり、ここにはおまえの場所がある。もどりたくなったら、いつでももどっておいで」

「忘《わす》れません」オウェインは言った。「いつかもどってくるかもしれないし、もしかしたら、もどってこないかもしれない。でもどちらの場合でも、決して忘《わす》れたりしません」

第四章　壁《かべ》の影《かげ》

つぎの朝早く、朝日が山肌《やまはだ》に届《とど》く前に、オウェインはウィロコニウムをめざしてもう一度出発した。

プリシラは食料と、家に置いてあった予備《よび》の火打石、それに厚手《あつで》の上等なマントを持たせてくれた。それに加えてプリスクスが、馬の毛で作ったわなを三つと、立派《りっぱ》な狩猟《しゅりょう》用のナイフをくれた。ナイフには、使いこまれたハンノキの柄《つか》がついていた。オウェインは感《かん》謝《しゃ》の気持ちを伝えようとしたのだが、ちっともうまくいかなかった。しかたなくドッグについてくるようにと口笛であいずをすると、家を出た。以前見失ってしまった道をめざして、丘《おか》の細道をたどりながら、別れるときプリシラにキスをしてくればよかったと思った。たぶん喜んでくれただろうに。

だが彼《かれ》らと過《す》ごした何週間かの日々《ひび》は、もう薄《うす》れはじめていて、遠いことのように思えた。今では、ほかに考えなくてはならないことが、たくさんあった。二日目には、ローマの大街道《かいどう》にぶつかった。この大街道《かいどう》にそって北へ行くのだが、大街道《かいどう》を見失わないよう、だが同時に近づきすぎないよう、注意しないといけない。サクソン軍がどれほど西まで勢力《せいりょく》を伸《の》ばしているか、わからないからだ。ドッグは、すぐ後ろにいることもあれば、オオカミのように疾駆《しっく》して、ずっと先まで行ってしまうこともあった。それでもしょっちゅう振《ふ》りかえって、オウェインの姿《すがた》を確認《かくにん》していた。夏も終わり、秋が近かったので、鳥の卵《たまご》はもう手に入らなかった。だがオウェインには、プリシラがくれた大麦《バーリー》パンや、濃厚《のうこう》な羊《よう》乳《にゅう》のチーズがあった。食料が底をついてからも、ナイフがあったし、狩《かり》に役立つ犬もわなも、それから火をおこす火打石もあった。オウェインとドッグは狩《かり》をしたり、野草や木の実をあさったりしながら、未開の大地を進んでいった。

街道《かいどう》を避《さ》けたのと同じ理由から、人がいそうな場所には近寄《ちかよ》らなかった。もっともこのあたりには人の気配などなく、グレバムの南の森や湿地帯《しっちたい》と同じように、無人のようだったが。おかげで旅のあいだじゅう、サクソン軍の動向も、ブリテンのほかの土地がどうなったのかも、知るよしもなかった。

狩《か》りをしながらの旅なので、ゆっくり進むしかなかった。それでも大街道《かいどう》にそって、広大な荒野《こうや》の丘《おか》の東側を何日も歩いていくうちに、やっと樹木《じゅもく》の茂《しげ》った低地が見はらせる場所に出た。前方を見ると、はるかかなたに、見覚えのあるウィロコン山の起伏《きふく》が見えた。遠くにかすんでいるので、青い雲をつまみ上げたように見える。でもまちがいない。あれはずっと昔、家の中庭のとば口からながめた、あの山だった。

その夜オウェインは、大街道《かいどう》に近づいてみた。すると、キンダイラン軍が最初の晩《ばん》に野営《えい》した場所が見つかった。イバラが枝《えだ》を伸《の》ばした下に、たき火のあとがまだ黒く残っていた。オウェインはここで、仲間の亡霊《ぼうれい》とともに眠《ねむ》り、翌朝《よくあさ》最初の光が射《さ》したときに、再《ふたた》び出発した。

きょうで旅が終わるだろう。日ざしは明るく、ブルーベルの花のように青い空には、白い雲がひとつふたつただよっていた。ところが時間がたつにつれ、雲が厚《あつ》くなり、ようやくウィロコニウムの町が見えたときには、雨が降《ふ》りだした。街を囲《かこ》んだ白い城壁《じょうへき》の向こうにそびえたウィロコン山は、ぬれた樹木《じゅもく》に包まれて、ひとり自分の内にひきこもり、古《いにしえ》の悲しみに暗くひたっているようだった。ウィロコン山を南に避《さ》けて山あいを行くサブリナ川も、剣《けん》の刃《やいば》のようなまがまがしい色を見せて、光を失い、ただ陰鬱《いんうつ》に流れている。

川底に敷石《しきいし》のある浅瀬《あさせ》を見つけたので、オウェインは川を渡《わた》った。肩《かた》を丸め、ぬれたマントをしっかり巻《ま》きつけてあごをうずめ、街道《かいどう》の終わるところへとビシャビシャ歩いていった。

町のすぐ外側には墓石《ぼせき》の立ち並《なら》ぶ場所があるものだが、どうやらそんなところに来たらしく、両わきに墓石《ぼせき》が並《なら》んでいた。墓石《ぼせき》は雨にぬれて黒ずみ、足もとの地面には、この秋最初の黄色いポプラの落ち葉が、ぬれてはりついている。円形劇場《げきじょう》の芝土《しばつち》の土手を通りすぎると、目の前に南門の二重のアーチがあって、道はそのなかへと続いていた。門には番兵の姿《すがた》はない。稜堡《りょうほ》のひとつに焦《こ》げた跡《あと》らしいものがあったものの、城壁《じょうへき》には特に変わったところはないようだ。オウェインはあごをうずめたまま、うんざりしたようすのドッグをつれて、とぼとぼと門をくぐった。閉《と》じられた空間に、足音がむなしく響《ひび》いた。まるで、火の消えたからっぽの家に来たようだ。

オウェインはきょう、ここに来る前に、焼けおちた二軒《けん》の農家を見た。今思えば、あれは警告《けいこく》だったのだ。だがあそこでは、黒こげの廃墟《はいきょ》が意味するものなど、考えたくなかった。「ここはたまたま襲撃《しゅうげき》を受けたのだろう」と自分に言い聞かせて、先を急いだのだ。そうやって目をそむけていたが、実は刺《さ》すような恐怖《きょうふ》が心の奥《おく》にうずいていた。

門をくぐっても、そこに死体の山はなかった。戦いの跡《あと》は、どこにも見つからない。どうやら町の人たちは、事前にサクソン軍の襲撃《しゅうげき》を知らされたようだ。迎《むか》えうつ戦士《せんし》はひとりも残っていなかったから、みんなで逃《に》げだしたのだろう。そしてがらんどうになった町に、サクソン族が押《お》しよせてきて、略奪《りゃくだつ》の限《かぎ》りをつくしたあげく、火をつけたのだろう。オウェインは、広場《フォーラム》へと続くまっすぐな道を、あてもなく、ぼう然と歩いていった。自分はついに、目的の場所に到着《とうちゃく》した。だが町は廃墟《はいきょ》と化している。この先、どこへ行けばいいのだろう。重い足をひきずりながら、オウェインはあたりを見まわした。

実はウィロコニウムは、以前オウェインが訪《おとず》れたときに、すでに半分滅《ほろ》びたような町だった。百年ほど前から少しずつ衰退《すいたい》し、活気を失っていったのだ。ついには道の両わきから、雑草《ざっそう》やらペンペン草やらが伸《の》び放題に伸《の》びるまでに、荒《あ》れはてていた。それでも春に、キンダイラン王の軍団《ぐんだん》が結集したときには、まだ人の暮《く》らしが残っていた。通りでは人の声や足音がし、子どもたちが戸口で遊び、夕方には料理の匂《にお》いがただよってきた。それがどうだ。今では、町は完全に死んでしまった。通りは静まりかえり、家々《いえいえ》の窓《まど》は破壊《はかい》され梁《はり》は焼け落ちて、無惨《むざん》な姿《すがた》をさらしている。

いつの間にかオウェインは、広場の門の前に来ていた。門には誇《ほこ》らかに、ハドリアヌス皇帝《こうてい》の名が刻《きざ》まれていた。オウェインは立ち止まり、ぼんやりとまわりを見まわした。

ドッグは何かを期待するように主人を見上げて、しっぽを振《ふ》っている。もう日も暮《く》れかかっている。ふと思いついたことがあって、オウェインの喉元《のどもと》に、苦い笑いがこみあげた。そうだ、今夜はどこに泊《と》まってもいいんだ。教会堂《バシリカ》だろうと、もし望むなら、金髪王《きんぱつおう》キンダイランの館《やかた》だろうと。ウィロコニウム中どこでも出入り自由なのだ。とはいえ、広場の柱廊《ちゅうろう》に並《なら》んでいる小さな店のほうがいいかもしれない。軒先《のきさき》が低くて奥深《おくぶか》く暗そうだから、もぐりこめば、おあつらえ向きのかくれ家になるだろう。門のすぐそばの一、二軒《けん》には、まだ屋根が残っていたから、オウェインはそのなかの近いほうの店に向かった。どうやら、カゴ職人《しょくにん》の店らしかった。役に立ちそうな物は洗《あら》いざらい持ち去られていたが、かたすみに、ハトを入れるこわれたカゴがひとつと、柳《やなぎ》の枝《えだ》が一束残っていた。あたりは急速に、暗さを増《ま》してきた。店の裏手《うらて》はたそがれ時の雨にけぶって、もう見えなかった。

びしょぬれになっていたドッグは、のそのそ入っていくと、胴《どう》ぶるいをして、ぶ厚《あつ》いぶちの毛皮からしずくを飛ばした。オウェインもまるで手負いの獣《けもの》のように、のろのろとその後に続き、隅《すみ》のくらがりにもぐりこんだ。そしてびしょぬれのマントをまきつけたまま、横になった。体を丸めて後ろの壁《かべ》に背中《せなか》をぴったり押《お》しつけ、ひざを抱《だ》いて、両腕《りょううで》で頭をおおった。このまま影《かげ》に溶《と》けて、できることなら自分の存在《そんざい》すら消してしまいたかった。

戦いが終わったあの晩《ばん》、何もかも終わりだと、自分ではわかったつもりだった。だが本当には、わかっていなかったのだ。北をめざした長い旅のあいだも、傷《きず》を負って寝《ね》ていたあいだも、あるはずのない希望にしがみついていたのだ。とにかく、春にキンダイラン軍が集結したウィロコニウムにもどりさえすれば、そこに何かがあるだろう。そこからまた、何かが始まるだろう、と。だが、何もなかった。ウィロコニウムは廃墟《はいきょ》だった。オウェインの世界はまるごと死に絶《た》え、冷たいむくろとなりはてた。そしてもうひとつ、今初めて理解《りかい》したことがあった。父と兄のふたりの死体をこの目で見ていながら、今の今まで本当には信じていなかった。父にも兄にも、もう二度と会うことがかなわないとは。

ドッグはかたわらで耳を立て、首を少しかしげて、オウェインを見ていた。なぜ主人が、押《お》し殺《ころ》したような苦悶《くもん》の声をもらし、肩《かた》をふるわせているのか、不思議に思っているようだった。

しばらくして、泣くだけ泣いたオウェインが静かになると、ドッグがとなりにねそべって、オウェインの顔をなめた。犬の首のまわりに腕《うで》を回すと、ごわごわの毛皮の下から命あるもののぬくもりが伝わってきて、オウェインは少しだけなぐさめられた。こうして少年と犬は、ともに眠《ねむ》りについた。

夜中に一度ドッグが目を覚まして、首をもたげ低いうなり声を発した。つられてめざめたオウェインは、犬の首の毛がさかだっているのを感じた。店の入口のほうを見ると、オウェインのうなじの毛もさかだち、心臓《しんぞう》が早鐘《はやがね》を打った。けれども何も起こらなかった。屋根を打つ雨の音のほかは、なんの音も聞こえてこなかった。

次に目が覚めたときには、日はすっかり高くなっていた。雨は止《や》んでいる。レンガを矢筈《はず》に組んだ道がぬれて、陽光を受けて光っていた。ドッグはもう動きまわって、戸口や広場の門のあたりをクンクンかぎまわっている。昨夜、不審なものが来なかったか調べているとでも言いたげだ。オウェインは身体を起こし、しゃがんでから、ゆっくり立ちあがろうとした。身体じゅうがこわばって、よく動けず、たたきのめされた後のような気分だった。うまく立つことさえできない。よろよろと店の入り口に行き、焼けのこりの柱にもたれかかって、広場をながめた。何をすればいいのか、わからなかった。ウィロコニウムにたどりついた後のことなど、考えもしなかったのだ。だがそうしているうちに、身体が食べ物を要求してきた。いや、その前に、まず水だ。ドッグは、昨夜《ふしん》の雨でできた道ばたの水たまりをピチャピチャとなめていた。だが人間には、難《むずか》しい。試《ため》したことがあったから、オウェインは知っていた。広場のまん中には噴水《ふんすい》があったが、これもほかのものと同様、こわれていた。だがよく見ると、落ち葉が排水口《はいすいこう》をふさいでいて、緑の水盤《すいばん》のなかに、雨水が少したまっている。オウェインは両手でこれをすくい、指のあいだからこぼれる前に、あわてて飲んだ。身体が「さあ、食べ物」と要求している。オウェインはチュニカの胸《むね》のあたりを探《さぐ》って、プリスクスからもらった馬の毛をバネに編《あ》んだ、わながあるのを確《たし》かめた。わなを仕掛《しか》けるのは夕方と決まっているが、それでは明日まで食べ物にありつけない。今わなを仕掛《しか》けておけば、わずかだがチャンスはある。三つのわなのなかのどれかに、夜までに獲物《えもの》がかからないともかぎらない。たとえ何もかからなかったとしても、何も失うものはない。だいいち、ほかにすることもなかった。

南門への道が、ひどく長く感じられた。足がひどく痛《いた》むことに、今までは気がつかなかったのだ。一度後ろのほうで、かすかな足音が聞こえた気がした。だが振《ふ》りかえると、だれもいなかった。城壁《じょうへき》の外の墓地《ぼち》は、ウィロコニウムのほかの場所同様、ずっと以前から荒《あ》れはてていた。墓《はか》と墓《はか》のあいだを雑草《ざっそう》がおおい、からまったイバラやキンポウゲのツルが、墓石《ぼせき》から墓石《ぼせき》へとはいずっている。オウェインはこれを見て、わなを仕掛《しか》けるには絶好《ぜっこう》の場所だと思った。すぐに探《さが》していたものが見つかった。草とイバラのあいだに、ウサギの足あとを見つけたのだ。ドッグがとなりで見ているなか、オウェインは「第十四軍《ぐん》団《だん》旗手、ビチェンツァ出身マーカス・ペトロニウス、享年《きょうねん》三十九歳《さい》」と書かれた墓石《ぼせき》の台《だい》座《ざ》に、ひとつ目のわなを仕掛《しか》けた。まっ赤な葉のついたイバラの小枝《こえだ》を下に引《ひ》っ張《ぱ》って、わなをかくしながら、ふと思った。ある日だれかが自分の墓《はか》の上に、耳の長い獲物《えもの》をねらってわなを仕掛《しか》けたと知ったなら、このマーカスは怒《おこ》るだろうか、喜ぶだろうか、それともまったく気にかけないだろうか。

残りのふたつのわなをそれぞれ別の足あとの上に仕掛《しか》けると、オウェインはクロイチゴをふたつかみほど食べた。腹《はら》がへっていたのにそれ以上食べなかったのは、空腹《くうふく》にクロイチゴを食べすぎるとひどい目にあうと、経験《けいけん》でわかっていたからだ。そして疲《つか》れたようすで、町へともどった。

その日は一日中、ウィロコニウムの町をさまよい歩いた。まるで歩く亡霊《ぼうれい》のように静まりかえった通りを行き来し、店や家をのぞいてまわった。ドッグは後ろをついてきたり、あちこちかぎまわったりしていた。

南門へ向かうとちゅうで、背後《はいご》に妙《みょう》な足音が聞こえた気がした。だがそれだけであとは何も聞こえも見もしなかったのだが、それにもかかわらず、ずっとだれかに見られているような気がしていた。もちろん、孤独《こどく》だからだろう。とはいえ一度か二度、ドッグがすばやくふり返ったり、鼻面《はなづら》を上げて風の匂《にお》いをかいだりしたようだったが……。

やがてオウェインの前に、高い壁《かべ》が立ちはだかった。壁《かべ》に裂《さ》け目を見つけたので、ドッグといっしょに中へもぐりこんだところ、そこは庭園だった。たぶんキンダイラン王の館《やかた》の庭だろう。城壁《じょうへき》のそばに、リンゴの木がある。焼け焦《こ》げた枝《えだ》もあるが、そうひどくはない。足もとの草の上にリンゴが転がっていたので、オウェインはひとつとって、かじってみた。だがマルメロの実のようにすっぱくて、舌《した》がしびれてしまった。オウェインはリンゴを投げ捨《す》て、別のリンゴをかいでいるドッグに向かって言った。「だめだ。おい、あきらめろ。腹《はら》をこわすくらいなら、空腹《くうふく》のほうがましだろ」

ふだんドッグに話しかけなかったのは、だまったままでも、ほとんどわかりあえたからだ。オウェインは長いこと自分の声を聞いていなかったため、自分の声に驚《おどろ》いて飛びあがった。ちょうど池に小石を落としたように、静けさの中にさざなみが立ち、外へ広がっていった。そのとき何気なく、オウェインは後ろを見た。

すると、壁《かべ》の裂《さ》け目ふきんの茂《しげ》みのまん中が、かすかにゆれるのが見えた。ドキッとしたが、すぐに茂《しげ》みからチフチャフ・ムシクイが飛びだしてきた。この小鳥のせいだとわかって、胸《むね》をなでおろした。オウェインは肩《かた》を丸めて、立ち去った。「何でもないことに、ビクビクするな。腹《はら》がへってるせいで、落ちつかない。それだけのことだ」それでも茂《しげ》みが見えなくなる前に、もう一度だけふり返ってみた。もう茂《しげ》みをゆらすものはない。チフチャフ・ムシクイはリンゴの木の下で、ハエを追って飛びまわっていた。

オウェインは、キンダイラン王の館《やかた》の焼けただれた壁《かべ》と柱廊《ちゅうろう》の方へと、さまよっていった。とちゅう石段《いしだん》を三段降《だんお》りたところに、小さな岩屋を見つけた。ハシバミの茂《しげ》みがおったなかに、灰色《はいいろ》の石の屋根がある。ひさしの下には青銅《せいどう》のライオン像《ぞう》があって、その口からまだ、水がちょろちょろと流れていた。町のなかにはほかにも水の出ている場所があったが、たいていにごって汚《きたな》い水だった。でもここの水は新鮮《しんせん》でおいしかったので、オウェインとドッグは、シダの生えた水盤《すいばん》から心ゆくまで飲んだ。次にのどが渇《かわ》いたときのために、この場所を覚えておいた。

キンダイラン王の館《やかた》はがらんとして、燃《も》え残った壁《かべ》だけが立っていた。屋根もなく、流れゆく青と灰色《はいいろ》の秋の空が見える。かつて壮麗《そうれい》だった部屋べやは、焼け落ちた梁《はり》や屋根の残骸《ざんがい》で見るかげもない。だが奴隷棟《どれいとう》の一番奥《おく》へ行ってみると、階段《かいだん》を二段降《だんお》りた半地下に、小さな貯蔵室《ちょぞうしつ》があった。隅《すみ》のタイルが割《わ》れていて、割《わ》れ目から空がのぞいているが、それ以外は、屋根がほぼ全部残っていた。オウェインは頭のどこかで考えをめぐらして、ここはかくれ家にうってつけだとさとった。ここなら火をおこせるから、わなにかかったウサギを焼くこともできる。それに昨晩泊《さくばんと》まった店には、すっかり嫌気《いやけ》がさしていた。あそこで感じた悲哀《ひあい》がそのまま暗雲となり、あの場所にたれこめているような気がする。ほかにいい場所があろうとなかろうと、あそこにもどる気にはなれないと、わかっていた。

廃墟《はいきょ》と化した城の中には、薪《たきぎ》は充分《じゅうぶん》あり、ぬれていないものも見つかった。オウェインはたっぷり集めてきて、土間のまん中で火をおこす準備《じゅんび》をしておいた。それから近くの庭から長くのびた雑草《ざっそう》を何束か運んできて、屋根の穴《あな》からいちばん離《はな》れた隅《すみ》に投げこんだ。こうして寝床《ねどこ》を作ると、この上に座《すわ》って腕《うで》の傷《きず》をかきながら、夕暮《ゆうぐ》れを待った。こんなに一日を長く感じたことは、生まれて初めてだった。

ようやく日が暮《く》れると、オウェインはもう一度、仕掛《しか》けたわなまでの長い道のりを歩いていった。ひとつ目とふたつ目のわなはカラだった。だが旗手の墓《はか》に仕掛《しか》けた三つ目のわなには、太った野ウサギがかかっていた。オウェインはマーカス・ペトロニウスの霊魂《れいこん》に敬意《けいい》を表してから、獲物《えもの》をわなからはずした。まずはらわたを抜《ぬ》いて、抜《ぬ》いたものをドッグにやった。もう一度わなを掛《か》けなおすと、仕留《しと》めた獲物《えもの》をぶら下げて、キンダイランの館《やかた》へともどることにした。

町の外にいったん出ると、あの空っぽの町へと暗いなかを帰るのは、なんともいやな気がした。でもまあ、月も出たようだ。オウェインは疲《つか》れきった体を押《お》して、再《ふたた》び暗い門をくぐり、月明かりで明るい通りへと出た。このときこれまでにないほど強く、だれかに見られていることを意識《いしき》した。その日何度もそうしたように、今一度立ち止まって、あたりの音に耳をすましてみた。これまで聞こえていたかすかな音が止《や》んだ。ヒタ、ヒタ、ヒタ……。だがそれは、はらわたを抜《ぬ》いたウサギからしたたっている血の音だった。

屋根の垂木《たるき》が半分落ちているせいで、キンダイランの館《やかた》の柱廊《ちゅうろう》の床《ゆか》には、おどろおどろしい形の影《かげ》が落ちていた。オウェインは、自分が慎重《しんちょう》に影《かげ》をよけていることに気がついた。影《かげ》など何でもないと自分に言い聞かせるために、わざと影《かげ》を踏《ふ》みつけることもあった。かすかな風にツタのツルがゆれたので、オウェインはビクリと立ち止まって、ふり向いた。鼓動《こどう》が速まり、手のひらが汗《あせ》ばんだが、獲物《えもの》を狙《ねら》うフクロウのホーホーという声がするだけだった。やっと奴隷棟《どれいとう》のかくれ家にたどりつくと、しゃがみこんで、火打石で火をおこしはじめた。ずいぶん時間がかかったうえ、石で指を切ってしまったが、それでもなんとか火がついて、ほっとした。火を燃《も》やしながら、ウサギの皮をはぐことにした。頭と手を残したままの皮を放ってやると、ドッグが飛びついた。まるで活《い》きのいいウサギを相手にしているように、噛《か》みついたりくわえて振《ふ》りまわしたりして、あげくにウサギの毛にむせていた。オウェインは皮をはいだウサギの肉を、火の勢《いきお》いが強いところにナイフでつっこんだ。焦《こ》がさずに、うまく焼かなくてはならない。

すぐに肉を焼くいい匂《にお》いがしてきた。肉をかきだしてひっくり返してみると、肩《かた》の部分が黒こげになっている。もっと工夫《くふう》しなくては。焦《こ》げたところをこそげとると、まきを、肉のまわりを少し離《はな》れて囲《かこ》むように、並《なら》べてみた。

小さく明るい炎《ほのお》をあげて、火はまっ赤によく燃《も》えている。それもそのはず、薪《たきぎ》はよく乾《かん》燥《そう》していた。煙《けむり》が渦《うず》巻《ま》いて昇《のぼ》っていき、屋根の割《わ》れ目から出ていった。いつのまにか貯《ちょ》蔵《ぞう》室《しつ》は暖《あたた》まり、夢《む》中《ちゅう》になっている少年と犬の顔を黄色い光が照らしていた。

オウェインは肉をナイフでつついてみて、充分《じゅうぶん》焼けていると決めた。どっちにしろ、もうこれ以上待てなかった。獲物《えもの》を持ち帰った時点で、すでに空腹《くうふく》を通りこして気分が悪くなっていたのだ。焼けた肉のにおいが鼻をくすぐりはじめると、口の中に生温かいつばがあふれてきて、絶《た》えず飲みこまないではいられなかった。熱い灰《はい》の中から、ナイフと木の破片《はへん》を使って肉をかきだすと、床《ゆか》にころがして、少しさめるのを待った。ドッグはとっくに自分の分け前を食べ終えて、前足に鼻先を乗せて寝《ね》そべり、オウェインが肉を焼くのを見ていた。だがこのときふいに頭を上げて、入り口のほうを見つめた。ドッグの目は緑色のランプのようにらんらんと光り、昨晩《さくばん》と同じように低いうなり声を発している。

オウェインも、入り口に目をやった。

月の光は、階段《かいだん》のへりに銀色のすじを作り、手前の壁一面《かべいちめん》を白く照らしていた。さっき壁《かべ》を見たときには、漆喰《しっくい》のひび割《わ》れのほかは何もなかった。それが今は、ほの白い光のなかに影《かげ》が見える。バッタのようにやせこけた、きゃしゃな影《かげ》だが、どうやら人影《ひとかげ》のようだった。

第五章　レジナ

軍用犬がとびかかろうとしたので、オウェインは犬の首輪をつかんで、あわてて立ちあがった。何か叫《さけ》んだが、自分でも何と言ったかわからなかった。影《かげ》は走って逃《に》げかかったものの、暗がりで一瞬《いっしゅん》たちどまり、おずおずと月光のさす壁《かべ》の方へとにじりでた。影《かげ》と同じくらいやせたきゃしゃな姿《すがた》が戸口に現《あらわ》れ、恐怖《きょうふ》におびえた声で哀願《あいがん》した。「犬、犬を噛《か》みつかせないで」

「灯《あか》りの近くにきて、正体を見せろ。そうしないと、今すぐこの犬をけしかけるぞ」オウェインは、両手で必死に首輪を押《お》さえ、息をはずませて言った。「待て、ドッグ！　落ちつけ！　落ちつけって、言ってるんだ」

影《かげ》はこわごわ階段《かいだん》を下りて、灯《あか》りのなかに現《あらわ》れた。

オウェインの目に入ったのは、女の子の姿《すがた》だった。十二歳《さい》くらいだろうか。汚《よご》れきっていて、ぼろぼろのチュニカからつきでた腕《うで》も足も、棒《ぼう》のように細い。この子が火のそばに近づいたので、ふたりはおたがいに見つめあった。ドッグはうなるのをやめて、主人のわきで見張《みは》っている。女の子はおびえていたが、ゆだんはしていなかった。サッと逃《に》げていきそうだが、同時につっかかってきそうな気配もある。オウェインを見返している瞳《ひとみ》は、けぶる雨のように灰色《はいいろ》で、黒いまつげにびっしり囲《かこ》まれていて、これまで見たこともない不思議な目をしていた。この少女はひどいにおいを発していたが、オウェインは気がつかなかった。キンダイラン軍がウィロコニウムから進軍して以来、臭《くさ》いのにはすっかり慣《な》れていた。だが少女の口のまわりがただれていること、もつれた髪《かみ》から何か虫のようなものがはいでたり、またもぐったりすることには、気がついた。

「おまえはだれだ？　何がほしいんだ？　おまえだろう、おれを一日中こそこそつけまわしてたのは？」オウェインが鋭《するど》く問いつめた。

少女は、三つの問いのうち、最も切実だった二番目の問いに答えた。「肉を焼くにおいがしたから」

少女の声の中には、かすかに哀《あわ》れみを乞《こ》おうとしている気配が見えて、オウェインはそれが気に入らなかった。オウェインはかがんで、ウサギを取った。さわれるほどさめていたので、後ろ足を一本ちぎって、犬にでもやるように投げてやった。「ほら、やるよ」

少女は肉をひっつかむと、ガツガツと噛《か》みつき歯でひきちぎって、両手でむさぼり喰《く》った。だが食べているあいだも、オウェインから目を離《はな》さなかった。信じられないほど短い時間で、肉は骨《ほね》だけになった。少女は骨《ほね》と骨《ほね》をはずすと、そのあいだについていた肉のすじをしゃぶりとった。それから骨《ほね》を捨《す》てて、両手をお椀《わん》の形にして差しだした。慣《な》れたものごいの仕草だった。「すごく、おなかがすいています。だんな様、足をもう一本、めぐんでください」

そうか、これがこいつの正体か。こじきだ！　オウェインはムカッとして、もう一本の足をひきちぎり、ものごいの手の中に落とした。それから、急いで自分も食べはじめた。そうしないとこのこじきは、せっかくの獲物《えもの》のオウェインの分がなくなるまで、もっとくれ、もっとくれ、とねだるだろう。

ふたりはにらみあったまま、火のそばに立って食べた。少女は先に食べ終わって、骨《ほね》をしゃぶりながら、まだオウェインが食べている肉を穴《あな》のあくほど見つめていた。だがオウェインはこの無言の哀願《あいがん》を無視《むし》して、食べ続けた。公平に考えて、この獲物《えもの》は自分がとったものだ。だいいちもう、半分近くくれてやった。背骨《せぼね》にはりついたおいしい白い肉を歯でむしって食べ終えると、まだ少し肉がついた骨《ほね》をドッグにやった。オウェインは怒《おこ》っていた。自分の夕食が減《へ》ってしまったことはもちろん、それ以上に、おどかされたことに腹《はら》が立った。だが押《お》さえようとしても、うれしい気持ちがわいてくるのも確《たし》かだった。この死んだ街に生きているのは、自分だけではなかったのだ。オウェインは指をしゃぶり終わると、聞いた。「おまえ、何ていう名前だ？」

「レジナ」やはり指をしゃぶりながら、少女が答えた。口のまわりがあぶらでべとついていた。

ラテン語は近ごろ、ふだんはあまり使われなくなっていた。それでも「レジナ」というラテン語の意味くらいは、オウェインも知っていた。オウェインは笑った。「女王様《レジナ》とはね！　おまえにぴったりの名前だな。じゃあ両親は高貴《こうき》な生まれかよ？」

「父さんも母さんもいない」レジナは、何でもないことのように言った。「ばあさんと住んでたけど、去年の冬、死んだ。こじきをさせられて、もらいが悪いと、なぐられた。あいつを殺《ころ》してやろうと思って、スープに毒草《どくそう》をまぜたことがあるんだ。でも見つかって、立てなくなるまでぶんなぐられた」

話しているときの少女の目つきと、抑揚《よくよう》のないかすれ声から、少女の話は本当だろうと思った。だが今は、そんなことよりもっと知りたいことがあった。「このウィロコニウムで、ひとりで何をしてるんだ？　おまえ、ひとりだけか？　町はからっぽだと、思ってたんだが」オウェインは、こわい顔で聞いた。

「からっぽなわけない。だってあたしは、ずっとここにいたんだから」レジナは火にあたりながら、はだしの両足をこすりあわせていた。

「サクソン軍が来てから、ずっとか？」

「うん」

オウェインの声が、かすれた。「教えてくれ、町に何があったんだ？」

「まちは大騒《おおさわ》ぎだった。サクソン軍が来るぞ、あっちの農場に」と言って、細い指で南と東をさした。「火がつけられたぞって、みんなが叫《さけ》んでた。それで、食べ物と、運べるくらい軽い、大事なものだけをひっかかえると、みんな、山へ逃《に》げていった。あたしもいっしょに走ったけど、あんまり遠くまで行かなかった。それでサクソン軍がいなくなって、火が消えてから、もどってきた」

「なぜだ？」

レジナはあの不思議な、けむる雨のような灰色《はいいろ》の瞳《ひとみ》を重々《おもおも》しく見開いた。「あたしは、ここしか知らないから」

オウェインは一瞬沈黙《いっしゅんちんもく》し、それから口を開いた。「死んでからっぽになったこんな町にひとりでいて、こわくなかったのか?」

「うん。あたしは、みんなが逃《に》げていった山の方がこわい。守ってくれる屋根もないし」

「ここだって、屋根なんかろくすっぽないじゃないか」

「かくれるところなら、ちょっとある。だいいち……」冷たい声に、悪意と満足感がにじんだ。「だれもいないウィロコニウムの方が、あたしは好きだ」

あたりがしんと静まりかえった。オウェインの耳に、枯《か》れ葉が風に舞《ま》うカサコソという音が聞こえた。そんなつもりはなかったのに、この子のつらさが伝わってきて、オウェインの胸《むね》は痛《いた》んだ。何かを感じたくなど、なかった。何かを感じるということは、自分のなかの何かが、息を吹《ふ》きかえすということだ。そして息を吹《ふ》きかえせば、凍《こお》った足先に再《ふたた》び血がめぐるときのように、ひどく苦しい思いをするとわかっている。

レジナも、風の音を聞いて、ブルッとふるえ、少し火のそばに近づいた。顔に強い哀願《あいがん》の色が浮《う》かんでいる。どうやらオウェインを怒《おこ》らせたと思って、おびえているらしい。この火は、オウェインのものなのだから。少女の声に、哀《あわ》れみを乞《こ》うこじきらしい気配がもどった。「追っぱらったりしないで。ね、もう秋だから、風が冷たいもの。お願い、火のそばにいさせてちょうだい。あたし、そんなに、近づかないから。ちょっとあったまればいいだけだから」

オウェインは、少女をにらみつけた。この子のせいで、自分のなかの何かが息を吹《ふ》き返しかかっていて、それが苦しい。なんて、苦しいんだろう。少女を恨《うら》んでいたし、少女から自分の身を守ろうともしていた。だがそれにもかかわらず、もうこの子を追いはらうことなどできないとわかっていた。ドッグを追いはらえないのと同じだ。「火は、ふたりであたれるくらいある。どうしてもって言うなら、ここにいればいいだろ」オウェインは、しぶしぶ言った。少女はため息をついて、しゃがみこんだ。ずっとここにいたかのように自然だった。

オウェインも腰《こし》をおろし、ドッグは主人にピタリとはりついて寝《ね》そべったものの、あいかわらず少女をみはっていた。少女は前にかがんで、両手を火にかざしていた。少女の手は、火が赤く透《す》けるほど薄《うす》くて、繊細《せんさい》な骨《ほね》の形が黒く浮《う》きでているのさえ見える。「どうして一日中、おれの後を追いかけて、こっそりのぞいてたんだ?」やっとオウェインが口を開いた。

「あんたが何をするのか、見たかったんだ。でももし見つかったら、石をぶつけられるんじゃないかって、こわかった」

「よく石をぶつけられるのか？」

「もちろん。いつもだよ」手を裏返《うらがえ》して、今度は手の甲《こう》を火にかざした。「あんたこそ、何をしてたの？　どうしてウィロコニウムに来たのさ？」

オウェインは火を見つめ、腕《うで》の傷《きず》をかいた。「おれは、キンダイラン軍に加わっていた。春、ここに集結したときは、父や兄といっしょだった。でもそのあと……そのあとすべてが終わって……」声がふるえはじめて、必死にそれを押《お》さえた。「もし生き残った者がいれば、ここにまた集まるだろうと思ったんだ。ここにもどれば……仲間が見つかるだろうって」

不思議だった。いっしょに火のそばに座《すわ》っているうちに、オウェインと少女のあいだに、変化が起きていた。ほんのさっきまで、こんなことを言うなどとは考えられなかった。おまえなんかとは関係ない、と冷たくあしらうはずだった。

レジナがさっとふりむいた。まるで血管を水銀が流れているとでもいうように、少女はいつもすばやく動いた。「戦《いくさ》があったんだ？　それで、サクソン軍に負けたの？」

「そうだ」

「ここには、だれも、来なかった」レジナが言った。

オウェインは、赤い炎《ほのお》を見つめたまま、首を振《ふ》った。

少したつと、レジナは手を伸《の》ばして、オウェインの袖《そで》の下からのぞいている紫色《むらさきいろ》の傷《きず》を指した。「それ、戦いでやられた傷《きず》？」

「そうだ」オウェインはくり返した。

レジナは黙《だま》ったまま、傷《きず》を見つめていた。それから、自分の小さなはだしの足を片方《かたほう》つきだして、オウェインに足の裏《うら》が見えるように持ちあげた。「見て、あたしも、ここに傷《きず》があるよ。ガラスのかけらで切ったんだ」

見ると、足は泥《どろ》とあかだらけで、大昔からの汚《よご》れがしみこんだように、汚《きたな》い色に染《そ》まっていた。それでもその汚《よご》れのすきまに、ギザギザの白い傷《きず》あとが、土ふまずから親指の下まであるのがわかった。一瞬《いっしゅん》、この子がなぜそんなものを見せるのか、わけがわからなかった。この子は傷《きず》がじまんなのか？　それとも傷《きず》をものごいに利用しているのか？　同《どう》情《じょう》をかってもっとめぐんでもらおうというのだろうか？　オウェインはここ数カ月で急に大人びてしまい、むかし知っていたことを忘《わす》れていた。だがしばらくすると、兄のオシアンと背中《せなか》をたたいては、その跡《あと》を見せあったことを思いだし、納得《なっとく》がいった。傷比《きずくら》べは仲間同士《どうし》がやることで、友情《ゆうじょう》のあかしだった。たぶんレジナにとっては、生まれて初めての友情《ゆうじょう》のあかしだろう。

オウェインはレジナの足にふれた。こびりついた汚《よご》れの下で、足は氷のように冷たかった。「痛《いた》かっただろ」オウェインはぶっきらぼうに言った。「おまえの足、まだこごえてるじゃないか。もっと火の近くに出せよ」

レジナは言われたとおりにして、暖《あたた》かさにためいきをついた。それから「あんたの名前は？　あたしのは言ったよね」と聞いた。

「オウェイン」と答えてから、続けた。「もっとわなを仕掛《しか》けてあるんだ。だから明日も、ウサギがかかっているかもしれない」

小さな火が燃《も》えつきてしまうと、ふたりは寝床《ねどこ》用の草を前より広げて、オウェインのマントにいっしょにくるまった。マントは、へりがすりきれてきたが、生地《きじ》は厚《あつ》くたっぷりしていて、くっつけばふたり分の大きさがあった。ドッグは、オウェインの膝《ひざ》にあごをのせて眠《ねむ》り、夜、少女が動くたびに、柔《やわ》らかくうなって警告《けいこく》した。

朝になると、また全員が腹《はら》をすかしていた。オウェインたちはそろってライオンの形の噴水《ふんすい》に行き、それからリンゴを取りにいった。「きのうあんたが食べたリンゴは、リンゴ酒用なんだよ。だからあんなにすっぱいんだ。あたしが、甘《あま》いリンゴのなってる木に連れてってやる」水とリンゴでは、満足とまではいかなかったが、それでも一時しのぎにはなった。あとでオウェインが荒《あ》れた墓地《ぼち》に行ってみると、またウサギが一匹《ぴき》、わなにかかっていた。これで今晩《こんばん》も、みんなが腹《はら》いっぱいになれる。

これは、信じられないほどの幸運だった。だが同じところで、そう何度も獲物《えもの》がかかるはずはない。範囲《はんい》を広げなくてはならなかった。森との境《さかい》の、川幅《かわはば》がせばまったあたりにわなを仕掛《しか》けた。いちばん端《はし》の墓石《ぼせき》から、弓が届《とど》くくらいの距離《きょり》だ。レジナは影《かげ》のように、ずっとオウェインの後ろにしたがっていたが、おびえているのが伝わってきた。城壁《じょうへき》の外を、これほど遠くまで来たことはないのだろう。「このへんには、ヤマアラシがいるかもしれないな」オウェインは話しかけた。「ウサギを焼くのは、夜になってからにしよう。一日の終わりに食べて、何かを腹《はら》に入れて眠《ねむ》ったほうがいいから」

オウェインがウサギを持って、そろって町へともどった。

自然のなかではレジナは自信がなく、何をすればいいかわからないようだったが、城壁《じょうへき》の中にもどると、まるで別人だった。さっと先頭に立ち、オウェインのあいた方の手をつかんで、こっちの裏道《うらみち》、あっちの近道とひっぱりまわした。一軒《けん》の家の大きく開いた戸口から入り、別の家の裏手《うらて》の崩《くず》れた壁《かべ》から出ることもあった。そしてどこの家だろうと、どこの片隅《かたすみ》だろうと、そこにかつて住んでいた人にまつわる思い出話がないところはないようだった。もっともほとんどは、悪い思い出ばかりだったが。

西門に向かう大通りから一本入った道を行くと、略奪《りゃくだつ》され火をつけられた家があった。中庭のサンザシの木が焼けて、戸口に倒《たお》れかかっているのが、まるでよじった鉄の細工物のようだった。「これが、ウルピウス・プデンティウスの家だよ」レジナが言った。「ずいぶん年寄《としよ》りで、ベッドの下に、金貨がたっぷり入った袋《ふくろ》や箱をかくしてるってうわさだった。みんなが言ってたけど、この人のご先祖《せんぞ》は、病気のロバに薬を飲ませて、元気に見えるあいだに兵士《へいし》たちに売っぱらったんだってさ。そうやって、ひと財産《ざいさん》こしらえたんだって」レジナは燃《も》え残った戸口の柱によりかかり、とがったあごを両手ではさんで、中を見つめていた。「一度、銅貨《どうか》をくれたことがあったよ。あのじいさんがこじきに何かくれたなんて、あれが最初で最後だったと思うけど」

「何が起こったんだい？」となりで、小さな中庭をのぞきながら、オウェインが聞いた。

「あたし、通りで犬みたいに四つんばいになって、大声をあげてじいさんのあとを追っかけたんだ。そしたら、あっちへ行けって、あたしに銅貨《どうか》を投げつけた」レジナが答えた。

ふたりはウサギのはらわたを抜《ぬ》いてから、キンダイランの館《やかた》の柱廊《ちゅうろう》で見つけた穴《あな》にかくした。その日の残りの時間は、ねぐらをもっと快適《かいてき》にするために、薪《たきぎ》や寝床《ねどこ》に敷《し》く枯《か》れ草を集めてまわった。ある家の瓦礫《がれき》の中から、さびだらけの古い剣《けん》を見つけたので、ウサギを焼くのに使おうと持ち帰った。いつのまにか、ねぐらは、ふたりのものということになっていた。レジナが前はどこで寝《ね》ていたのか、オウェインは一度も聞かなかった。たぶん決まったかくれ家などなくて、毎晩《まいばん》別のすみっこで、丸まっていただけかもしれない。

その日の夕方、オウェインは、前日よりずっと早い時間にわなを見にでかけた。レジナのために早く出かけたのに、レジナはついてこなかった。近くまできたが、ひとりで何かするらしく、すっといなくなった。わなはどれもかかっておらず、しかもひとつは、キツネに荒《あ》らされていた。オウェインはわなをかけ直すと、荒涼《こうりょう》とした墓地《ぼち》を抜《ぬ》け、ウィロコニウムの死んだ通りをいくつか通ってキンダイランの館《やかた》の奥《おく》の貯蔵室《ちょぞうしつ》にもどった。

だがレジナはいなかった。レジナがいないと、暗い小さなねぐらは、突然《とつぜん》からっぽに思えた。だがそれに気づくか気づかないかのうちに、ペタペタいうはだしの足音が聞こえ、崩《くず》れた柱廊《ちゅうろう》をこちらへとやってくる姿《すがた》が見えた。レジナはぼろのスカートの前を注意深く持ちあげている。中に大事なものをかくしているようだ。ドッグもこのころにはレジナを仲間として受け入れていて、しっぽを振《ふ》って歓迎《かんげい》し、持ってきたのは何だろうかと、期待の鼻づらをつきだした。オウェインは犬を軽くたたいてどかしたが、自分自身興味《きょうみ》深《ぶか》そうに首を伸《の》ばした。「何を持ってるの？」

答えのかわりに、レジナはつまんだスカートを開いて見せた。宝物《たからもの》は、ひとにぎりの黄色い穀物《こくもつ》だった。

「どこで見つけたの？」

「広場に大きなパン屋があって、そこの瓦礫《がれき》の下のカゴの中。ネズミも食べにくるけど。あのね、ここにはネコも何匹《びき》かいるんだよ。月夜の晩《ばん》にときどき鳴いてるのが聞こえるから。でもネズミをたいじできるほどはいないらしくて、ネズミが麦を食べちゃうんだ。でも、まだけっこう残ってるよ」

そういうことか。レジナはその麦を食べて、今まで生きのびてきたのだ。オウェインはこのときまで、疑問《ぎもん》にさえ思わなかった。レジナが現《あらわ》れたときにはあまりにも驚《おどろ》いたし、その後はあまりにも自然だった。結局、彼女《かのじょ》がどうやって生きのびてきたのか、考えもしなかった。

レジナは話しながら、スカートを片手《かたて》にまとめて、空いた手で金色の麦粒《むぎつぶ》をいく粒《つぶ》かつまみあげた。それから不思議に繊細《せんさい》な手つきで、麦粒《むぎつぶ》をほとんどひと粒《つぶ》ずつ、あたりにまき散らした。いつもしていることだが、楽しくてたまらないので、できるだけ長引かせたいとでも思っているように。麦粒《むぎつぶ》は、何粒《なんつぶ》かがこわれた敷石《しきいし》の上に、何粒《なんつぶ》かは柱廊《ちゅうろう》の手すりの上に落ちた。

麦粒《むぎつぶ》をまきはじめたときには、まわりに鳥がいるようには見えなかった。だがあっというまに、あちこちからパタパタという音が聞こえて、鳥たちが現《あらわ》れた。地面に丸まっている茶色のスズメ。長い足で立っているコマドリ。赤い胸《むね》をしたアトリ。上空で待っているひかえめなツグミ。散らばった麦が金色に輝《かがや》き、鳥たちがいて、灰色《はいいろ》の敷石《しきいし》がいきいきと息づいている。

そのときまるで青い宝石《ほうせき》が空から落ちるように、アオガラが急降下《きゅうこうか》してきて、最後の麦《むぎ》粒《つぶ》をまいたレジナの足元に降《お》りた。

ドッグはさっと身構《みがま》えると、敷石《しきいし》の上の、羽のはえた無礼なチビスケに向かって、大きな鼻づらを突《つ》きだした。アオガラは見たこともない怪物《かいぶつ》の出現《しゅつげん》に驚《おどろ》いて、羽を広げ、小さい猫《ねこ》が怒《おこ》ったようにシュッという音をたてた。それからあわてたために方向をまちがえて、貯蔵室《ちょぞうしつ》の暗がりの中へと飛んでいった。これを見ていたドッグが、飛びあがって後を追いかけた。

レジナは悲鳴をあげた。スカートから手が離《はな》れたために、貴重《きちょう》な麦がそこらじゅうに散らばった。「止めて！　小鳥を殺《ころ》しちゃだめ！　小鳥を殺《ころ》さないで！」

「だいじょうぶ、ドッグは殺《ころ》したりしないよ」犬の後を追って、オウェインも走った。だが二段《だん》の階段《かいだん》があるのを忘《わす》れていたために足をすべらせ、ギャッと言って前に転んだ。床《ゆか》にぶつかって目から火花が散ったが、両腕《りょううで》はしっかり犬の首を押《お》さえこんだ。ドッグはしっぽをぶんぶん振《ふ》りまわして、あばれている。きちんと積んであった薪《たきぎ》が飛びちり、その上を恐怖《きょうふ》にかられたアオガラが、壁《かべ》から壁《かべ》へとぶつかりながら飛んでいた。

「止めて！　お願い、止めて！　翼《つばさ》を痛《いた》めちゃう！」まるでレジナ自身が痛《いた》がっているように、オウェインの耳には聞こえた。アオガラは狂《くる》ったように飛びまわっていたのをちょっと止《や》めて、羽を広げたまま、崩《くず》れた漆喰壁《しっくいかべ》に留《と》まった。レジナがその壁《かべ》ににじり寄《よ》って、アオガラの方へと静かに手を伸《の》ばした。オウェインは、興奮《こうふん》のさめない犬を押《お》さえたまま、散らばった火の跡《あと》に座《すわ》りこんで、まるで初めて見るもののようにレジナを見ていた。

「おいで、ほら。ばかな子ね」レジナはその小さな生き物をつかまえて、そおっと花でも包むように、両手のあいだに入れると戸口に向かった。あたりは嵐《あらし》のあとのように、しんとしている。レジナはちょっとためらってから、オウェインの方を向き、すぐそばへとやってきた。「見て！」うれしくてたまらなそうに言うと、少しだけ指を開いた。夕焼けの最後の光が、低い戸口から差しこんでいる。その金色の光のなかで、オウェインはアオガラを見た。囚《とら》われの身のアオガラだが、レジナのやせて浅黒い両手の丸みに囲《かこ》われて、満足そうにしている。色をぬりたくったような、小さな顔に輝《かがや》く目。頭の羽毛《うもう》が、宝石《ほうせき》のように青い。「ね、すごく青いでしょ？」レジナはそう言うと、戸口を出て階段《かいだん》を上った。そして麦粒《むぎつぶ》が散らばっているなかに立つと、両手を開いた。アオガラはまっすぐ上に上がり、そこでほんの一瞬《いっしゅん》パタパタ羽ばたいた。日没《にちぼつ》の空に青緑色がにじんでゆれ、すぐに矢のように飛んでいった。鳥を目で追って、レジナはほんの短いあいだ、そこに立っていたが、暗くなりはじめた部屋の方をふり返った。

オウェインがまだドッグを抱《かか》えたまま、ちらかったなかに座《すわ》りこんでいる。レジナも階《かい》段《だん》の上にへたりこむと、膝《ひざ》をあごまで抱《だ》きよせて、それからがまんできないというふうに笑いだした。かすれた笑い声が響《ひび》いた。

オウェインも笑いだした。だが笑うことは、自分のみじめさとの、苦しい戦いのようでもあった。ふたりともしばらく、つかれたように笑っていたが、オウェインが先に立ち直った。さっと立って、てきぱき言った。「こんなことしてたら、夕食を食べそこねちまうぞ。こぼれた麦粒《むぎつぶ》を、できるだけ集めてくれ。おれはかくしたウサギを取ってくるから」

ウサギを焼く前に、暗くなってしまった。まず火をおこさなくてはならなかったし、火打ち石でなんとか火がついても、ウサギの皮をはぐ仕事が残っていた。それがやっと終わると、火の上にあの古い剣《けん》を渡《わた》して、その上にウサギを乗せた。ドッグは昨晩《さくばん》と同じように、ウサギの皮をぶんぶん振《ふ》りまわしている。オウェインとレジナは暖《あたた》かい火のそばにうずくまって、レジナの膝《ひざ》の上に代わるがわる手を伸《の》ばして、ちりまみれの麦粒《むぎつぶ》を食べながら、肉が焼けるのを待っていた。集めた薪《たきぎ》のなかに、こわれた衣装箱《いしょうばこ》の木片《もくへん》がまじっていた。昔、海の向こうから運ばれてきたものらしく、オリーブの木でできた箱の残骸《ざんがい》だ。金目のものを探《さが》してサクソン軍がたたき割《わ》ったのだろうが、燃《も》すのにちょうどよい大きさだった。オウェインは、もっと大きな木を切ることのできる道具をそのうち探《さが》そうと思いながら、この木片《もくへん》をくべた。すると、すぐに火がつき、小さな青い炎《ほのお》があがった。アオガラの頭のように青いと思いかけて、いや、ちがう、とオウェインは思った。この炎《ほのお》の色は、ちがう青色、そう、ブルーベルの花の色だ。

てのひらの麦粒《むぎつぶ》から目を上げたレジナは、オウェインのチュニカの前に、見たことのないものを見つけて、指さして聞いた。「それ、何?」

オウェインが下を見ると、胸《むね》に下げた父の指輪がむきだしになっていた。ドッグを追いかけて階段《かいだん》で転んだときに、チュニカの中から飛びだしたのだろう。一瞬《いっしゅん》オウェインは、何でもないと言って、チュニカの中にかくそうと思った。でもレジナは、オウェインの傷《きず》を見たお返しに、自分の足の傷《きず》を見せてくれた。鳥にエサをやるところだって、惜《お》しみなく見せてくれた。昨夜レジナが肉をむさぼり喰《く》った様子からして、鳥にエサをやることが、レジナにとってどれほど大きな意味を持つことか、オウェインにも察しはついた。それに彼女《かのじょ》はアオガラを手から飛び立たせる前に、鳥の青さをオウェインにも分けてくれた。オウェインはひもを頭からはずすと、レジナに差しだした。「おれの父親のものだった。今はおれのだ」

傷《きず》のあるエメラルドが火灯《ほあか》りに映《は》えて、オウェインの指のあいだに、ひとひらの緑の炎《ほのお》が燃《も》えたった。レジナは小さく息をのんでかがみこみ、汚《よご》れた手をさっと伸《の》ばして指輪を取った。「あんたは、ずいぶん金持ちだったんだ」そう言ったレジナの指が、突然《とつぜん》茶色の小さなかぎ爪《づめ》のように見えた。オウェインにとって父の指輪は、ただ大切なだけで、高価《こうか》なものだとは考えたことはなかった。

「いや。うちにあった宝石《ほうせき》はこれだけだった。それに、ほら、傷《きず》があるんだ……。うちは農場をやってたけど、牛小屋に屋根をつけるのがせいいっぱいというところだった」

「農場？　自分のうちの農場を持ってたの？　どこに？」

「あっちの方、歩いて一日ほどの距離《きょり》かな」オウェインは、小さな部屋の南東の角の方をあごで示《しめ》した。

レジナは、灯《あか》りの向こうの影《かげ》の中にその農場が見えるかのように、その方角へと目をこらした。それからすぐに「サクソン軍はあっちの方から来たんだよ」と言った。

「知ってる」オウェインは、ウサギの肉を見ながら言った。二日前に通りすぎた、焼き払《はら》われた農家のことを、思いだしていた。あれ以来、自分のうちの農場のことは、頭の外へと押《お》しやっていた。自分の家をサクソン軍がどうしたか、見にいきたくなどなかった。

レジナはかがみこんで、指輪をひっくり返して見ていた。「ここに、魚みたいなものが彫《ほ》ってある。これってとっても古いもの？」

「それは、イルカだよ」オウェインは言った。「そう、古いものだ。海の向こうのどこかから、たぶんローマだと思うけど、おれたちが渡《わた》ってきたときに持ってきたんだと思う。ワシの軍団《ぐんだん》が初めてブリタニアにやってきたときのことだ」

だがオウェインが何を話しているのか、レジナにはわからないようだった。オウェインが知っているのは、父親が、そのまた父親から聞いた話をしてくれたからだ。でもレジナには、話してくれる人はいなかった。どっちにしろ、もうどうでもいいことだ。すべては終わってしまったのだから。

「もっと気をつけたほうがいいよ」レジナは、ちょっと叱《しか》るような調子で言った。「指輪があるって知ってたら、夜のうちに、簡単《かんたん》にひもを切って盗《ぬす》めるじゃないか」

「忠告《ちゅうこく》をありがとう。今夜は手でにぎって眠《ねむ》ることにするよ」

レジナはあの不思議な、けむる雨のような灰色《はいいろ》の目を上げると、あっさり言った。「そんな必要ない。もう盗《ぬす》みをしても、何の役にも立たないから。いまウィロコニウムには、金で買えるものなんて何もないんだ」

「ウィロコニウムから持ち出して、その金で、ガリアに渡《わた》る船に乗ればいい。金を持っている連中は、今はそうやって金を使ってる」

半分は冗談《じょうだん》だったが、半分は思いがけずまじめだった。どちらにしてもレジナは、おどかされでもしたように、その話から逃《に》げだした。オウェインの手に指輪を押《お》しもどすと、顔をそむけて、火の方を向いた。「たいへんだよ！　見て、ウサギが焦《こ》げてる」

第六章　牛泥棒《うしどろぼう》

オウェインは、ウィロコン山の斜面《しゃめん》を暗くおおっている樹林《じゅりん》から出てきた。片手《かたて》に二羽のモリバトをぶらさげ、後ろにドッグをしたがえている。一日中狩《か》りをして疲《つか》れており、白々《しらじら》と見えるウィロコニウムの城壁《じょうへき》に向かって、帰るところだった。東からのからっ風が、ドッグの背中《せなか》の毛をジグザグに分けている。オウェインはブルッと身ぶるいして、レジナが用意している料理用のたき火のことを思った。

疲《つか》れているだけでなく、空腹《くうふく》でもあった。壁《かべ》のかくし穴《あな》はからだったから、このハトを料理するまで、ほかに食べるものはない。一度、オウェインとドッグは、一歳《さい》くらいのノロジカの子をしとめたことがあった。今ベルトにはさんで持ち歩いている投石器は、その皮で作ったものだ。このときばかりはみんなが、何日間も腹《はら》いっぱい食べることができた。だが幸運はこのときだけで、特に雪が降《ふ》りだしてからは、どれほど必死でわなをかけ、狩《か》りをしても、まったく獲物《えもの》はとれなかった。食べるものといえば、パン屋の地下のわずかな麦だけだ。麦はかび臭《くさ》く、ネズミのせいで不潔《ふけつ》だったが、これだけで生きのびていた。だがこの麦すら、もう残り少ない。オウェインは、移動《いどう》しなくてはならないことがわかっていた。

この死んだ町でずっと生きていくことはできないと、オウェインは前からわかっていた。サクソン族がいつもどってくるかわからないし、森には難民《なんみん》がかくれているし、狩《か》りの獲《え》物《もの》もない。ところが移動《いどう》のことを口にするたびに、レジナは、ハヤがするりと身をかわすように、話題から逃《に》げてしまうのだ。彼女《かのじょ》が知っているのはウィロコニウムだけで、その先にあるものには強い恐怖心《きょうふしん》を持っていた。いずれにしろ、これまでは冬で、旅は不可能《ふかのう》だった。

だが今、サンザシの花が咲《さ》いた……。

それにしても、不思議な冬だった。つらく厳《きび》しく、飢《う》えていたが、そのあいだずっと、何か光に似《に》たものが射《さ》していたように思える。ただその日その日を過《す》ごしてきただけで、食べ物と寒さのこと以外、ろくすっぽ思いもしなかった。生きのびることは、西門のそばにすみついた雌《め》ギツネのように、ただひたすら生きていくことだった。だが、それも終わりだ。オウェインは、レジナが館《やかた》の庭からぬいてきて、戸口のそばの割《わ》れたつぼに植えたローズマリーの苗《なえ》のことを、思い出していた。それからオリーブの木ぎれを燃《も》やすとできる青い炎《ほのお》のことも。木ぎれは、まだ全部は燃《も》やしていない。レジナが「あとでまた燃《も》やせるように、残しておこう。一度に全部燃《も》やすのは、もったいないから」と言ったのだ。今ではオウェインの髪《かみ》の中にも、もぞもぞはいまわるものがいたので、オウェインは頭をガリガリかいた。そして突然《とつぜん》、自分がウィロコニウムですごした時間を過去《かこ》のものと考えていることに気がついた。もちろん、まだ過去《かこ》にはなっていない。これからレジナを説得《せっとく》して出発するのだから。いや、いい。もしレジナが来ないのなら、残していくまでだ！　だが、自分はそうしないと、わかっていた。自分がレジナを好きかどうか、オウェインは確《かく》信《しん》が持てなかった。特にレジナが、最近でこそあまり聞かれなくなったものの、哀《あわ》れみを乞《こ》うこじきの声を出すときには。それでもオウェインには、ふたりはひとつなのだとわかっていた。オウェインとオシアンが、たとえケンカをしたときでも、一体だったように。

オウェインが北門に着いたときには、太陽はすでに沈《しず》み、空は濁《にご》って嵐《あらし》が来そうな気配がした。背《せ》の高い草が、風にざわめいている。門の前で、オウェインは足をピタリと止め、においをかいだ。実はオウェインを引き止めたのは、においのように具体的なものではなかった。ただ、だれもいないはずの家がそうではないような、そんな妙《みょう》な直感が働いたのだ。

それからドッグがおどすように、喉《のど》の奥《おく》で低くうなった。オウェインが見おろすと、犬の首から背中《せなか》の毛がさかだっている。突然《とつぜん》、なぜかわからないままに、オウェインの心臓《しんぞう》の鼓動《こどう》も速くなった。

オウェインはしゃがんで、狩《か》りのときドッグをつないでいた古いひもを、犬の首輪につけると、前に進んだ。門から槍《やり》ひと投げぶん歩いたところで、遠くからざわめき声が聞こえた。長いこと静まり返っていた廃墟《はいきょ》の中だが、声はどこか前方から聞こえてくる。オウェインはもう一度立ち止まって、耳をすました。今度はまったく静かで、庭でさえずるツグミの声のほかは、何の音もしない。早鐘《はやがね》のような自分の心臓《しんぞう》の音以外に、聞こえるものはないかと、全身を耳にしていると、また聞こえた。今度は、牛が訴《うった》えるようにモーモー鳴く声が混《ま》じっている。

音は、広場の方角から聞こえてくるようだ。「騒《さわ》ぐな」ドッグに小声で言った。軍用犬として訓練されたドッグは、命令されれば音ひとつたてずにいることができて、これが役に立った。まっすぐ伸《の》びた大通りからはずれて、町いちばんの宿屋の裏庭《うらにわ》を行った。何かが起きているというのに、無防備《むぼうび》に大通りを行くことはない。少年と犬は影《かげ》のようにひっそりと、だが全速力で、庭を横切り、その先の小道の迷路《めいろ》を抜《ぬ》け、店や家の廃墟《はいきょ》を縫《ぬ》って、最短距離《きょり》で広場をめざした。

広場は、幅《はば》が広くて見通しのよい道に囲《かこ》まれた孤島《ことう》のようだった。だが北側だけは、道をふさぐように高い家が崩《くず》れ落ちていて、教会堂《バシリカ》の壁《かべ》にある脇《わき》の入り口までを、おおっていた。すぐに少年はつないだままの犬をつれて、崩《くず》れた家の中をこっそりと門に向かった。左手には教会堂《バシリカ》の壁《かべ》がそそり立ち、右手には黒こげの廃墟《はいきょ》となった花輪作りの店がある。その細いすきまのつきあたりに、男たちと動物の気配がして、赤い火がちらついている。

オウェインはしゃがんで、店の廃墟《はいきょ》にもぐりこんだ。黒こげの柱のあいだからのぞいた瞬間《しゅんかん》に、広場のありさまがはっきりと見てとれた。あたりは闇《やみ》に沈《しず》みかかっているが、頭上では嵐雲《しけぐも》が、すでに西の山々《やまやま》に沈《しず》んだ太陽の残照で、赤く燃《も》えている。広場のまん中では、たき火がさかんに燃《も》えており、空の黄金色《こがねいろ》、銅色《あかがねいろ》、冷たい緑色を映《うつ》しているようだ。火のまわりには、二十人を越《こ》える男の一団《いちだん》が集まっている。ぼろをまとった、やせたオオカミのような連中で、槍《やり》を持ったり、脇《わき》においたりしている。風が強い夕刻《ゆうこく》で、薄明《はくめい》とたき火の灯《あか》りに、膝《ひざ》をしばられた長毛種の馬の形が浮《う》かんでいる。その向こうの広場の奥《おく》は、燃《も》え残りの木材で囲《かこ》ってあって、そこに牛がひしめいていた。茶色のわき腹《ばら》や、興奮《こうふん》した目、振《ふ》りあげた太い角が見える。鳴き声から、子牛や乳《ちち》のはった牝牛《めうし》もいるようだ。

「おい、このまま進んで、今晩《こんばん》中に川を渡《わた》っちまおうぜ。そのほうが安全ってもんだろうが」ひとりが不満そうに言った。そのことばが、耳慣《みみな》れないサクソン人のことばではなく、同族のものだったことに、オウェインは衝撃《しょうげき》を受けた。あの連中は襲撃《しゅうげき》してきたサクソン人ではなく、ブリトン人。たぶん森に逃《に》げた難民《なんみん》が食いつめて出てきたのだろう。

「もう暗い。だいいち、丘《おか》で降《ふ》っていた雨がこっちに下りてくる。大雨になろうってのがわからんのか？」別の男が、怒《おこ》った声で言った。やせた小男で、頭髪《とうはつ》にアナグマのような縞模様《しまもよう》がある。どうやら、この男たちの頭《かしら》らしい。「子牛に乳《ちち》をやってる牝牛《めうし》もいるんだ。ばかやろうが、それ以上ばかにならないように気をつけろ！」

「それはそうと、追っ手は来ねえか？」また別の男が言った。山育ちの者らしい、つまったようなしゃべり方だ。「おれたちが農場を襲《おそ》って、サクソン人が生き残ったことなんかあったか？」どっと笑いが起きた。オオカミの一団《いちだん》が吠《ほ》えたような、ギラギラした笑い声だった。

牛の群れから、雄《おす》の子牛を一頭殺《ころ》したらしく、数人が火のそばで、皮をはいでいるところだった。熱中した男たちの獰猛《どうもう》な顔と、短刀の刃《は》を、炎《ほのお》が照らしている。オウェインは、ドッグの喉《のど》からうなり声がもれかかっているのに気づいた。訓練されているとはいえ、牛の生血のにおいを嗅《か》いだのではたまらない。オウェインは必死で、ドッグの口を両手で押《お》さえた。見るべきものは、見た。行ってレジナを探《さが》さなくては。だがこの場を離《はな》れようと膝《ひざ》をひきよせたとたんに、オウェインはまた凍《こお》りついた。男がもう三人、広場の門をこちらへとやってくるではないか。食料の調達に行ったものらしい。柔《やわ》らかい生皮のサンダルのせいで、足音がほとんどしなかったのだ。

次に起こった出来事はあまりに急だったので、オウェインがハッとしたときには、もう終わっていた。おくれてきた三人が入ってきたとき、その正面の柱廊《ちゅうろう》の廃墟《はいきょ》の中で、突然《とつぜん》動くものがあった。男のうちのひとりが、ネズミにとびかかる犬のように、それを襲《おそ》った。一瞬《いっしゅん》の取っ組みあいの後に、残忍《ざんにん》な笑い声がはじけ、悲鳴があがった。それから男は、山ネコのようにもがいている小さな人影《ひとかげ》を肩《かた》にかついで、火のそばの一味のところへと、大またでやってきた。

オウェインは、腹《はら》をなぐられたような吐《は》き気を感じた。手おくれだ、もうレジナを探《さが》しに行く必要はなくなった。

男は群れのまん中に、ひょいと少女を落とした。彼女《かのじょ》の細い腕《うで》を後ろにひねって、押《お》さえつけている。「見ろよ。山に連れ帰る家畜《かちく》がもう一匹《びき》いたぞ」

レジナのまわりに男たちが集まってきた。レジナは両腕《りょううで》をひねられ、自由を奪《うば》われている。もつれた髪《かみ》が顔にかかったレジナの姿《すがた》を、オウェインはちらりと認《みと》めた。だがその瞬《しゅん》間《かん》、レジナは身をよじってかがみこむと、男の手首にかみついた。くらいついたまま、離《はな》そうとしない。「いてっ！　やろう、この山ネコめ！」だれかがどなり、それから平手打ちの音、続いて悲鳴、そして少女が甲高《かんだか》くかすれた声で、口汚《くちぎたな》くののしるのが聞こえた。レジナの姿《すがた》は視界《しかい》から消えた。

オウェインはとっさにドッグを放し、ナイフを手に躍《おど》りでようかと思った。だがすばやく冷静に頭を働かせ、そんなことは命取りになると気づいた。いくらドッグが鋭《するど》い牙《きば》をむいて助けてくれても、二十人もの武装《ぶそう》した男を相手に、オウェインに何ができる？　そしてオウェインと犬が殺《ころ》されてしまえば、レジナを助ける者はいなくなる。正面から戦うのではなく、何か別の手を考えなければ……。

ある計画が、まるで以前から用意されていたもののように、すっと頭に浮《う》かんだ。オウェインは次の瞬間《しゅんかん》、ドッグのひもを握《にぎ》ったまま、物陰《ものかげ》に消えた。モリバトはそこに置いたまま、あきらめるしかない。崩《くず》れた柱廊《ちゅうろう》に沿《そ》って、暗い物陰《ものかげ》をひとつ、またひとつと、牛が囲《かこ》われている奥《おく》の一角をめざして、進んでいく。ついでにベルトにつけた生皮の小袋《こぶくろ》に手をつっこんで、今日の狩《か》りで使い残した投石器用の小石があるかどうか、必死で探《さぐ》った。よし、手ごたえからすると、五、六個《こ》か。とりあえずはこれで足りるだろう。火のまわりにいる者たちの声や、下卑《げび》た笑い声が聞こえたが、そちらを見ているひまはなかった。目ざすのは牛の群れだ……やがてオウェインは、牛の囲《かこ》いの後ろに、しゃがみこんだ。ドッグは従順《じゅうじゅん》にピタリと伏《ふ》せていたが、戦いたくてうずうずしているのがわかった。渇望《かつぼう》ととまどいで、軍用犬は身ぶるいした。オウェインは、小石をひとつ取りだすと、一番近くの牝牛《めうし》の広い背中《せなか》をねらって放った。

牝牛《めうし》は頭をふり上げ、不安そうに向きを変えたが、それだけだった。そこで次には子牛にねらいを定めて、あらんかぎりの技術《ぎじゅつ》と力をこめて投石器から石を放った。子牛が痛《いた》みと恐怖《きょうふ》でモーモー騒《さわ》ぐのが聞こえて、オウェインは瓦礫《がれき》の後ろに飛びこんでかくれた。それからさっきの牝牛《めうし》をもう一度、まだ不安がしずまらないうちにと、ねらい打ちにした。牝牛《めうし》は鼻をならし頭をふり上げて、狭《せま》い囲《かこ》いの中で、ぐるぐる回ろうとした。四つめの石が、雄《おす》の子牛のぬれた鼻面《はなづら》に命中すると、子牛は力いっぱい鳴いた。囲《かこ》いの中は、いらだった牛でいっぱいになった。混乱《こんらん》をさらに広げようと、まん中めがけて五つ目の石を放ったとき、たき火の方から、異変《いへん》に気づいた叫《さけ》び声が上がった。六つ目の石はもう必要なかった。一頭の牝牛《めうし》が、一頭の子牛を角で突《つ》いた。恐怖《きょうふ》にかられた子牛があちこちで鳴きだし、柵《さく》のなか全体が大混乱《だいこんらん》におちいった。不意に、にわか作りの柵《さく》がはじけとんで、横に倒《たお》れた。牛の集団《しゅうだん》は狂《くる》ったように声をはりあげ、けったり、角で突《つ》き合ったりしながら、広い場所へと流れだした。オウェインはドッグの引き綱《づな》を握《にぎ》ったまま、牛の後ろで大声を出しておどしてから、立ちあがった。

「牛が暴走《ぼうそう》したぞ!」「だれか、けしかけたやつがいるんだ!」「やられた! 襲撃《しゅうげき》だ!」

男たちが叫《さけ》んでいるのが聞こえた。

「やっぱりだ、サクソンがやってきたんだ!」乳牛《にゅうぎゅう》が一頭、モーモー鳴きながら、角で突《つ》いてきたので、男たちはすばやく槍《やり》をつかんだ。混乱《こんらん》は、いまや馬にも伝わった。気の毒《どく》な馬たちは、足かせのせいで膝《ひざ》を動かすことができず、いななきながら転ぶしかなかった。たちまち広場全体が、上を下への大混乱《だいこんらん》におちいった。わめいたりどなったりする男たちの声、牛のモーモーいう鳴き声、馬のいなきが、闇《やみ》をつんざいた。雄牛《おうし》が一頭火に飛びこんで、表皮を炎《ほのお》に焼かれて大声で鳴きながら、火のついた薪《たきぎ》を四方にまき散らした。その瞬間《しゅんかん》レジナをつかんでいた男の手がゆるみ、レジナはすべり抜《ぬ》けた。男がつかまえようと手を伸《の》ばしたのをかいくぐって、広場の門に向かって、飛ぶようにかけだした。

オウェインも同じ方向に走った。先に門に着くとふり向いて、一瞬《いっしゅん》レジナを待った。レジナは黒い髪《かみ》を後ろになびかせて、野生の獣《けもの》のように走っている。薄暗《うすくら》がりの中でも、恐《きょう》怖《ふ》であおざめているのがわかった。「だいじょうぶ。おれだよ!」オウェインはあえいで言った。レジナがオウェインに手を伸《の》ばしてよろけたので、つかまえると、思いきり引っぱった。事の真相に気づいた何人かの盗賊《とうぞく》が大混乱《だいこんらん》の渦《うず》から離《はな》れて、どなり声をあげながらふたりを追いかけてきた。

オウェインはパッと後ろをふり向くと、レジナの後ろにまわった。ドッグはつながれたまま、横を走っている。通りを転がるように渡《わた》ると、その先の暗がりに飛びこんだ。目の前の細い路地をかけぬけ、右に曲がり、また別の路地を突進《とっしん》した。そこは金物職人《しょくにん》の通りで、鍛冶炉《かじろ》のずんぐりした煙突《えんとつ》が煙《けむり》を吐《は》くこともなく、じっと立ち並《なら》んでいる。一行はまた左に曲がり、ごちゃごちゃした貧民街《ひんみんがい》に入った。そのとき追っ手の先頭が、道の後ろの方から、わめきながら追いかけてきた。

それから後は、時間と距離《きょり》の感覚が消えた。終わらない悪夢《あくむ》の中を、逃《に》げまどうようだった。むきだしの道がどこまでも続いている。家々《いえいえ》の残骸《ざんがい》がのしかかってきて、見えない目でこっちをながめている。後ろからは常《つね》に、追っ手の声が聞こえる。オウェインが行く先を決めていたが、彼《かれ》は今ではレジナと同じくらい、ウィロコニウムの道に通じていた。あらゆる裏道《うらみち》やすき間、暗いすみまでが、頭に入っている。それに、もうすぐ夕闇《ゆうやみ》が深まって、彼《かれ》らの姿《すがた》をかくしてくれるだろう。それまではまるで野ウサギのように、道を曲がったり、くねったりして、疾走《しっそう》した。ようやくのことで、追っ手の叫《さけ》び声が遠くなり、追跡《ついせき》をあきらめたように思えた。とにかくさしあたっては、追っ手を振《ふ》りきることができたようだ。

オウェインたちは大きな屋敷《やしき》の庭に入り、ひと息ついてあたりの気配をうかがおうと、足を止めた。もうすっかり暗くなっている。不吉《ふきつ》な雲が急速に広がり、冷たい雨がぱらつきはじめた。風も強まり、ヒイラギやネズの茂《しげ》みをざわつかせている。おそらく半マイル以上は離《はな》れた町の方から、かすかな追っ手の声が聞こえた。あちこち探《さが》しまわっているようだが、手がかりを失った猟犬《りょうけん》のようなイライラした感じがあった。広場の方からは、ほかの叫《さけ》び声や牛の鳴き声が聞こえた。散り散りになった牛の群れをかり集めるのに手間取っているらしい。オウェインは大きくあえいだ。自分の心臓《しんぞう》がおさまると、レジナが追われた小動物のように、激《はげ》しくハーハー言っているのが聞こえた。だがそうしているあいだにも、追っ手は近づいていた。レジナが恐怖《きょうふ》のあまり息をのんだ。「あいつらが、こっちから来る！」

オウェインはあいている方の手を伸《の》ばして、レジナの手をつかんだ。レジナはもうそんなには走れまい。それにここは、どの門からも遠い。「来るんだ！」オウェインはささやいた。「この家の中に入ろう。廃墟《はいきょ》の中の方が、見つからない」

レジナは疲労《ひろう》のあまり少しむせたが、すぐにオウェインに従《したが》った。

両手がふさがったまま走るのはむずかしかった。でももし手を離《はな》したら、たぶんレジナは家にたどりつけないだろう。ドッグも勝手に戦いに行ってしまうかもしれない。そんな危険《きけん》を犯《おか》すわけにはいかない。オウェインの心臓《しんぞう》はあばら骨《ぼね》から飛びでそうだったが、やみくもに進みつづけた。色ぬりの円柱がほとんど崩《くず》れおちてしまった柱廊《ちゅうろう》の手すりに寄《よ》りかかって、やっと息をついた。ここまで実際《じっさい》は投げ槍《やり》が届《とど》くほどの距離《きょり》だったのに、一マイルにも感じられた。だが再《ふたた》び、背後《はいご》に追っ手が迫《せま》ってくるのが聞こえた。「壁《かべ》を越《こ》えて、裏《うら》に行くんだ！」オウェインがあえぐように言った。レジナを崩《くず》れた瓦礫《がれき》の中に押《お》しこみ、後から自分もはっていった。目の前に、家の戸口が大きな口を開いている。壊《こわ》れた戸口の木材が散乱《さんらん》し、二階も崩《くず》れ落ちているが、そのあいだを手さぐりで進んだ。別の出口を抜《ぬ》けると、そこは壊《こわ》れた奴隷棟《どれいとう》で、その裏手《うらて》に別の建物がある。もう一度立ち止まって耳をすまし、あたりを見回したときには、雨が乾《かわ》いた敷石《しきいし》をぬらしていた。

せまい中庭だった。庭の奥《おく》では、崩《くず》れた壁《かべ》にサンザシの木がぐったりと倒《たお》れかかって、通りをふさいでいる。木のとがった影《かげ》が、嵐《あらし》にざわめく西の空に映《うつ》って、そこはウルピウス・プデンティウスの屋敷《やしき》だと、オウェインは知った。うるさくつきまとうレジナを追い払《はら》うために、通りで銅貨《どうか》を一枚《まい》投げつけたあの男の家だ。

すぐそばに、壊《こわ》れた火焚《ひた》き場に降《お》りる数段《すうだん》の階段《かいだん》があった。かつてはここで奴隷《どれい》が床下《ゆかした》暖房《だんぼう》の火を焚《た》いていたのだ。今では、イバラと秋の名残《など》りのヒルガオが、伸《の》び放題に伸《の》びている。「待ってろ」オウェインは命令すると、レジナの手を放し、階段《かいだん》を下りて、崩《くず》れて床《ゆか》につきささった梁《はり》の下にもぐってみた。この梁《はり》が、ほかの崩《くず》れた部分を支《ささ》えている。おかげで家の地下の暗闇《くらやみ》に、小さな三角形の空間が残されていた。空気は冷たく湿《しめ》ってどんよりしているし、そのうえどれほど梁《はり》が持ちこたえられるか、わかったものではない。もしかしたら生き埋《う》めになるかもしれない。だが今は「もし」などと考えている場合ではなかった。次の瞬間《しゅんかん》、オウェインはそこから出て、レジナの手をつかんだ。「家の地下にもぐれる――床下暖房《ゆかしただんぼう》があるんだ――おいで！」

オウェインはまずレジナ、続けてドッグを、自分の前を通して、梁《はり》の下の暗い穴《あな》へと押《お》しこんだ。それから後ろを向くと、イバラやヒルガオの枯《か》れたつるをひっぱって入口をかくし、一瞬《いっしゅん》手を止めて、耳をすました。追っ手の声がまた遠くなったように思ったが、雨音と家の壁《かべ》に、さえぎられただけかもしれない。それからオウェインは腹《はら》ばいになり、最後にイバラのつるをひっぱって、足の方から中に入っていった。

イバラのすきまからは、少しだけ灰色《はいいろ》の光がもれていた。だがオウェインがもっと奥《おく》まで進んで身体の向きを変えると、闇《やみ》の黒さが、まるで手で触《ふ》れられるもののように、目の前に迫《せま》った。ドッグは一カ月も会っていなかったかのように、オウェインの顔をなめまわした。オウェインが手を伸《の》ばしてもっと先の暗がりを探《さぐ》ると、床下《ゆかした》のせまい通路に、レジナがうずくまっていた。「前へ進むんだ。先に進んで、入口からできるだけ離《はな》れよう」オウェインがささやいた。彼《かれ》らは、床暖房《ゆかだんぼう》の太い柱のあいだを手探《てさぐ》りで進み、とうとう屋敷《やしき》の土台にあたる壁《かべ》にたどりついた。ここが行き止まりだった。

もう、できることは何もない。後はこの暗闇《くらやみ》にうずくまって、頭上の追っ手の物音に、耳をそばだてるだけだ。本当は、横になったほうがよかった。座《すわ》っていると首の後ろを床《ゆか》に押《お》されることになって、わなにかかったような気分になるからだ。レジナがとなりで、ふるえる声でささやきはじめた。「あいつら、きっとサクソン人のところから牛を盗《ぬす》んできたんだ。広場なら、夜じゅう牛を囲《かこ》っておけるから、あそこに来たんだね。あたし、乳《にゅう》牛《ぎゅう》がいないかと思って、こっそり近づいたんだ――あたしたち用にミルクが欲《ほ》しいと思って――そしたら、後ろから来たヤツに、つかまっちまった。逃《に》げようとしたんだけど、そいつは笑って――」

「知ってる。おれもいたから」オウェインがささやき声を返した。

「家畜《かちく》をけしかけたの、あんただと思った」

「レジナ」オウェインは、うわのそらだった。「レジナ、やつらブリトン人だよな？　サクソン人じゃないよな？」

「やつらがどなりあってたのは、あたしらの言葉だったよ。だって、あたしにもわかったもの」

「やっぱり、思ったとおりだ。ブリトン人がならず者になったんだな。逃《に》げだした犬が、森でオオカミになるように」オウェインは冷え冷えとしたものを感じて、胸《むね》が悪くなった。サクソン人の盗賊《とうぞく》からかくれてこの暗闇《くらやみ》にいるというなら、ただ危険《きけん》だというだけだ。だが飢《う》えてオオカミの群れになった同族からかくれているとなると、おぞましいものを感じて、気分が滅入《めい》ってしまう。「もうしゃべるのは止《や》めだ」オウェインがささやいた。「この床下《ゆかした》から、音がどういうふうに伝わるかわからないし、ともかく、上の音に耳をすませたほうがいい」

だが地下には、ほとんど何も聞こえてこなかった。一、二度、外の物音が聞こえたが、いつも一番音の入りやすい、穴《あな》の入口の方からだった。一度ドッグがクーンと鼻を鳴らした。犬の首に手を置いていたオウェインは、犬の背《せ》にふるえが走るのを感じて、思ったより危険《きけん》が迫《せま》っているかと思った。しかしどうやらそれは、軍用犬が敵《てき》のにおいをかぎつけたときの緊張《きんちょう》とは違《ちが》ったようだ。ほかのこと、オウェインには理解《りかい》できないが、別種の不安の種があるらしい……。とうとうオウェインは、レジナにここで待っているように言うと、火焚《ひた》き口の方へとはいもどった。となりをドッグもはってきた。今では入口を探《さが》すのは、簡単《かんたん》ではなかった。夕闇《ゆうやみ》が夜に変わり、入口のすぐ近くにくるまでは、瓦礫《がれき》のすき間からはほんのわずかな光さえ差しこんではこなかった。だがやがてたどりついて、犬の首輪を持ったまま、うずくまって、耳をすました。

ときどき、雨音を通してかすかに、牛の鳴き声が聞こえる。だが、それだけだ。どうやら盗賊たちは追跡をあきらめて、たき火や牛のそばにもどったらしい。崩れおちた広場の店のどこかで、雨宿りをしているにちがいない。おそらく朝一番の光とともに、立ち去るだろう。ひとつの農場の人間をみな殺《ごろ》しにしたとはいえ、奪《うば》った牛をかかえて、とちゅうでぐずぐずするわけにはいかない。そのあいまに少女をひとり追いまわしたのは、そのとき熱くなったからやったまでだ。いったん追うのをあきらめた以上、また追ってくることはないだろう。オウェインはホッとため息をついた。だがしばらくは、そのまま様子をうかがっていた。

レジナが呼《よ》ぶのが聞こえたのは、少し後になってからだった。「オウェイン！　オウェイン！」ささやき声だったが、今にもおそろしい悲鳴が喉《のど》から飛びだしてきそうだった。

第七章　オリーブの木のたき火

「どうしたんだ？　いま行くよ」オウェインはささやき返した。「いま行くから、レジナ」そして身をかわすと、レジナを置いてきた場所へと、暗闇《くらやみ》を手探《てさぐ》りしはじめた。頭がどうかなりそうなほど、気があせった。

そのあいだずっとレジナは、あの凍《こお》りついたような細い叫《さけ》び声をあげつづけていた。「オウェイン！　オウェイン！」命綱《いのちづな》のように、オウェインの名前にしがみつくことで、恐怖《きょうふ》から身を守ろうとしているようだ。

「だいじょうぶだよ！　だいじょうぶだから、待ってて。もうすぐだよ。もう、そばにいるから」オウェインは床下暖房《ゆかしただんぼう》の柱に肩《かた》をぶつけたが、なんとかそこを通りぬけ、目玉を押《お》し返すような濃《こ》い闇《やみ》へと手を伸《の》ばした。するとレジナの細い腕《うで》があり、もつれた長い髪《かみ》がばさりとかかっていた。「おれだよ。もう平気だよ。いったい、どうしたの？」

「火をつけて」レジナがかすれた声で言った。「灯《あか》りを……お願い……！」いまにも泣き出しそうだった。

オウェインはためらった。だがここならば、たとえ何者かが近くにいたとしても、火打石を打ったくらいで見つかることはあるまい。レジナの声は恐怖《きょうふ》にふるえていて、ただごととは思えなかった。ベルトに下げた小さな皮袋《かわぶくろ》を探《さぐ》って、火打石と黄鉄鉱《おうてっこう》、それから火《ほ》口《くち》用の乾《かわ》いた小枝《こえだ》と、枯草《かれくさ》をひとつかみ取りだした。急いで、火花を出した。一瞬《いっしゅん》の小さな灯《あか》りが消える前に、壁《かべ》の前にうずくまったレジナの姿《すがた》が見えた。恐怖《きょうふ》に見開かれた目が、前を向いている。その膝《ひざ》に触《ふ》れそうなところに、人間の足の骨《ほね》が転がっていた。むきだしの白骨《はっこつ》だ。火は、そこで消えた。

レジナの喉《のど》から、乾《かわ》いた音がもれた。オウェインも突然《とつぜん》呼吸《こきゅう》が苦しくなったが、それでも震《ふる》える声でしゃべっていた。「こわがらなくて、だいじょうぶ。こいつは、なんにもしやしないから。もう一度、火をつけてみるよ」オウェインは狂《くる》ったように火打石を打ったが、あせりすぎていて、うまくいかない。むだな火花ばかりが散った。それでもようやく火口《ほくち》に火がつき、乾《かわ》いた小枝《こえだ》に燃《も》え移《うつ》った。小さな炎《ほのお》がほとばしり、そのゆれる光のなかに、人間の骸骨《がいこつ》が、壁《かべ》にもたれかかるようにして、崩《くず》れ落ちているのが浮《う》かびあがった。

立派《りっぱ》な毛織《けおり》のチュニカだったらしいボロ布《ぬの》が、ところどころにからまっている。骸骨《がいこつ》にへばりつくように皮の袋《ふくろ》があり、そのそばの繊細《せんさい》な扇《おうぎ》に見えるものは、手の骨《ほね》だった。袋《ふくろ》の口が少し開いて、中から何かがこぼれている。床《ゆか》でかすかに光っているものに、灯《あか》りを近づけてみると、金貨だった。厚《あつ》くほこりが積もっているが、それでもへりから金がのぞいている。

この家の主人の、ウルピウス・プデンティウスだ。

小枝《こえだ》はもう、オウェインの指のところまで燃《も》えていた。

「ここから、出たい」レジナがささやいた。「暗いところに手を伸《の》ばしたら、これがあったんだ。ここにいるのは、いやだ」

「あいつらがいなくなるまでは、外には出られない。火焚《ひた》き口まで、もどろう。でも、そこから先はだめだ。こいつは、もう何もしやしないよ」オウェインがなだめた。

「あたしったら、通りで追いまわしたりしなきゃよかった」レジナが言った。

炎《ほのお》が指先を焦《こ》がしたので、オウェインは小枝《こえだ》を落とした。固い地面に落ちた小さな炎《ほのお》はねじれて青い光に変わり、消えて、また闇《やみ》が襲《おそ》ってきた。オウェインはレジナの方へと手を伸《の》ばし、彼女《かのじょ》の手を見つけて、ぐっと引き寄《よ》せた。

火焚《ひた》き口はずいぶん遠く思えたが、なんとかたどりつき、冷たい風が顔にあたるのを感じた。雨はやみ、雲間がのぞいている。小さな白い星がひとつ、黒こげの梁《はり》とイバラのあいだから、ふたりを見下ろしている。星のおかげで、少し心がなごんだ。オウェインはレジナに両腕《りょううで》をまわし、ぎゅっと抱《だ》きしめて、彼女《かのじょ》のふるえを止めようとした。ここに自分のマントがあれば、ふたりでくるまれるのだが。ドッグはふたりの足もとに、暖《あたた》かく重々《おもおも》しく、横たわっていた。犬はときどきぴくっとしたり、ぴくぴく動いたりしたが、広場からは何の音も聞こえなかった。

夜は、なかなか終わらなかった。ふたりは抱《だ》きあったまま少しまどろんだが、ごく短く、浅く眠《ねむ》っただけで、今自分たちのいる場所や、背後《はいご》の暗闇《くらやみ》にあるものを忘《わす》れることはなかった。再《ふたた》び雨が降《ふ》りはじめ、またやんだ。ようやく雲間にのぞく空が白んできて、灰色《はいいろ》に変わった。伸《の》び放題の庭の茂《しげ》みで、チフチャフ・ムシクイがさえずっている。広場の方から、子牛が一頭、また一頭と、鳴く声が聞こえてきた。ドッグが耳をぴんと立てた。

「あいつら、動きだしたぞ」オウェインが言った。長く重苦しかった夜のあいだ、ふたりは口をつぐんでいたので、これが初めてのことばだった。レジナは顔を上げ、耳を傾《かたむ》けた。とにかく震《ふる》えは、おさまっている。

ほどなく牛を追う音が、こちらに近づいてきた。モーモーいう声に、駆《か》けていくひづめの音や男たちの叫《さけ》び声がまじっている。広い通りを、西門へと向かっているらしい。オウェインとレジナはかくれ家で、緊張《きんちょう》してうずくまっていた。盗賊《とうぞく》たちが路地のせまい入り口の前を駆《か》けぬけていくと、そのドドッという音が自分たちに襲《おそ》いかかってくるような気がした。ドッグは低いうなり声をあげた。それから音は再《ふたた》び小さくなっていき、やがて朝の風にまぎれて、ついに聞こえなくなった。あたりは急速に明るくなり、荒《あ》れた庭ではチフチャフ・ムシクイの声に、ツグミやコマドリが応《こた》えている。さっきまでの出来事は悪い夢《ゆめ》だったかのようだ。

オウェインは安全を確信《かくしん》できるまで、しばらくじっとしていた。それからレジナを抱《だ》いていた腕《うで》をほどくと、腕《うで》はすっかりこわばり、しびれていて、しばらくは自分のものとは思えなかった。足を動かしても、同じだ。「もう、平気だよ。ひゃあ、身体じゅうが、がちがちだ！」自分の声がふだんと変わりなく響《ひび》いて、かえって不思議だった。

ふたりは瓦礫《がれき》の下からはいだした。おたがいに何も言わなかったが、レジナとドッグが見守るなか、オウェインは、崩《くず》れて立っている黒こげの木材を押《お》したり引っぱったりした。やがてザザッと大きな音がして、木材は梁《はり》の上に落ちた。これで背後《はいご》の小さな暗い入口は、ふさがった。もう、少なくともオオカミや野犬が中に入って、哀《あわ》れな骨《ほね》を荒《あ》らすことはない。だれもいなくなった朝のウィロコニウムを通って広場へ向かった。馬や牛のフン、大きなたき火の跡《あと》が黒く残っていて、昨晩《さくばん》のできごとを物語っている。そこから、キンダイラン王の館《やかた》の裏《うら》の小さな貯蔵室《ちょぞうしつ》へともどった。

崩《くず》れた柱廊《ちゅうろう》を通って近づくにつれ、レジナが尻《しり》ごみしはじめたのがわかった。オウェイン自身、自分たちのねぐらがどうなったかが気になって、足どりが重くなっていた。ところが背《せ》の低い入口にたどりつき、まずドッグが先頭をはねて行き、レジナに続いてオウェインが、二段《だん》の階段《かいだん》をかがんで下りると、中はきのうと少しも変わりがなかった。なるほど、ねぐらは盗賊《とうぞく》に見つからずにすんだのだ。オウェインは立ったままあたりを見まわした。壁《かべ》ぎわの枯《か》れ草の上に広げてあったくたびれたマントもそのままなら、二、三枚《まい》の板切れで隅《すみ》を囲《かこ》った貯蔵《ちょぞう》場所もそのまま。たき火は燃《も》えつきて、白っぽい灰《はい》になっていた——どこの家でもそうだが、夜は芝土《しばつち》で火をおおって、できるかぎり火種を絶《た》やさないようにしていた。火打石で新しく火をおこすのは、時間がかかるからだ——たき火のそばには、昨日の夕食のために用意した薪《たきぎ》が、そのまま積んである。入り口のそばの割《わ》れたつぼには、淡《あわ》い色の花を三つほどつけたローズマリーの苗《なえ》があった。ノロジカの生皮でレジナのために作ってやった靴《くつ》もある。もっともレジナの足の裏《うら》はすっかり硬《かた》くなっていたので、まだ一度もはいたことはなかったが。動物の巣のようなにおいがする場所だが、それでも妙《みょう》になつかしかった。

「火、消えちゃった」レジナが言った。

「どうせ、消さなきゃならなかったよ。サクソン人が牛を探《さが》しにきたら、火が見つかるかもしれないから」

「サクソン人は、もう来ないよね？　農場でひとり残らず殺《ころ》されたんだから」

「仇《かたき》を討《う》とうと思ってる仲間がいるかもしれない」

「来るつもりがあるなら、とっくに来てるはずじゃない？」レジナはそう言い、せがむようにオウェインを見上げた。「火をおこそう、オウェイン。あたし、すごく寒い。ここで火をおこそう！　あと一度だけ」

オウェインは、レジナにさっと目をやり、またそらした。どうやらレジナにも、わかっているらしい。ここの暮《く》らしはもう終わりで、出発のときが来ていると。

「お願い、あと一度だけ、火をおこそう」レジナが頼《たの》んだ。

オウェインはしゃがんで、薪《たきぎ》の山に手を伸《の》ばし、乾《かわ》いた枝《えだ》を何本か取って、立てかけた。

ウィロコニウムでの最後のたき火だ。

やがて火がともり、暗く小さな部屋の冷えきった空気が暖《あたた》まってきた。レジナはあちこち動きまわって少しばかりの荷物を集め、出発の準備《じゅんび》を整えていた。それから煮炊《にた》き用のつぶれた銅《どう》の鍋《なべ》を持ってきて、麦を少しと水を入れると、火にかけた。こうしてドロドロに煮《に》こんでから食べたほうが、麦粒《むぎつぶ》をそのまま食べるよりも、ずっといい。ふたりが身をもって学んだことだった。いずれにしろ、置いてきたモリバトを取りにもどろうとしないかぎり、出発前に腹《はら》の中に入れておけるものなど、ほかにありはしなかった。だいいちモリバトは、もう盗賊《とうぞく》に見つかってしまっただろう。レジナは麦の残りを、オウェインが皮《かわ》靴《ぐつ》といっしょに作ったシカ皮の袋《ふくろ》に入れた。それからたき火のそばへ行って丸まり、細い両腕《りょううで》で膝《ひざ》を抱《かか》えた。まるで、暖《あたた》まるためなら炎《ほのお》のまん中に行ってもいいとでも思っているかのように、もっと火のほうへとすり寄《よ》った。「あのじいさん、きっと、年だから逃《に》げきれないと思ったんだね。それで、あの下へかくれたんだ。おかげであんなまっ暗ななかで、ひとりぼっちで死んじまった」

「煙《けむり》にまかれたのかもしれない」オウェインが言った。老人はむせて、すぐに息をひきとったのだと思いたかった。自分の世界が瓦礫《がれき》と化したその下で、何の役にも立たない金貨をかかえて、何日も苦しんで死んだとは考えたくなかった。

長い沈黙《ちんもく》が訪《おとず》れた。レジナは前かがみになって、何の香りもしないドロドロのものが鍋《なべ》の底にくっつかないように、木ぎれでかき混《ま》ぜていた。「あたしたち、どこへ行く?」レジナがたずねた。

オウェインはすぐには答えなかった。考えていたのだ。不思議なことに、プリスクスやプリシラのところへもどろうという考えは、一瞬《いっしゅん》たりとも浮《う》かぶことはなかった。もしブリトン軍の生き残りに出会って、再《ふたた》びサクソン軍に立ちむかったのだったら、そしてその後でまだ生きていたなら、きっとあの地へ帰っただろう。あるいはまた、昨夜の男たちがサクソン族の侵略者《しんりゃくしゃ》だったとしたら、やはりあの地へ帰ろうと思ったかもしれない。しかしブリテンは失われ、すっかりだめになってしまった。剣《けん》はさびつき、光は消えたのだ。あとはもう、ここを闇《やみ》にうち捨《す》てて、逃《に》げるしかないように思えた。

「どうしようか。もしかしたら、ガリアやアルモリカへ渡《わた》れるかもしれない」

「でも前に、それには大金がいるって言ってたじゃない」レジナが言った。

オウェインはうなずいた。そして無意識《むいしき》に手を伸《の》ばして、ぼろぼろのチュニカの下の固く小さな結び目に触《ふ》れた。そこに、父の指輪がある。しかしオウェインは、こんな指輪くらいではひとり分の船賃《ふなちん》にもならないと、わかっていた。まして三席分なんて、無理だ。オウェインは、ゆっくりと顔を上げた。「レジナ……あのじいさん、金貨の袋《ふくろ》を持ってたよね……たぶん、火焚《ひた》き口の上の梁《はり》を動かせば、もう一度中に入れるんじゃないかな」

「いやだ！」レジナが叫《さけ》んだ。

オウェインだって、そんなことはしたくなかった。だが、それでも……「どうしてだ？あのじいさんが持ってたって、もう仕方がないだろ」

「だからよ！　もし生きてるんなら、話は別。あり金全部盗《ぬす》んだって、あたしは平気だ。だけど……」レジナは、小さな絶望《ぜつぼう》的なむせび泣きをもらした。「死人から盗《ぬす》むなんて、汚《きたな》いことだもの。こわい。あたしたち、きっと恐《おそ》ろしい目に会うよ！」

レジナはおびえた青い顔をしていた。オウェインは一呼吸《ひとこきゅう》おいて、口を開いた。「わかったよ。何か別の方法を探《さが》そう」

再《ふたた》び、沈黙《ちんもく》が訪《おとず》れた。やがて鍋《なべ》が沸騰《ふっとう》しだしたので、レジナはもう一度中身をかき混《ま》ぜながら、聞いた。「ドッグはどうするの？」

オウェインは驚《おどろ》いた。「ドッグって？」

「いくら金貨を持ってたって、犬のために漁船の席を空けてくれる人なんて、いるはずない」

そんなこと、考えてもみなかった。オウェインは、ただ黙《だま》った。

「ドッグを残して、あたしたちだけでガリアに行く？」レジナが迫《せま》った。あとになってオウェインが、金貨を持ちださなかったことでレジナを非難《ひなん》しないように、念を押《お》しておきたいようだった。

オウェインはドッグを見下ろした。ドッグはいっそう近寄《ちかよ》ってきて、オウェインの膝《ひざ》に頭をのせて寝《ね》そべった。オウェインが大きな犬の首の下に手を入れると、あごの下に命が脈《みゃく》打つ、暖《あたた》かくて無防備《むぼうび》な場所があった。「いや」ゆっくりと、オウェインは言った。「こいつを残して行ったりしない」ドッグを見捨《みす》てるなんて、できない。こいつは主人を探《さが》して、心臓《しんぞう》が破《やぶ》れるまで、見知らぬ土地をさんざんうろつきまわるだろう。そのあげく、主人に裏切《うらぎ》られたことを知るのだ。「そんな……そんなことをするくらいなら、この手でこいつを殺《ころ》したほうがましだ」ドッグが琥珀色《こはくいろ》の目でオウェインを見上げ、バタバタとしっぽを振《ふ》った。オウェインが自分のことを話しているのが、うれしいのだ。オウェインは、喉元《のどもと》にこみあげてくるもののせいで、ことばにつまった。「だけど、こいつを殺《ころ》すなんて、いやだ……そんなことしたくない、レジナ」

ふたりは、見つめあった。ふたりとも考えこんでいたが、やがてレジナが口を開いた。

「舟《ふね》を盗《ぬす》むっていうのはどうだろ？　小さな舟《ふね》でいいから」

「盗《ぬす》めたとしても、どうやってこぐんだ？　どっちに向かって？」しかしオウェインは目を輝《かがや》かせて、自分で聞いたことに、そのまま自分で答えた。「そういえば昔、家の近くの川でコラクル（訳注：柳《やなぎ》の小枝《こえだ》で作った骨組《ほねぐみ》に獣皮《じゅうひ》などを張《は》った釣小舟《つりこぶね》）をこいだことがある。舟《ふね》も、そんなに変わらないかもしれないな。それにブリタニアの南東の果てまで行けば、海は狭《せま》くて、ガリアの海岸線が見えるって聞いた。その一番狭《せま》いところを渡《わた》れば、あとはガリアの海岸沿《ぞ》いに行けばいいのかもしれない。狩《か》りができる森くらいあるはずだ。そうやって、アルモリカまで行けるかもしれない」

とんでもない計画だった。でもそれがどれほどとんでもない計画なのか、知るすべもなかった。南東へ向かうということは、サクソン族に占領《せんりょう》された地域《ちいき》をつき進むことになると、オウェインにもわかっていた。それでも街道《かいどう》や集落を避《さ》けて、荒野《こうや》を行けば、なんとかなるかもしれない。

「じゃあ、そうしよう」ウィロコニウムの街をつっきるのと同じくらい、簡単《かんたん》なことのように、レジナが言った。

オウェインはうなずいた。「よし、とにかく、やってみよう」

そのうちに鍋《なべ》の中のものが煮《に》えたので、ふたりは鍋《なべ》を火から下ろした。そしてドッグの分をたっぷりすくいとって地べたに置いてから、ふたりのあいだに鍋《なべ》を置き、中に残っているものをかわるがわる手ですくって食べた。

レジナは、何か特別の日のためにとっておいた最後のオリーブの木ぎれを、火にくべてあった。先のとがった青い炎《ほのお》が飛びでて、花びらのように優美《ゆうび》に踊《おど》っている。食事が終わったところで、レジナは戸口のそばから、ローズマリーの苗《なえ》を植えたつぼを持ってきた。土をこぼすと、ふたりで作った炉《ろ》の石に、つぼを叩《たた》きつけて割《わ》った。それから苗《なえ》を火の中に落とした。ローズマリーは、オウェインの目の前で、ねじれて縮《ちぢ》れ、一瞬《いっしゅん》オリーブの青い炎《ほのお》に包まれて金の小枝《こえだ》のように見え、そして灰《はい》となった。あたりにはかぐわしい香りが、まるで別れのあいさつのように、たちこめた。これは何かのいけにえのつもりなのか、それともただ、何も残していかないためなのか、オウェインにはわからなかった。

そして、たずねもしなかった。

とにかく、出発のときが来たのだ。オウェインは立ちあがった。わなと、使いこんだ投石器は、チュニカの胸元《むなもと》にある。ナイフと火打石も、ベルトに下げた。それから麦の入ったシカ皮の袋《ふくろ》に手を伸《の》ばして、言った。「出発だ。いま出れば、今日もあと半日歩けるから」

レジナは、残りのほんの少しの荷物をオウェインのマントにくるんでいたが、目を上げて言った。「それに、だれかがやってくる前に、ここを出なくちゃ」

だが、そのためだけにここを出るのではないと、オウェインにはわかっていた。レジナが麦粒《むぎつぶ》の残りを鳥にまいてやっているあいだ、オウェインは見納《みおさ》めにあたりを見まわしながら思った。たしかに、盗賊《とうぞく》がまたやって来るかもしれない。サクソン人が盗賊《とうぞく》を追ってくる可能性《かのうせい》もあるし、逆《ぎゃく》にサクソン人が略奪《りゃくだつ》にくるということだってありうる。そのとおりだが、それはあくまで日の当たる、表面上の理由にすぎない。その奥《おく》の暗いところには、昨夜の発見があった。廃墟《はいきょ》で老人が死んでいたからではない。問題はあの死に方だった。ちっともいい理由ではないが、ふたりはあれを見て、ウィロコニウムはもう生きていく場所ではないと、悟《さと》ったのだ。

オリーブの木の放つ青い炎《ほのお》は、少しずつ小さくなっていた。もう、じきに消えるだろう。

「さあ、行こう」オウェインは口笛を吹《ふ》いてドッグについてくるよう合図すると、レジナとともに歩きだした。キンダイラン王の館《やかた》の一番奥《おく》の小さな部屋を出ると、振《ふ》りかえることもなく、ガリアをめざした。

第八章　サンザシの森

狩《か》りをしながら行くので、旅ははかどらなかった。何度も川にはばまれ、渡《わた》れる場所を探《さが》して何マイルもまわり道をした。オウェインが方向感覚を働かせても、湿《しっ》地《ち》や森や荒《こう》野《や》の迷《めい》路《ろ》で何度も迷《まよ》った。目的地に向かう道があっても、あえてそこを行かないことが多かったからだ。あるときオウェインは、くさった木の幹《みき》の下にあったアリの巣にはまって、足首を捻《ねん》挫《ざ》してしまい、数日足止めを食らった。またあるときは、うっかりサクソン人の農場に近づきすぎて、犬に吠《ほ》えまくられた。だが恐《おそ》ろしいオオカミはもっと奥《おく》地《ち》に移《い》動《どう》していたので、しばらくは、深《しん》刻《こく》な事《じ》態《たい》におちいることもなかった。

もう夏が近かった。けれどこれまでに稼《かせ》いだ距《きょ》離《り》は、軍《ぐん》団《だん》ならばほんの六、七日で進むくらいのものだ。もちろん軍《ぐん》団《だん》なら、歩きやすい舗《ほ》道《どう》を行き、一日の終わりには野《や》営《えい》地《ち》で食べ物にありつけるわけだが。オウェインがそろそろ半分は来ただろうと思ったあたりで、ひどいことになった。

始めは、それほどひどいようには見えなかった。天気が急に変わったという、ただそれだけのことだった。ところがヒースの生えた丘《おか》を越《こ》えていくとちゅうだったために、激《はげ》しい夏の嵐《あらし》をしのぐ場所がなかった。ボロ服がずぶぬれになったが、歩きつづけるしかなかったので、とにかく前へ進んだ。やがて全員が、冷たい雨と、ヒースの丘《おか》を吹《ふ》きおろすゲイル風のおかげで、骨《ほね》の髄《ずい》まで凍《こお》りついた。荒天《こうてん》には慣《な》れっこだったから、どうということはないはずだった。だが、雨はいつまでも降《ふ》りやまなかった。その晩《ばん》は丘《おか》を越《こ》えて谷に入り、木のまばらな森に逃《に》げこんだが、雨を避《さ》けて眠《ねむ》れる場所もなければ、たき火用の乾《かわ》いた枝《えだ》もなかった。しかも腹《はら》はからっぽで、いっそう寒さがこたえた。麦はとっくに食べ終えていたし、前日の狩《か》りではろくな獲物《えもの》がなかったのだ。

結局その晩《ばん》は、ハシバミの茂《しげ》みで過《す》ごした。たいした雨よけにはならないが、それでも何もないよりはましだろう。レジナをまん中にして身を寄《よ》せあい、びしょぬれのマントを目一杯《めいっぱい》広げて、みんなですっぽりとかぶった。だが朝を迎《むか》えるころには、ぬれた地面の冷たさが、骨《ほね》の芯《しん》までしみこんでいた。それでも朝には、嵐《あらし》はおさまり雨もあがって、世界は疲《つか》れはてたように静まりかえっていた。太陽の光さえかすかに射《さ》していて、霧《きり》が立ちのぼっている。オウェインが近くの小川に水を飲みにいくと、ヤマアラシを見つけた。ヤマアラシは夜のあいだに虫を食べ、満腹《まんぷく》して帰るところだった。オウェインはヤマアラシの鼻をねらって、うまく仕留《しと》めた。ふたりが満足できる量とはいえないが、少なくとも今日の夜は腹《はら》に入れるものがある。ドッグを計算に入れなくてよいのは、食料が乏《とぼ》しいときには、ドッグは自力で食物をあさるという暗黙《あんもく》の了解《りょうかい》ができていたからだ。もし天気がもてば、暗くなる前に火をおこせるかもしれない。そうすれば、この獲物《えもの》を料理することだってできる。

レジナもオウェインを追って、小川の水を飲みにやってきた。白い朝霧《あさぎり》のなかで、レジナの顔はさらされた骨《ほね》のように、まっ白だった。オウェインがヤマアラシを見せても、ガタガタ震《ふる》えるばかりで、興味《きょうみ》を示《しめ》すどころではなかった。「まあいいさ。それより、もう出発しよう。しばらく歩けば、体も温まるよ。霧《きり》がすっかり晴れれば、また陽《ひ》が射《さ》すだろう」オウェインが声をかけた。

こうしてまた、歩きはじめた。実際《じっさい》、少しずつ陽《ひ》が射《さ》してきて、歩いているうちに、びしょぬれだったぼろ服も乾《かわ》いてきた。昨夜に比《くら》べると、世界はやさしい場所に思えた。オウェインはウサギの巣穴《すあな》を見つけた。四羽の子ウサギがいたので、容赦《ようしゃ》なく、二羽をちょうだいした。ついていたのは、これだけではない。ちょうど日が暮《く》れるころ、丘《おか》のくぼみに、うち捨《す》てられた羊飼《ひつじか》いの小屋を見つけたのだ。小屋には、ハリエニシダの枝《えだ》で葺《ふ》いた屋根が少し残っていたので、中で夜露《よつゆ》をしのぐことができた。そのうえサンザシの枯《か》れ枝《えだ》で、火を焚《た》くこともできたので、ヤマアラシをあぶった。子ウサギにも火を通してから、麦を入れてあった袋《ふくろ》につっこみ、ドッグの届《とど》かないところにつるした。これは、明日の食料というわけだ。子ウサギは皮をはいだあとには、たいして身が残らなかったが、それでもないよりはましだろう。

翌日《よくじつ》は太陽は出ず、湿《しめ》った風が荒野《こうや》の草やヒースをざわつかせていた。ここ数日、上り坂が続いていたが、今ようやく頂上《ちょうじょう》にたどりついたようだ。重い足をひきずりながら、オウェインは、遠く南の方にぼんやりかすんだ地平線に目をやった。あまりに遠いので、最初は、空が不自然に明るいとしか思えなかった。空とその下のものを区別することができなかったのだ。だがもしや、あそこのあれは……。それは、オウェインが生まれて初めて見た、海だった。

オウェインの胸《むね》ははずんだ。「見てごらんよ、レジナ。ずうっとむこうの、大地の果てに……海がある！」

ドッグが、うなずくようにしっぽを振《ふ》った。丘肌《おかはだ》で鳴くタゲリの声が、下から聞こえるほかは、あたりは静まりかえっている。ただ、枯《か》れたヒースのあいだを吹《ふ》きぬける風の音がするだけだ。「ほら見て！」オウェインが指さして、言った。「目がなくなっちゃったの、レジナ？　海だよ！」

「海」レジナが、ようやく口を開いた。だがそのことばには、何の気持ちもこもっていない。オウェインはたまらず、レジナをゆさぶろうとして手を伸《の》ばしたが……レジナの手はびっくりするほど熱く、それなのに身体は震《ふる》えている。

オウェインはあわてて顔をのぞきこんだ。「どうしたんだよ？　まだ寒いの？」

「ううん、寒くない……と思う。頭が、熱い」

レジナの顔がまっ赤なことに、そのとき初めて気がついた。オウェインに向けられた目は、熱でギラギラしている。レジナはとまどったようにやせた手を上げて、手の甲《こう》でひたいをこすった。「それに、頭が痛《いた》い」

オウェインは冷たい指で触《ふ》れられたように、恐怖《きょうふ》で凍《こお》りついた。オウェインだってびしょぬれになったけれど、今はもうなんともない。それなのに、レジナだけが病気になるなんてことがあるだろうか。でもそうだとしたら？　レジナは小さくため息をついてしゃがみこむと、「疲《つか》れた」とぽつりとつぶやいた。

オウェインはすかさずかがんでレジナの熱い手をとると、むりやり、もう一度立たせた。

「このままここにいるわけにはいかないんだ、レジナ。屋根のあるところがないし、また雨になりそうだ。ほら、ここからは下り坂だ。森のなかに行けば、雨宿りもできるし、火もおこせる。頭痛《ずつう》がおさまるまで、休めばいい。好きなだけ休んでいいんだ。一日か二日、のんびり休むことにしよう。そのあいだに狩《か》りをして、たっぷり食べればいいんだから」

オウェインは、早口でまくしたてた。何を言っているのか、自分でもよくわからなかった。とにかくレジナをこの吹《ふ》きさらしの高台から下ろして、再《ふたた》び嵐《あらし》がやってくる前に、どこか雨風をしのげる場所へ行かなくてはならない。海など、どこかに行ってしまった。頭にあるのは、坂を下って森に入り、身をかくす場所を探《さが》すことだけだった。

レジナは空いている手の甲《こう》で、また額《ひたい》をこすった。そして「さっきは、なんだかとっても変だったの。でも、今は少しよくなったみたい」と言うと、オウェインと並《なら》んで下りはじめた。

雨が降《ふ》りだす前に、森の入口にたどりついて、イチイの古木の根っこに、ほら穴《あな》のようなものを見つけた。中は乾《かわ》いているし、たき火をするのにちょうどいい枯《か》れ木も、たくさん落ちていた。

だがレジナの額《ひたい》はまだ熱く、身体のふるえは止まらなかった。そのうえ彼女《かのじょ》の分の子ウサギを、食べたがらなかった。オウェインは小さな骨《ほね》から肉をはずし、まるでひな鳥にでも与《あた》えるようにして、食べさせようとしたのだが、うまくいかなかった。レジナはひな鳥のように扱《あつか》われたことを、笑った。それからため息をついて、笑うと胸《むね》が痛《いた》いと言った。

食料をむだにしても仕方がないので、オウェインは残りを自分で食べたが、何の味もしなかった。それからほら穴《あな》の奥《おく》の枯《か》れた針葉《しんよう》が積もった場所に、なるべく枝《えだ》の陰《かげ》になるようにレジナを寝《ね》かせて、上からマントをかけてやった。ドッグがオウェインにもたれかかってきた。オウェインはしばらく起きたままで、腕《うで》の古傷《ふるきず》をかきながら、あるときはたき火を、あるときはレジナを見つめていた。レジナは横になってすぐは、少しせきをしていた。今は眠《ねむ》っているが、息をするたびに、苦しそうな音がもれる。暑いとでも言うように、何度もマントをはねのけるので、オウェインはかけなおしてやるために、目が離《はな》せなかった。

そういえばオウェインは、腕《うで》の傷《きず》を負った当初、焼けつくようなもやの中にいた。あのもやのせいで、アクエ・スリスから先の記憶《きおく》がない。ひょっとしてレジナも今、あのもやの中にいるのだろうか。もしレジナが深刻《しんこく》な病気になったら、いったいどうすればいいのだろう。オウェインは、膝《ひざ》の上に頭を乗せたまま、思いをめぐらせていた。

朝になった。レジナはまだせきがでるし、息をすると胸《むね》が痛《いた》いとうったえていたが、顔色はよくなっていた。とにかくゆっくりと、先へ進むことにした。急な雨があれば、どこかに逃《に》げこむことにして、森のなかを谷へと降《お》りていった。彼《かれ》らが迷《まよ》いこんだこの森は、ずいぶん古い森のようだった。ほとんどがトゲだらけのサンザシの古木だが、ところどころに、イチイやヒイラギの暗い茂《しげ》みがある。なんだか呪《のろ》いの森のようだ。昔、まだ人間が生まれる前のこと、こびと族の心の曲がった魔法使《まほうつか》いの一団《いちだん》が栄えていたのだが、あるときもっと強力な魔法使《まほうつか》いに木に変えられてしまった。そんな話に出てくる森に思える。それはこの森が暗くて不気味だからで、気のせいだ、とオウェインは思おうとした。レジナは「ここの木、きらい。冷たい目つきで、あたしをにらんでいる！」と小さな声で抗議《こうぎ》していたが、それも、彼女《かのじょ》がもともと城壁《じょうへき》の外の世界をこわがっていたからだろう。だがオウェインは、心の底では、そうではあるまいとわかっていた。

レジナがよろめき、転びかけた。オウェインはレジナに腕《うで》をまわし体を支《ささ》えて、いっしょに歩くことにした。それでもレジナは、もっとぐらぐらするようになった。まるで歩いているのが、自分の足ではないようだ。そのうちに、サンザシの根に囲《かこ》まれた、ほら穴《あな》のような場所が見つかった。いつかの冬の雨で、森の小川の土手が削《けず》りとられて、穴《あな》があいたのだろう。まだ昼を過《す》ぎたばかりだったが、オウェインは、ありがたくここに泊《と》まらせてもらうことにした。奥《おく》にかくすようにして、レジナを寝《ね》かせると、マントでくるんだ。レジナは川のせせらぎを聞いて「水が飲みたい」と言った。オウェインは、大きなギシギシの葉っぱで、何度も何度も水をくみにいき、水を飲ませた。狩《か》りには出かけず、ただ火をおこすための枝《えだ》だけを集めた。どんな獲物《えもの》があろうが、レジナが食べられないことは確《たし》かだった。そうなるとオウェインは、自分ひとりのために狩《か》りをする気にはなれなかった。それに、レジナをひとりにしたくない。ミルクさえ、手に入れば……。森でミルクだなんて。雌《めす》のノロジカをわなで捕《とら》えて、子ジカが鳴いているそばで乳《ちち》をしぼるようすを思い浮《う》かべて、オウェインは笑いそうになった。

ミルクさえ手に入れることができたら――それが無理なら、せめてレジナのあのつらそうなせきを鎮《しず》めてやれたら。せきにはハチミツがいい。でもハチの巣など、今こんなところで見つかるとは思えない。このへんにノロジカがいないのと同じことだ。そのときオウェインは、顔を上げた。そして、何か思いついたように、目を輝《かがや》かせた。思いついたというより、記憶《きおく》がよみがえったと言ったほうが近い。うんと幼《おさな》いころの、おそらく母が死ぬ前の記憶《きおく》だろう。なぜなら若《わか》い女が笑いながら、何か言う声が聞こえたのだ。「吸《す》ってごらん。ほら、ハチミツの味がするでしょう？」ほら穴《あな》の上のすきまから見えるのは、ハシバミの若木《わかぎ》をびっしりとおおったスイカズラ《ハニーサックル》だった。花がほころびかかっている。オウェインは行って、スイカズラの長いツルを何本か持ってきた。レジナのそばに座《すわ》ると、レジナの目は一瞬《いっしゅん》輝《かがや》き、だがまたどんよりとくもってしまった。オウェインは、先だけがピンク色の、薄《うす》黄《き》色《いろ》のつり鐘型《がねがた》の花をひとつむしって、細いところを、レジナの渇《かわ》いたくちびるにあてがった。「吸《す》って」オウェインが言った。

「どうして？」

「いいから吸《す》って。吸《す》えばわかるから」

レジナは気が進まなそうだったが、言われたとおりにした。「甘《あま》い」

「だからハニーサックルっていうんだ。ほら、まだあるよ。もう一度吸《す》ってごらん」

日がかげり、たそがれ、あたりが闇《やみ》に包まれていった。その間オウェインは、小さなたき火のそばにしゃがんでいた。そして、レジナが目を覚ますたびに、スイカズラの花のつけ根の甘《あま》い蜜《みつ》を吸《す》わせた。とはいえレジナが起きているのかどうかは、わからないことが多かった。レジナはうめいたり、うわごとを言ったり、目を半分開けたまま、のたうちまわったりしていた。一度など、ドッグがクンクンと鼻を近づけると、ドッグをオオカミだと思ったらしく、悲鳴をあげて、ドッグを叩《たた》こうとした。

夜になると一時雨がやみ、濃《こ》い暗闇《くらやみ》がひっそりと息づいていた。オウェインはどこか遠くのほうから、犬の鳴き声が聞こえたように思った。ドッグも同じらしく、頭を上げ、耳をすませた。だがその後は、何の音もしなかった。

再《ふたた》び朝になったが、レジナはもう先へは進めないと、オウェインは知った。のたうちまわることはなくなったが、よい徴候《ちょうこう》ではない。熱が下がったからでなく、体が弱ってきたのだろう。風向きも変わった。ひと晩《ばん》中降《ふ》り続いた雨が（もう四日も降《ふ》ったり止《や》んだりが続いているので、もうじき止《や》むだろう）、ほら穴《あな》の中に吹《ふ》きこむようになっていた。オウェインは長いこと、レジナを雨から防《ふせ》ぐように座《すわ》っていた。そのうち、レジナがまたせきこみはじめた。ひどく苦しそうなせきで、あれでは満足に息もできまい。聞いているだけでオウェインの胸《むね》も苦しくなった。しかもレジナはすっかり目覚めているはずなのに、オウェインのことがわからないようだった。オウェインはレジナの体を起こしてやり、息をしようと胸《むね》をかきむしるレジナをかたく抱《だ》き寄《よ》せた。やっと発作《ほっさ》がおさまって、レジナをまた寝《ね》かせたとき、オウェインは自分が何をしようとしているか、わかっていた。頭の中に、昨晩《さくばん》聞いた犬の遠吠《とおぼ》えがあった。

レジナがはねのけることのないよう、オウェインは、レジナをぬれた古マントでしっかりくるんだ。それから下草に鼻をつっこんで何かをあさっていたドッグを、口笛で呼《よ》んだ。レジナを守るように、ドッグをレジナのすぐわきに伏《ふ》せさせて、言った。「ここにいて、じっとしてろよ。頼《たの》む、守ってくれ、兄弟」オウェインは、静かな絶望《ぜつぼう》を秘《ひ》めて、ゆっくりと立ちあがった。

川ぞいを、槍《やり》二投げ分も行く前に、ドッグがクーンと悲しげな声をあげるのが聞こえた。オウェインが立ち止まって、振《ふ》りかえってみると、犬は上体を起こして、オウェインを目で追っている。命令に逆《さか》らって、後をついていこうと決めたとでもいうようだ。「動くな！」オウェインが強い口調でくり返すと、ドッグはもう一度、体を伏《ふ》せた。

オウェインは川にそって、ふらつく足で、昨夜犬の声が聞こえた方角をめざした。長く歩くと覚悟《かくご》していた。夜、雨が降《ふ》っているときには、特に谷の上や底では、ずいぶん遠くまで音が響《ひび》くものだ。だがそれにしても、遠い。哀《かな》しみのあまり弱っていたこともあり、ぬかるみに足をとられて、何度も転んだ。それでもついに、木を燃《も》やすにおいや牛小屋のにおいが、かすかにただよってきた。人がいなければ、森でそんなにおいがするわけはなかった。そのうえオウェインが立ち止まってにおいをかいでいると、馬がわだちを行く音が聞こえてきた。かすかな音だが、馬は足を痛《いた》めたのか、跛行《はこう》しているようだ。そして今度はずいぶん近くから、犬が吠《ほ》える声がした。

オウェインは元気を取りもどし、また歩きだした。すぐに小川は、広い場所へと流れでた。ゆるやかな自然の空き地でなく、木々《きぎ》を伐採《ばっさい》したあとの人工的な空間だった。

オウェインは、森のきわの茂《しげ》みにしゃがんで、空き地の向こうをながめた。畑が三つある。つやつやした緑の大麦畑、濃《こ》い緑の豆畑、そして春に耕《たがや》されたらしい茶色い休閑地《きゅうかんち》。草ぼうぼうの細長い牧草地の向こうには、また森が広がっている。そしてでこぼこ道のそばには、シダを厚《あつ》く葺《ふ》いた屋根のある、泥壁《どろかべ》の小屋があった。野蛮人《やばんじん》たちはここに自分たちの家を建てて、しっかりと定住しているようだ。サクソン領《りょう》の奥深《おくふか》くであるこのあたりでは、百年も前からこうして生活してきたのだろう。

サクソン族に対する嫌悪《けんお》が、吐《は》き気のように喉元《のどもと》にこみあげてきた。やはりレジナは、森の中で死なせてやるほうがいいのかもしれない。オウェインは一瞬《いっしゅん》、そう思った。森でなら、オウェインとドッグという友だちに見守られて、少なくとも自由なまま死ねる。レジナの友といえるのは、彼女《かのじょ》自身のほかには、オウェインとドッグだけだ。しかしそうは思っても、やはりレジナをみすみす死なせることはできなかった。レジナを救《すく》うために、オウェインにできることが、まだひとつだけ残されているうちは。

だれかが到着《とうちゃく》したようで、馬が引かれていく音がした。だがオウェインが気にかけていたのは、小屋から出てきた女のほうだった。女は赤っぽい服を着て、雨を避《さ》けようと頭をすくめている。この家の女主人だろうか。そうだとしたら、親切な人だろうか。オウェインは、昔、別の戸口から出てきた、あのプリシラの親切を思い出していた。それから後ろのもっと濃《こ》い茂《しげ》みへとはってもどると、向きを変えて、また川上のほうへと向かった。

ドッグは、オウェインが残していったとおりに伏《ふ》せていたが、耳を立て、しっぽを振《ふ》って主人の帰りを歓迎《かんげい》した。だがレジナは、ピクリとも動かなかった。苦しそうなせわしない息づかいだけが聞こえている。木々《きぎ》に囲《かこ》まれていてほの暗かったので、レジナの顔を見るには、かがんで顔を近づけなければならなかった。レジナは半分目を開いているのだが、オウェインの姿《すがた》は見えてはいないらしい。浅い息をするたびに、胸《むね》がヒクヒクふるえて、まるで極限《きょくげん》まで走った小動物のようだ。オウェインは、自分のあばら骨《ぼね》の下に同じ痛《いた》みを感じた。「出発するよ」もしかしたらわかるかもしれないと思って、オウェインは声をかけた。「大丈夫《だいじょうぶ》だよ。いいところへ行くんだ。そこに行けば、ミルクが飲めるよ」

オウェインはレジナを抱《だ》きあげた。初めての経験《けいけん》だったのでぎこちなかったが、できるだけやさしく抱《だ》いた。重みでふらついたものの、なんとか立ちあがった。とはいえ今のレジナが、重いはずはない。これほどやせているとは今まで気づかなかったが、ウサギの焼けるにおいにつられて、初めてたき火のもとへやってきたときよりも、さらにやせ細っていた。とがった骨《ほね》が、皮《ひ》ふどころか、レジナをくるんでいるぼろぼろのマントをとおしてさえ感じられる。だがそれでも、やはりレジナは重かった。抱《だ》きあげている十五歳《さい》の少年、飢《う》えて疲《つか》れきり、自分自身が倒《たお》れかかっているオウェインにとっては。

川ぞいを下る二度目の道のりは、悪夢《あくむ》だった。何度も何度も、少女を下ろして休まなければならなかった。そして休むたびに、もう一度抱《だ》きあげて進むことが、いっそう辛《つら》くなった。心臓《しんぞう》が今にも破《やぶ》れそうで、目の前の何もかもが暗くなった。それとも暗くなったのは、雨のせいだったろうか。何とか森のふちにたどりついたときには、オウェインは呆《ほう》けたように両膝《りょうひざ》をついた。するとレジナが、オウェインの両腕《りょううで》から抜《ぬ》けて、地面にすべり落ちてしまった。レジナを地面に置いたまま、オウェインはしゃがみこんで、ゼイゼイあえいだ。レジナが短くあえぐときと同じように、胸《むね》が苦しかった。だがしばらくそうしているど、少しましになった。かわいそうなドッグは、そばでふたりをかわるがわるながめては、何が起こるのか理解《りかい》しようとしていた。そういえばこの犬は、いつもそうやってばかりいた。

小川の二、三ヤード手前の、新しく切り開かれた土地には、ハシバミやポッキリヤナギが生えていたが、その中に一本、サンザシの巨木《きょぼく》がまるでまわりの木々《きぎ》を見守るかのように、そびえたっていた。オウェインはさっき初めてここに来たときにも、この木が目に入ってはいたのだが、とくに意識《いしき》はしていなかった。

めまいがおさまり、なんとか息ができるようになったので、オウェインは立ちあがって、ふらつく足でその木のところまで歩いていった。ずいぶん古い木で、根のうちの何本かは土からすっかり顔を出しており、ねじれて曲がった手足のように、地面をはっていた。高さは人間の身長のせいぜい四、五倍というところだが、幹《みき》の太いことでは、天をつくほど伸《の》びた森の巨木《きょぼく》もかなわないほどだ。そうだ、この木こそ、森のこびとの王にちがいない。この王者の風格《ふうかく》に恐《おそ》れをなして、森を開拓《かいたく》したサクソン人も、手をつけなかったのだろう。

オウェインは木のそばにひざまずくと、狩猟《しゅりょう》用ナイフを取りだし、ひとつの根っこの下に、小さく深い穴《あな》を掘《ほ》った。そして胸元《むなもと》から、古びた紋章《もんしょう》つきの指輪を引っぱりだすと、つるしていた皮ひもを切った。傷《きず》のついたエメラルドに光はささず、ただ表面にサンザシの枝《えだ》と色のない空だけが映《うつ》っている。オウェインは、ぼろのチュニカのすそから布《ぬの》を少しちぎって、指輪を包んだ。そしてそれを穴《あな》の中に入れて、ナイフの先でぐっと奥《おく》まで押《お》しこみ、再《ふたた》び穴《あな》を埋《う》めた。これで少なくとも、野蛮人《やばんじん》には、父の指輪を渡《わた》さずにすむ。

レジナのほうに振《ふ》りかえると、レジナは目を大きく開けてオウェインを見ていた。まるでオウェインのことも、オウェインがしていることも、ちゃんとわかっているというように。

一瞬《いっしゅん》希望がわいて、オウェインははいずって、レジナのそばに急いだ。「気分はどう？よくなったの、レジナ？」だが近づいたときには、もう目は半分閉《と》じられていた。ここのところずっとさまよい続けている、どこかわからない場所へと、またもどってしまったらしい。

希望がちらついた分だけ、いっそうこたえた。オウェインの喉《のど》には、むせび泣きのようなものが、こみあげた。傷口《きずぐち》から血が流れ出すように、体から力が抜《ぬ》けていった。もう一度レジナを抱《だ》きあげようとしたが、どうしても持ちあげることができない。オウェインは中断《ちゅうだん》してしゃがみこみ、頭がどうかなりそうなのを何とかこらえようとした。なんとしても、レジナをあの農家まで連れていかなければ。そう遠くはない。せいぜい、矢が届《とど》くほどの距離《きょり》だ。オウェインは自分の膝《ひざ》をレジナの体の下にもぐらせて、もう一度、腕《うで》をまわした。肩《かた》にかつぐことができれば、そのほうが楽なのだが、その姿勢《しせい》ではレジナは息ができないのではないかと心配だった。オウェインは腕《うで》の位置を少しずらして、歯を食いしばった。どうやったのかは、わからない。だが、ぐらぐらしながらも立ちあがることができた。レジナの細い首は頭を支《ささ》えることができず、頭がガクンと垂《た》れてしまったが、オウェインにはどうすることもできなかった。オウェインは、ふらつく足を一歩、また一歩と踏《ふ》み出した。ドッグが心配そうにすぐ後ろをついてくる。森のふちの茂《しげ》みを抜《ぬ》け、茶色い休閑地《きゅうかんち》を横切り、小道へと向かった。風よけの木々《きぎ》がなくなったので、風と雨が、まるで生きた敵《てき》のように襲《おそ》いかかってきた。そのうえ畑の柔《やわ》らかい土に、はだしの足をとられて思うように進めない。目も見えず、吐《は》き気とめまいがする。それでも、なんとかレジナを抱《だ》きかかえたまま、渾身《こんしん》の力をふりしぼって進みつづけた。突然《とつぜん》地面の感触《かんしょく》が変わり、わだちのぬかるみを歩いていた。そして目の前に、柵《さく》のとぎれ目が見えた。オウェインはそこから中へ入り、倒《たお》れそうになりながら庭を横切り、炉火《ろか》がちらつき、人々《ひとびと》の声がする戸口のほうへと向かった。獰猛《どうもう》そうな二頭の赤目の番犬が、気配を感じて吠《ほ》えたてた。だが番犬は、つながれていた。日は沈《しず》みかけているものの、まだ牛を小屋に入れる時間には早かったのだ。オウェインは番犬に注意を払《はら》わなかったし、オウェインについていくことしか頭になかったドッグも、同様だった。

犬が吠《ほ》えているので、何事が起こったのかと、男が大股《おおまた》で戸口に向かってきた。外の小屋からも、別の男がやってきた。それに続いて、男や女や子どもがどこからともなく、まるで夢《ゆめ》の中の人物のように、わらわらと現《あらわ》れた。オウェインはもう、風と雨のあたらない、戸口の屋根の下に来ていた。レジナを戸口のベンチの上にすべり落とすと、立ちつくしたまま、まわりの人々《ひとびと》の顔をながめた。まるで夢《ゆめ》を見ているようだ。オウェインは戸口の柱にもたれて、前かがみになっていたが、病気の人間が発作《ほっさ》を起こしかけているように見えた。

まわりの人間が、耳慣《みみな》れないことばで話しかけてきた。声の調子からすると、何か聞いているらしい。「この子は……胸《むね》をやられています」オウェインは、何とか少し体を起こして息を整えると、すぐに自分のことばで答えた。しかし自分のことばは、通じないことを思いだした。レジナを見せるしかないと心を決めたちょうどそのとき、赤っぽい服を着たあの女が、火のそばを離《はな》れてこちらへやってきた。穏《おだ》やかな顔の年配の女性《じょせい》で、水色の目をしている。まわりが道を開けたところをみると、この家の女主人にちがいない。オウェインにとって、サクソン人の女を見るのは初めてだった。女の髪《かみ》は布《ぬの》でおおわれていて、これまで見慣《みな》れてきたむきだしの髪《かみ》とはちがっている。切迫《せっぱく》した状況《じょうきょう》だというのに、そんなことが目にとまった。レジナのほうは、マントが後ろにずり落ち、片腕《かたうで》がだらりと垂《た》れて、死んだ小鳥のように弱った姿《すがた》でベンチに横たわっていた。女はそれに気がつくと、驚《おどろ》いたようすで声をあげた。その声には親切な響《ひび》きが感じられた。女は、何か聞いている らしく、レジナからオウェイン、そしてまたレジナへと、視線《しせん》を移《うつ》している。オウェインが自分にまといつく霧《きり》からのがれて、なんとか言いたいことを伝えようと苦心していると、となりの男が何やらブツブツ言った。この男ときたら、山の荒《あら》っぽい雄牛《おうし》の兄弟ではないかと思える風貌《ふうぼう》だったが、レジナをひょいと抱《だ》きあげると、家の中へ入っていった。まるで死んだ鳥ほども、重くもなければ大切でもないといわんばかりのかかえ方だった。

オウェインはよろよろと男についていった。レジナから離《はな》れてはいけない、レジナを守らなくてはいけない、それだけが頭にあった。中には空っぽの小さな部屋がいくつもあり、住まいというより牛小屋のように見えた。その先に広い空間があり、戸口からちらりと見えたサフラン色の暖《あたた》かな火が燃《も》えている。男は部屋のすみの、羊の毛皮を何枚《まい》か重ねた場所にレジナを下ろした。オウェインはとっさにそばにしゃがみこみ、レジナを守るかのように体の上に腕《うで》をまわした。血色がよく雄《おす》の子牛のように精悍《せいかん》な男の子が、年上の者たちを押《お》しのけて、じっとのぞいていた。あんまり近くまで寄《よ》ってきたので、オウェインは少年に向かって、ドッグのようなうなり声をあげてしまった。レジナを除《のぞ》けば、人間と接《せっ》するのは久《ひさ》しぶりだったのだ。何人かが笑った。少年は顔をしかめ、肩《かた》をすくめてその場を離《はな》れると、竪型《たてがた》の織《お》り機を背《せ》に座《すわ》りこんで、もう興味《きょうみ》がないというふりをした。女主人は、意識《いしき》を失った少女のそばにひざまずいていた。そして水色の瞳《ひとみ》でオウェインを見つめてやさしく笑いかけると、レジナを守っている彼《かれ》の腕《うで》を押《お》した。オウェインは一瞬抵抗《いっしゅんていこう》したが、すぐに腕《うで》をほどいた。

レジナを運んできた男は、炉辺《ろへん》で、別の男と話していた。話しながらふたりは、オウェインと少女を見つめていた。別の男の方が、腰《こし》かけから身を乗り出して、オウェインに話しかけてきた。「おい、おまえ!」きついサクソンなまりが混《ま》じってはいたが、ブリトンのことばだ。

オウェインはそのとき初めて、男を見た。金髪《きんぱつ》の若《わか》い男で、がっしりしており、肌《はだ》は日と風にさらされて赤銅色《しゃくどういろ》をしている。薄《うす》い色の一文字の眉《まゆ》は、眉間《みけん》でひとつにつながりそうだ。男は火のほうに足を伸《の》ばして座《すわ》っていた。膝《ひざ》から下をひもでしぼった、ゆるめのズボンから、湯気が立っている。嵐《あらし》をついて到着《とうちゃく》したばかりらしく、ずぶぬれのマントがわきに脱《ぬ》ぎ捨《す》ててあった。この男が、おかしな歩き方の馬に乗っていた人だろうと、ぼんやり思った。

「おまえ」その若《わか》い男がまた言った。「おまえと、その女の子どもと、このサンザシの森で、いったい何をしているんだ？　だれかから逃《に》げてきたのか？」

ブリトン族のことばは、たとえ異民族《いみんぞく》らしいなまりがあっても、オウェインのまわりの霧《きり》を突《つ》きぬけて、耳に届《とど》いた。頭が少しはっきりした気さえする。自分の言うことを理解《りかい》してくれる人がいるとわかって、心底ほっとした。「海岸へ出ようと思っていたんです」オウェインはそう言ってから、挑戦《ちょうせん》するようにつけ加えた。「だれかから逃《に》げてきたわけではありません。サクソン族全体は別ですが。おれたち、ガリアに渡《わた》りたいと思っていました」

男はうなずいた。「ずいぶん大胆《だいたん》な話だな」

オウェインは、同胞《どうほう》でないこの男にわかるように、注意深く話した。「でもこの子が胸《むね》の病気になって、それでもう、これ以上は進めなくなりました」

「そのようだな」男が言った。

「だから、その……」オウェインは緊張《きんちょう》した視線《しせん》を雄牛《おうし》のような男に向け、それからもうひとりの男にもどした。つばを飲みこんだが、口の中は渇《かわ》いていた。「どうか、お願いします。この家の主人に、伝えてください。この子をここにおいてもらいたいんです。この子が元気になるまで、だれか女の人に世話をしてもらって、そして……ミルクをあげてもらいたいのです。もしそうしてくれるのなら、その代わりに、おれはこの人の奴隷《どれい》になって、ここで働きます」オウェインは、サクソン人の農場には、ブリトン人の奴隷《どれい》が大勢《おおぜい》いることを知っていた。そして、そういう奴隷《どれい》たちをいつも軽蔑《けいべつ》していた。サクソン人の奴隷《どれい》になるくらいなら、なぜいさぎよく死なないのだろう、と。

男は黙《だま》ったまま、しばらくオウェインを見ていた。それから、雄牛《おうし》のような男に話しかけた。雄牛《おうし》のような男は、またオウェインをながめると、何か言って肩《かた》をすくめた。

女主人は、レジナのぬれたぼろ服をあらかた脱《ぬ》がせてしまい、レジナの額《ひたい》と胸《むね》に手を当てていた。若《わか》い女たちは、ミルクだ、きれいな布《ぬの》だ、薬草だと、動きまわっている。女主人は目を上げると、短く聞いた。それを男がまた通訳《つうやく》した。「女主人は、この子はおまえの何か、と聞いている。この子はおまえの妹か？」

オウェインはレジナの動かない顔を見、それからまた男の顔を見上げると、首を振《ふ》った。

「おれが野ウサギを焼いていたんで、この子が近づいてきました。この子は腹《はら》が減《へ》っていたんです。でも、ずいぶん前のことです。去年の秋でした」

このことも、男は他の者たちに話して聞かせた。男とこの家の主人は、少しのあいだ話しあった。オウェインはしゃがんでふたりを見つめ、なんとか話が理解《りかい》できないものかと絶望《ぜつぼう》的に思っていた。金髪《きんぱつ》の男は、この家の主人と言い争っているあいだも……オウェインには言い争っているように見えた……オウェインから目を離《はな》さなかった。そして前かがみになって手を伸《の》ばすと、オウェインのぼろぼろの袖《そで》の下からのぞいている古い槍傷《やりきず》を、親指の爪《つめ》でなぞった。「戦いのときの傷《きず》か？」男は、だれかの通訳《つうやく》としてでなく、自分の聞きたいことを聞いた。

オウェインも同じように、火のまわりでこちらを見聞きしている人たちにでなく、自分の言いたいことを言った。「一年前の、アクエ・スリスの戦いでした」

「大きな戦いだったそうだな」男は長いこと黙《だま》って、オウェインを観察していた。薄《うす》い色の眉《まゆ》の下のまなざしは、どこか子馬を見るときに似《に》ており、体調はもちろん気性《きしょう》まで調べようとでもいうようだった。それから男は突然《とつぜん》意を決したかのように、雄牛《おうし》のような主人に向かって、肩越《かたご》しに何か言った。気楽そうに、たった三言だけ。それからブリトンのことばにもどして、オウェインに言った。「ここの主人は、奴隷《どれい》はもういらないと言っている。しかし神々《かみがみ》のおかげで、うちには小さな息子《むすこ》がひとりいる。だからこの旅を終えて家にもどったら、干拓地《かんたくち》を増《ふ》やさなくてはならない。そういう事情《じじょう》だから、うちとしては、もうひとり奴隷《どれい》がいてもよい。そこでこの家の主人に、伝えた。わたしがおまえと、その犬もいっしょに連れていくと。わたしは金貨一枚《まい》で取引したいと言い、ここの主人はその条件《じょうけん》を受けいれた。だから、その女の子はこの家で、面倒《めんどう》をみてもらえることになった」

男は少し目を細めて、オウェインをしっかりと見すえた。「だが言っておくが、わたしの条件《じょうけん》はこうだ。万が一、その子が死んだとしても、それは神々《かみがみ》のご意志《いし》というわけだ。そしてその場合でも、おれが金貨を払《はら》ったことには変わりはない」

オウェインはしばらく黙《だま》って、レジナを見ていた。女のうちのひとりが、陶器《とうき》の鉢《はち》に入れたものを持ってきていた。それを受けとった女主人が、レジナを抱《だ》き起こして飲ませようとしている。女主人は、親切そうだ。オウェインの手は、ドッグの首の上に置かれていた。ドッグはさっきからずっと、となりで身をかがめて警戒《けいかい》していた。オウェインはまた火を見つめた。だが彼《かれ》の目に映《うつ》っていたのは、ハリエニシダを燃《も》やす、パチパチはじける赤い炎《ほのお》ではなかった。見ていたのは、オリーブの木が燃《も》えるときにブルーベルの花のように現《あらわ》れるあの青い小さな炎《ほのお》と、それからそのまん中にローズマリーの苗《なえ》を落とすレジナの姿《すがた》だった。燃《も》せば、後に何も残らないから——何も、残らないから……。

「この子が生きているか死んでいるか、どうすればわかりますか？」

「明日われわれが南へ向けて出発する前に死なないかぎり、おまえにはわからないだろう。わたしの土地までは、ここから何日もかかる」男が言った。

「ここの人たちは、親切にしてくれますか？」オウェインは男対男として、簡潔《かんけつ》に質問《しつもん》した。

「ここの人たちのことは、よく知らない。わたしの馬が蹄鉄《ていてつ》を落としたので、ひと晩《ばん》だけここに泊《と》めてもらうことにしたんだ。だが少なくとも、ここの女主人は親切にしてくれるだろう」

火を見つめていたオウェインは、目を上げ、男の顔を見て言った。「いっしょに行きます」ほかの可能性《かのうせい》もあるような言い方だった。だが、選ぶ余地《よち》などないということはわかっていた。オウェインはサクソン人に金貨一枚《まい》で買われて、奴隷《どれい》となった。森の中で父の指輪を葬《ほうむ》ったあのとき、すでに決断《けつだん》はついていた。

女たちがレジナに、ミルクを飲ませた。ドッグは、番犬が鎖《くさり》をとかれる前に、いっしょにエサをもらった。オウェインも大麦パンとキャベツのスープを夕食にもらって、屋根裏《やねうら》に泊《と》めてもらった。家の者たちはみな親切だった。家畜《かちく》はよく世話をされているし、奴隷《どれい》もきまぐれに殴《なぐ》られるようなことはなさそうだ。レジナを思うと、それがうれしかった。だがそれを、自分で認《みと》めるのはいやだった。目がヒリヒリと熱く、眠《ねむ》れずに横になっているうちに、風雨は屋根をたたき、長い夜が過《す》ぎていった。

朝になり、早い朝食が終わった。オウェインは、新しく主人となった男の馬に、すでに鞍《くら》をつけていた。蹄鉄《ていてつ》は雄牛《おうし》のような男が、つけ直してくれてあった。こんな奥地《おくち》に住んでいれば、どんな農夫も鍛冶《かじ》仕事ができるものだ。オウェインが馬を正面の戸口の前へまわしてくると、家の者たちが、最後にひと目レジナを見せてくれた。レジナは呼吸《こきゅう》が少し楽になったようで、目もきちんと閉《と》じて、眠《ねむ》っているようだった。黒いまつげが、白い顔の上に、羽のような影《かげ》を落としている。さよならを言うために、わざわざ起こしてはいけないとわかっていた。ただオウェインは、火打石を入れた古びた小さな袋《ふくろ》をベルトからはずして、レジナのそばに置いた。ナイフも投石器も取りあげられてしまったから、オウェインの持ち物は、もうこれだけだった。どちらにしても、火打石はレジナにあげたほうがいい。これから自分は、ほかの奴隷《どれい》や犬たちとともに、主人の火で暖《だん》をとるようになるのだ。もう自分自身の火を起こすことはないだろう。オウェインは不安そうに、女主人を見つめた。この火打石はレジナのものだと、わかってほしかった。女主人はうなずいた。

それから、主人が戸口でオウェインを呼《よ》ぶ声が聞こえた。「おーい、こぞう！」

オウェインは、ドッグを後ろにしたがえて出ていった。悲しいというのともちがった、奇妙《きみょう》な感覚を覚えていた。たとえば自分の体の一部をもぎとったとすれば、こういう感じがするのだろうか。オウェインがもしも下を見たなら、もぎとられた体の一部がそこで血を流しているのが見えただろう。

第九章　ウィドレスおじさん

一陣《いちじん》の暖《あたた》かい西風が、黄土色の平地を吹《ふ》きぬけた。風は、かすかな潮《しお》の香と潮鳴《しおな》りとを運んできた。もっとも、北風をのぞけば、このあたりの風はいつも海の匂《にお》いと音がする。レグナム（現《げん》チチェスター）からシメンショアの岩礁《がんしょう》へと南に突《つ》きだしたこの平地では、どちらに行っても数マイルで海だからだ。オウェインとその後ろを駆《か》けてくるドッグは、土地の者が『風の港』と呼《よ》ぶ港からもどってきた。村の先にある船置き場まで、主人に伝言を届《とど》けにいった帰りだった。オウェインの主人のベオルンウルフは、沿岸《えんがん》ぞいの農場主の例にもれず、漁業も営《いとな》んでいる。そのため、三人の共有ではあるが、船も所有していた。オウェインはひんやりとした潮《しお》の香りをかいだ。この土地の暖《あたた》かく乾《かわ》いた匂《にお》いがまじっている。ここ数年ですっかりなじんだ匂《にお》いだ。西側の陸地を越《こ》えてくる潮鳴《しおな》りがこんなにとどろくということは、たぶん朝までに、雨になるのだろう。

オウェインは樹木《じゅもく》のない平地から、幅広《はばひろ》の帯のようにつらなるカシ林の影《かげ》に入った。この林は、村の共同牧草地との境界線《きょうかいせん》となっている。風で傾いだ背《せ》の低い木々《きぎ》は、盛夏《せいか》からこっち潮《しお》にやられており、葉が黒く縮《ちぢ》んでいた。カシ林では、平地よりも潮鳴《しおな》りが大きく聞こえる。つぶやくような波の音が、枝々《えだえだ》のあいだで小さくこだまするのだろうか。オウェインが林を陸地側に抜《ぬ》けると、やぶの生えた白亜《はくあ》の土手のあいだを流れる細い潮水路《しおすいろ》のそばに出た。遠くに、農場が見える。

ベオルンステッド（ベオルンウルフ領《りょう》）は、遠くからでもよく見えた。ところどころに風よけのサンザシの木があるほかは、視界《しかい》をさえぎるものは何もない。寄《よ》りそった低い屋根は、カシやサンザシの木々《きぎ》が強風に耐《た》える形に育つように、強風に耐《た》える形をしていた。家の煙《けむり》が風に流されて、暗い森を背景《はいけい》に、青白くかすんでいる。平地を近づいていったが、人のいる気配はなかった。ベオルンウルフの純血種《じゅんけつしゅ》の雌馬《めすうま》が三頭、それぞれの子馬を従《したが》えて、草を食《は》んでいるだけだ。だがサンザシの生垣《いけがき》の入口に近づくと、ウィドレスおじさんが豆わらを積んだ山を背《せ》にして風をよけ、しゃがみこんでいるのが見えた。子どもたち三人と牧羊犬の子犬が一匹《ぴき》、興味《きょうみ》しんしんといったようすで、おじさんを囲《かこ》んで座《すわ》っている。

ウィドレスおじさんは、この農場と同じくらい年をとっており、少々《しょうしょう》変わり者だった。

オウェインがなんとかここでやっていけるのは、実はこの人のおかげが大きかった。おじさんの父親は長男ではなかったので村を離《はな》れて、未開地の開拓《かいたく》に乗りだした。サクソン族の王アエレが軍船を率《ひき》いてブリテン島に上陸し、南サクソン《サセックス》王国をきずいてから、わずか一世代後のことだ。おじさんの母親はブリトン人の女奴隷《どれい》で、産み落としたばかりの赤ん坊《ぼう》を、父親の戸口の前におきざりにして逃《に》げたということを、奴隷《どれい》たちや（オウェイン以外にもふたりの奴隷《どれい》がいた）、家の人たちが話していた。だがおじさん自身は、自分の母親はアザラシの娘《むすめ》、しかもアザラシ族の王女だったと言っている……いいかい、おまえたち。月夜の晩《ばん》になるとアザラシ島の砂丘《さきゅう》に、アザラシの娘《むすめ》たちがやってくるのを知っているな。そうだよ、娘《むすめ》たちは、アザラシの毛皮を脱《ぬ》いで、歌ったり踊《おど》ったりするんだよ。わしの母さんもそうしていたんだ。そこへわしの父さんがやってきて、アザラシの毛皮を盗《ぬす》んだんだ。アザラシの娘《むすめ》たちは、毛皮を持っている者の言うことを聞くしかない。そこで父さんは、アザラシの娘《むすめ》が自分を愛するように仕向けたというわけだ。時が流れ、やがてアザラシの娘《むすめ》は、自分の毛皮が壁《かべ》の穴《あな》にかくしてあったのを、見つけた。そうして海の世界へと帰っていってしまったんだ。だから……とウィドレスおじさんは続けた。だから、もしもわしが産まれたのが、アザラシの娘《むすめ》が海の世界に帰ってからだったなら、わしは人間ではなくアザラシだったというわけさ……ひょっとしたら、おじさんは頭が少々《しょうしょう》いかれていたのかもしれない。一族の土地で一人前の働きをするには、確《たし》かに年をとりすぎていた。だが動物を診《み》させれば、八つの農場で一番腕《うで》がよく、どんな道具も壊《こわ》れれば修理《しゅうり》することができた。それに加えて、ベオルンウルフの妻《つま》のアテリスが子どもたちの面倒《めんどう》を見られないときには、いつも代わりに世話をしていた。こうして、ちゃんと自分の食い扶持《ぶち》を稼《かせ》いでいた。

ちょうど今もアテリスは、母屋《おもや》の裏《うら》の女たちの部屋で床《とこ》に伏《ふ》せっていた。そばでは産まれたばかりの女の赤ん坊《ぼう》が、大声で泣いている。そういうわけでおじさんは、豆わらの山のかげに腰《こし》をおろして、女奴隷《どれい》が寝《ね》かせにくるまで、子どもたちに話をきかせてやっていたのだ。

オウェインはわずかな暇《ひま》でも見つかると、この風変わりな老人のところに通っていた。とりわけ、希望のない奴隷《どれい》であることが、つらい重荷になって肩《かた》にのしかかってくるときには。今は特別つらいわけではなかったが、オウェインは口笛を吹《ふ》いてドッグを呼《よ》んだ。そして、豆わらの山のかげの暖《あたた》かな休息の場所にいる、おじさんと子どもたちの仲間に加わった。

ウィドレスおじさんは目を上げて、オウェインを見た。老いてあまりきかなくなった目にしわをよせてほほえむと、作っているとちゅうのものに視線《しせん》をもどした。どう見てもアザラシには似《に》ていないな、とオウェインは思った。むしろバッタじゃないか。子どもたちは、目を上げさえしなかった。おじさんの両わきに座《すわ》っているのは幼《おさな》い姉妹《しまい》のヘルガとリラで、ふたりともおじさんの立て膝《ひざ》にあごが乗りそうなほど近づいて、おじさんの手元を見つめている。男の子のブリニは、何かに長く集中するには、まだ幼《おさな》すぎた。この子は今は、子犬の目玉をほじくりだそうと夢中《むちゅう》になっていた。もちろんそのうちに、子犬に噛《か》みつかれるだろう。実際《じっさい》ブリニの褐色《かっしょく》の手足には、柔《やわ》らかい肌《はだ》の上にいくつも噛《か》まれた歯形がついていた。それでもブリニも犬も、たがいに憎《にく》みあったりはしていない。

さてウィドレスおじさんの指先にあった魔法《まほう》の品は、一羽の鳥だった。流木のかけらを削《けず》ってこしらえたものだ。

「それで、銀の鳥は族長の娘《むすめ》にこう言ったんだよ」とおじさんは話を続けた。「『わたしの翼《つばさ》の羽は、一枚《まい》も差しあげるわけにはいきません。みんな、飛ぶのに使うんですから。わたしは遠くまで飛んでいくのです』そうしたら、族長の娘《むすめ》はいったいどうしたと思うかね？　怒《おこ》ってわんわん泣きだしたんだ。それから地団駄《じだんだ》を踏《ふ》んで、大麦パンを地面に叩《たた》きつけたんだよ」おじさんは子どもたちにお話をするときは、いつも自分の母のことばで語った。(もし母がアザラシの娘《むすめ》だったのなら、そのアザラシがしゃべる人間のことばは、ブリトンのことばだったらしい)。そういうわけでベオルンウルフは、サンザシの森で、オウェインとあの農場の人たちのことばを通訳《つうやく》することができたのだ。

「パンには、はちみつがついてたの?」ヘルガが聞いた。

「ああ、ついていたとも。しかも、はちみつがついた方が下になって、マントのまん中に落ちたんだ。そのマントというのが、族長である父さんの、いちばん立派《りっぱ》なマントだった。ちょうど夏のせんたくの日で、おひさまで乾《かわ》かそうと、マントを広げていたところだったんでね」ウィドレスおじさんが悲しそうにつぶやいた。

聞き手たちはショックを受けたのと、うれしいのとで、息をのんだ。

オウェインはたいして身を入れずに聞きながら、見物していた。自分の腿《もも》に乗せられたドッグの頭をなでていたが、ふと、何かを創《つく》ることができたらいいだろうなと思った。子ども向けのばかばかしい話や、白茶けた流木を荒《あら》く削《けず》っただけの小さな鳥だっていい。驚《おどろ》くことに、鳥は今にも飛びそうに見えるのだ。オウェインはぼんやりと思った。何かを創《つく》り出す力があれば、それは自由ということなのだろう……。

おじさんの話が終わろうとしていた。「そういうわけでその子は、父さんには剣《けん》を下げる帯でぶたれ、母さんにはつむでぶたれた。そりゃあ、痛《いた》かったとも。でも、しかたがない。娘《むすめ》はそれだけのことをしたんだからな」

「それで、鳥は？　小さな鳥はどうなったの、ウィドレスおじさん？」

「そうそう、あの銀の鳥は翼《つばさ》を広げて海を越《こ》え、自分の奥《おく》さんのところへ帰ったんだよ。奥《おく》さんは、ずっとその鳥の帰りを待っていたんでね」そう言ってウィドレスおじさんは、さっきから待ちかねている小さな手の中に、流木のかけらの彫《ほ》り物を入れてやった。幼《おさな》い姉妹《しまい》が新しい宝物《たからもの》を手にしてうっとりしているのをそのままに、おじさんは、となりで豆わらの山に寄《よ》りかかっていたオウェインの方を見た。「そこで、いったい何を考えておったのかね？　おおかた、こんなところかな。このおじさんは、いい年をしてなんてばかなやつだ。長生きしすぎてひと回りして、また子どもにかえっちまったらしい」

「おれは」オウェインが口をひらいた。「おれにも何か創《つく》れたらな、と思っていたんです。道具のことじゃありません。おれは手先が器用だから、農場の道具なら作ったり直したりできます。そうではなくって、何か命を持つもののことです。もしそういうものができるなら、おれの首にはまった、この奴隷《どれい》の首輪も、それほどきつく感じなくてすむかもしれない……」

ウィドレスおじさんの鷲鼻《わしばな》のめだつ年老いた顔が、やさしくなった。子どもに対するときよりもいっそう深いやさしさが、そこにあった。「若《わか》い時分は、つらいものよのう……わしにも、自分が『あほうのウィドレス』でしかないのが、なんともみじめで、やりきれんかった時代があった。わしは父の息子《むすこ》といっても、弟たちとはちがうし、かといって奴隷《どれい》でもない。一方で、自分は、父にとっては長男なのにと思ってもいたんでな」

オウェインはウィドレスおじさんを見て、このとき初めて疑問《ぎもん》に思った。おじさんは本当に、母親はアザラシの娘《むすめ》だと信じていたのだろうか。それともあれは、気の毒《どく》な若者《わかもの》が自分の誇《ほこ》りを守ろうとして作った話なのだろうか。突然《とつぜん》オウェインは、自分自身も年をとったように感じた。そして自分も英雄《えいゆう》物語をでっちあげて、それにしがみついてきたことを思った。三十人の敵《てき》を自分の剣《けん》で殺《ころ》し、戦場でもてはやされたという、自分の作り話を思うと、オウェインは犬のように遠吠《とおぼ》えをあげたかった。ウィドレスおじさんのためと、そして自分自身のために。

「おまえさんも、わしくらいの年になれば、どんなこともそうたいした問題ではないとわかるだろうて。人生とは若者《わかもの》には酷《こく》なものだが、年よりにはもっとやさしいのだよ。もっとも、若《わか》いときには、つねに希望があるがな。いつか、何かが起きるかもしれない。ある日、小さな風が吹《ふ》くかもしれないという希望が……」

老いた静かな声がゆるゆると消えていったちょうどそのとき、オウェインは、なでていたドッグの耳がぴんと立つのを感じた。優《すぐ》れた軍用犬は頭を上げて、耳をすましている。しばらくは音が遠すぎて、人間の耳では聞き取れなかった。だが、レグナムからの古い街《かい》道《どう》をパカパカとやってくるかすかな馬のひづめの音が、やがてオウェインの耳にも聞こえてきた。

オウェインは大股《おおまた》で豆わらの山のはじまで行くと、音のする方向をながめた。赤茶色の馬に乗った男がカシ林の長い影《かげ》から現《あらわ》れて、この農場に向かって、のんびりしたようすでゆっくり馬を走らせてくる。この街道《かいどう》の先に馬を見ることはめずらしい。なぜなら北へ一マイルも行かないところに大きく湾曲《わんきょく》した入江《いりえ》があって、これが道路を切断《せつだん》しているのだ。この入江《いりえ》のせいで、アザラシ島はその名前どおり、ほとんど島と化していた。入江《いりえ》をわたるために旅人たちは、近くの小屋に住むマンナ老人に声をかけて、舟《ふね》で渡《わた》してもらわなければならなかった。もっとも干潮《かんちょう》なら水はほとんど引いてしまうので、ふだんは水底にかくれている浅瀬《あさせ》の古い敷石《しきいし》があちこちで顔を出す。だからここの地形と潮《しお》の干満《かんまん》、浅瀬《あさせ》の状態《じょうたい》を知っていれば、馬で入江《いりえ》を渡《わた》ることも不可能《ふかのう》ではない。

それができるのが、ヘーゲル王だった。

オウェインが主人に連れられて南へ来てから、ヘーゲル王は三回ほど姿《すがた》を現《あらわ》した。予告《よこく》もなしに、いつもたったひとりでふらりと現《あらわ》れる。ふつうの男が友人を訪《たず》ねるのと同じように、炉辺《ろへん》に座《すわ》ってエール酒を酌《く》みかわしては、昔の戦《いくさ》の話をしたり、収穫《しゅうかく》の見通しを語りあったりした。初めはオウェインも、わけがわからなかった。だがヘーゲル王は、サクソンの貴族《きぞく》の例にならい里子に出され、この農場で育ったと聞いて、納得《なっとく》した。つまりヘーゲル王とベオルンウルフとは乳兄弟《ちきょうだい》ということになる。さらにベオルンウルフは、レグナムの近くにあるこの若《わか》き王の館《やかた》の炉辺《ろへん》に集《つど》う側近《そっきん》のひとりだったことも知った（レグナムは今やウィロコニウムのような町となり、チーザス・キスターと呼《よ》ばれている。まるでくしゃみのような響《ひび》きだが、チーザの砦《とりで》という意味だ。ここは、アエレ王〔訳注：初代の南《サ》サ《セ》ク《ッ》ソ《ク》ン《ス》王〕の激《はげ》しい気性《きしょう》の息子《むすこ》のひとり、チーザの砦《とりで》だった）。もっともベオルンウルフが王のもとにいたのは、父親が亡《な》くなる前のことで、父の死後は農地を継《つ》ぎ、妻《つま》を娶《めと》ってここに落ちついた。だが王との友情《ゆうじょう》は変わることはなかった。ベオルンウルフは槍《やり》を持って仕《つか》える一土地保有者《ほゆうしゃ》としてだけでなく、もっと身近で親身な乳兄弟《ちきょうだい》として王に仕《つか》えていた。一年前の春、ベオルンウルフがあのサンザシの森に来ていたのも、何か王の特命があってのことではなかったかと、オウェインは気づいていた。ヘーゲル王の方でも、今もベオルンウルフの炉辺《ろへん》にやってきては、膝《ひざ》にエール酒の角杯《つのさかずき》を置いて座《すわ》り、昔の冗談《じょうだん》を言ってはともに笑うのだった。

「ヘーゲル王がお出《い》でだ。おれは、行きます」オウェインは振《ふ》り向いて、ウィドレスおじさんにそう告《つ》げると、豆わらの山の向こうへ大股《おおまた》で歩いていき、家の門に向かった。

ベオルンウルフは客人を迎《むか》えるときは、オウェインをそばにおきたがった。客が馬を連れていれば、その馬を受けとり、女主人アテリスが出られなければ、客の杯《さかずき》を満たすためだ。この家の気がきかない女奴隷《どれい》では、客人に礼をつくすことができない。その点オウェインは父によくしこまれていたので、今でもきりりとした立ち居振《いふ》る舞《ま》い、つまり王のように気品のある身のこなしができた。これを知っているベオルンウルフは、ローマ風に洗《せん》練《れん》されたブリトン人の奴隷《どれい》を所有していることを自慢《じまん》にしていた。もっともオウェイン自身はそんなこととは知らず、ただ王が来たからには、今夜はずっと解放《かいほう》されることはないと思っただけだった。

ほどなくヘーゲル王が門から入ってきた。王が手綱《たづな》を引いたので、オウェインは前に進み出て、赤毛の若駒《わかこま》を預《あず》かろうとした。王はサクソン人にしては色が黒く、乳兄弟《ちきょうだい》より褐《かっ》色《しょく》の肌《はだ》をしていた。眉《まゆ》の下深くに収《おさ》まった目は沈着《ちんちゃく》冷静、口元は思慮《しりょぶか》深げだ。夕日が、若《わか》駒《こま》の毛並《けな》みをつややかな銅《あか》色に染《そ》め、王のあごひげの下の、サンゴと黄金の玉を連ねた首《くび》飾《かざ》りを輝《かがや》かせた。王のこぶしの上にはずきんをかぶせたハヤブサが留《と》まっていたが、そのハヤブサの胸《むね》の羽毛《うもう》も、それから若駒《わかこま》のたてがみも、風にサワサワとそよいでいた。

ベオルンウルフの猟犬《りょうけん》は王を知っていたので吠《ほ》えるのをやめ、ドッグといっしょに、馬の蹴爪《けづめ》のあたりをくんくんかいでいた。ヘーゲル王は馬からひらりと飛びおりて、犬たちのまん中に立ち、出迎《でむか》えた乳兄弟《ちきょうだい》の方を向いて笑った。「育った家に帰ってくるのは、いいものだな！　アザラシ島に渡《わた》ってくるたびに、わたしの心のどこかが『家に帰ってきた！』と叫《さけ》ぶんだ」

「こちらは心のなかで声を張《は》り上げて『兄弟が、自分の家に帰ってきた』と申したところです。犬が吠《ほ》えるのを聞いたとたんに、だれのお出《い》でか、わかったゆえ」ベオルンウルフが言った。「ところで、タカ狩《が》りを楽しまれたのか？」

「まあ上出来だ。ヘイブン湿地《しっち》とブレマ堤防《ていぼう》のあいだで、野鳥を追った。ほかの者たちは猟犬《りょうけん》といっしょに帰したが、わたしは、おまえの子どもの誕生《たんじょう》に祝杯《しゅくはい》をあげようとやってきたんだ。息子《むすこ》か、それとも娘《むすめ》か？　子どもが生まれた、とだけ聞いたが」

「また娘《むすめ》です」そう言ってベオルンウルフは、顔をしかめた。

「そうか。まあいい。おたがいに、盾《たて》を持って従《したが》う息子《むすこ》はひとりずつというわけだな」

ヘーゲルは乳兄弟《ちきょうだい》の肩《かた》に腕《うで》をまわして、母屋《おもや》に向かった。

オウェインは馬を厩舎《きゅうしゃ》へ引いていき、奴隷《どれい》仲間のカエドマンに託《たく》した。それから母屋《おもや》の裏《うら》の貯蔵庫《ちょぞうこ》にまわって、ベオルンウルフの角杯《つのさかずき》と一番上等のエール酒のつぼを持ってきた。

オウェインがもどってきても、ふたりの男はまだ家の中に入ってはいなかった。正面のポーチで、ベンチに座《すわ》って足を前に投げ出し、低い声で語りあっている。そのようすは、いかにも一日の疲《つか》れを癒《いや》している男たちらしかった。ヘーゲル王は自分のハヤブサをなでていた。鳥の背《せ》を何度も指でなでおろすと、ずきんをかぶったハヤブサは頭を上下し、喜んで背《せ》を丸めた。ふたりはもう家族の話をしているのでもなければ、いつもの冗談《じょうだん》で笑っているのでもなかった。

「領土《りょうど》を守るために、われわれが立ち上がらなければならない日はそう遠くないだろう。わたしは今でも、そう考えております」ベオルンウルフが話した。「前にも申したとおり、ツェアウリン王が最後のブリトン軍を破《やぶ》ってから二年以上になるが、西サクソン王国《ウェセックス》は強大になりすぎた。われわれにとっては、危険《きけん》というもの」

オウェインはその瞬間《しゅんかん》動きを止めた。それから腰《こし》をかがめて、銀と銅《どう》で細工された大きな角杯《つのさかずき》を、ヘーゲル王が伸《の》ばした手に渡《わた》して、エール酒を縁《ふち》まで満たした。

「乾杯《ハイル》！」ヘーゲル王は酒を飲み、杯《さかずき》を返した。「この家と、この家に生まれた新しい花に幸運あれ！」そしてまた、先ほどから没頭《ぼっとう》している話題にもどった。「それは、どうかな。また戦士《せんし》を召集《しょうしゅう》することになるという点には、同意しよう。だがそこに到《いた》る読みは、少々異《しょうしょうこと》なる」

ベオルンウルフは、今度は自分がエール酒の角杯《つのさかずき》を取った。「では王は、どう読まれるのか？」そう聞くと、ぐっとあおって杯《さかずき》を干《ほ》した。

ヘーゲル王は再《ふたた》び手を伸《の》ばしたが、杯《さかずき》を受けとるとその手を膝《ひざ》に置いたまま、琥珀色《こはくいろ》の底に見入っていた。オウェインは杯《さかずき》が干《ほ》されたらすぐに注げるように、エール酒のつぼを持って控《ひか》えていたが、奇妙《きみょう》な期待から心臓《しんぞう》の鼓動《こどう》が速まるのを感じた。ふたりの会話は、オウェインにも何か関係があるような気がした。

「わたしの読みは……つまり、こういうことだ」やっと、南サクソン《サセックス》王が口を開いた。

「ツェアウリンは戦争の指揮官《しきかん》としては、確《たし》かに偉大《いだい》だ。あの男の影《かげ》は、日の出の影《かげ》のように遠くまで伸《の》びて、地をおおっている。だがわたしが思うには、あの男は自分の力を過《か》信《しん》しすぎる。人の心が理解《りかい》できないし、理解《りかい》する必要があるとも思っていない……いいか、ブリトン族の王の最後の勢力《せいりょく》をうち砕《くだ》いた先の大決戦だが、あの戦《いくさ》には、彼《かれ》の息子《むすこ》たちだけでなく、彼《かれ》の兄弟の息子《むすこ》たちも、こぞって盾《たて》をかかげて参戦したんだ。だが甥《おい》のシールとシールウルフのふたりは、新しく勝ちとった土地の約半分を、ふたりで分けろ、ともらったにすぎない。同じく甥《おい》のクスギルスは、チルターンの丘《おか》だけ。それ以外の土地、つまりロンドニウムからサブリナ湾《わん》にかけての内陸部から沿岸《えんがん》地帯までの土地の全ては、自分の息子《むすこ》たちのものとしてしまったんだ」

「しかし息子《むすこ》であれば、いたしかたないのでは？」ベオルンウルフが言った。

「それでも甥《おい》たちは、必ずこう言うだろう。『われわれはこの王国のために戦った。そして今や西サクソン《ウエセックス》王国は強大な国となった。それなのになぜわれわれの分け前が、これほど少ないのか？』これがやがて、ツェアウリンの国の内輪もめの種となるだろう。そうなれば、願ってもないチャンスだ。ツェアウリンをおもしろくないと思っている者――とりわけ、ケント王エゼルベルフトにとってはな」

「エゼルベルフト王？」ベオルンウルフは驚《おどろ》いて言った。「よりによってなぜ、ケント王が？」

「ウィベンドーンの恨《うら》みのせいだ」

「あれは、二十五年も前の話ではありませんか。まだひげさえ生えそろわないころ、戦《いくさ》で打ち負かされたのを、いまだに根に持っている……。王は、そうお考えか？」

「あの男ならありうる。おまえがあの男について知っているのは、オイシング家の直系《ちょっけい》、あのヘンギスト王（訳注：伝説的なケントの征服者《せいふくしゃ》）のひ孫ということだけだろう。だが、南サクソン《サックス》の王であるこのわたしにとっては、あの男は上王だ。ある意味でわたしは彼《かれ》に従《したが》っており、彼《かれ》の食卓《しょくたく》に並《なら》んだこともある。わたしにわかっているのは、あの男は歴代《れきだい》の王とは異《こと》なり、戦士《せんし》の魂《たましい》を持ってはいないということだ。冷徹《れいてつ》な商人の気質《きしつ》と言おうか、深く恨《うら》むし、一度恨《うら》みを持ったら簡単《かんたん》には忘《わす》れない」こう言うと、ヘーゲル王は杯《さかずき》をあおった。オウェインに注がせるために杯《さかずき》を渡《わた》すと、またハヤブサをなではじめた。

　オウェインはここにきて一年と少したっており、サクソンのことばを理解《りかい》できるようになっていた。主人も客人もそのことを忘《わす》れているのだろうかと不審《ふしん》に感じたが、やがて思い当たった。オウェインは奴隷《どれい》だった。奴隷《どれい》の前で話をするのに、何を気にすることがあるだろう。奴隷《どれい》は、数のうちには入らない。奴隷《どれい》の話すことなど、草の葉一枚《まい》ほどの重みもないのだ。

「それにあの男は財《ざい》を得《え》た。フランク王国の王女がもたらした持参金だ。今では、復讐《ふくしゅう》を買えるだけの金を持っているというわけだ。だからいつか復讐《ふくしゅう》を買い、自分自身と自分の王国をきっぱりと西《ウェセックス》サクソン王国の上に置こうとするだろう。あの男は、頭も切れるからな。この買い物をいつ、どうやってすればいいか、わかっている。その日がきたら、わが南《サセックス》サクソンの地に人知れず流れる七つの川のように、地下には金と策略《さくりゃく》と陰謀《いんぼう》が流れるだろう。そして地上では、戦《いくさ》が起こる。それこそ、われらが戦うべき戦いだ。おまえの言うとおりにな、兄弟」

ベオルンウルフが再《ふたた》び角杯《つのさかずき》を差しだしたが、王は首を横に振《ふ》った。「いや、止《や》めておこう。潮《しお》が満ちる前に、浅瀬《あさせ》を渡《わた》らなくてはならない。それにあの赤駒《あかこま》は、御《ぎょ》すのにいささか腕《うで》を必要とする。わたしは、酔《よ》ってもしらふでも変わらず馬を御《ぎょ》すバディール・セドリクソンではないからな」

ベオルンウルフが笑った。「さてさて、わたしの考えだけでなく、王の判断《はんだん》を仰《あお》いでも、かつての炎《ほのお》の日々《ひび》がもどってくるということのようだ。もうブリトン人の敵《てき》はいないから、われわれ同士《どうし》で戦うというわけだな」そう言って、エール酒の最後の数滴《すうてき》を地面に振り捨《す》てると、犬たちがすぐにその黒いしみをなめた。ベオルンウルフは角杯《つのさかずき》をブリトン人の奴《ど》隷《れい》に渡《わた》すと、さげるように命じた。

オウェインは角杯《つのさかずき》とエール酒のつぼをもとの場所にかたづけながら、ふたりの声に聞き耳を立てていた。残念ながら口実が思い浮《う》かばず、そばに行って話の続きを聞くことはできなかった。さっき聞いたことのすべてが、オウェインに理解《りかい》できたわけではない。金と金の力を巧妙《こうみょう》に使って、忠義《ちゅうぎ》をむしばんだり、人の心に不信の種をまいたりする方法がわかっていなかった。だが自分の苦い経験《けいけん》から、軍団《ぐんだん》を養ったり武装《ぶそう》させるには金が必要だ、ということは知っていた。ヘーゲル王に呼《よ》ばれて、オウェインは赤毛の若駒《わかこま》の準備《じゅんび》が整っているかどうか確《たし》かめに行ったが、頭のなかでは、さっきのウィドレスおじさんのことばがこだましていた。「若《わか》いときには、つねに希望がある。いつか何かが起きるかもしれない。ある日、小さな風が吹《ふ》くかもしれないという希望が……」

そうはいっても、サクソン族同士《どうし》の戦争で、ブリトン人奴隷《どれい》の運命に風が吹《ふ》くなどということは、ありそうになかった。

第十章　銀の子馬

二年の月日が過《す》ぎたが、ツェアウリンの甥《おい》に関するうわさが、マインの森を越《こ》えて届《とど》くことはなかった。マインの森とは、レグナムとアザラシ島のあいだの、こんもり茂《しげ》った森で、ここは人々《ひとびと》の共有地となっていた。風は起こらず、ただ人々《ひとびと》と犬たちが年をとった。

ある春の夕暮《ゆうぐ》れのこと、湿地《しっち》一帯に広がるサンザシがいっせいに花をつけ、少し湿《しめ》った空気は花の香りにゆれていた。開け放たれた母屋《おもや》の戸口では、薪《まき》の燃《も》えるにおいや、炉《ろ》でうなぎを燻《いぶ》しているひどく魚臭《さかなくさ》いにおいに、花の香りが入りまじった。

オウェインは、混血《こんけつ》の農場奴隷《どれい》のギルスとカエドマンとともに炉辺《ろへん》の下座《しもざ》に座《すわ》って、穀《から》竿《ざお》を留《と》める革《かわ》をつけかえていた。オウェインはふと目を上げて、屋根の梁《はり》に置かれたアザラシ脂《あぶら》のランプの光で、あたりを見渡《みわた》した。夕食を終え、家中の者が炉辺《ろへん》に集まっている。主人も奴隷《どれい》も、馬具や農具の製作《せいさく》や手入れに余念《よねん》がない。女主人のアテリスは、できるだけ明るい方向に向かって座《すわ》り、その日の朝、機《はた》から下ろしたばかりの青と茶の縞模様《しまもよう》の布《ぬの》地《じ》の端《はし》を始末していた。その少し後ろでは女奴隷《どれい》が両そでを肩《かた》までたくしあげて、明日のために石臼《いしうす》で大麦を挽《ひ》いている。ウィドレスおじさんは物語を語っていたが、だんだんゆっくりと眠《ねむ》たげになり、ついに眠《ねむ》ってしまった。棟木《むなぎ》に寄《よ》りかかり、バッタのように細い脚《あし》をあごにつくほど引き寄《よ》せていた。白髪《しらが》まじりのあごひげが、フーフーという寝息《ねいき》にゆれている。子どもたちも、まるで親犬にまじった子犬のように、火のそばに転がって眠《ねむ》ってしまった。ヘルガとリラ、そして、幼《おさな》いゲルドは、石窯《いしがま》から出したばかりのほかほかの丸いパンのように、ふっくら太ってかわいらしい。目を開くと瞳《ひとみ》は青く、髪《かみ》は麦の穂《ほ》の色をしている。男の子のブリニは家族から離《はな》れて、ドッグのぶちのわき腹《ばら》に頭を乗せて、ひとりで下座《しもざ》で寝《ね》ていた。ドッグはほかの子どもにはさせないことを、ブリニにだけは許《ゆる》すのだ。ドッグが寝《ね》そべっている火のそばの特等席は、ベオルンウルフの猟犬《りょうけん》たちと戦って勝ちとったものだった。ブリニは、丸いパンとは似《に》ても似《に》つかなかった。額《ひたい》にもつれた前髪《まえがみ》は、赤みがかった金色。この髪《かみ》こそ母ゆずりだったが、いかにも向こう見ずらしい緑色の瞳《ひとみ》の輝《かがや》きは、だれにも似《に》ていない。だが目を閉《と》じて、炎《ほのお》で頬《ほお》を赤く染《そ》めている今のブリニの姿《すがた》から、目覚めているときのブリニを想像《そうぞう》するのは難《むずか》しい。想像《そうぞう》しがたいといえば、今日もそうだった。はちみつ菓子《がし》を盗《ぬす》んで平手打ちを喰《く》わされると、村道のとちゅうで出会った鍛冶職《かじしょく》の末息子《むすこ》のホーンといっしょに、家出しようと決心したのだ。大事にならずにすんだのは、たまたまオウェインがふたりを見つけたからだ。

ウィドレスおじさんがとちゅうで話を止《や》めてしまったため、聞こえるのは石臼《いしうす》をひくゴロゴロという規則正《きそくただ》しい音だけとなった。あたりは静かで、炎《ほのお》がひそやかにはじける音と、遠くで鳴くオオセッカの声だけが、ときおり沈黙《ちんもく》を破《やぶ》った。アテリスが仕事の手を止め、手足を伸《の》ばした。終わりの合図とばかりに、布《ぬの》を振《ふ》るってからパンパンと二回音をたてて折った。「さあ、おしまい。今晩《こんばん》はもう、炉《ろ》の火を落としたほうがよさそうね。家の者たちの半分は、もう眠《ねむ》ってるようだし。そこのおじいさんは、これ以上座《すわ》っていたら、こっくりしたついでに、火に落ちそうじゃないの」

切妻壁《きりづまかべ》の前に、らせん状《じょう》の突起《とっき》を彫《ほ》りつけた収納箱《しゅうのうばこ》が置いてあったが、アテリスは立ちあがると、その箱に派手《はで》な縞模様《しまもよう》の布《ぬの》をしまった。それから寝《ね》ぼけているゲルドを脇《わき》にかかえて、奥《おく》の寝室《バウワ》へ向かった。女奴隷《どれい》は、荒《あら》く挽《ひ》いた大麦をすくって袋《ふくろ》に入れている。炉《ろ》端《ばた》の下座《しもざ》では、奴隷《どれい》たちがベオルンウルフにならって仕事を止《や》め、伸《の》びをしていた。ギルスとカエドマンは、おやすみなさいとつぶやくと、はしごをよろよろと登っていった。藁《わら》葺《ぶ》き屋根のすぐ下の、家のてっぺんに近い中二階のような場所で眠《ねむ》るのだ。だがベオルンウルフは、正面の戸口近くにつるしてあった、家にふたつしかないランタンのひとつをおろすと、角製《つのせい》のふたを開け、炉《ろ》の前に身をかがめて、ろうそくに火をつけた。

「わたしは寝《ね》る前に、ゴールデンアイのようすを見てこよう」

「おれが行きます」オウェインが言った。

ベオルンウルフはふたを閉《し》めると、オウェインを見て考えていたが、やがてうなずいた。

「いいだろう。だがようすがおかしかったら、すぐもどってきて知らせてくれ」

このことからオウェインが、主人からどれほど信頼《しんらい》されているかがわかった。ゴールデンアイは主人が最も大切にしている雌馬《めすうま》であり、数日うちに子馬が産まれそうなのだ。ギルスやカエドマンだったら、まかせるはずはなかった。

主人からランタンを受け取ると、オウェインはドッグを従《したが》えて外に出た。平地いったいに霧《きり》が柔《やわ》らかく流れていた。サンザシの木は、根もとから膝《ひざ》の高さまでが霧《きり》の下からのぞいているほかは、霧《きり》におおわれている。だが頭上の空は澄《す》んでいて、若《わか》い月が弓なりに曲がった羽のように、森の上空に浮《う》かんでいた。オウェインは家の裏手《うらて》に回った。その日の朝、ゴールデンアイをふだんの放牧地からこちらに移《うつ》してあった。初めてのお産であろうえに、ほかの雌馬《めすうま》が何かとじゃまをするので、一頭だけ離《はな》して、防風垣《ぼうふうがき》の囲《かこ》いと家のあいだの狭《せま》い草場に入れたのだ。

家の後ろのリンゴの木々《きぎ》のあいだでは、霧《きり》がひんやりと、まるでクモの巣のようにオウェインの顔にぶつかってきた。ランタンの灯《あか》りがゆれて当たると、霧《きり》は金色に染《そ》まった。オウェインは裏門《うらもん》の狭《せま》い出口に来ると、そこをふさいでいたサンザシの枯《か》れ枝《えだ》をどかして、口笛を吹《ふ》いて待った。いつもなら合図に応《こた》えて、金色に輝《かがや》く目をした、しなやかな雌馬《めすうま》がやってくる。ところが今夜は、うれしそうにいななく声も聞こえず、黒い影《かげ》が霧《きり》の中から駆《か》けよってくることもなかった。もう一度口笛を吹《ふ》いたが、やはり応《こた》えはない。オウェインはランタンを高くかかげて、囲《かこ》いの中に入った。

暗くて霧《きり》が出ていたものの、防風柵《ぼうふうさく》と家のあいだの草場は狭《せま》かったから、ひと目でゴールデンアイがいないことが見てとれた。柵《さく》が倒《たお》された場所があり、どうやって馬が逃《に》げ出したかをはっきり物語っている。オウェインは一瞬棒立《いっしゅんぼうだ》ちになった。何てことだ！　はらんだ馬らしい不安感ときかん気から、たぶん仲間のところに逃《に》げ帰ったのだろう。オウェインは柵《さく》の穴《あな》をすり抜《ぬ》けると、口笛を絶《た》やさずに、放牧場に向かった。そこには確《たし》かに、あとの二頭の雌馬《めすうま》がいた。何の問題もなく、もう横になって眠《ねむ》っている。だがゴールデンアイは、影《かげ》も形もなかった。

オウェインは母屋《おもや》へと走った。オウェインが飛びこむと、子どもたちを寝《ね》かし終えたアテリスが、火を落としているところだった。いつも炉《ろ》のそばで着替《きが》えをするベオルンウルフは、妻《つま》のかたわらで腰掛《こしか》けに座《すわ》って、ズボンの膝下《ひざした》をしばる革《かわ》ひもをはずしていた。

「ゴールデンアイが――」全力で走ってきたオウェインはあえいだ。「ゴールデンアイがいません！」

ベオルンウルフは革《かわ》ひもを手にしたまま、さっと目を上げた。「ほかの雌馬《めすうま》たちのところにもどったんじゃないか？」

「いいえ。行って見てきました。影《かげ》すらありません」

「トール神の鉄槌《てっつい》を喰《く》らえ！」主人は陽気に罵《ののし》ると、立ち上がった。ズボンのすそが一方は垂《た》れ、もう一方は留《と》められたままになっている。「アテリス、マントをくれ。そうだ、それでいい。どうやら、夜中までかかりそうだな……まあ、それほど心配することはあるまい。堤防《ていぼう》の方にさえ行かなければだが」

「あるいは、お産さえ始まらなければ……」オウェインが言った。

「そのとおりだ。お産が始まるとまずい」ベオルンウルフが、ふたつ目のランタンに手を伸《の》ばした。「ギルス、カエドマン！」ベオルンウルフは大声で中二階の奴隷《どれい》たちを呼《よ》んだ。「降《お》りてこい！　ゴールデンアイが逃《に》げた。やつがどこにいるのかは、雷神《サンダラー》のみ知る、だ」

ふたりの奴隷《どれい》が即座《そくざ》に現《あらわ》れた。奴隷《どれい》は日中働いて汚《よご》れた服を着替《きが》える習慣《しゅうかん》はなかったので、はしごを登って寝《ね》にいったときと、まったく同じかっこうをしている。「ギルス、おまえは村の方へ行け。カエドマンはおれと来い。堤防《ていぼう》に行くぞ」ベオルンウルフはそう言うと、熾《おき》から火を取ろうとかがみこんだ。それから信頼《しんらい》しているブリトン人の奴隷《どれい》に言った。「オウェイン、おまえは森のふちへ行って、そこから西に向かって探《さが》せ。このランタンと、予備《よび》のろうそくも持ってくといい。馬が木立ちの中にいた場合、ギルスより、おまえの方が灯《あか》りを必要とする」

すぐにオウェインは手にランタンをかかげて、曲がりくねった川の向こうにある森へ向かった。「ゴールデンアイを探《さが》すんだ」オウェインはとなりを歩いているドッグに言った。「頼《たの》むぞ。あの馬を見つけてくれ」優秀《ゆうしゅう》な軍用犬は主人を見上げて、クーンと応《こた》えた。

干拓地《かんたくち》のはずれにある森に着くと、この森ぞいに西に向かった。ときどき口笛を吹《ふ》いては立ち止まって耳をすまし、それからまた前進して、あの馬が通った痕跡《こんせき》を探《さが》した。レグナムに通じる街道《かいどう》を横切ってからは、背後《はいご》で聞こえていたほかの者たちの探索《たんさく》の声が届《とど》かなくなった。また立ち止まって耳をすましたが、聞こえるのは巣づくりにはげむシギが鳴き交《か》わす声と海のざわめきだけで、あとは深閑《しんかん》としている。そのうちに森のふちを少し入った木々《きぎ》のあいだに、青白く光るものを見つけた。オウェインは、それが見捨《みす》てられた神殿《しんでん》の廃墟《はいきょ》だと気づいた。神殿《しんでん》はかつて属《ぞく》していた過去《かこ》の世界から切り離《はな》されて、何ものにもわずらわされることなく、そこにあった。父の指輪を託《たく》したあのサンザシの巨木《きょぼく》と同じで、サクソン人は怖《こわ》がって近づかない。くずれおちた円柱の上部に、ローマの詩人ウェルギリウスの銘《めい》がきざまれてあり、それによると、ここは森の神シルウァヌスを祭る神殿《しんでん》だった。だがアザラシ島の住人は、呪《のろ》われた神殿《しんでん》だと信じこんでいる。オウェインだって、日が高いときでもなければ、近づきたくはなかった。でもなぜか動物たちは、ここに引き寄《よ》せられるようだ。オウェインは脇《わき》に入って、空き地を探《さが》した。ランタンが揺《ゆ》れて影《かげ》が踊《おど》り、ドッグはせっせと廃墟《はいきょ》をかぎまわった。そこに何かがいる。廃墟《はいきょ》の壁《かべ》のあたりに、霧《きり》のように見えるものがまといついている。それはオウェインの心に冷たく横たわる、別の種類の影《かげ》だった。だがあいかわらず、ゴールデンアイの姿《すがた》は見あたらない。ここから離《はな》れられることを感謝《かんしゃ》しながら、オウェインとドッグは先へ進んだ。

神殿《しんでん》からそう遠くないところで、川が蛇行《だこう》して南へと向かっていた。川にそってカシの森があるが、森はだんだん狭《せま》くなってやがてなくなる。ベオルンステッドの干拓地《かんたくち》からずいぶん離《はな》れてしまった。ここはもう荒野《こうや》の中で、アシとサンザシが茂《しげ》った平地と水抜《みずぬ》きをしていない湿原《しつげん》は、まだどの人間にも所属《しょぞく》していない。このまま行けば、島の東海岸にあるウィダス・ハム村となる。もう月も低いが、このあたりは霧《きり》が晴れていた。突然《とつぜん》前方に、風に傾《かし》いだサンザシの木々《きぎ》が長い曲線を描《えが》いて生えているのが見えた。これがバディール・セドリクソンの領地《りょうち》との境界《きょうかい》だった。以前にヘーゲル王が「酔《よ》ってもしらふでも変わらずに馬を御《ぎょ》す」と語ったのは、この『曲がり足』のバディールのことだ。バディールもベオルンウルフと同じで独立《どくりつ》した開拓者《かいたくしゃ》だが、彼《かれ》の一族には息子《むすこ》が多いという点がちがっていた。バディールの父親は三人兄弟の一番上だったから、今では父の作った農場は、ひとつの血縁《けつえん》の村のようになっていた。バディールはまだ若《わか》いとはいえ、この一族の当主だった。母方がアエレ王の血縁《けつえん》ということもあって、アザラシ島の実力者のひとりだ。そのうえ自分の所有地については非常《ひじょう》に厳格《げんかく》だったから、対立するには危険《きけん》な相手だった。内反した片足《かたあし》のせいで『曲がり足』と呼《よ》ばれていたが、これがこの男の性格《せいかく》にゆがんだ影《かげ》を落としていた。そして彼《かれ》が飼《か》っている赤い猟犬《りょうけん》の群れは、このあたりで最も残忍《ざんにん》だと言われている。まさかゴールデンアイのやつ、とオウェインは憤激《ふんげき》して思った。このバディールの領地《りょうち》で、しかも彼《かれ》の犬が放されている夜中に子馬を産もうというんじゃないだろうな。

そう思ったとたんにドッグが足を止め、上を向いて鼻をひくひくさせた。オウェインも立ち止まり、長くふるえるような口笛を吹《ふ》いて、もう一度耳をすました。確《たし》かに何か聞こえる。かすかなざわめきが、湿地《しっち》の方から聞こえてくる。音のする方向へ足を踏《ふ》みだして、呼《よ》んだ。「ゴールデンアイ！　おーい、聞こえるか！」サンザシの境界《きょうかい》のずっと奥《おく》から、ヒヒンといいなななく声がした。

ドッグが低くうなって主人を見上げ、それから一気に飛びだしていった。「ゆっくりだ。ゆっくり行け、兄弟」オウェインは言いながら、犬を急いで追った。ぬかるんだ場所で頭から転び、ののしったが、何とか立ちあがると、よろよろと前に進んだ。

突然《とつぜん》目の前に、雌馬《めすうま》が現《あらわ》れた。ハリエニシダの茂《しげ》みに囲《かこ》まれた草地の中で、足を踏《ふ》んばって立っている。わき腹《ばら》が大きく波打ち、毛並《けな》みが汗《あせ》にぬれている。馬はオウェインに向かって頭を振《ふ》り立てた。目に恐怖《きょうふ》ととまどいの色が浮《う》かんでいる。ドッグは馬のそばで、ゆっくりしっぽを振《ふ》っていた。オオカミに似《に》たドッグの、緑色の目が、やったぞと言わんばかりに爛々《らんらん》と輝《かがや》いていた。

オウェインは一瞬《いっしゅん》足を止め、それから馬を安心させるように静かに話しかけながら、前に進んだ。「よーし、よし。ほら、何でもないよ。もう平気だ。いい子だ、大丈夫《だいじょうぶ》……」馬のわき腹《ばら》に手を置くと、馬が緊張《きんちょう》して震《ふる》えているのがわかった。ランタンの灯《あか》りで見ると、早まったにしろそうでないにしろ、すでにお産は始まっている。雌馬《めすうま》は、苦しんでいた。農場に駆《か》けもどる時間はなく、オウェインが今ここでできるだけのことをする以外なさそうだ。最悪の事態《じたい》にならないよう祈《いの》るしかない。馬はこれ以上ないほどおびえている。無理もない。初めてのお産だから、自分の身に何が起こっているのかわからないのだろう、とオウェインは思った。

オウェインはランタンをハリエニシダの枝《えだ》にかけると、馬をなだめ、はげました。汗《あせ》びっしょりの馬の首をさすって、女性《じょせい》に向かうように話しかけた。何を言うかなど問題ではなかった。馬はただ耳なれた声に反応《はんのう》して、首を振《ふ》った。「そうだ、楽に、楽にするんだよ。いい子だ。怖《こわ》いことなんか、何もないよ……よし、そうだ。ほら、もう一回。もうすぐだぞ。きっとすばらしい息子《むすこ》だよ。馬の中の王になるんだ……よし、それでいい。そう、ちょっと休んで、いい子だ……」ランタンが消えかかったが、予備《よび》のろうそくのおかげで、また明るくなった。オウェインは力をあわせて、馬を助けた。新しい命を産みだそうと、馬の出産にオウェインが加勢《かせい》するようすを、ドッグは耳をぴんと立てて、興味深《きょうみぶか》そうに見ていた。オウェインは自分の手で子馬をとりあげた経験《けいけん》はなかった。しかし二年ほど前、ほかの雌馬《めすうま》が難産《なんざん》だったときに、ベオルンウルフの手伝いをしたことがあり、何をすればいいかはわかっていた。オウェインは、出てこようとしている子馬の前足の、淡《あわ》いピンクのひづめをつかんで、雌馬《めすうま》がいきむたびに、それにあわせて引っぱった。いきむ合い間には雌馬《めすうま》を休ませ、はげましたり安心させたりするため、ずっと声をかけつづけた。

どちらにとっても重労働で、冷たい霧《きり》の晩《ばん》だというのに、オウェインもゴールデンアイに負けないほど汗《あせ》びっしょりだった。とうとうすべてが終わった。生まれたばかりの子馬が草の上に転がり、バラバラに見える足で、もがいている。いつのまにかオウェインも、子馬のとなりにしゃがみこんでいた。さっき言ったとおり、息子《むすこ》だった。なんともすばらしい子馬で、まだぬれているにもかかわらず、毛並《けな》みがランタンの下で、淡《あわ》いいぶし銀の光沢《こうたく》を帯びている。こんな色の子馬は今まで見たことがない。子馬に何の問題もないことを確《たし》かめると、オウェインは立ち上がって、ゴールデンアイに目を向けた。雌馬《めすうま》はとまどいながらも、地面の上の生き物に、鼻をすりつけている。こちらも大丈夫《だいじょうぶ》そうだった。暗《くら》

確《たし》かめているとちゅうで、ドッグが飛びあがり、背中《せなか》の毛を逆立《さかだ》てて低くうなった。

闇《やみ》をじっとにらんでいる。

少しのあいだ、あたりは不自然なほど静まり返っていた。それから静寂《せいじゃく》を破《やぶ》って、草地を飛ぶように駆《か》けてくる馬のひづめの音が聞こえた。わずかに隆起《りゅうき》した地形が音をはね返すために、近くに迫《せま》るまでわからなかったのだ。オウェインがあわててゴールデンアイをかばって、恐《おそ》ろしい音の方向に立ちむかったとたんに、灯《あか》りの下に、三頭の赤い猟犬《りょうけん》が牙《きば》をむいて躍《おど》りこんできた。そして猟犬《りょうけん》に続いて、霧《きり》の中から馬に乗った人影《ひとかげ》がぬっと現《あらわ》れた。

ドッグが先頭の猟犬《りょうけん》に飛びかかると、あっというまにギャンギャンとけたたましい争いになった。ゴールデンアイは恐怖《きょうふ》のあまり足を踏《ふ》み鳴らし、鼻息を荒《あら》くしている。雌馬《めすうま》が地面に転がっている小さな生き物を踏《ふ》みつけないように、オウェインは馬の首に腕《うで》を回しながら、叫《さけ》んだ。「やめろ！　頼《たの》むから、その犬を止めてくれ！――ここに、母馬と生まれたばかりの子馬がいるんだ！」

馬上から鋭《するど》いののしり声がして、ピシッとムチが鳴った。男は、ランタンの黄色い灯《あか》りが届《とど》くところぎりぎりまで馬を飛びこませ、そこで手荒《てあら》く手綱《たづな》を引いた。馬が後ろ足で立ちあがって止まると、馬の背《せ》から体を伸《の》ばして、手に持った長いムチを振《ふ》るった。けんかをしている犬の群れのまん中に、ムチが鋭《するど》くひらめき、ビシッという冷酷《れいこく》な音をたててしなった。犬たちはキャンキャン鳴きながら離《はな》れた。ムチはスズメバチの針《はり》のように、一頭の首、もう一頭の尻《しり》、そして三頭目の肩《かた》を襲《おそ》った。

「チッ！　殺《ころ》せと言われてから、殺《ころ》すんだ。その前にはやるな！」冷たい声がした。だが男は最後の、そして最も容赦《ようしゃ》ない一撃《いちげき》をドッグのために残してあった。もしオウェインが呼《よ》びもどさなかったら、軍用犬だったドッグは次の瞬間《しゅんかん》、男の喉元《のどもと》に喰《く》らいついていただろう。ドッグは怒《いか》りに眼《め》を血走らせていたが、オウェインの声には従《したが》った。

赤い猟犬《りょうけん》は、ランタンの灯《あか》りのすぐ外まであとずさると、オオカミのように頭を低くして警戒《けいかい》していた。ドッグは主人の膝《ひざ》のすぐ前に立ち、まだ喉《のど》の奥《おく》から、低い威嚇《いかく》のうなり声を発している。母馬は子馬をおおうように立って、鼻息を荒《あら》くして震《ふる》えている。騒動《そうどう》の後の不穏《ふおん》な小休止となり、男ふたりはたがいに相手をさぐった。バディールは急いだようすで、鞍《くら》をつけずに馬に乗っていた。鞍《くら》をつけるひまを惜《お》しんだのは明らかだが、おかげで馬と乗り手はひとつに見える。ほかの男なら走っていくところでも、バディールは馬でいける限《かぎ》り、一ヤードも歩こうとはしなかった。薄《うす》い色の眉《まゆ》を寄《よ》せてオウェインを見下ろしていたが、やがて冷たい声がした。

「どうやら、湿地《しっち》の鬼火《おにび》ではなかったようだ。おまえはベオルンウルフ家の奴隷《どれい》だな。いったい何のつもりだ？　わたしの土地で、人魂遊《ひとだまあそ》びか？」

「馬の後を追ってきました」オウェインは話しながら、馬を安心させるように首をなでた。

「馬には境界線《きょうかいせん》がわからなかったようです」

「そうらしいな」バディールはそう言うと、ムチをベルトに差して、馬からおりた。手綱《たづな》を前に落として、それで馬の胸《むね》をたたいて、ここで待てと命令した。それから母馬を見ようと向き直ったが、足をぶざまに引きずった。バディールは、オウェインのように馬に話しかけることはしなかった。だが彼《かれ》の手には、静かだが有無を言わせぬ支配力《しはいりょく》があった。雌馬《めすうま》は触《さわ》られるとビクリとしたし、まだ激《はげ》しく震《ふる》えていたにもかかわらず、じっと立って、男にされるがままになっていた。オウェインは警戒《けいかい》を一瞬《いっしゅん》もゆるめずにようすを見ていた。だが男は手なれていて、しかも意外なことにやさしかった。オウェインは男をそのままにして、自分は子馬の方を向いた。子馬は四本の脚《あし》全部を蹴《け》って、初めて立ちあがろうとしている。

「よし、母馬は問題ないだろう」しばらくすると、バディールの声が聞こえた。「さて、若《わか》い方を見てみよう」バディールはオウェインのとなりで膝《ひざ》をついて、子馬が長い脚《あし》でよろよろ立ちあがるのを助けてやった。小さな体を支《ささ》えている手は、さっき同様、繊細《せんさい》で確《たし》かだった。「もっとランタンを近づけろ」

それはウィダス・ハム村の領主《りょうしゅ》が奴隷《どれい》に話しかけたというより、男が男に向かう口調だった。オウェインはしゃがんだまま後ろに下がって、ハリエニシダの枝《えだ》にかけたランタンを取り、命ぜられたとおりに近くにかかげた。ぼんやりした灯《あか》りは、男が支《ささ》えている小さな生き物を照らしたが、それと同時に、熱心にうつむいている男の顔を下から照らしだした。痩《や》せた顔で、オウェインより六つか七つ年上というだけのはずが、実際《じっさい》より老《ふ》けて見える。目は薄《うす》い青色。苦しみのせいか、それとも絶《た》え間ない冷笑《れいしょう》のせいか、小鼻からきびしい口もとに向かって、浅いしわがあった。

子馬は、脚《あし》が何のためにあるのか、どうやらわかってきたようだ。よろよろしながら、目を物問いたげに見開き、長いまつげでまばたきをした。その間じゅう母馬は、バディールの両手のなかの子馬をなめ、鼻をすりつけていた。

「父馬は？」サクソン人が突然《とつぜん》聞いた。

「王の厩舎《きゅうしゃ》の一頭で、漆黒《しっこく》のフギン」

「そうか。父親が黒い馬でも、たまにこういうことがある。めずらしいことだが、その血《けつ》統《とう》に白馬がいるようだ」

「この馬は白くなるんですか？」子馬の暗い毛並《けな》みに不思議な銀の光が見えたので、オウェインも同じように感じていた。

「調教を始めるころには、アザラシ岩に白く砕《くだ》ける高波のように、純白《じゅんぱく》になるだろう」バディールはそう言いながら、子馬を母馬の乳首《ちくび》に導《みちび》いた。ゴールデンアイはまだよくわかっておらず、不安そうにあとずさりした。男は肩越《かたご》しに、すばやくオウェインに言った。

「母馬の頭を持って、じっと立たせておけ。子馬の感触《かんしょく》に慣《な》れるまでだ。母馬はおまえを知っているから、おまえの方がいい」

しばらくのあいだ、ふたりは共同作業に没頭《ぼっとう》した。オウェインは母馬をなだめ、バディールは膝《ひざ》をついて自分の頭を母馬のわき腹《ばら》に押《お》しつけ、子馬を支《ささ》えて何とか乳《ちち》を吸《す》わせようとした。最初のうちは息子《むすこ》も母親も、何をすればいいのかわかっておらず、はらはらさせられた。それから子馬が暖《あたた》かい乳《ちち》を味わった。子馬はくしゃみをして少しだけあとずさりしたが、すぐにもっと欲《ほ》しいと、母親の腹《はら》を頭でついた。子馬は、びしょぬれのもつれたしっぽの毛をふりはじめた。母馬は満ち足りたやさしい目になり、頭を下げて、もっと守ってやれる位置へと子馬を鼻で押《お》しやった。

バディールが勝ちほこったように、低い声で笑った。「よし、それでいい」それからオウェインに、今になって質問《しつもん》に答えたとでも言うように「だがもちろん、この馬は本当には調教されることはあるまい」と言った。

「どういう意味ですか？」オウェインは即座《そくざ》に聞いた。

「アザラシ岩の水泡《みなわ》のように白くなると言わなかったか？　われわれが目にする白馬の多くは、年をとって毛並《けな》みが白くなった馬だ。だがその手の白馬も、数が多いわけではない。ましてこれのように、若《わか》い盛《さか》りから白馬となるよう生まれついた馬は、まったくめずらしい。こういう馬は、フレイ神に捧《ささ》げられる。フレイ神とは、穀物《こくもつ》、馬、人間、生けるものすべての生命をつかさどる神だ。神の馬に乗れるのは、神だけだ。だからその馬は、鞍《くら》もそのほかもろもろの馬具もつけられることはない」

そういえば以前、そんな話を聞いたことがあった。たしか王の飼育場《しいくじょう》には、一頭だけ離《はな》された特別の白馬がいると……。オウェインはそれ以上覚えてはいなかった。だがバディールの言葉で、亡霊《ぼうれい》が目の前を横切ったかのように、冷たい戦慄《せんりつ》が走った。「それはどういう意味ですか？　王がこの子馬を取り上げるんでしょうか？」

「そうだ。もしこの子馬が期待にたがわず美しく成長すれば、三年目に。もっとも王の雌《めす》馬《うま》の群れに君臨《くんりん》しているあの白馬は、まだ若《わか》いのだが」

「それでどう――馬はどうなるんですか？」

バディールはまだ子馬を手で支《ささ》えていたが、ちらりと目を上げた。「白馬は神そのものとして扱《あつか》われ、たくさんの雌馬《めすうま》をあてがわれる。別の役目を果たすときがくるまではな。神は常《つね》にいけにえを要求するからだ」

「いけにえ？」オウェインは、子馬が生命の源《みなもと》である暖《あたた》かい乳《ちち》を求めて、母馬のわき腹《ばら》を頭でつついているのを見ていた。だがその言葉は、喉《のど》につき刺《さ》さった。

「かつて神のために命を捧《ささ》げるのは、人間だった。それから三年に一度、馬が死ぬようになった。だが今ではとんでもない災厄《さいやく》や特別な必要がない限《かぎ》り、馬がいけにえとして死ぬことはなくなった。ほかの時期には、たてがみのひとふさとか、しっぽの毛数本などを代わりに捧《ささ》げることになっている。とはいえ、神の白馬は年をとり衰《おとろ》えることは許《ゆる》されない。白馬とともに人々《ひとびと》の生命が弱ってはならないからだ。だからある日、新しい白馬がやってきて王位をかけて戦い、古き王は死ぬ……」

バディールは子馬を支《ささ》えていた手をひっこめると、ぎこちない動作で立ち上がった。

「もっともこんなことはみんな、何年も先の話だ。今はとにかく、母馬を屋根の下に入れてやらなくてはな。母馬は疲《つか》れきっているから、足がふらついているところは子馬と同じだ。おまえは、馬といっしょにここに残ってくれ。わたしは農場にもどって、家の者を何人か連れてこよう。蜜酒《みつざけ》をまぜたエサをやれば、母馬は精《せい》が出る。今夜は、わたしの馬小屋に入れればいい」

　これを聞いてオウェインは、少し胸《むね》がむかついた。いっしょに仕事をしたという絆《きずな》が少しのあいだふたりを親しませていたが、それがぷっつりと切れた。

「馬にお乗りでしたら」オウェインが口を開いた。「ベオルンステッドに行くのも、ウィダス・ハムに行くのも、時間はたいして変わりません。母馬は、知らない場所では神経《しんけい》を高ぶらせます。それにベオルンウルフも、この馬をよその馬小屋に入れることは好まないと思います」

　ランタンの灯《あか》りの下で、ふたりは長いこと見つめあった。バディールの口調には、かすかにおもしろがっている響《ひび》きがあった。「おまえはわたしを信用していないらしい。それはあるいは、正しい判断《はんだん》かもしれんが」

「お宅《たく》の方々《かたがた》を連れてくる必要はありません」オウェインは落ち着いて言った。「みなさんが目を覚ましてしまわれます。それより堤防《ていぼう》の方に行っていただくと、ベオルンウルフが見つかります。ランタンを持っていますから」

「よろしい、見つけてこよう。それからあいつに、なんとも信頼《しんらい》のおける奴隷《どれい》をお持ちですな、と言ってやろう。ことによると、おまえを売ってくれるかもしれない」バディールはそう言うと口笛を吹《ふ》き、ランタンの灯《あか》りの端《はし》で静かに草を食《は》んでいた愛馬を呼《よ》んだ。馬の肩《かた》に手をかけると、馬に飛び乗った。これが鞍《くら》無しで馬に乗る方法だが、曲がった脚《あし》を感じさせない軽い身のこなしだった。同時に猟犬《りょうけん》の群れが主人の前に飛び出し、一行は霧《きり》の暗がりのなかをベオルンステッドに向かって、地鳴りのように走り去った。

オウェインは立ったまま、バディールが去ったあとを見つめていた。馬と乗り手がサンザシの茂《しげ》みを抜《ぬ》けた後は、何も見えず、ただひづめの音が遠くへと消えていった。それからオウェインは、握《にぎ》っていたこぶしをゆっくりと開いた。ランタンの火を長もちするよう細くしてから、またハリエニシダの枝《えだ》にかけた。ベオルンウルフのようなマントがあるとよかった、と思いながら、自分の粗《あら》い毛織《けお》りのチュニカを脱《ぬ》いで母馬の背《せ》にかけてやった。それから腰《こし》をおろして、だれかが来るのを待つことにした。ドッグも、警戒《けいかい》したまま、オウェインの腿《もも》に寄《よ》りかかって寝《ね》そべった。

ひづめの音が消えると、あたりは静まりかえった。ときどき霧《きり》のなかで、シギが鳴く声がする。背後《はいご》のハリエニシダの暗い茂《しげ》みのあいだから、小さくふるえるシギの声が聞こえると、空気はいっそうしんとした。ときどき母馬が落ちつかなそうにするので、オウェインは声をかけて安心させた。子馬は腹《はら》いっぱい乳《ちち》を飲み終わり、眠《ねむ》りこけていた。柔《やわ》らかな鼻先に、母乳《ぼにゅう》が点々《てんてん》と白くついている。子馬を見ているうちに、胸《むね》が痛《いた》いほどいとおしさがこみあげてきた。オウェインは、自分が誕生《たんじょう》させたこの小さな生き物を愛し始めていた。だがかなたで、いけにえのナイフがきらめいている。そのきらめきが銀の子馬への愛を、切迫《せっぱく》したものにしていた。ナイフなどなければ、こんなふうに感じることはなかったのだろうが。

ランタンのろうそくが溶《と》けていき、ほとんど消えかかったとき、ドッグが頭を上げて、耳をそばだてた。オウェインも耳をすますと、やがて遠くでおーいと叫《さけ》ぶ声がした。待ちかねていた声だ。あわててこわばった足を伸《の》ばして立つと、ランタンを頭の上で振《ふ》り、こちらもせいいっぱい声を張《は》りあげた。「ここだ！　ここにいる！　こっちに来てくれ」ランタンの炎《ほのお》が最後にゆらめいて、ついに消えたちょうどそのとき、もうひとつのランタンの灯《あか》りが近づいてくるのが見えた。霧《きり》ににじんだ灯《あか》りがサンザシの木々《きぎ》のあいだでひょこひょこゆれて、ベオルンウルフの呼《よ》び声が聞こえた。

ゴールデンアイと子馬が無事家にもどったときには、朝日が昇《のぼ》りかけていた。少したつとオウェインは、母屋《おもや》の朝の炉火《ろか》のかたわらに立っていた。疲《つか》れた肩《かた》を伸《の》ばしながら、ウィドレスおじさんを見下ろして笑いかけた。おじさんは棟木《むなぎ》に寄《よ》りかかったままで、まるで昨晩《さくばん》から少しも動いていないように見えた。

「今朝は、いつもと顔つきがちがうな」ウィドレスおじさんが、細くかすれたいつもの声で言った。おじさんは最近はすっかり単純《たんじゅん》になっていて、いつも思ったことをそのまま口にした。

「ちがうって、どういうふうに？」

「そうだなあ」ウィドレスおじさんはゆっくり言った。「ついに、命のあるものを作った。おまえは、そんな顔をしとるわい」

第十一章　古き王

このあたりの村と村は、ふだんはほとんど行き来がなかった。森や湿地《しっち》のせいで移動《いどう》に骨《ほね》が折れるうえ、どの村も、大自然を自力で開拓《かいたく》した、その中だけで自給自足していたからだ。布《ぬの》も織《お》るし、鋤《す》き刃《ば》も鍛《きた》えるし、食料も育てる。そして収穫《しゅうかく》がないときには、村の全員がただ飢《う》えた。とはいえマインの森とアザラシ島の沿岸《えんがん》の村々《むらむら》では、ある程度《ていど》の交流があった。堤防《ていぼう》や排水溝《はいすいこう》の建設《けんせつ》、水路につまった砂《すな》を除去《じょきょ》するなどの作業を、共同で行う必要があったからだ。芝土《しばつち》やそだで堤《つつみ》を作って、海から土地を守ることは、沿岸《えんがん》に住む者たち全員が取り組まなければならない問題だった。だからベオルンステッドの住人は、ほかのサクソン人に比《くら》べると、近隣《きんりん》の村の人々《ひとびと》を見かける機会が多かった。だがそれにしても銀色の子馬が生まれてからというもの、バディール・セドリクソンの顔がいやにひんぱんに見かけられるようになった。何かと口実をつけてくることもあれば、ただ通りがかりに寄《よ》るだけのこともある。オウェインには、バディールは子馬を見にくるのだとわかっていた。子馬からひょろりと足の長い若駒《わかこま》へ、若駒《わかこま》から誇《ほこ》り高き雄馬《おすうま》へと成長し、生まれたときにはくすんだ灰色《はいいろ》だった毛並《けな》みが、バディール自身がそうなると予言したように、アザラシ岩に砕《くだ》ける水泡《みなわ》のように純白《じゅんぱく》になるまで、見届《みとど》けたいのに違《ちが》いない。何か不思議な力が、バディールをこの子馬にひきつけているようだった。バディールは自分とこの白馬とが運命の糸で結ばれていると、どこか深いところで感じていたのではなかろうか。あとから振《ふ》りかえったときに、オウェインはそんなことを思った。

子馬はテイトリと呼《よ》ばれた。テイトリというのは「子馬」という意味なので、たまに男の子にはつけても、ふつうは馬にはつけない名前だ。だが馬らしいふつうの名前は、人間を乗せることのない神の馬にはふさわしくないと、だれもが初めから感じていたようだ。テイトリが生まれて三度目の冬――子馬の調教が始まるのは、いつも冬だ――テイトリを許《ゆる》された範囲《はんい》で調教するという難事業《なんじぎょう》が始まった。ベオルンウルフとオウェインとで取りかかったのは、最近ではさまざまな作業を、主人とこのブリトン人の奴隷《どれい》のふたりで行うようになっていたからだ。テイトリはまだ母親の乳《ちち》を吸《す》っていたころから、よく慣《な》らされていたので、人間と接《せっ》することは当たり前になっていた。信頼《しんらい》を裏切《うらぎ》られたことがなかったので、人なつこくて疑《うたが》うことを知らず、オウェインが口笛を吹《ふ》くと、母馬と同じようにすぐにとんできた。ところが調教が始まると、ようすは一変した。面《おも》がいをつけられるだけで、裏切《うらぎ》られたと感じるらしい。信じていた友が自分を支配《しはい》しようとしていると感じるのだろうか。憤激《ふんげき》し、おびえ、そして怒《いか》り狂《くる》った。自由を求めて暴《あば》れまわるところは、まるで人間の手に一度も触《ふ》れたことのない野生の獣《けもの》を荒野《こうや》からむりやり引っぱってきたようだった。ひどく難《むずか》しい仕事だったが、ほとんどをオウェインが受け持った。生まれたときにその手でとりあげたおかげで、オウェインとこの銀色の子馬は特別な絆《きずな》で結ばれているらしく、成長した今でも、ベオルンウルフよりもオウェインのほうが子馬を扱《あつか》うことができた。その冬、オウェインの生活は、この白馬との苦闘《くとう》を中心に回っていた。苦闘《くとう》はいつまでも続いた。いくらか進歩が見られるような気がして胸《むね》のおどる日もあれば、小さな失敗やほんの一瞬《いっしゅん》の焦《あせ》りで、それまでの努力が台無しとなり、絶望《ぜつぼう》にくれる日もあった。オウェインにとっても、子馬にとっても、ひどくつらい闘《たたか》いだった。結果がどうなったかと言えば、オウェインがテイトリを自由に操《あやつ》れるようになったというよりは、むしろテイトリのほうが、かつてはただ怒《おこ》ったり怖《こわ》がったりしていたことに自《みずか》ら理解《りかい》を示《しめ》すようになっていた。最後には、世界中の男がムチをかざしても決してやらないことまで、子馬は進んでやってのけるようになった。それからは面《おも》がいや鞍《くら》や手綱《たづな》をつけてすることは、闘《たたか》いではなく、楽しんでやるスポーツになった。テイトリは喜んで学び、よく身につけた。こうして、調教が終わった――完成するところまで続くことはないのだが、やってよいというところまでは仕上がったのだ。

厳《きび》しく、そして長い冬だった。海沿《うみぞ》いの村々《むらむら》では冬が終わる前に、飢《う》えが目前まで迫《せま》ってきた。冬の終わりには珍《めずら》しいことではないとはいえ、今年は切実だった。若者《わかもの》や身体が丈夫《じょうぶ》な者は、ぼんやりした顔と頭で歩きまわっていた。彼《かれ》らの頭は、身体の割《わり》に大きく見えるようになっていた。年寄《としよ》りや病人は、ばたばたと死んでいった。テイトリが手綱《たづな》に従《したが》い、円を描《えが》いて歩けるようになったころ、炉辺《ろへん》のウィドレスおじさんの場所が空っぽになった。これでもうベオルンステッドの家には、夜ごと話を語ってくれる者がいなくなった。

春が来ると、過酷《かこく》な冬の後にはよくあることだが、険悪《けんあく》な熱の悪霊《あくりょう》が襲《おそ》ってきた。湿原《しつげん》の霧《きり》のなかを村から村へと、熱病は平原じゅうを席巻《せっけん》した。冬がいちばん年取った者を連れ去ったように、春はいちばん幼《おさな》い者を連れていった。最後に残ったハイイロガンの群れが北へと旅立った夜に、小さなゲルドが死んだ。その夜はひと晩《ばん》中、バサバサという不吉《ふきっ》な羽音が頭上に聞こえていた。だが、ゲルドの死で騒《さわ》ぐ者はだれもいなかった。村では人が死ぬことなど珍《めずら》しくはなかったし、泣き叫《さけ》んだところでどうなるわけでもない。ゲルドの姉たちは、しばらくは声をあげて泣いていた。母のアテリスが泣いたかどうかなら、泣いたとしてもそんな姿《すがた》を見た者も聞いた者もいなかった。生垣《いけがき》から落ちて死んだ鳥を埋《う》めるように、小さな亡骸《なきがら》は始末された。そして農場の暮《く》らしは続いた。春には種をまき、羊の毛を刈《か》り、そしていつのまにか牧草を刈《か》り入れる時期が巡《めぐ》ってきた。

初夏のある夕方のこと、夕陽《ゆうひ》に輝《かがや》く平原ではあちこちに蚊柱《かばしら》がゆれていた。オウェインは、水がパチャパチャする大きな木の水桶《みずおけ》を両手に持って、テイトリに夜の分の水をやりにいった。

港の周囲《しゅうい》にはアシの群生地《ぐんせいち》や塩湿地《えんしっち》があるが、その湿地帯《しっちたい》とカシの森のあいだに、荒《あ》れた草地があった。草地は弓なりで細長く入江《いりえ》まで続いていた。オウェインがベオルンステッドにはじめてやってきた年に、ベオルンウルフはこの土地を柵《さく》で囲《かこ》って、所有地とした。海からの強風をまともに受ける、ひどく荒涼《こうりょう》とした場所だ。でも今は、夕刻《ゆうこく》の長い光が草原を金色に染《そ》めあげ、かすかな潮風《しおかぜ》は塩湿地《えんしっち》のひょろ長い草さえ、そよがせることもなかった。

　オウェインは、柵《さく》の出入り口をふさぐ編《あ》み垣《がき》をはずして中へ入った。後ろから、ヘルガとリラがたがいに呼《よ》びあっている声が聞こえる。ふたりは夕方の、卵《たまご》集めの仕事をしているのだ。特にマガモはあちこちで卵《たまご》を産むので、探《さが》しまわらないといけなかった。ブリニが鍛冶職《かじしょく》の息子《むすこ》のホーンに手伝ってもらって、羊を柵《さく》に入れているところらしく、羊のメエメエという声や、小さな子羊のかぼそい鳴き声も聞こえてくる。アザラシ島では、夏でも夜は羊を柵《さく》の中に入れている。オオカミや盗賊《とうぞく》を恐《おそ》れてというより、ここでは暗いと、堤防《ていぼう》や水路に転落する心配があるからだ。

　柵《さく》を入るとすぐに、石作りのかいば桶《おけ》がある。オウェインは水桶《みずおけ》をそのわきに置くと、まるでシギの鳴き声のような、長く震《ふる》える口笛を吹《ふ》いた。すると、弓の形をした細長い牧草地の先端《せんたん》で草を食《は》んでいた白馬が頭を上げ、いなないた。そしてくるりと向きを変え、オウェインに向かって駆《か》けてきた。テイトリはこれまでにいったい何度、こうしてオウェインの口笛に応《こた》えたことだろう。いつもこうやって、速足から最後は駆足《かけあし》になって、やってきた。だがきょう、草地を駆《か》けてくるこの馬を眺《なが》めているうちに、突然《とつぜん》オウェインの胸《むね》はうずいた。なんという美しい馬だろう。これまでも、そして今後も一生、海と森とのあいだを駆《か》けぬけるこの白馬ほど美しいものを見ることはあるまい。テイトリは子馬のようにかかとを蹴《け》りあげ、たてがみとしっぽをなびかせて、飛ぶように走ってきた。オウェインのまわりで半円を描《えが》いて止まると、次の瞬間《しゅんかん》オウェインの胸《むね》に鼻を押《お》しつけてきた。オウェインは「よしよし、いい子だ」と言いながら、額《ひたい》のたてがみから、ひくひく動いている鼻先まで、白い鼻面《はなづら》を何度も何度もなでた。「のどが渇《かわ》いただろう。きょうは暑くて大変だったな。さあ、飲むといい。木陰《こかげ》の池からくんだばかりだから、冷たくてうまいぞ」オウェインは、太陽の熱ですっかり温まっているかいば桶《おけ》に水を入れる前に、水桶《みずおけ》をひとつ持ちあげて、そこからテイトリにじかに水を飲ませた。

テイトリが水に鼻面《はなづら》をつっこんでいるあいだ、オウェインは空いているほうの手で、テイトリの見事な首の曲線をなでていた。テイトリは冬の終わりにはやせて骨《ほね》ばっていたが、ずいぶん回復《かいふく》してきた。もともと、大きい馬ではない。今では半分伝説となっているが、あの偉大《いだい》な王『大熊《おおぐま》』のアルトスが、騎士団《きしだん》のためにガリアから連れてこさせた馬は、ずいぶん大きかったらしい。しかし近ごろは、高さが一三～一四ハンド（訳注：一ハンドは約一〇センチ）もある馬は珍《めずら》しかった。テイトリは大きくはなかったが、たてがみの先からしっぽの先まで、流麗《りゅうれい》を極《きわ》めていた。その目の金色の光をのぞけば、やせぎすで雌《め》ギツネのようだった母馬の面影《おもかげ》はどこにもない。海から上がってきたまぼろしの白馬というものがもしいたなら、テイトリこそがそれだろう。

テイトリが満足するまで飲み終わると、オウェインは白い首を最後にもう一度軽く叩《たた》いた。オウェインがかがんで、もうひとつの水桶《みずおけ》の水をかいば桶《おけ》にあけていると、テイトリがオウェインの首の後ろにぬれた鼻先を押《お》しつけてきた。ドッグもオウェインの後をついて、この海ぞいの草地に来ていたが、かいば桶《おけ》に鼻面《はなづら》をつっこんで、ピチャピチャとおいしそうに水を飲んだ。突然《とつぜん》、草地を走ってくるはだしの足音がした。オウェインが振《ふ》りかえると、ふたりの少年が柵《さく》の入り口から入ってくるのが見えた。前にいるのがブリニ、そのすぐ後ろがホーンだ。ホーンのほうがふたつ年上で、身長も頭ひとつ分高かったが、いつも先を歩くのはブリニだった。ブリニは一日中、羊の番をしていた。ベオルンウルフは独立《どくりつ》した開拓者《かいたくしゃ》なので、村の共同の草場に入る権利《けんり》がなく、村の羊を一手に引き受けている羊飼《ひつじか》いに預《あず》けることもできなかった。そのためこの家の羊番の仕事は、十歳《さい》になったブリニの肩《かた》にかかっていた。ホーンは、父親の鍛冶場《かじば》の手伝いをしなくていいときにはいつもやってきて、いっしょに羊番をつとめた。鍛冶職《かじしょく》のブランドは、たまにしか帰らない末息子《むすこ》を夕食の炉辺《ろへん》で見かけると、だれかよその子がいると思うのではあるまいか、とオウェインがときどき心配するほどだった。

ふたりが近づいてきた。ブリニは手に灰色《はいいろ》の塩のかたまりを乗せて、テイトリの白い鼻先に差しだした。テイトリも喜んで、鼻先を伸《の》ばしてきた。馬の柔《やわ》らかな口にてのひらをくすぐられて、ブリニは笑った。いつも少しおくれるホーンは、ブリニの後ろにいた。

「ふたりとも、まるで太陽の下で一日中昼寝《ひるね》をしていたように見えるな」ふたりのほてった顔を見て、オウェインが言った。

ブリニは髪《かみ》にからんだ草の種や小枝《こえだ》やらをはたきながら、オウェインを見上げてニヤリとした。「一日中じゃなくて、たった半日だよ。羊を食べにくるオオカミなんかいないし、水路は村の羊番のウォーリェが見張《みは》ってるから平気だよ。ほら、芝土《しばつち》の堤防《ていぼう》のすぐ向こうに、アシが生えてるところがあるだろ。あそこに、卵《たまご》がまだ五つ入ってるヨシキリの巣があったよ。それとね、これ見て……」ブリニはベルトに手を伸《の》ばした。「ニワトコの木で笛を作ったんだ。音階が三つ半も出せるようになったんだよ！」

「それはよかった。はちみつを盗《ぬす》もうとするより、ずっといい」オウェインはまじめな顔で言った。去年の夏、ブリニはハチの巣をひとりで取ろうとしてハチに刺《さ》され、危《あや》うく死ぬところだったのだ。

そのころにはホーンも前へ出て、テイトリの首をなでていた。ホーンの陽《ひ》に焼けた四角い顔は真剣《しんけん》で、馬に熱中していた。「きれいな馬だな」ようやくホーンが口を開いた。「この世に生まれた馬の中で、いっとうきれいな馬だ。ほら、長く伸《の》びた草のあいだを風が吹《ふ》きぬけると、おじいさんたちが言うじゃないか。『まぼろしの馬が駆《か》けていくぞ』って。まぼろしの馬をもし見ることができたなら、この馬そっくりだろうな」ホーンはこう言ってから、自分の言葉にまっ赤になった。そして、テイトリの白いたてがみにからんだ小枝《こえだ》を取るのに忙《いそが》しいというふりをした。

「テイトリは馬の王さまだよ。それに、おれの乳兄弟《ちきょうだい》だ。ヘーゲル王と父さんとが乳兄弟《ちきょうだい》なのと、おんなじだ。それからドッグは……」ブリニはテイトリの鼻面《はなづら》をなでるのをやめた。ブリニの仕草はいつもせかせかとすばやいが、今もそうやって草の上に身を投げだすと、ドッグと鼻をつきあわた。大きな軍用犬は、ブリニの顔を耳から耳までペロリとなめた。「ドッグは、アザラシ島の犬の王さまで、やっぱりおれの乳兄弟《ちきょうだい》だ」

ホーンはブリニと犬とを見て、いつものまじめで実直な言い方でこう言った。「ドッグはじいさんになってきたな。鼻のまわりに、白髪《しらが》が生えてる」

ブリニはドッグの首に腕《うで》をまわしたまま、しかめっ面《つら》をぐいと上げた。「じいさんになんかなってないぞ！　いま水を飲んだから、鼻のまわりがぬれて光ってるだけだ。わかってないな、まったく。だいたい真剣《しんけん》勝負でドッグに勝てる犬なんか、アザラシ島のどこにもいないんだ。バディールのところの獰猛《どうもう》な赤犬だって、かなうもんか！」

ホーンが何か応《こた》えたようだが、オウェインは聞いていなかった。水桶《みずおけ》を持ちあげようとしていたのをとちゅうで止《や》めて、ドッグを見下ろした。たぶん十歳《さい》くらいのはずだから、ブリニと同じくらいの年だ。今でもたくましいし、歯も白く、勇敢《ゆうかん》で賢《かしこ》い。炉辺《ろへん》の王者の場所も、エサの王者の取り分も、いまだに挑《いど》んでくる犬はいない。だがオウェインは、最近感じていた。ドッグは以前より、少し動きが鈍《にぶ》くなったのではないか。以前より少し昼《ひる》寝《ね》を好むようになったのではないか。いや、鼻先はただぬれて光っているだけではない……。

オウェインは水桶《みずおけ》を持ち上げて「帰るときに、柵《さく》の入り口をふさぐのを忘《わす》れないように」と言うと、家へもどっていった。ドッグはふたりの少年ともどればいいと、置いていった。太陽はもう木々《きぎ》より低く落ちて、金の光は消えていくところだった。突然《とつぜん》オウェインは、胸《むね》に妙《みょう》な影《かげ》がさすのを感じた。

裏門《うらもん》に顔をしかめたベオルンウルフが立っていて、問いただした。「ブリニはどこだ？

羊を囲《かこ》いに入れるのがすんだら、すぐに報告《ほうこく》にくるよう言ってあるんだが。あいつときたら、いつもそのまま遊びに行ってしまう」

オウェインは来た方向へ首を回した。「海沿《うみぞ》いの草地の、テイトリのところにいます。ホーンといっしょに、テイトリになめさせる塩を持ってきました」

主人は金色の眉《まゆ》の下の目を細めて、同じ方向をながめた。それから肩《かた》を落とすと、さっきとは違《ちが》った調子で言った。「そうか。テイトリに塩を持っていけるのも、もうそれほど多くはないだろう」

奴隷《どれい》のオウェインは水桶《みずおけ》を注意深く下に下ろしてから、聞いた。胸《むね》の影《かげ》が、いっそう濃《こ》くなった。「ではテイトリは……行かなくてはいけないんですか？」

「ああ、干《ほ》し草を刈《か》り終えたらな」

この前ヘーゲル王が現《あらわ》れたのは、風の強い春の日だった。あの日、王は乳兄弟《ちきょうだい》とともに海沿《うみぞ》いの草地へ行って、長いこと白馬をながめていた。オウェインは後で、ベオルンウルフに何もたずねなかった。知らないほうがいいと思ったのだ。だが、口をついて出てしまった。「なぜです？　ヘーゲル王には、テイトリは必要ではないのではありませんか。王の神の馬はまだ盛《さか》りだし、衰《おとろ》えてきたときのために、飼育場《しいくじょう》にはもう次の子馬がいるのだと、聞きました」

「テイトリは、チーザス・キスターのヘーゲル王のところでなく、もっと遠いところへ行くのだと思う」ベオルンウルフが、ゆっくりと言った。「テイトリには、もっと高貴《こうき》な場所が用意されているようだ。どこか、別のところにな。われわれは、それを誇《ほこ》りに思うべきだ」

オウェインはすばやく主人のほうを向いた。ベオルンウルフの顔は、これ以上何を言ってもむだだと語っていた。それでもオウェインは、重い口を開いた。「おっしゃることは、冷たい響《ひび》きがします。あの子馬が生まれたときに、ご主人様の肩《かた》に触《ふ》れたあの子馬の鼻面《はなづら》は、そんなに冷たかったでしょうか……」

「どんな馬も、いつかは死ぬ」ベオルンウルフが言った。「馬も、犬も、人間もだ。わたしにはどうしようもないことだ。……ところで、わたしがここに来たときには、もう食事のしたくができていた。スープが焦《こ》げて、女どものきげんが悪くなる前に、もどったほうがいい。男の子たちも腹《はら》が減《へ》れば、帰ってくるだろう」ベオルンウルフは、門の中へ入っていった。

オウェインはまた水桶《みずおけ》を持ち上げて、後に続いた。疲《つか》れがどっと押《お》し寄《よ》せた気がして、足どりが重くなった。

草刈《くさか》りが終わり、テイトリが王の厩舎《きゅうしゃ》へ行く日がやってきた。引き潮《しお》のあいだに入江《いりえ》を渡《わた》らなければいけないので、日の出から間もない、うす暗い中での出発となった。オウェインがゴールデンアイに乗って先頭に立ち、その前をドッグが跳《は》ねていく。ベオルンウルフは別の馬に乗り、引き綱《づな》をつけてテイトリを引いた。不安だらけの出発だった。テイトリがベオルンステッドの地を離《はな》れるのは初めてだったので、どう反応《はんのう》するか見当がつかなかった。しかしテイトリはゴールデンアイの後ろを、すなおについてきた。母馬だからではない。テイトリもゴールデンアイもたがいに親子であることを、ずいぶん前に忘《わす》れ去っていた。テイトリがついていったのは、ゴールデンアイが雌馬《めすうま》だったからだ。テイトリは浅瀬《あさせ》に連れていかれるのには慣《な》れていたから、入江《いりえ》も難《なん》なく渡《わた》ることができた。昼前には、一行は王の厩舎《きゅうしゃ》へ到着《とうちゃく》した。

一時間もしないうちにオウェインはまた馬に乗り、レグナムからアザラシ島に続く崩《くず》れかけた街道《かいどう》を通って、南へと帰った。ベオルンウルフは乳兄弟《ちきょうだい》である王とまだ話をしていたが、オウェインは待たなかった。テイトリが王の馬を世話する戦士《セイン》に引き渡《わた》された後で、シカの角を高く飾《かざ》った大広間の近くで待っているのは耐《た》え難《がた》い気がした。それにベオルンウルフからも、すぐにもどってよいとの許《ゆる》しが出ていた。ゴールデンアイが入江《いりえ》を渡《わた》れるほど潮《しお》が引くにはまだ間があるとわかっていたので、ゆっくりと進んだ。だがマインの森を抜《ぬ》けて、湿地《しっち》特有の高い灰色《はいいろ》の空の下、平地がうっすらと見えてきたときにも、潮《しお》はまだすっかり引いてはいなかった。

オウェインは馬から下りて手綱《たづな》を腕《うで》にからげると、道の近くの土手に座《すわ》りこんだ。ドッグも満足そうに、オウェインの足元に伏《ふ》せた。オウェインはここで時間稼《かせ》ぎができることがありがたかった。王の厩舎《きゅうしゃ》からは早く離《はな》れたかったが、かといってテイトリがいないベオルンステッドに帰りたくはなかった。「わたしにはどうしようもないことだ」と、ベオルンウルフは言った。「どんな馬も、いつかは死ぬ。馬も、犬も、人間もだ」けれどオウェインの胸《むね》を鋭《するど》くえぐっているのは、遠い未来に、祭司がかざすであろうナイフのきらめきではなかった。オウェインは、かつて人間がいけにえの運命を受けいれたように、テイトリの運命も受けいれていた。オウェインにとって辛《つら》かったのは、テイトリがオウェインが口笛を吹《ふ》けばすぐにやってきたこと、おだやかで知りたがりやだったこと、そしてこの冬の辛《つら》かった調教の時期を除《のぞ》けば、人間は友だちで信頼《しんらい》できると信じていたことだった。

今後テイトリは、神として扱《あつか》われるようになる。そうなれば荒々《あらあら》しく凶暴《きょうぼう》になって、人間はもう友だちではなくなるだろう。

だんだん砂州《さす》があらわになり、古い渡《わた》り場《ば》の敷石《しきいし》が見えてきた。オウェインはドッグを片足《かたあし》でやさしくつついて起こすと、立ちあがって再《ふたた》び馬にまたがり、さざなみの立つ砂場《すなば》から浅瀬《あさせ》へと向かっていった。ドッグは半分歩き半分泳いで先に岸に着いた。それから四本の足がバラバラに飛びそうなほど体をブルブルとふるわせて、しずくを飛ばした。一行は、家までの最後の行程《こうてい》に向けて出発した。ドッグは馬に蹴《け》られないようにうまく身をかわしながら、ゴールデンアイのすぐ後ろをついていった。

奴隷《どれい》たちが外で働く時間だったので、家にいたのは女たちだけだった。だがブリニだけは、乳《ちち》しぼりのために羊を二頭連れてきており、しかめっつらで門のあたりをうろついていた。オウェインが中庭に馬を乗り入れると、『曲がり足』のバディールが正面のポーチのベンチにどっかりと座《すわ》っていた。そばには二頭の赤犬がいて、膝《ひざ》の上にはエール酒の角《つの》杯《さかずき》がある。テイトリがいなくなったというのに、この男はまだベオルンステッドをうろつくつもりなのだろうか。

オウェインが手綱《たづな》を引くと、バディールはあの薄《うす》い色の瞳《ひとみ》を興味深《きょうみぶか》げにしばたいて、オウェインをちらりと見上げた。ドッグと赤犬は毛を逆立《さかだ》て、牙《きば》をむいて低くうなりあいながら、相手を計るようににらみ合っていた。「聞いたぞ。神の馬はもう行ってしまったらしいな」バディールが言った。

「はい。テイトリをもう一度見たければ、王の厩舎《きゅうしゃ》におります」オウェインはそっけなく答えた。「ベオルンウルフにご用でしたら、もうすぐもどるはずです。早くしないと、引き潮《しお》を逃《のが》しますから」オウェインは馬から下りると、ゴールデンアイの向きを変えた。馬小屋に連れていって、ブラシをかけ豆を食べさせてから、草地に出そうと思ったのだ。

そのときドッグがついてきていないことに、オウェインは気づいていなかった。

バディールの葦毛《あしげ》の馬からできるだけ離《はな》して、ゴールデンアイを壁《かべ》の輪につなごうとしたときのことだ。突然《とつぜん》、背後《はいご》の庭の方から、地獄《じごく》が口をあけたような音が聞こえてきた。犬がけんかをするすさまじいうなり声と、女の金切り声、そしてオウェインの名前を呼《よ》ぶブリニの悲鳴だった。「オウェイン！　オウェイン！」

オウェインはもう、入り口にかけてあった長いムチをひっつかんで走っていた。六年前の春、ウィロコニウムの廃墟《はいきょ》を駆《か》けぬけた夜以来、これほど息せき切ったことはない。馬小屋を出てすぐ、ブリニと衝突《しょうとつ》しかかった。ブリニはさっと身をかわしてオウェインのわきを走りながら、泣き声で言った。「ドッグが！　ドッグが殺《や》られる！　バディールのこの、あのファングに！……他の犬もいっしょにかかってきて……おれ、止めようとしたんだ……おれ……」

ブリニの泣き声を引き離《はな》して、オウェインはひた走った。冷たい怒《いか》りと、さらに冷たい恐怖《きょうふ》が胸《むね》に広がる。母屋《おもや》の端《はし》の騒動《そうどう》に向かった。

母屋《おもや》の前庭では、ドッグが命をかけて戦っていた。ファングだけでなく、他に三、四頭の犬が襲《おそ》いかかっている。くり返し行われてきたことが、今また起こっていた。犬の群れが若《わか》いリーダーに寝返《ねがえ》って、古き王に牙《きば》をむいたのだ。ドッグは英雄《えいゆう》のように戦っていた。こちらでもあちらでも蹴《け》ちらされた犬がギャッとしりぞいた。だがドッグの喉元《のどもと》には『赤い殺《ころ》し屋』が喰《く》らいついていた。オウェインが中庭に飛びこんだそのとき、ドッグは倒《たお》れ、戦いにけりがついた。

オウェインは噛《か》みついたり、よだれを流したりして戦っている犬のあいだに、飛びこんだ。ドッグをはげます言葉を怒鳴《どな》りながら、あたりの犬をムチで打ちまくった。犬の足が立たなくなったらどうなるか、オウェインにはわかっていた。ドッグには主人の声が聞こえたにちがいない。喉《のど》に喰《く》らいついているファングをそのまま引きずって、なんとかもう一度だけ立ち上がった。だが傷《きず》から、力が流れ出している。オウェインがドッグに届《とど》く前に、再《ふたた》びドサリと倒《たお》れた。

オウェインのムチはビュンビュンと飛びかかって、あの犬、この犬と叩《たた》きのめした。一頭は——ベオルンステッドの犬だった——腹《はら》を蹴《け》りあげた。犬はギャッと鳴いて、高く舞《ま》いあがった。冷たい憤怒《ふんぬ》の翼《つばさ》に乗っているようで、オウェインは自分が宙《ちゅう》に浮《う》いている気がした。ブリニが薪《まき》を手に、猛然《もうぜん》と加勢《かせい》してきたことにも気づかなかった。女たちは母屋《おもや》の入口に群がって、金切り声を上げていた。だれかに頭から水桶《みずおけ》の水をぶっかけられ、犬もオウェインもブリニもびしょぬれになったが、それもほとんど気づかなかった。何が起こったのか、どれほど戦い続けたのかも、わからなかった。わかったのはただ、犬の群れがやっと後退《こうたい》したということだけだった。自分のムチのそばで、別のムチがバシッ、バシッ、バシッと鳴って、ベオルンウルフが声を荒《あら》げてののしるのが聞こえた。ベオルンウルフは、ドッグの喉元《のどもと》に喰《く》らいついたままのファングを素手《すで》で締《し》め上げると、その赤い獣《けもの》を投げ捨《す》てた。

そして、あたりは静まりかえった。静寂《せいじゃく》が壁《かべ》のようにたてこめたが、その向こうから、人の声と馬の不安そうな鼻息や足音が聞こえてきた。そしてさらに向こうから、突然《とつぜん》カモメの鳴く声が聞こえた。バディールの犬の一頭は、動かなかった。ファングとベオルンステッドの犬たちはこそこそとその場を去って、自分の傷《きず》をなめていた。どの犬も傷《きず》だらけだった。古き王は、五対一の戦いであったにもかかわらず、簡単《かんたん》には倒《たお》されなかったからだ。ブリニはオウェインのそばにしゃがみこみ、腕《うで》に負ったかみ傷《きず》のひどさに驚《おどろ》いて、少しべそをかいていた。今すべてが終わり、静寂《せいじゃく》のなかで、オウェインはドッグのそばにひざまずいた。ドッグの傷口《きずぐち》という傷口《きずぐち》から、血が流れていた。喉《のど》はぼろぼろになるまで切り裂《さ》かれている。それでもこの老犬には不屈《ふくつ》の魂《たましい》と勇気が残っていて、今、再《ふたた》び立ちあがろうとした。だが足が言うことをきかない。ドッグはブルブルと震《ふる》えて倒《たお》れ、オウェインの膝《ひざ》に頭を乗せた。

オウェインは、ドッグの美しい琥珀色《こはくいろ》の目をひたと見すえて、傷《きず》だらけの頭をなでていた。空いているほうの手が、ベルトに下げたナイフをさぐっている。「よくやった、ドッグ！　たいした戦いだった……たいした戦いで、勇敢《ゆうかん》だったな、おまえは……」ドッグは自分をなでている手をなめて、主人を見ようと少し頭を上げた。後ろでしっぽの先がバサッバサッとゆれている。「いい狩《か》りをしろよ、兄弟」オウェインはそう言うと、切りさいなまれた喉《のど》のまん中にスッパリとナイフを刺《さ》した。

ドッグは驚《おどろ》いたような小さな声をもらした。そして一度大きく震《ふる》えると、命が消えていった。事は終わった。

ブリニはオウェインの隣《となり》にしゃがんで、褐色《かっしょく》の手の甲《こう》でしきりに目をこすっていた。オウェインは正気を失ったかのようにじっと立ったまま、全身傷《きず》だらけの偉大《いだい》なぶち犬の体を見下ろしていた。

オウェインがようやく、ゆっくりと顔を上げた。ベオルンウルフがムチをまとめて持って、かたわらに立っている。後ろでは馬がいらだっていた。戸口の前には、女や少女たちがまだ群がっている。ベンチにはバディール・セドリクソンがそのまま座《すわ》っており、足元にはファングがうずくまっていた。バディールは壁《かべ》に寄《よ》りかかって、何かおもしろおかしい見世物でも見物しているように、ながめていた。

オウェインは言葉を失い、顔がひきつった。一瞬喉《いっしゅんのど》が張《は》りつめたが、ただ「止められなかったんですか?」と言った。

バディールは壁《かべ》にもたれた背《せ》を起こそうともせずに、肩《かた》をすくめた。「あの犬は年寄《としよ》りで、盛《さか》りを過《す》ぎていた。犬どもにとって、新しい王を迎《むか》える潮時《しおどき》だったのだ。奴隷《どれい》の飼《か》っている卑《いや》しい犬でなく、もう少しまともな王をな」

「たとえ、はきだめにいる最低の犬だったとしても」オウェインは冷たい憤怒《ふんぬ》をこめて言った。「あなたの犬ではないから、死ぬ時が来たなどと、あなたに言われる筋合《すじあ》いはない。そのうえドッグは卑《いや》しい犬ではない。金髪王《きんぱつおう》キンダイランがアクエ・スリスで死ぬまでは、王の軍用犬だったんだ」

「ああ、そうだったな。忘《わす》れていたが、おまえもその犬も、その戦いから逃《に》げ出してきたんだったな」バディールの薄《うす》い色の目が、ところかまわずムチをふるうように、オウェインをながめまわした。あげくに視線《しせん》が、オウェインの袖《そで》の裂《さ》け目からのぞいている長く白い槍傷《やりきず》の上に止まった。バディールの白っぽい眉《まゆ》が少し上がり、口もとが半分笑いかかって止まった。「服を剥《は》いだところを見たことはないが、おまえの背中には、そんな傷《きず》が何本あるんだ？」それから、口調だけは柔《やわ》らかく言った。「それともひょっとしたらおまえは槍《やり》より速く飛べたので、そのおかげで逃《に》げられたというわけか？」

そしてバディールはいつものぎこちない動作で立ちあがると、ベオルンウルフのほうに向き直って、アザラシ島のこちら側までやってきた用向きを話しだした。

オウェインもゆっくりと立ちあがったが、両脇《りょうわき》でこぶしを固く握《にぎ》りしめていた。しかしオウェインは奴隷《どれい》生活のなかで、奴隷《どれい》というものは侮辱《ぶじょく》されても歯向かわないものだと学んでいた。これを学んだことのほうが、侮辱《ぶじょく》されること自体より、もっと辛《つら》かった。畑からもどってきたばかりの男がひとり、主人の馬を連れにやって来た。ベオルンウルフは客のバディールを少し待たせたまま、だれか地面の血や汚《よご》れたところに土をまいておけ、と指示《しじ》した。それからオウェインにむかって、ぶっきらぼうだが同情《どうじょう》のこもった声で言った。

「この犬のためにしてやりたいことがあったら、なんでもやってやるといい。だがその前に、だれか女に頼《たの》んで、おまえの傷《きず》に軟膏《なんこう》をぬってもらえ」

それから客であるバディールとともに、母屋《おもや》の中へ入っていった。

第十二章　聖《せい》なる場所

オウェインはその場に立ちつくし、自分を見下ろした。体じゅうが血まみれだった。犬の血を浴びただけでなく、自分の血もまじっている。あちこち噛《か》みつかれ牙《きば》でひき裂《さ》かれているのに、今まで気づきもしなかった。今気づいたと言っても、ただ傷《きず》が見えたというそれだけのことだ。「この犬のためにしてやりたいことがあったら、なんでもしてやるといい」と、ベオルンウルフは言った。農場の動物が死んだときには、その肉が人間の食用に適《てき》さない場合は、犬にやる。だが犬が死んだときには、犬の肉を犬に食べさせることは禁《きん》じられていた。動物に同種の肉を与《あた》えることは、禁忌《タブー》なのだ。だから犬が死んだ場合は、干拓地《かんたくち》の向こうの森の中に穴《あな》を掘《ほ》って埋《う》め、安らかに眠《ねむ》るよう祈《いの》る。掘《ほ》る者の気分によって、深い穴《あな》もあれば浅い穴《あな》もあった。

オウェインは頭が殴《なぐ》られでもしたようにしびれていて、まだのろのろとしか動けなかった。それでも毎年秋に屠《ほふ》った家畜《かちく》を乗せるのに使う、幅《はば》の狭《せま》い木製《もくせい》のそりと鋤《すき》を取ってきた。

ドッグをそりに乗せるのを、だれかが手伝ってくれた。死んだ赤犬は、放っておいた。バディールの犬など、あの男に始末させればいい。オウェインはわら縄《なわ》でそりを引いて、門に向かった。

大麦用に掘《ほ》りおこされた森の畑にそって半分ほど行ったところで、ブリニがとなりをせっせと歩いているのに気づいた。「だめだ」オウェインが言った。「帰ってくれ。もう夕飯の時間だ」

「腹《はら》なんか空いてない」

オウェインは立ち止まって、ブリニのほうを見た。ブリニはふだんは怒《おこ》るとまっ赤になるのに、今は日焼けした顔が青ざめている。すすり泣くように息をときどきふるわせながら言った。「殺《ころ》してやる！　バディールに、おもいしらせてやる！　絶対《ぜったい》、殺《ころ》す！」

オウェインは、疲《つか》れたように首を振《ふ》った。「そんなばかなことを言ってはいけない。あなたは、たった十歳《さい》じゃないか」

「ずっと十歳《さい》ってわけじゃないぞ。おれもいつかは、大人になる。それで大人になったら、あいつを殺《ころ》す！」

オウェインは悲しみに深く沈《しず》んでいたが、それでもはっきりわかった。これは明日になれば忘《わす》れてしまうような、怒《いか》りにかられた子どもの脅《おど》し文句《もんく》ではない。ブリニはずっと忘《わす》れないだろう。なんとかしなくてはいけない。「いいか、ブリニ。バディールの一族は数が多い。もしあなたがバディールを殺《ころ》せば、一族の者はあなたの死か、それにみあう人命《じんめい》金《きん》を要求してくる。あなたはひとり息子《むすこ》だから、あなたのお父上は、金をかき集めようとするだろう。だが助けてくれる一族はいない。あなたのご先祖《せんぞ》のようにいったん村を出た者の掟《おきて》を、あなただって知っているだろう。残してきた一族とは、友だちづきあいはできる。だがもう仲間ではないから、深刻《しんこく》な状況《じょうきょう》で援助《えんじょ》を請《こ》うことはできないんだ。奴隷《どれい》の飼《か》っている卑《いや》しい犬の復讐《ふくしゅう》のためにあなたの家が没落《ぼつらく》するなんて、どう考えても代償《だいしょう》が大きすぎるじゃないか」

「ドッグは卑《いや》しい犬なんかじゃない。金髪王《きんぱつおう》キングダイランの軍用犬だったって、おまえが自分でそう言ったじゃないか」ブリニは激《はげ》しい憤《いきどお》りにのどをつまらせたが、後は顔の表情《ひょうじょう》が語っていた。

「たしかに、おれは自分でそう言った。だからもし復讐《ふくしゅう》をするというなら、それはおれの仕事だ。さあ、もう帰ってくれ」

「おれもいっしょに行かせてよ……」

オウェインはブリニの肩《かた》に、精一杯《せいいっぱい》やさしく触《ふ》れた。「帰ってくれ。頼《たの》む。ひとりのほうがいいんだ」

ブリニは一瞬抵抗《いっしゅんていこう》したが、やがてすすり泣きながら去っていった。「でも、いつか殺《ころ》してやる！　絶対《ぜったい》、殺《ころ》す！」

オウェインは立ったまま、ブリニが家に向かって足をひきずっていくのを見送った。少年がブツブツと不穏《ふおん》なことをつぶやいているのも、耳に入った。どうして、あの子をあんなふうに諭《さと》そうとしたんだろう？　サクソンのチビがサクソンの家を没落《ぼつらく》させたところで、おれに何の関わりがある？　オウェインはゆっくりと向きを変えると、荷を乗せたそりを前かがみになって引っぱって、ひとり歩きつづけた。

しばらくするとカシの森の影《かげ》が長く伸《の》びてきて、オウェインをすっぽりと包んだ。オウェインは神殿《しんでん》の廃墟《はいきょ》をめざして、森の縁《へり》を西に向かった。荒野《こうや》にぽつんと骨《ほね》を埋《う》めるより、かつて人間がいた場所に埋《う》めてやるほうが、ドッグもさびしくないだろう。オウェインはかつてキリスト教徒として育てられたのだが、シルウァヌス神ならば犬も快《こころよ》く受け入れて、ご加護《かご》を与《あた》えてくださるだろうと入り乱《みだ》れた感じ方をしていた。シルヴァヌス神はさまざまな獣《けもの》や森の生き物の守り神であり、人々《ひとびと》は狩《か》りの成功に感謝《かんしゃ》していけにえを捧《ささ》げていたのだから。

神殿《しんでん》はそれほど遠くはなかった。テイトリが生まれたあの晩《ばん》、ゴールデンアイを探《さが》しに来たときには、暗くて霧《きり》が出ていたために、遠いように感じたのだ。やがて垂《た》れこめた枝《えだ》の間に、崩《くず》れた壁《かべ》がほの白く見えてきた。オウェインは聖地《せいち》の遺跡《いせき》に入りこみ、神殿《しんでん》の前で立ち止まった。以前この場所で感じた影《かげ》とはいったい何だったたか、このときやっと理解《りかい》した。

穴《あな》を掘《ほ》るのには、たいした時間はかからなかった。キツネに掘《ほ》りかえされないように深く掘《ほ》ったが、それにしてもあっけなかった。カシの森の地面はやわらかくて掘《ほ》りやすかったし、そのあたりには木の根っこもなかった。穴《あな》を掘《ほ》り終えると、ドッグをそりから持ち上げようとふり向いた。だがドッグの黒と琥珀《こはく》色《いろ》のぶちのきれいな毛皮や、クリーム色の胸元《むなもと》が、どろまみれになるのはいやだった。ドッグの体には血とどろがついているが、これは輝《かがや》かしい名誉《めいよ》のあかしだ。地面の下で土にまみれるのとは、わけがちがう。

オウェインはまわりのやぶから、びっしりと葉のついた枝《えだ》を何本か折ってきて、穴《あな》の底に広げた。それから膝《ひざ》をついてドッグの体を持ち上げると、穴《あな》のへりでそっと手を離《はな》した。ドッグの体はまだ柔《やわ》らかく、するりと穴《あな》に落ちた。ドッグの体の感触が、オウェインに裂かれるような激しい痛みをもたらした。まるで傷口《きずぐち》に、槍《やり》をねじこまれるようだ。オウェインは、ドッグがいつもそうやって伏《ふ》せていたように、前足の上に鼻をのせてやり、最後の別れに頭をなでた。それから残りの枝《えだ》で犬をおおいながら、神殿《しんでん》の神に自己流《じこりゅう》の祈《いの》りを捧《ささ》げた。「シルウァヌスの神よ、ここに、わたしの友だった犬がおります。狩猟犬《しゅりょうけん》ではありませんが、立派《りっぱ》な犬でした。神よ、あなたは四つ足のもの全ての神だと聞きました。どうかこの犬を、あなたの慈悲《じひ》のマントでくるんでやってください……」オウェインは両手で土を押《お》しもどして、穴《あな》を埋《う》めていった。今はただ一本の枝《えだ》だけが、その場所を示《しめ》して立つだけとなった。他には何の跡《あと》もない。オウェインは、土の山を強く叩《たた》いて固めた。それからその場所が荒《あ》らされないようにと念を入れて、倒《たお》れた柱の一部を土の山の上に渡《わた》した。

すべてが終わった。もう何ひとつ、オウェインにできることはない。あとは農場に帰るだけだ。だが後をついて来るドッグの足音はない。オウェインの目の前には神殿《しんでん》の入口があり、あたりには影《かげ》が垂《た》れこめていた。オウェインは立ちあがると、農場には向かわず、まるで隠《かく》れ家に逃《に》げこむように神殿《しんでん》の中へと入っていった。

神殿《しんでん》に入るのは初めてだった。これまでは何か恐《おそ》れを感じて、足を踏《ふ》みいれるのをためらっていたのだ。しかし入ってみると、そこはがらんとしていて、ただ静けさだけがあった。閉《し》め切られた空間特有のにおいすらしない。もう長いこと荒野《こうや》にさらされているので、外の森のにおいと同じになってしまったのだろう。オウェインは一番奥《おく》の、元の高さを残している壁《かべ》を背《せ》にして座《すわ》ると、ベルトからナイフを取り出して、かたわらに落ちていた石で研《と》ぎはじめた。刃《は》にはさびのように、ドッグの血がついている。ズボンの下のオウェインの腿《もも》にも、もう黒く乾《かわ》いてはいたが、大きな血の跡《あと》がこびりついていた。ちょうどドッグの頭を置いたところだ。

オウェインはナイフを研《と》ぎつづけた。自分が何をしているのか、半分わからなくなっていたが、それでも研《と》ぎつづけた。やがてナイフの使い道が、ゆっくりと黒雲がわくように、頭の中に広がった。ドッグが死に、ウィドレスおじさんも、それからテイトリもいなくなってしまったという、それだけの理由ではなかった。ただただ、これ以上生きつづけることにどんな意味も感じられなくなったのだ。遠くにでも、そう、たとえどんなに遠くにでも、何かが見えるのなら、また別の感じ方もあったろう。だが何も見えない。彼《かれ》の前にはただ変わりばえのない日々《ひび》だけが、えんえんと続いている。ドッグを失ったことだけではなかった。バディールから侮辱《ぶじょく》されても為《な》すすべがなかった。そのことがオウェインに、変わることのない耐《た》えがたい日々《ひび》をやり過《す》ごしていくしかない運命を思い知らせた。

一日じゅう雲にかくれていた太陽が西に傾《かたむ》きはじめて、低く連なる雲の下から顔を出した。すると光がひとすじ、壁《かべ》の割《わ》れ目から聖《せい》なる場所へと射《さ》しこんできて、一番奥《おく》の、オウェインが座《すわ》ってナイフを研《と》いでいる場所までつらぬいた。オウェインの足元のすぐ近く、座《すわ》るときにけちらした枯葉《かれは》まじりの土の中で、何か青い光がきらめいた。

オウェインは思わず、それを見つめた。むかしだれかが奉納《ほうのう》した首飾《くびかざ》りからこぼれ落ちた、宝玉《ほうぎょく》だろうか。オウェインは片手《かたて》にナイフを持ったまま、もう一方の手を伸《の》ばして、そのへんを探《さぐ》ってみた。いや、これはこぼれた玉などではない。それは手にとれるようなものではなく、床《ゆか》の一部だった。どうでもいいように思ったものの、ぼろぼろくずれる黒っぽい土をもう少し削《けず》ってみた。青いものが、どんどん広がっていく。青いガラスのカケラが埋《う》めこまれている。他にも、石灰岩《せっかいがん》や、赤や黄色の砂岩《さがん》などのサイコロ形の石が敷《し》かれていて、見事なモザイク画を作っている。この神殿《しんでん》の床《ゆか》は一面、モザイク画におおわれていたのだろう。形や模様《もよう》が見えてきた。あざやかに描《えが》かれた小鳥で、翼《つばさ》と襟羽《えりばね》が青いガラスでできている。その下にも何かある。小鳥が留《と》まっているのは……ほっそりした、人の手だった。

手を動かして何かしたこと、何かを発見し、発見したものに少しずつ興味《きょうみ》を覚えていったことが、心をおおった黒雲を少しはらいのけたようだった。なおも指で削《けず》ったりひっかいたりしていると、百の夏が積もらせた葉でできた柔《やわ》らかな黒土は、ぽろぽろとはがれていった。やがてまわりをツタの葉や野イチゴで繊細《せんさい》に縁《ふち》どられた、丸い肖像画《しょうぞうが》が現《あらわ》れた。少女の半身像《はんしんぞう》で、片手《かたて》には鳥を、もう片方《かたほう》の手には花のついた枝《えだ》を持っている。何かの根っこが伸《の》びて、縁飾《ふちかざ》りの一部を壊《こわ》していたが、中の絵は完全に残っている。いきいきと喜びにあふれた少女の姿《すがた》だった。神殿《しんでん》の四隅《よすみ》が、よくあるように、四季を表しているのだろう。だから残りの三つは夏、秋、冬で、そのまん中にはたぶんシルウァヌス神が描《えが》かれているにちがいない。オウェインは、他のモザイク画はどうでもよかった。だがこの隅《すみ》の、春を表した絵は、見ていると何かを、だれかを、思い出す……。

さしこんでいる夕陽《ゆうひ》が薄《うす》れて、少女の絵がゆっくりと闇《やみ》に溶《と》けていく。とらえどころのない記憶《きおく》も、いっしょに消えていきそうだ。あと一息で記憶《きおく》は消え去り、それきりになってしまいそうだった。だがオウェインは、その記憶《きおく》を失いたくなかった。彼《かれ》の中の何ものかが必死でもがいている。そして、もうだめかとあきらめかけたときだった。小鳥を両手にそっと包むように、ついに記憶《きおく》をつかまえた。

もう何年も、レジナのことを思い出すことはなかった。レジナは死んだにちがいないと思いこむようになってから、もうずいぶんになる。彼女《かのじょ》の思い出さえ薄《うす》れてしまって、厚《あつ》い霧《きり》の彼方《かなた》のことのようだった。だがいま突然《とつぜん》に、かつて経験《けいけん》したことのないあざやかさで、レジナの記憶《きおく》がよみがえった。レジナがこちらにやってくる。ほっそりした顔をどこかおごそかな喜びに輝《かがや》かせ、小鳥をそっと包んだ両手を、オウェインに向かって差しだしている。手のあいだからのぞいているのは、アオガラの、まるで宝石《ほうせき》のような青い頭だ。

そしてレジナがアオガラを空に放ったときの、パタパタという翼《つばさ》の音と青いきらめき。あまりにも強烈《きょうれつ》な印象《いんしょう》だったから、実際《じっさい》に、レジナに触《さわ》ったような気がした。この瞬間《しゅんかん》、レジナの中の何ものかが実際《じっさい》に手を伸《の》ばし、オウェインに触《ふ》れたのかもしれない。ふたりの魂《たましい》を命綱《いのちづな》で結びつけようとして、必死に……。そういえばウルピウス・プデンティウスの骸骨《がいこつ》を目にしたあの夜も、レジナはオウェインに向かって手を伸《の》ばしてきた。だがあのときは、彼女《かのじょ》がしがみつくためだった。それが今は、オウェインをしがみつかせようとして、手を伸《の》ばしている。

このときオウェインは確信《かくしん》した。たとえ二度とレジナに会うことがないとしても、レジナは生きている。そしてこれがわかったからには、オウェインは生きていける。

オウェインがベルトにナイフを納《おさ》めたときには、太陽はあらかた沈《しず》み、外も暗かった。神殿《しんでん》の中には水のようにひたひたと、影《かげ》が満ちてきている。オウェインはさっきむきだしにした床《ゆか》の隅《すみ》に、腐葉土《ふようど》をまきなおして、少女も、鳥も、花をつけた枝《えだ》もかくした。それからゆっくりと立ち上がった。

血を流していた傷《きず》は、もう固まっていた。外に出ると、新しい塚《つか》に白っぽい柱を渡《わた》したドッグの墓《はか》のまわりを一周した。そして屠《ほふ》った家畜《かちく》用のそりのひもを引いて、農場にもどっていった。

そりを大きな納屋《なや》のいつもの場所にしまい、乾《かわ》いてこびりついていた血を何とか洗《あら》い流して、家の戸口に立ったときには、すっかり暗くなっていた。夕飯は終わっていたが、たき火の灯《あか》りのもと、家族も奴隷《どれい》も長い炉《ろ》のまわりにまだ集まっていた。ありがたいことに、バディールも赤犬もいない。ベオルンステッドの犬たちは、シダを敷《し》いた場所に寝《ね》そべって、まだ傷跡《きずあと》をなめている。その犬たちに対して、オウェインは何の憎《にく》しみも感じなかった。ファングですら、憎《にく》む気にはなれない。犬の群れはただ、リーダーの力が弱まれば別の犬がとって替《か》わるという、群れの掟《おきて》に従《したが》ったままでだ。しかし、バディールは違《ちが》う。

オウェインは、炉辺《ろへん》の下座《しもざ》にいるカエドマンのとなりに腰《こし》を下ろした。だれかが大きな銅《どう》のシチュー鍋《なべ》を持ってきてくれた。鍋《なべ》の中には、オウェインの分の夕食がとってあった。オウェインはカゴの中の大麦パンに手を伸《の》ばした。上等なキャベツのスープと焼きたてのパンだったが、口に入れると砂《すな》を噛《か》むような味がした。それでも何とか、少しでも食べようとした。ヘルガとリラは、目を赤くしている。ふたりとも糸紡《いとつむ》ぎにかかっているものの、リラは糸を切ってばかりだった。ブリニは背中《せなか》を丸めて膝《ひざ》をかかえてあごを埋《うず》め、炎《ほのお》をじっとにらみつけていた。だれとも、特にオウェインとは、目を合わせたくないのだ。男たちはその春はニシンが不漁だったと話していたが、閉《し》め切った暖《あたた》かい家にこもる声の響《ひび》きは、おだやかだった。だれもオウェインに話しかけてくる者はいない。だがオウェインは、武骨《ぶこつ》で暖《あたた》かい同情《どうじょう》を感じた。そしてブリニと同じように、生々《なまなま》しく痛《いた》む場所に触《ふ》れられるのを恐《おそ》れるかのように、自分の内に引きこもった。

ほんの少しだけ食べて残りを片《かた》づけると、もう寝《ね》る時間だった。みんなは伸《の》びをしたりあくびをしたりして立ち上がり、寝《ね》るしたくを始めた。ベオルンウルフは寝《ね》る前にいつもの敷地《しきち》の見回りに出かけようと、ランタンを下ろして、中のロウソクを灯《とも》した。それから戸口でふり返ってオウェインの目をとらえると、ぐいと首をひねって、背後《はいご》の夏の夜の闇《やみ》を指し示《しめ》した。本当はそんなことをするまでもなかった。ここ数年というもの、ほぼ毎晩《まいばん》、オウェインとふたりで牛小屋の見回りをしているのだから。オウェインは炉辺《ろへん》のドッグを呼《よ》ぼうと、あやうく口笛を吹《ふ》きかけたが、そのままベオルンウルフの後をついて出ていった。

低く垂《た》れこめた雲が星をおおっていて、外は闇夜《やみよ》だった。暗い中では波の寄《よ》せる音が、ふだんよりまぢかに感じられる。ベオルンウルフはサンザシの生垣《いけがき》のすきまから外へ出た。まずは家からも家の者たちからも離《はな》れてからでないと、何であれ、心の中にあることを口にできないとでもいうように。オウェインは少し後ろをついていった。ベオルンウルフは敷地《しきち》を囲《かこ》んだ生垣《いけがき》の角を曲がると、豆わらを積みあげた山の前で、海の方を向いたまま足を止めた。ふたりはしばらく黙《だま》って、その場に立っていた。足元には、犬が何頭か群れている。ベオルンウルフがぶっきらぼうな調子で話しはじめた。「あれは、いい犬だった。さびしくなるな。まるで自分の犬がいなくなったようだ。だが、どうも言葉ではうまく言えない。それに、ここへおまえを呼《よ》び出したのは、そんなことを言うためではないんだ」

「そうですか」ランタンの黄色い光の向こうに、湿地《しっち》が黒々《くろぐろ》と広がっている。オウェインは、その闇《やみ》を見つめたまま言った。

「けさ、おまえが帰ったあとに、わたしはわが乳兄弟《ちきょうだい》である王と話をしていた。三日後に、わたしはもう一度王のもとに出向き、それから長い旅に出る。夏が終わるまでには、もどってこられると思う。だが出発にあたって、帰る日がいつかなどと、そうはっきりわかるものではない。そこで、わたしが留守《るす》のあいだのことだが、農場のことはすべておまえにまかせたいと思っている」

一瞬《いっしゅん》の沈黙《ちんもく》があった。暗闇《くらやみ》の中に、波が寄《よ》せては引き、引いては寄《よ》せる音だけが聞こえた。オウェインは口を開いた。「サクソン族のご主人様、それはいい考えなのでしょうか？」

また一瞬《いっしゅん》の沈黙《ちんもく》があり、それからベオルンウルフが答えた。「ブリトン族の奴隷《どれい》よ、わたしはそう思う」

「ギルスやカエドマンがおります。ふたりとも、おれよりも長く奴隷《どれい》の首輪をつけています」

「おまえの決めることに、ふたりは不平を言うかもしれない。だが、なぜおまえがまかせられたのか、という疑問《ぎもん》は持たないだろう」

「ご主人様がお帰りになるまで、そのようにするのだと、もうふたりにお伝えになったからですか？」

「いや、だがおまえはおまえで、あいつらはあいつらだからだ」

オウェインは向き直って主人をながめ、それからまた目をそらした。「どちらにお出かけか、おたずねしてもよろしいでしょうか」

「ケント王エゼルベルフトの館《やかた》だ。テイトリはヘーゲル王の厩舎《きゅうしゃ》よりも遠いところへ行くことになるだろうと、わたしが言ったのを覚えているか。その読みは正しかった。テイトリはヘーゲル王からの贈《おく》り物として、上王のもとへ行くことになったのだ。そしてこのわたしが、テイトリを連れていく役目をおおせつかったというわけだ」

静かな夜だった。だがまるでケント王という名前に呼《よ》ばれたかのように、柔《やわ》らかな風が海から湿地《しっち》へとため息のように吹《ふ》きぬけた。そしてこの日二度目に、記憶《きおく》が奇妙《きみょう》なぐあいにオウェインに働きかけてきた。記憶《きおく》からウィドレスおじさんがよみがえってきて、すぐそこに座《すわ》っているような気がする。豆わらの山のかげのひだまりで、白茶けた流木を削《けず》って鳥を作っている。ウィドレスおじさんの年老いて疲《つか》れた声が、まるで貝殻《かいがら》の中で聞こえる潮騒《しおさい》のように、オウェインの耳の奥《おく》に響《ひび》いてきた。「人生とは若者《わかもの》には酷《こく》なものだが、年よりにはもっとやさしいのだよ。もっとも、若《わか》いときには、つねに希望があるがな。いつか何かが起きるかもしれない。ある日、小さな風が吹《ふ》くかもしれないという希望が……」

そんな風が吹《ふ》くことは、これまでなかった。いつかウィドレスおじさんのように年老いてしまうまで、ただ望み続けるしかないのだろうか。

ため息のように吹《ふ》きぬけた風は、草のなかに消えていった。だがまた別の風が平原を抜《ぬ》けて、ふたりに静かに吹《ふ》きつけている。ベオルンウルフは家にもどろうとふり返りながら、犬のように鼻をくんくんさせて天気をうらなった。そして「朝までには、風が吹《ふ》くな」と言った。

第十三章　難破船《なんぱせん》

「よいか皆《みな》の衆《しゅう》、首を横にふり続けて、耳が落ちようとも信じないというなら、それもよかろう」竪琴弾《たてごとひ》きが言った。「あるいはおまえたちは、まだ聞いておらぬのか。何せここは大地の呪《のろ》われた先っぽ、まるで切り落とされた舌先《したさき》のように孤立《こりつ》しておるからの。だがわしはウィベンドーンの戦いの前に、不吉《ふきつ》な大ガラスどもが集まるにおいを嗅《か》ぎつけた。二十年も前のことだが、忘《わす》れもせぬわ。さあ、よく聞くがよいぞ。わしはまたもや、きな臭《くさ》いにおいを嗅《か》ぎつけたのだ。この夏じゅう、境《さかい》を接《せっ》する国々《くにぐに》のあいだでな」竪琴弾《たてごとひ》きは、かつては派手《はで》だったに違《ちが》いない色あせたマントをよく引っぱってから、これにくるまると、また一段《いちだん》と火のそばに寄《よ》った。

船小屋の風下では、積み重ねられた大量の流木が赤々《あかあか》と燃《も》えている。今夜のような晩《ばん》は吹《ふ》きさらしの場所では、たき火など一瞬《いっしゅん》ももたない。だが船小屋の風下は格好《かっこう》の避難《ひなん》場所となっていて、暗い平原をごうごうと吹《ふ》きぬけていく夏の終わりのゲイル風をしのぐことができた。風のおかげで雨は屋根をぬらすものの、頭上を斜《なな》めに通り過《す》ぎる。だから雨がたき火に落ちてジュッと音をたてるのは、突風《とっぷう》が一瞬《いっしゅん》止まったときだけだった。

たき火のまわりでは、人影《ひとかげ》がひんぱんに入れ替《か》わった。暗闇《くらやみ》から黒っぽい集団《しゅうだん》が影《かげ》のように現《あらわ》れたかとおもうと、今度は違《ちが》う集団《しゅうだん》が闇《やみ》に消える。男たちは堤防《ていぼう》や、柴《しば》を編《あ》んだ防《ぼう》護壁《ごへき》、港の外の大きく湾曲《わんきょく》した砂利堤《じゃりづつみ》を絶《た》えず監視《かんし》していた。そして交替《こうたい》で、ほんのしばらく休んで暖《あたた》まるためにここにやってくるのだ。夜がふけて、夜明け前の暗黒の時間が近づいている。だが沿岸《えんがん》を監視《かんし》している者たちは、今夜は寝《ね》るひまはないだろう。春の大潮《おおしお》と東からの猛烈《もうれつ》なゲイル風のせいで、海面が上がっていて、低地特有の、おなじみの危険《きけん》が迫《せま》っていた。

オウェインは砂利堤《じゃりづつみ》の見張《みは》りを終えて、輪に加わった（沿岸監視《えんがんかんし》の役目に、奴隷《どれい》が出てくることはあまりない。だがベオルンウルフがまだ家をあけていたので、主人の代理でオウェインが来ていた）。オウェインは火から目を上げると、竪琴弾《たてごとひ》きが次に何を言うのかと期待で胸《むね》を高鳴らせた。ところがしばらく待っても、何も言わない。竪琴弾《たてごとひ》きはただ炎《ほのお》をながめては、聞こえない音楽に合わせるかのように、自分の長い指をポキポキと折るだけだった。耳を聾《ろう》するのは、吹《ふ》きすさぶゲイル風の音だけ。その背後《はいご》の、ゴーッと深く響《ひび》いてはドーンと炸裂《さくれつ》する海の音は、あまりに低い音なので耳にではなく、骨《ほね》に響《ひび》くようだ。一刻一刻《いっこくいっこく》、海のうなり声はいっそう強く、いっそう恐《おそ》ろしいものとなっていく。

「なんてこった！」だれかが言った。「あの音を聞いたか？　これでまだ、満潮《まんちょう》の四分の三にもなっていないんだぞ」火のまわりでぼやく声があがり、あちこちで男たちが肩越《かたご》しに海のほうを見た。満潮《まんちょう》の脅威《きょうい》という化け物が、暗闇《くらやみ》から現《あらわ》れるのが見えるとでもいうように。だれかが新しい流木を一本、たき火に投げ入れた。炎《ほのお》が勢《いきお》いよく上がって、黄色い光がそこに集まっている男や犬の顔を照らした。新しい灯《あか》りに、グリップという名の犬のぶちの毛皮が浮《う》かびあがり、胸《むね》の白い毛が銀の炎《ほのお》のようにゆれた。ドッグはアザラシ島のあちこちに子どもを残していたが、グリップもその一匹《ぴき》で、船大工のせがれが飼《か》っている。この犬は昼間見ると、それほど父親には似《に》ていないのだが、今、流木の炎《ほのお》で見ると……。鋭《するど》い痛《いた》みがオウェインを襲《おそ》った。オウェインは急いで目をそらし、思いを振《ふ》り払《はら》おうとした。なんでもいい、何か気をまぎらすものはないか。オウェインにすり寄《よ》ってきたドッグの、あのぬくもりを思い出さなくてすむように。オウェインは、火の向こう側にいた竪琴《たてごと》弾《ひ》きの方を見た。

諸国《しょこく》をめぐる吟遊詩人《ぎんゆうしじん》たちはヘーゲル王の大広間まではよくやってくるが、その南のアザラシ島まで足をのばす者はめったにいなかった。彼《かれ》らは歌と、物語と、外の世界の情報《じょうほう》をもってきてくれる。だから今夜は必要な人数よりずっと多くの男たちが、自分の炉辺《ろへん》を離《はな》れて、このたき火のまわりに集まっていた。本当のところを言えば、この竪琴弾《たてごとひ》きはそれほど名手というわけではなかった。でも元気がよくて、骨惜《ほねお》しみをしない。今夜も、村《むら》長《おさ》のガマルの炉辺《ろへん》で女や子どもたちといっしょにいれば、ぬれずに暖《あたた》かくしていられるものを、わざわざ男たちにつきあって、暗い嵐《あらし》の中に出てきたのだ。大事な竪琴《たてごと》だけは、雨にぬれないように家の中に残してきていた。男は嵐《あらし》に負けじと声を張《は》り上げて、ひとつふたつ歌も歌った。特別うまくはないにしても、立派《りっぱ》な声だった。そのうちに大嵐《おおあらし》の重みが、歌声をくじいてしまったらしい。代わりに船小屋のかげに集まった男たちが、どなり声で切れ切れの話をしていた。竪琴弾《たてごとひ》きは醜《みにく》い小男で、よく光る小さな黒い目と長く垂《た》れた鼻を持っていた。鼻は今にもひくひく動きだしそうだ。この鼻ならいかにも風を嗅《か》ぎ分けて、カラスが集まるにおいを嗅《か》ぎつけるだろう、とオウェインは思った。

「境《さかい》を接《せっ》する国々《くにぐに》と言っておったな？」しばらく前の話題にもどって、村長《むらおさ》の老ガマルが聞いた。「境《さかい》を接《せっ》する国々《くにぐに》とは、いったいどこのことか？」

「強大な西《ウエセックス》サクソン王国と境《さかい》を接《せっ》する国々《くにぐに》にまちがいござらん」吟遊詩人《ぎんゆうしじん》が顔を上げたので、その小さなよく光る目にたき火の炎《ほのお》が踊《おど》った。「ツェアウリン王に比《くら》べればわずかな槍《やり》しか持たない小国の王たちは、おのが狩《か》り場を守りたいのが必定《ひつじょう》。強すぎる国がとなりにあるのは、不安なもの。ここ数年、ツェアウリンの西《ウエセックス》サクソン王国は勢《いきお》いがありすぎる。そろそろ小国の王たちが、もし皆《みな》が心を一《いっ》にして槍《やり》を合わせれば、ツェアウリンに数が劣《おと》るものでもないと思い始めても不思議はござらん。ほれ、ちょうど今なら、ツェアウリン王と甥御《おいご》たちとの間が険悪《けんあく》だからの。わしが思うに、だれかこの底企《そこだく》みを、小国の王たちに耳打《みみう》った者がいるようだ。いやいや、今このときも耳打っておるかもしれませぬな」

「そのだれかとは、だれのことかね？」鍛冶職《かじしょく》のブランドがその巨体《きょたい》を火の方へと傾《かし》げて、半分はまじめで半分はひやかすように、ゴロゴロいう低い声で言った。「教えてくれ、吟《ぎん》遊詩人《ゆうしじん》の中で一番賢《かしこ》い者よ。あなたは王たちの秘密《ひみつ》をよく知っているようではないか」

詩人は首を横に振《ふ》ったが、一瞬《いっしゅん》満面の笑《え》みが浮《う》かんだ。「いやいや、わしは一介《いっかい》の竪琴《たてごと》弾《ひ》きにすぎませぬ。ただ目を開き耳をすまして、炉辺《ろへん》から炉辺《ろへん》へとめぐり歩くだけのこと。リンゴの枝《えだ》の落ち方にかくされた意味を読みとる予言者でも、千里眼《せんりがん》を持つ婆《ばば》でもない。わしに言えるのは、小さな国々《くにぐに》の中で何か底企《そこだく》みが編《あ》まれつつあるようだという、ただそれだけのことにすぎませぬな」

突然《とつぜん》オウェインに、ずいぶん前の秋の夕暮《ゆうぐ》れの光景がよみがえってきた。ベオルンステッドの家の正面ポーチのベンチに座《すわ》って、王は乳兄弟《ちきょうだい》にこう語っていた。「それでも甥《おい》たちは、必ずこう言うだろう。『われわれはこの王国のために闘《たたか》った。そして今や、西サクソン《ウェセックス》王国は強大な国となった。それなのになぜわれわれの分け前が、これほど少ないのか?』これがやがて、ツェアウリンの国の内輪もめの種となろう。そうなれば、願ってもないチャンスだ。ツェアウリンをおもしろくないと思っている者——とりわけ、ケント王エゼルベルフトにとってはな」あれはたしか、四、五年前のことだった。そして今、この鼻の利《き》く小男の吟遊詩人《ぎんゆうしじん》は、不吉《ふきつ》なカラスが集まっているのを嗅《か》ぎつけた。ベオルンウルフがケント王の城へと出かけてからというもの、オウェインは何かを待っているような奇妙《きみょう》な感覚を覚えていたが、それが一挙に期待へと高まった。遠くで起こっている事の反響《はんきょう》ではなく、何ものかがゲイル風の翼《つばさ》に乗って、暗い湿原《しつげん》をひたひたと近くへ近くへと迫《せま》ってくる。あまりに強く感じたので、オウェインはその何ものかを迎《むか》え撃《う》とうとするかのように、足を引いて立ちあがりかけた。それから重いマントの下で肩《かた》を震《ふる》わせると、また身を沈《しず》めた。ぶつぶつ言っていた男たちの声が静まり、とどろく嵐《あらし》の音だけが夜に残った。

突然《とつぜん》風が凪《な》いで、次の突風《とっぷう》まで、長く空《うつ》ろな静寂《せいじゃく》が訪《おとず》れた。その静寂《せいじゃく》の中、息もつけないほど長く引っぱった叫《さけ》び声が聞こえた。火のまわりにいた男たちはいっせいに立ち上がると、叫《さけ》び声の方向をにらみ、ゲイル風の轟音《ごうおん》を越《こ》えて次に何が聞こえるかと、耳をそばだてた。オウェインもみんなといっしょに、飛び上がった。サンザシの枝《えだ》の向こうで、黄色い光がちかちかしている。「そういうことか」オウェインは冷静さを取りもどした。「ツェアウリンでも、ケント王でもない。砂利堤《じゃりづつみ》が危《あぶ》ないんだ！」

ランタンの灯《あか》りがぐらぐらとゆれながら、こちらに向かっている。オウェインのすぐ横で村長《むらおさ》のガマルが、嵐《あらし》をつんざく胴間声《どうまごえ》を張《は》りあげた。「どうした？　堤《つつみ》がやられたか？」

荒《あ》れ狂《くる》う暗闇《くらやみ》から、だれかがどなり返した。「ちがう。難破船《なんばせん》だ！」次の瞬間《しゅんかん》、声に続いて男の姿《すがた》が現《あらわ》れた。息をきらし、髪《かみ》が目に入るのを避《さ》けようと、しきりに頭を振《ふ》っている。「アルフが最初に見つけたんだ。なんとか切り抜《ぬ》けられそうだったが、波に叩《たた》きつけられている。港の入口の砂州《さす》の方だ。あのようすだと、アザラシ岩に座礁《ざしょう》するぞ。もう座《ざ》礁《しょう》したかもしれない」

村の男たちはその男のまわりに群がって、興奮《こうふん》した声をあげた。「シメンショアまでもてば、あそこに停泊《ていはく》できるんじゃないのか」だれかが言ったが、ガマルがイライラと首を振《ふ》った。「少し前なら、できたかもしれん。だがもう無理だ。風がうずを巻《ま》いてるからな」ゆれる灯《あか》りの下で、男たちは顔を見合わせた。獰猛《どうもう》な期待が飛びかっている。オウェインもここに六年もいれば、男たちの目がぎらついているわけがわかるようになっていた。嵐《あらし》につかまった船が『風の港』に避難《ひなん》しようとして果たせず、沿岸《えんがん》かまたはアザラシ岩で難破《なんぱ》する。そんな船の最期《さいご》を目にするのは、ベオルンウルフに連れられて南に来てから初めてのことではなかった。それは神々《かみがみ》からの贈《おく》り物のようなもので、冬場は半分期待しているが、夏場にはめったにない。ふだんの暮《く》らしでは充分《じゅうぶん》親切な者たちだが、戦争が戦争であるように、難破船《なんばせん》は難破船《なんばせん》だった……。

「おい、みんな、行くとしようぜ」ブランドが粗布《あらぬの》のマントをぐいっと巻《ま》きつけた。「早く行こう。そうしないと、シメンショアの向こうの漁師《りょうし》どもが、全部かっさらっちまう」

「堤《つつみ》の見張《みは》りをしている者への、ごほうびってことだな」だれかが口をはさむと、どっと笑いがおこった。

「まったくだ。だが漁師《りょうし》どもが先についたら、ほうびはけちくさいものになるぞ」

男たちはもうマントをきっちり巻《ま》きつけており、お目当ての難破船《なんばせん》に向かって、風雨の中に飛び出していった。気がつくと、オウェインもそのひとりだった。男たちの後ろでは竪琴弾《たてごとひ》きが、みんなをあおるようにカッカッと大声で笑っていた。獲物《えもの》に向かって猟犬《りょうけん》をけしかける狩人《かりゅうど》のようだが、あるいは残忍《ざんにん》なあざ笑いだったのかもしれない。

そして行った者と残った者を裂《さ》くように、ゲイル風がうなりをあげて吹《ふ》き抜《ぬ》け、そのあとは静まりかえった。

船小屋という風よけがなくなると、風はまるで生きている物のように、男たちの息の根を止めんばかりに襲《おそ》いかかってきた。オウェインは横向きに身体を傾《かし》げ、首をすくめて突《とっ》風《ぷう》に向かっていった。港の砂州《さす》の向こうの東の彼方《かなた》に、暁《あかつき》の薄明《はくめい》が広がってきている。何隻《せき》もの漁船が船着き場の奥《おく》に引きあげられていたが、それがオウェインには海の怪物《かいぶつ》のように見えた。そうなると、サンザシの防風林《ぼうふうりん》のかげにごちゃごちゃとうずくまっている村の納屋《なや》や牛小屋、そして人家は、陸の怪物《かいぶつ》か。その向こう、垂《た》れ下がった雨のカーテンに半分かくれるように、水びたしの陸地よりも危険《きけん》なほどせり上がった海が、おそろしい白い歯をむいていた。

彼《かれ》らが向かったのはゆるく湾曲《わんきょく》した沿岸《えんがん》で、そこでは砂《すな》や砂利《じゃり》でできた砂州《さす》が陸地へと伸《の》びている。一行は、砂《すな》の小山のあいだに着いた。なるべく陸地側を行くものの、逆巻《さかま》き砕《くだ》ける波の音はすさまじく、男たちの度肝《どぎも》を抜《ぬ》くほどの衝撃《しょうげき》だった。足元では地面が震《ふる》え、そのうねるような振動《しんどう》は、トール神が鉄槌《てっつい》を下ろして大地をうち砕《くだ》こうとしているようだ。ようようのことでアザラシ岩にたどりついたころには、目の前を行く別の人間がぼんやり見えるくらいには明るくなっていて、船が予想した通りの場所で難破《なんぱ》しているのが見てとれた。

船は、激《はげ》しい勢《いきお》いで岩にたたきつけられていた。小さな沿岸貿易船《えんがんぼうえきせん》で、白く泡立《あわだ》つ海のなかで、黒さが目立っている。もうマストもなく、今にもばらばらになりそうだ。船は、乗員が見えるほど近いところにあった。なんと恐《おそ》ろしいことだ、とオウェインは思った。これでは、人が溺死《できし》するところをまざまざと見ることになる。小さい黒い影《かげ》がいくつか必死でしがみついているが、とても生きている人間とは思えない。だが彼《かれ》らは本物の人間で、向こうからだって、こちらが見えるはずだ。岸にいる人間も、暁《あかつき》の猛々《たけだけ》しい光に、ランタンの灯《あか》りが気抜《きぬ》けしたように点《とも》っているのも見えるだろう。あまりにも近い。せいぜい投げ槍《やり》の三、四回分だ。だがたったそれだけだというのに、だれにも、どうすることもできない。

情《なさ》け容赦《ようしゃ》ない大波が、休むことなく難破船《なんばせん》を打ちすえている。船はもう、船の形をとどめていない。海がグワッと牙《きば》をむいて襲《おそ》いかかるたびに、船はまたどこかをもぎとられ、またひとつ、もつれた綱《つな》にしがみついていた人影《ひとかげ》が消える。恐《おそ》ろしくも痛《いた》ましい光景だった。船はもう梁《はり》と柱とそれにからんだ綱《つな》からなる黒いかたまりでしかない。叩《たた》きのめされたあげくに長いこと岩の上でさらされた、海の怪物《かいぶつ》の骸骨《がいこつ》のようだ。だがそれでも、まだ数人がしがみついている。

沿岸《えんがん》の男たちは、行けるところまで海に入って、流れてきた積荷や酒袋《さかぶくろ》、船の破材《はざい》をせっせと拾った。そうしないと、また引き波にさらわれてしまうのだ。まったく突然《とつぜん》に、オウェインはマントを脱《ぬ》ぎ捨《す》てて、海をずんずんと進んでいった。あれは何だったのだろう。わかりもしなければ、問い返すこともなかったが、何か強く呼《よ》ぶものがあったのか。嵐《あらし》のさなかの朝焼けが、目にまぶしかった。猛烈《もうれつ》な引き波に足を引っぱられ、足の下では砂利《じゃり》がうずまき沸《わ》きかえった。一度は飲みこまれそうになったが、そのまま膝《ひざ》から腿《もも》の深さへと進んだ。背後《はいご》で「危《あぶ》ない!」と叫《さけ》ぶ声がしたが、気にも留《と》めなかった。水は腰《こし》の深さとなり、足が半分浮《う》きかかっている。オウェインが緑の海藻《かいそう》でぬるぬるした岩にしがみついた瞬間《しゅんかん》、頭の上で波が砕《くだ》けた。

酒の皮袋《かわぶくろ》が、黒いイルカのようにゆらゆらと流れてきた。やりすごすと、すぐにまた沖へと流されていった。すぐそばの水中を、船乗りの死体が浮《う》いていくのが見えた。一瞬後《いっしゅん》に別の死体を、波頭が運んできた。

嵐《あらし》の光が、金色の髪《かみ》とあごひげ、そして赤銅色《しゃくどういろ》に焼けた肌《はだ》を捕《と》らえた。なんとも奇妙《きみょう》な方法で家に帰ってきたベオルンウルフだった。

第十四章　自由と剣《けん》

流れてきた男を、オウェインはつかまえた。手がすべったが、何とか髪《かみ》の毛をつかみ、次には脇《わき》の下を抱《かか》えた。オウェインは男を抱《かか》えたまま、うち寄《よ》せる波に身をまかせて岸に運んでもらおうかと思ったが、凶暴《きょうぼう》な引き波のことを思い出した。それで意識《いしき》のない男を抱《かか》えたまま、片手《かたて》で岩にしがみついた。押《お》しよせてきた大波をやり過《す》ごし、その後に来る引き波をしのごうと、ずるずる崩《くず》れる砂利《じゃり》の上で踏《ふ》んばった。投げ槍《やり》数本ぶんのところに、何人か男がいたので、そっちに向かって叫《さけ》んだ。「ここだ！　ブランド！　フンフィルス！　ベオルンウルフがいたんだ！　主人を助けてくれ！」

一回目は、だれの耳にも届《とど》かなかった。オウェインはもう一度、狂《くる》ったような大声を出して叫《さけ》んだ。「こっちだ！　こっちにきてくれ！　ベオルンウルフだ！　助けてくれー！　酒袋《さかぶくろ》どころじゃないんだ！」

今度はだれかの耳に届《とど》いた。だれかが応《こた》えて、手を上げたのが見えた。波と波の間に一瞬《いっしゅん》息がつけたので、オウェインは頭を振《ふ》って、目にかかったびしょぬれの髪《かみ》を払《はら》った。すると波しぶきの間から、男たちが人間の鎖《くさり》となって、海の中をオウェインの方へとやってくるのが見えた。見知らぬ海の男なら溺《おぼ》れるにまかせることもあるだろう。だが、ベオルンウルフはアザラシ島の人間だ。村を出た人間ではあるが、親せき筋《すじ》の者も大勢《おおぜい》いる。鎖《くさり》の先頭は鍛冶職《かじしょく》のブランドで、もうそばまで来ている。だがオウェインの力が、尽《つ》きかかっていた。弱い波でもあと一度でも引きずられたら、沖へと流されてしまうだろう。そしてもう背後《はいご》に、次の大波がうなりをあげて迫《せま》っている。その大波が岩の後ろで砕《くだ》けて、沸《わ》きたつ泡《あわ》がザーッと岸へ寄《よ》せていく。オウェインは岩から手を離《はな》すと、その波に飛びこんで、死にものぐるいで岸をめざした。

渦巻《うずま》く水に飲みこまれて、水中に引きずりこまれた。肩《かた》に激痛《げきつう》が走ったが、無我夢中《むがむちゅう》のまま、なんとかまだ気絶《きぜつ》した男の身体を抱《かか》えている。そのときばらばらと、オウェインに向かって手が伸《の》びてきた。つかまえようとしては滑《すべ》り、またつかまえる。怒鳴《どな》り声が聞こえて、だれかがベオルンウルフをいっしょに抱《かか》えてくれていることがわかった。恐怖《きょうふ》の引き波がゴーッと砂利《じゃり》を崩《くず》していき、オウェインもさらわれかかった。オウェインの体はゲイル風に吹《ふ》かれた古マントのようになびいたが、人間の鎖《くさり》がしっかりとつなぎとめてくれた。恐怖《きょうふ》の引き波が過《す》ぎると、海底に足をつき、それから倒《たお》れるように膝《ひざ》をついた。助かった、歩ける。オウェインはゆるやかな浜辺《はまべ》の傾斜《けいしゃ》をよろよろと上っていった。後ろで次の波が砕《くだ》け、白い泡《あわ》が黒い岩を洗《あら》っていた。

砂山《すなやま》のふもとの、波のとどかないところで、オウェインはよろよろと膝《ひざ》をつき、かついでいた重荷をすべり落としてうずくまった。眼中《がんちゅう》に赤い闇《やみ》が広がり、耳がワンワン鳴っている。耳鳴りは、絶叫《ぜっきょう》する嵐《あらし》さえ越《こ》えて響《ひび》いた。オウェインはさながら大レースの後の、消耗《しょうもう》しきった走者のようだった。それでも視力《しりょく》と聴力《ちょうりょく》がもどってくると、まわりの男たちが見え、ベオルンウルフが水しぶきでぬれた砂《すな》のくぼみに、自分がおろしたとおりに横たわっているのが見えた。

ベオルンウルフはぴくりとも動かず、こめかみには大きな傷《きず》があった。だが死んではおらず、見たところただ気絶《きぜつ》しているようだ。手をあててみると、意識《いしき》不明の体の中で、生きようと戦っている生命が感じられて、オウェインはほっと息をついた。うつぶせにすると、口から海水を吐《は》き出したが、それほど大量ではない。波に乗って岸近くまで運ばれたため、大量の水は飲んでいないようだ。まだ残っているかもしれないので、再《ふたた》び水を吐《は》かせようと、背中《せなか》を押《お》した。すると手の下で、ベオルンウルフがゴボゴボッと息を吹《ふ》き返したのがわかった。

オウェインはまわりの男たちを見上げて、ゲイル風に負けない声を張《は》りあげた。「家に連れて帰らなくてはなりません。何か、乗せて運べるものを下さい。どうやら肋骨《ろっこつ》が折れているようだ」

しばらくするとふたりの男が、羊を囲《かこ》うための編《あ》み垣《がき》を持ってきた。編《あ》み垣《がき》が飛ばされないよう、男たちがその上に立っているあいだに、ベオルンウルフを乗せた。オウェインとブランドと、もうふたりの村の男とで四隅《よすみ》を持って、家へと運んでいった。

もう船はあとかたもなくなって、折れた黒い残骸《ざんがい》が浮《う》いているだけだった。浅瀬《あさせ》に残った男たちは、積荷や材木や酒袋《さかぶくろ》が流れてくるたびに大声で呼《よ》びあっていた。四人が二マイル離《はな》れた農場へと出発したときには、風は南へと向きを変えていた。風が吹《ふ》き止《や》む前兆だった。

農場の人々《ひとびと》はもう起きて、働いていた。奴隷《どれい》たちは首をすくめ背《せ》を丸めて風を避《さ》けながらも、すでに早朝の仕事にとりかかっている。犬の吠《ほ》える声を聞いて、女主人のアテリスが母屋《おもや》の戸口に出てきた。リラとヘルガ、それに女奴隷《どれい》もついて来た。編《あ》み垣《がき》の上の人の姿《すがた》を見て、女たちは悲鳴をあげた。だがアテリスは黙《だま》ったまま背後《はいご》の柱をまさぐると、夫を見下ろして聞いた。「死んだの？」一瞬《いっしゅん》アテリスの細くとがった顔が老けこんで、老婆《ろうば》のように見えた。

オウェインは首を横に振《ふ》った。いくぶん弱まったとはいえ強風の中を、重い荷を急いで運んできたのだ。オウェインは息が上がっていて、話すのが難《むずか》しかった。「いいえ」それでも何とか、言葉が出た。「気絶《きぜつ》しているだけです」

アテリスは柱から手を放すと、夫を中に運んでもらおうと、脇《わき》にどいた。「火のそばに寝《ね》かせてください」アテリスが口にしたのは、それだけだった。

男たちは言われたとおりにしてから、まだ息を荒《あら》げたまま外に出た。三人の村の男たちは、たがいに顔を見合わせた。隣人《りんじん》として出来るだけのことはやったし、この先は女たちの仕事だ。それにまだ予期せぬ海の恵《めぐ》みが残っているかもしれない。三人はたがいに目をかわすと、ひとりずつそっとその場をたち去った。

農場の奴隷《どれい》たちが押《お》し合うように入ってきた。ブリニも羊の群れをおいて、飛んできた。ブリニは蒼白《そうはく》で無言のまま、恐《おそ》れおののいたように、父の顔をひたと見つめている。人だかりの足の間からは、犬までが鼻先をつっこんでいた。

アテリスがみんなの方を向いて、張《は》りつめた高い声をあげた。「どきなさい！　さあ、みんな、さっさとどいて！　グンヒルダ、子どもたちも、メソメソするのはよしてちょうだい！　ギルス、カエドマン、牛みたいにつっ立って見てるんじゃないの！　溺《おぼ》れかかった者がめずらしいとでも言うのかい？　ブリニ、羊をほったらかしにして、キャベツ畑が荒《あ》らされたらどうするの。お父さんが元気になったら、きっとお仕置きしてもらうからね」

クモの子を散らすように、人がいなくなった。犬も人の後について、こそこそ出ていった。みんながいなくなるとアテリスは、まだそばに立っていたオウェインの方を向いた。「さあ、手伝っておくれ。裸《はだか》にして毛布《もうふ》でくるまないと、本当に死んでしまう」

静けさの中で、もう衰《おとろ》えたゲイル風がワラぶきの屋根を叩《たた》く音だけが聞こえる。ふたりは、ベオルンウルフの体にまだ少しへばりついていたびしょぬれの布《ぬの》をとり去り、体をよくふいて乾《かわ》かした。それから持ちあげて、大きな箱寝台《はこしんだい》に寝《ね》かせた。「難破船《なんぱせん》があったのね？　それで主人は、それに乗っていたのね？」やっとアテリスが口を開いた。「いったいどうしたのかしら。暴風《ぼうふう》になっても、わたしはなんの虫の知らせも覚えなかったわ」

「こんなに早いお帰りとは、思いもよりませんでした。それに海からもどっておいでとは、だれも知りませんでしたから」オウェインが言った。

「わたしも知らなかった。でも考えてみれば、海からのほうが早いんだわ。溺《おぼ》れたりしなければね。岸には大勢《おおぜい》上がったの？」

「生きている人は、いなかったと思います」片《かた》っぽうだけの、びしょびしょの靴《くつ》の残骸《ざんがい》を、オウェインは部屋の隅《すみ》に投げた。「ご主人様は波に浮《う》かんで、おれの方へ流されてきました。沖へと流される前に、何とかつかまえることができたんです」

アテリスは目を上げて、初めて見るもののようにオウェインを見つめた。夫の髪《かみ》から水をしぼったので、炉火《ろか》の熱で、うっすら湯気が上がった。「そうだったの。おまえも主人と同じように、溺《おぼ》れて死にかかったように見えるわ。それに、肩《かた》をけがしている」

オウェインはさぐるように、自分の体を見てみた。特に意識《いしき》してはいなかったが、わかっていた。右腕《みぎうで》がこわばっていて、痛《いた》い。動かすのが、ひどくつらくなってきている。身にまとったチュニカはぼろきれのようになっており、痛《いた》い側の布《ぬの》が無惨《むざん》にひき裂《さ》かれていた。肩《かた》には一面にひどい打撲《だぼく》の跡《あと》があって、醜《みにく》くはれあがっていた。「波に飲まれて、岩に叩《たた》きつけられたんです」

「そうだったの」アテリスがまた同じことを言った。「人ひとりの命を救《すく》った苦労は、流れてきた酒袋《さかぶくろ》を拾うのとは、比《くら》べものにならなかったことでしょう」

箱寝台《はこしんだい》の柔《やわ》らかな皮の掛《か》け物でくるんだとたんに、ベオルンウルフは目を開けてゲーゲーとひどく吐《は》いた。吐《は》いたものをふたりが片《かた》づけている間、ベオルンウルフはぽっかりと目を開けて、頭上のベッドの覆《おお》いを見ていた。目は無表情《むひょうじょう》で、まるで初めて目を開けた子犬のようにポカンとしている。その無表情《むひょうじょう》な目に、ゆっくりと驚《おどろ》きの色が生まれた。金色の太い眉《まゆ》をぐっと寄《よ》せたかと思うと、うめき声を上げて、片手《かたて》でこめかみの裂傷《れっしょう》のあたりを探《さぐ》りはじめた。

アテリスが気づいて、その手を押《お》しもどした。「だめ、さわらないで。傷《きず》が悪くなるから」

「頭が痛《いた》いんだ」ベオルンウルフはうめいた。それからガサガサいうワラの枕《まくら》の上で、用心深く少しだけ頭をまわしてあたりを見わたした。「船はどこだ?」

「アザラシ岩に激突《げきとつ》して、ばらばらになりました」オウェインが言った。

青い目が丸くなった。眉《まゆ》は寄《よ》せたままだったが少し緊張《きんちょう》をとくと、オウェインに視線《しせん》を止めた。「そうだった。今、思い出した。えーい、トール神の鉄槌《てっつい》を喰《く》らえ! こんなふうにして帰ってくるとはな……おまえもそこにいたのか?」

「難破船《なんぱせん》でしたから、村の人間の半分がいました」オウェインがさりげなく言った。

アテリスが夫の頭を冷やそうと、ぬらした布《ぬの》を持ってきて言った。「オウェインが命を助けてくれたのよ、あなた。あなたを助けるために、この子は自分の命を危険《きけん》にさらしたんだわ」

「そうだったのか！」ベオルンウルフは少しだけ起きあがった。触《さわ》られると痛《いた》かったので、布《ぬの》をよけた。「では、オウェインに感謝《かんしゃ》しなくてはな。ひどい頭痛《ずつう》がして、頭がふたつに割《わ》れそうだが、それでも感謝《かんしゃ》しよう。それからわが家の炉辺《ろへん》のぬくもりと、日の光にも」

そう言うと、ぶるっと震《ふる》えた。「頭が割《わ》れそうでも、それでも生きていたほうがいい。溺《おぼ》れて、黒いアザラシ岩のまわりをプカプカ浮《う》いているよりはな」

ベオルンウルフはおとなしく、アテリスに頭を枕《まくら》にもどされ、傷《きず》の手当てを受けた。だがそのあいだも、ひたいにかぶされた布《ぬの》の下から、ずっとオウェインを見つめていた。オウェインはびしょぬれの服のまま、主人のそばに立っていたが、炉《ろ》の火のせいで、服が乾《かわ》きはじめていた。「おまえを買ったあの時、わたしは思ったんだ。金貨一枚《まい》とは、いい買い物だと……。だが思った以上に、もっといい買い物だったようだ」ベオルンウルフの声がだんだん眠気《ねむけ》を帯びてきた。しばらくして、アテリスが一口ずつミルクを口に入れていたとちゅうで、ベオルンウルフは眠《ねむ》りに落ちてしまった。

難破船《なんぱせん》の生存者《せいぞんしゃ》は、三名だった。他の二名は村で手当てを受け、その後送り出された。ベオルンウルフはほとんど一昼夜眠《ねむ》りつづけ、次の朝目を覚ました。すっかり回復《かいふく》してお り、猛烈《もうれつ》に腹《はら》をすかせていた。何か心に思うところがあるらしかったが、すごい量の食べ物をたいらげた。大麦パン、羊乳《ようにゅう》のチーズ、アヒルの固ゆで卵《たまご》、サバの燻製《くんせい》……。それから愛馬のゴールデンアイを呼《よ》ぶと、ヘーゲル王の城をめざして、古い街道《かいどう》を走っていった。

ベオルンウルフは夕暮《ゆうぐ》れどきにもどってきた。門の方から馬のひづめの音がすると、犬が出迎《でむか》えて吠《ほ》えた。オウェインも、ゴールデンアイを受け取ろうと、ランタンを手に外に出た。ベオルンウルフは何か考えこんでいるようすで、一言もいわずに馬をゆだねた。オウェインは疲《つか》れた馬を小屋までカポカポと引いていき、いつもの輪につないだ。ランタンを梁《はり》につるし、くつわをはずすと、ひと抱《かか》えほどの干《ほ》し草と豆をやった。馬が食べているあいだに、鞍《くら》をはずして、よくこすってやった。水を飲ませるのは、馬の汗《あせ》がもう少し引いてからのほうがよさそうだ。

馬の腹帯《はらおび》をはずし、よく使いこんだ鞍《くら》をかかえてふり向くと、低い入口にベオルンウルフが立っていた。その後ろの夕空が、深い青に変わっている。

「わが乳兄弟《ちきょうだい》である王と、会ってきた」ベオルンウルフが口を開いた。「王に会って、わたしの仕事は終わった。だから今は自分自身のことや、それからおまえのことを考えるときだ」言いたい言葉がなかなか出てこない性質《たち》なので、ベオルンウルフは口ごもった。オウェインは鞍《くら》を抱《かか》えたまま、次に何が続くのかと待っていた。「わたしはおまえに借りがある」

「借りですって？」

「いや、借りではないな。だれかに命がけで命を救《すく》ってもらったとき、人はそれを借りとは言わない。耕作《こうさく》用の雄牛《おうし》や一日の脱穀《だっこく》作業を借りたときのように、簡単《かんたん》に返せるものではないからな。受けた恩《おん》は、値《ね》がつけられぬものだ。だがもしかしたら、同じように値《ね》がつけられないものなら、お返しとして贈《おく》ることができるかもしれない……命の代わりは、命。お前にとって自由は、命と同じくらい価値《かち》のあるものだろうか？」

オウェインは息がつまり、心臓《しんぞう》が肋骨《ろっこつ》の下で激《はげ》しく打つのを感じた。「はい」オウェインは答えた。

「それなら明日、鍛冶職《かじしょく》のブランドのところに行って、奴隷《どれい》の首輪をはずしてもらうがいい。やつには事情《じじょう》を話してある」

長い、長い沈黙《ちんもく》があった。それからオウェインが慎重《しんちょう》に言った。「ブランドのところへは、ヘーゲル王の召集《しょうしゅう》がかかったときに行ってもいいでしょうか。そのとき、自由にしてもらいます。そしてこの冬中、奴隷《どれい》の首輪をつけたまま働くぶんとして、その同じ日に、剣《けん》をくださいませんか」

ランタンの灯《あか》りの下で、ふたりの目が合った。強い輝《かがや》きを放つ、静かな目だった。「何か話を聞いているのか？」ついにベオルンウルフがたずねた。

「二晩《ばん》前に村に来た、竪琴弾《たてごとひ》きが話していました」

「竪琴弾《たてごとひ》きは何と言ったのだ？」

「西サクソン《ウェセックス》王国と境《さかい》を接《せっ》した国々《くにぐに》に、不穏《ふおん》な動きがあると。竪琴弾《たてごとひ》きはウィベンドーンの戦いの前に不吉《ふきつ》なカラスたちが集まるにおいを嗅《か》ぎつけたそうで、また同じにおいがすると言っていました。ツェアウリンが勢力《せいりょく》を持ちすぎて、他の小国の王たちの安全をおびやかしている。ケント王エゼルベルフトも力のある王であり、ツェアウリンをきらっている。小さな国々《くにぐに》が共に立ちあがれば、強国ひとつよりも多くの槍《やり》を集めるかもしれない。竪琴弾《たてごとひ》きが言ったのはそれだけです」

「それらを考えあわせて、おまえは、春に挙兵すると思ったのか？」

「それだけの挙兵をするには、今年はもう無理でしょう。今は秋ですから」

ベオルンウルフは金色の太い眉《まゆ》をひそめて、まだよくわからないといったふうに、オウェインを見ていた。「おまえはサクソン人ではない。それでもサクソンの王のために槍《やり》を持つと言うのか？」

「サクソン人ではありませんが、ある王に敵対《てきたい》しています。おれはブリトン人で、父と兄はアクエ・スリスの戦いで戦死しました。西サクソン《ウェセックス》のツェアウリンを嫌《きら》うことにかけては、ケント王エゼルベルフトにも負けません」

戸口に立ったベオルンウルフはほんの一瞬《いっしゅん》だけよけいに、オウェインを見ていた。それからうなずくと、手を上げて、かたわらの柱をてのひらでパシッと叩《たた》いた。「いいだろう。人にはよくわからぬ理由で戦う男たちは大勢《おおぜい》いる。そういうことなら、来年その日がきたときに、おまえは自由と剣《けん》とを手にするといい。父の使っていた、いい剣《けん》をおまえにやろう。さあ、馬の世話を終わらせてこい」

こう言うと向きを変えて、薄闇《うすやみ》の農場の庭を、大股《おおまた》で歩いていった。

オウェインは細心の注意をこめて、鞍《くら》をかけた。それから馬をこするためのわら束を取ると、ゴールデンアイをこすりはじめた。

戦《いくさ》の召集《しょうしゅう》がかかったのは、春だった。風の強い晴れた日だったが、ときおり雨が光り、雲の影《かげ》が湿原《しつげん》を流れていた。王の城からの使者は馬から下りることなく、農場の門のところで叫《さけ》ぶと、また村の方へ駆《か》け去った。

オウェインは馬のひづめが遠ざかるのを聞いて、キンダイラン王の召集《しょうしゅう》がかかったのもちょうどこんな日だったと思い出した。それからやりかけの仕事を片《かた》づけると、鍛冶職《かじしょく》のブランドのもとへと、十フィート幅《はば》の水路を横切ってひとり村に向かった。

オウェインが着いたときには、すでに使者が村を回っており、村じゅうが蜂《はち》の巣をつついたように沸《わ》きかえっていた。船着き場の上にある鍛冶場《かじば》の入り口の薄暗《うすくら》がりには、もう何人もの男たちが群がっていた。中からは鉄床《かなとこ》を叩《たた》くハンマーの音が、しきりに聞こえている。出陣《しゅつじん》する男たちの多くは、この冬の間に武器《ぶき》を準備《じゅんび》していた。だがどうしても、直前にやらなければならないことはあるものだ——鋲《びょう》をしめ直したり、盾《たて》の縁《ふち》のへこみを打ち出したり。そのうえ、ついにそのときが来た今、鍛冶場《かじば》は男たちが集まって手短かに情《じょう》報《ほう》をかわすのに、うってつけの場所だった。オウェインも他の者たちに混《ま》じって順番を待っていたが、やっと自分の番がきて、火の粉《こ》が舞《ま》いあがる薄暗《うすぐら》い鍛冶場《かじば》の中に入った。

「ついに来ました」オウェインが、褐色《かっしょく》の肌《はだ》をした大男の鍛冶職人《かじしょくにん》に向かって言った。

ブランドが立ち上がり、両手を尻《しり》にあてて、オウェインをながめた。もじゃもじゃの胸《むな》毛《げ》が炉《ろ》の炎《ほのお》に照らされて、赤い毛糸のように見えた。「この冬中、おまえはいつだって来ることができたのに」ブランドは太い声で、おだやかに文句《もんく》をつけた。「だが、来なかった。おまえときたら待ちに待ったあげく、よりによってこんな日に来やがったな。鍛冶《かじ》の神様ヴェーランドだって一週間ぶっとおしで働かなくちゃいけないほど仕事がたまっているこんなときに限《かぎ》って」

「剣《けん》を稼《かせ》ぐまで、待たなくてはならなかったんです」オウェインが言った。

「ああ、その話も聞いたぞ。それじゃあ、来い。鉄床《かなとこ》のわきに膝《ひざ》をつくんだ」鍛冶職《かじしょく》のブランドはしゃべりながら横を向いて、ノミの中から目当ての一本を取りだした。ブランドの息子《むすこ》のホーンは大きな羊の革《かわ》のふいごでせっせと風を送って、火の勢《いきお》いを強めていたが、顔を上げるとにっこりした。

オウェインは膝《ひざ》をついて、首を鉄床《かなとこ》のわきに押《お》しつけた。こうやって奴隷《どれい》の鉄輪の一部を、鉄床《かなとこ》に乗せた。鉄床《かなとこ》に首が触《ふ》れると、焦《こ》げるような気がした。そのうえ温まった金属《きんぞく》の刺激臭《しげきしゅう》で、くしゃみが出そうだった。「じっとしてろよ。さもないと、片耳《かたみみ》がちょんぎれちまうぞ」鍛冶職《かじしょく》のブランドは、片手《かたて》にノミを、片手《かたて》にハンマーを持って、オウェインの上におおいかぶさった。

仕事はあっという間に終わった。とはいえ頭はグラグラするし、右耳は羊毛でもつめたようで何も聞こえない。あまりにもあっけなく終わったので、足かけ八年の後に、再《ふたた》び自由になったという気がしなかった。頭ではわかっても、実感がわかない。感じられるのはただ静けさのようなもの、それだけだった。入り口の人だかりのすきまから、漁船がぬれた砂《すな》に引き上げられたのが見えた。湿原《しつげん》の上の雲が飛びすさり、カモメが旋回《せんかい》している。聞こえない耳に向かってブランドが「そこに一日中ひざまずいていたいのか」と叫《さけ》んでいるのに気がついた。オウェインは、頭が落っこちないかと心配でもしているかのように、慎重《しんちょう》に頭を振《ふ》った。それから立ち上がって、笑いながら首をこすった。戸口にいた男たちが、オウェインを通すために道をあけてくれた。後ろから、声がかかった。ひとり、ふたり、肩《かた》を叩《たた》く者もいた。男たちの声には、親しみが込《こ》められていた。でも何と言われたのか聞きとれなかったので、オウェインはただバカのようにニコニコしていた。

それからベオルンウルフから剣《けん》をもらおうと、農場に帰っていった。

出陣《しゅつじん》を呼《よ》びかける伝令に続いて、夕方にはもっとくわしい知らせが燎原《りょうげん》の火のように村中をかけめぐった。ツェアウリンの甥《おい》たちが反旗をひるがえし、一番年長のシールが自《みずか》ら西《ウ》サ《ェ》ク《セッ》ソ《ク》ン《ス》の国王と宣言《せんげん》したということだった。

その晩遅《ばんおそ》く、パチパチいう火のそばで、オウェインは膝《ひざ》に置いた剣《けん》を大事そうになでていた。

第十五章　槍《やり》の和睦《わぼく》

「戦士《せんし》の父なるウォードン神よ、照覧《しょうらん》あれ。大ガラスの迫《せま》りし今、汝《なな》が息子《むすこ》であるわれら、ここに誓言《せいごん》す。今から先、最後の戦士《せんし》のもどり来るまで、はたまた死者を焼く火に心臓《しん》の血を注ぐまで、愛も恨《うら》みも忘《わす》れ、われら一丸となりて共に戦わん。勝利のときも敗北のときも、われらはひとつ、まことの兄弟《はらから》なり」

ヘーゲル王の声が響《ひび》くと、それに応《こた》える戦士《せんし》たちの声がどよめいた。「神よ、照覧《しょうらん》あれ。勝利のときも敗北のときも、われらはひとつ、まことの兄弟《はらから》なり」

そしてまたヘーゲル王の声が、高らかに響《ひび》きわたった。「盾《たて》の縁《ふち》と剣《けん》の刃《は》にかけて、誓《せい》言《ごん》せよ」

戦士《せんし》たちがいっせいに武器《ぶき》をとったため、金属《きんぞく》がぶつかる音が軍団《ぐんだん》中に響《ひび》いた。そして再《ふたた》び地鳴りのような声が沸《わ》いた。「われら、ここに誓《ちか》う！」

「アエレ王の軍船の竜《りゅう》のへさきにかけて、誓言《せいごん》せよ」

再《ふたた》び、野太い声が応《こた》えた。「われら、ここに誓《ちか》う！」

ここ数日間、南サクソン《サセックス》の隅《すみ》ずみから、ひとりふたりと男たちが馳《は》せ参じてきて、それぞれの族長のもとに集結した。ほぼすべての農場から、父か息子《むすこ》のひとりかが送りだされ、それが今、城の広大な前庭いっぱいに集結している。盾《たて》を担《かつ》ぎ、王の広間の方を向いた軍《ぐん》勢《ぜい》は、二千人にも上ろうか。

神聖《しんせい》な広間では、王の背後《はいご》に祭司たちがひかえていた。その広間の暗い間口から、一陣《いちじん》の細い煙《けむり》が上り、天空へと吸《す》いこまれていく。その無窮《むきゅう》の空では、王の威光《いこう》にふさわしい雄大《ゆうだい》な夕焼けがゆっくりと色を失っていた。同時に戦士《せんし》たちの鼻先を、強烈《きょうれつ》な血のにおいと、馬の毛を焼く悪臭《あくしゅう》がかすめた。オウェインは位の低い若者《わかもの》たちにまじって、ずっと後ろにいたのだが、それでもひどい悪臭《あくしゅう》に、腹《はら》のなかのものを吐《は》きそうになった。つい先ほど、王の御前《ごぜん》のこの神聖《しんせい》なる場所で、戦勝を祈願《きがん》して、神の馬がフレイ神に捧《ささ》げられたのだ。偉大《いだい》な白馬はいけにえであり、同時に、人々《ひとびと》のために死ぬ神でもあった。「神はつねにいけにえを欲《ほっ》する」銀色の子馬が生まれた夜に、バディールが言っていた。そのバディールだが、族長や王族、側近《そっきん》にまじって前方にいるのを、オウェインは見つけた。まわりの男よりも背《せ》が低いが、白いほどの金髪《きんぱつ》と、片方《かたほう》の肩《かた》を少し上げて、いい方の足に重心をかけて立った姿勢《しせい》のせいで、すぐにわかった。オウェインの中に冷たい憎悪《ぞうお》がわき上がり、おかげで吐《は》き気が吹《ふ》き飛んでしまった。馬は事前に薬草を飲まされていたのだと、だれかが教えてくれた。そうしなければ馬をいけにえの場所まで連れてくることは、不可《ふか》能《のう》だったろう。それでも馬はナイフが触《ふ》れると、後ろ足で立ちあがって大きくいななき、縄《なわ》を持っていた男たちを振《ふ》りまわした。その姿《すがた》は、痛《いた》みや恐怖《きょうふ》にかられてというより、戦う馬の雄々《おお》しさにあふれていた。テイトリがケント王のところに連れ去られていて、よかった……オウェインは目をつぶって、だれであれ、聞いてくれそうな神様に感謝《かんしゃ》した。

テイトリにその番が来たとき、少なくともオウェインは知らずにすむ。

「聖《せい》なる馬の白きたてがみにかけて、誓言《せいごん》せよ」

武器《ぶき》で盾《たて》の縁《ふち》を叩《たた》く大音響《だいおんきょう》とともに、最後の誓《ちか》いの声がかみなりのようにとどろき渡《わた》った。「聖《せい》なる馬の白きたてがみにかけて、われら、ここに誓《ちか》う」

オウェインもほかの者といっしょに、まるでサクソンの戦士《せんし》のように誓《ちか》いをたてた。

祭司が、馬の毛で作った長いふさのようなもので、戦士《せんし》の頭上に何かを降《ふ》りまいた。落ちると、点々《てんてん》と赤いしみができる。ほとんどは前方の戦士《せんし》たちにふりかかったが、オウェインの額《ひたい》にも、まるで大粒《おおつぶ》の雨のような滴《しずく》がポトリと落ちた。なまあたたかい滴《しずく》だ。「ついてるな」と、隣《となり》にいた男がオウェインに言った。「神々《かみがみ》のご加護《かご》のしるしだ」オウェインはこんなものをかけられたくはなかったが、わざわざぬぐって自分の正体をさらすようなことはしなかった。

白馬の死骸《しがい》がひきずられていった。もうただの死骸《しがい》にすぎず、あとは犬のえさとなるだけだ。そしてこの古き神の馬が死んだ瞬間《しゅんかん》に、王の厩舎《きゅうしゃ》のどこかで、若《わか》い白馬が神の馬の座《ざ》についたのだ。神聖《しんせい》な庭に落ちた血の上に砂《すな》がまかれて、すべてが終わった。

こうして固く結ばれた戦士《せんし》たちは解散《かいさん》し、三々五々《さんさんごご》、羊や牛が丸焼きにされているたき火のほうへと向かった。

オウェインは焼きたての牛肉を一切れ短剣《たんけん》に突《つ》き刺《さ》すと、男たちの輪から離《はな》れて、子牛を囲《かこ》った柵《さく》にもたれて食べ始めた。

騒々《そうぞう》しい人声にもかかわらず、ヘーゲル王の牛小屋の方から大きな音が聞こえた。雄牛《おうし》が何かに腹《はら》を立てて、暴《あば》れたり吠《ほ》えたりしているのだ。

ゆっくりと天空から光が消えていき、平原を夕闇《ゆうやみ》がおおい始めた。館《やかた》の前庭では、かがり火が明るく燃《も》えている。戦士《せんし》たちや、エール酒のつぼを持って注ぎまわっている女たちが動くたびに、光と影《かげ》が錯綜《さくそう》した。オウェインはこの場から自分だけが外れているような奇妙《きみょう》な気分を味わっていた。自分ひとりだけ、ここに根を持っていない。さっき、ここにいる男たちと戦いの誓《ちか》いを交《か》わしたのだから、オウェインは彼《かれ》らと共にあり、彼《かれ》らもオウェインと共にあるはずだ。それなのに自分だけが切り離《はな》されているように思える。オウェインはブリトン人で、まわりはサクソン人だ。ブリトンとサクソンの間には溝《みぞ》があって、ふたつの世界はへだてられている。だが、それだけではなかった。よくわからないが、彼《かれ》らと自分をへだてるものがもうひとつあるようだ。彼《かれ》らは戦いの目的を持っているが、オウェインにあるのはただ戦いの相手だけだった。それは、妙に孤独な感覚だった。

オウェインからそう遠くない場所に、肩《かた》ほどの高さの粗石《あらいし》の円柱があった。百年も前から使われている武器研《ぶきと》ぎの石であり、古びて、あちこちに傷《きず》がついている。若《わか》い戦士《せんし》たちは、彼《かれ》らにとってはいちばん重大な関心事である食事を終わらせると、この石柱のまわりに集まってきた。オウェインは柵《さく》の下から引きぬいた草で、肉を刺《さ》した短剣《たんけん》をふきながら、男たちを見物していた。深まる夕闇《ゆうやみ》の中で、入れかわり立ちかわり、戦士《せんし》がやってくる。剣《けん》や槍《やり》の刃《は》を研《と》いだ後しばらく留《とど》まって、仲間と笑ったり、自慢話《じまんばなし》をしたり、取っ組み合いのけんかをしたりしていた。それから火のほうへもどって、馬がつながれているのを確《たし》かめたり、小屋の間で女の子を探《さが》したりしていた。やがてオウェインの中で、自分の孤立《こりつ》感《かん》や隔《へだ》たりに対して反発する気持ちが沸《わ》いてきた。オウェインは柵《さく》から離《はな》れると、輪に加わろうと、ぶらぶら歩いていった。

オウェインが肩《かた》で押《お》して中に入ろうとすると、ある者は場所を開けてくれ、ある者は押《お》し返すというふうで、仲間に対するのと変わりはなかった。そのあたりはいちばん近くのかがり火さえ届《とど》かない片隅《かたすみ》だったから、暗い人影《ひとかげ》しか見えなかった。それでもだれかが動くと、短剣《たんけん》の柄《つか》や肩《かた》の留《と》め金、あるいは笑っている男の目に、かすかに光が反射《はんしゃ》する。

「ヘーゲル王の牛が、えらく騒《さわ》いでるじゃないか」ひとりが言った。「世界をひっくり返しそうな勢《いきお》いだぞ」

別の男が言った。「怒《おこ》ってるんだよ。おまえたちだって、自分の息子《むすこ》をごちそうにして、おれたちが宴会《えんかい》をおっぱじめたら、怒《おこ》るだろうが？」

するとまた別の者が腹《はら》を叩《たた》いて、満足そうにゲップをした。「おれはこんなにうまい牛を喰《く》ったことはないぞ」

男たちはどっと笑った。オウェインはとたんに心がほぐれて、いっしょになって笑った。自分の世界と彼《かれ》らの世界が、少し近づいたようだ。自由な男たちにまじって、自由な人間として笑うのは、ずいぶん久《ひさ》しぶりのことだった。

石柱で自分の剣《けん》を研《と》ぐ番になったときに、オウェインは自分の剣《けん》を恥《は》じる必要はなかった。飾《かざ》り気はないが、いかにも使いやすそうな剣《けん》だ。シナノキの柄《つか》は、使いこまれて黒光りしている。バランスもよく、握《にぎ》ると手の中で生きているような気さえする。しかもこれを作った鍛冶職人《かじしょくにん》は、使い勝手だけでなく美しさも忘《わす》れていなかった。刀の形はすっきりと美しく、そのうえ刀背《むね》には、四弁《べん》の小花模様《こばなもよう》が銀で埋《う》めこまれていた。

オウェインはかがみこんで、花崗岩《かこうがん》に食いこむ鉄の感触《かんしょく》を確《たし》かめながら、刃《は》を引いた。刃《は》の両側から、冬の夜の流れ星のような白い火花が飛びちっている。そのうちに、上衣がはだけたらしい。となりにいたずんぐりした若者《わかもの》がすばやく身を乗り出して、オウェインの首の、鎖骨《さこつ》の上あたりを指でつついた。「おまえ……名前は知らないが。こいつはなんだ？」

六年もの間はめていた奴隷《どれい》の首輪のせいで、風にさらされ日焼けした首に白い線が残っているのを、オウェインは自分でも知っていた。オウェインは少し体をこわばらせて、もう一度刃《は》を引いた。見たいというなら、火花を散らして、よく見せてやろう。「何に見える？」

「王のしるしの、金の首飾《くびかざ》りの跡《あと》かもしれんな。でも、どっちかといえば、奴隷《どれい》の首輪の跡《あと》みたいだ」

「奴隷《どれい》の首輪の跡《あと》だ」オウェインは冷静に答えて、そのまま剣《けん》を研《と》ぎつづけた。「七日前までおれは、王の乳兄弟《ちきょうだい》ベオルンウルフの奴隷《どれい》だった」そう言って、王の広間のほうへと顔を向けた。サクソンの若《わか》い戦士《せんし》たちが、オウェインのまわりに寄《よ》ってきた。おもしろいことが始まるならひとつ楽しんでやろうと好奇心《こうきしん》をむきだしにしていたが、敵意《てきい》を向けているわけではなかった。

「つまり、おまえはブリトン人ってことか？　おまえがしゃべるのを聞いて、すぐにそうだろうと思ったんだ」ずんぐりした男が言った。「ヘーゲル王の盾《たて》を掲《かか》げた軍団《ぐんだん》で、一体何をやってるんだ？　おまえ、剣《けん》を使ったことなんてあるのか？」

「訓練は受けたが、実戦では使っていない。アクエ・スリスの戦いでブリトンの王が破《やぶ》れたときには、おれは短刀しか持っていなかった。子どもの分の剣《けん》など、なかったからな」

「あれはすごい戦いだったと、みんなが言っているぞ」大男が笑いながら、親しみをこめてオウェインの肩《かた》に太い腕《うで》をまわした。そしてほかの男たちに紹介《しょうかい》でもするように、オウェインをそちらにふり向けた。「西の山奥《やまおく》から、わざわざエイノン・ヘンに来てもらうまでもなかったな。見ろよ、おまえたち。こうして、もうブリトンの男がわれらの仲間として、ここにいる。戦《いくさ》の庭で育った男だぞ」

不思議なことに、男たちはオウェインの正体を知っても、何の敵愾心《てきがいしん》も持たなかったようだ。さらに不思議なことに、オウェインの方でも、肩《かた》に腕《うで》をまわされても腹《はら》が立たなかった。たぶんサクソンの地にこれほど深く入りこんでしまった今、古い敵意《てきい》は薄《うす》れてしまったのだろう。あるいは大ガラス結集の気配という共通の敵《てき》に向かって、強い結束が生まれていることも関係があるかもしれない。もっともオウェインは大男のことばが理解《りかい》できず、とまどっていた。「なんだかなぞめいていて、おれにはわからないな。エイノン・ヘンとは、だれのことだ？」

「ブリトン族の公使だよ。まさか、おまえ、知らなかったのか？」

オウェインは息をのんだ。それからゆっくりと口を開いた。「知らなかった。おれにはまだ、なんのことかわからない」

何人もの男たちが話の穂《ほ》をつぎながら、口々《くちぐち》に答えた。「キムルのブリトン族がわれわれと協定を結んだんだ。ブリトン軍はツェアウリンと一戦を交える。その代わり、われわれサクソン族は、ブリトン族の住む地域《ちいき》を侵《おか》さない、そういう協定だ。おまえの耳はどこについているんだ？　今夜は軍団《ぐんだん》じゅうが、この話でもちきりだぞ。サブリナ川のむこうでは、ブリトン軍が結集しているらしい。そして兄弟としての理解《りかい》を深めようと、サクソン族のそれぞれの王のもとに、ブリトン人の大物がひとりずつ公使として送りこまれてきたそうだ……」

オウェインは長いこと、黙《だま》ってそこに立っていた。やっと口を開いたときには、あまり慎重《しんちょう》にことばを選んだので、とちゅうで少し息が詰《つ》まった。「話が伝わるとちゅうで、尾《お》ひれがついたんじゃないのか。竪琴弾《たてごとひ》きの冬の夜語りのように」

「おれたちには、話を大げさにする必要など、あるものか」ずんぐりした若者《わかもの》がつっかかってきた。

「わからない。おれはバカに見えるんだろうな」

大男が親しみをこめて、オウェインの肩《かた》をゆすった。「信じられないのなら、自分で見てくるといい。エイノン・ヘンは客人に用意された席にいるはずだ」

オウェインはオオカミの皮でできた鞘《さや》の中に剣《けん》を納《おさ》めると、そちらへ向かった。

大広間の入口の前には男たちが集まって、エール酒を入れた角杯《つのさかずき》を次々《つぎつぎ》にまわしている。

オウェインはその中を分け入って、大広間を見上げられるところまでやってきた。だだっ広い納屋《なや》のような大広間の中は、かがり火や松明《たいまつ》がさかんに燃《も》えており、まるではちみつのようにどろりとくもって見えた。暗い前庭を通ってきたせいで、戸口に立ってみても、最初のうちは炎《ほのお》と煙《けむり》が見えるだけで、あとは見分けがつかなかった。やがて松明《たいまつ》の灯《あか》りに目がなれてくると、細かいところまで見えるようになり、ベンチに大勢《おおぜい》いる男たちの顔もはっきりと区別できるようになった。広間を半分ほど行ったところに、一段《いちだん》高くなった場所があり、その両端《りょうたん》に立派《りっぱ》な椅子《いす》が二脚《きゃく》、炉《ろ》をはさんで向かい合うように置かれている。王座《おうざ》には、蜜酒《みつざけ》の角杯《つのさかずき》を膝《ひざ》にのせたヘーゲル王が座《すわ》っていた。王の足元の段《だん》になったところには、王の息子《むすこ》の、まだ少年のハーフディーンが背筋《せすじ》をピンと伸《の》ばして座《すわ》って、がんばって見張《みは》りをつとめていた。だがオウェインは、向かいの客用にしつらえられた席のほうに目をやった。そこに男が座《すわ》っている。両手で持っているのは見事な蛇《へび》の模様《もよう》で飾《かざ》られた、王家の客用の杯《さかずき》だ。年のいった小柄《こがら》な男で、彫刻《ちょうこく》のほどこされた巨大《きょだい》な椅子《いす》のせいで、よけいに小さく見える。その姿《すがた》は、大鷹《オオタカ》の止まり木に止まってしまった小鷹《コタカ》のようだ。男が広間を見わたそうと頭を動かしたときに、オウェインは、その男が片目《かため》だということがわかった。ひとつだけだが眼光鋭《がんこうするど》い琥珀色《こはくいろ》の目で、そのためにいっそう鷹《タカ》という印象を強めている。鷹《タカ》は射抜《いぬ》くような目をしている上に、人はふつう、鷹《タカ》のひとつの目しか見ないからだ。大広間は暑かったので、男はマントを後ろにはねていた。青と赤の格子柄《こうしがら》のマントで、カワセミの羽を思わせる。男の白髪《しらが》まじりの髪《かみ》は、後ろで細い金色のひもでたばねられていた。ローマ人がやってくる以前の習慣《しゅうかん》で、山間に住むブリトンの貴族《きぞく》たちは、今でもこういう髪型《かみがた》にしている。

やはり、話は本当だったのか。

オウェインは、歌や語りが終わり角杯《つのさかずき》がすっかり飲み干《ほ》されるまで、戸口近くから一歩も動かなかった。しかしその間オウェインが見ていたのは、かがり火に照らされた王の広間ではなく、サブリナ河口《かこう》の向こうに結集したブリトン軍だった。耳に響《ひび》いていたのは、サクソンの吟遊詩人《ぎんゆうしじん》の声ではなく、西の丘陵《きゅうりょう》地帯に再《ふたた》び響《ひび》きわたるブリトン軍の角笛《つのぶえ》の音だった。だがその呼《よ》びかけに、オウェインは応《こた》えることができない……。

ようやく男たちが、腰《こし》を上げた。背伸《せの》びをしたり、犬を横に蹴《け》とばしたりして道をあけると、ぶらぶらと外に出ていった。枕《まくら》や敷物《しきもの》が広げられて寝《ね》る準備《じゅんび》が整うまで、夜の空気を吸《す》って頭をすっきりさせようというのだ。オウェインもそこを離《はな》れ、ベオルンウルフの後を影《かげ》のようについていった。

暗い中で人が動いたため、一瞬《いっしゅん》ベオルンウルフを見失った。また見つかったときには、ベオルンウルフはアザラシ島からやってきた他の男たちといっしょに、たき火のそばに立っていた。オウェインはベオルンウルフとふたりきりで話したいとチャンスをうかがっていたのだが、突然《とつぜん》、もうこらえることができなくなった。そこにはバディールもいたが、それでもずんずんと近寄《ちかよ》っていった。

「ベオルンウルフ……」

まわりの男たちが皆《みな》、ふり向いた。「オウェイン！　ちょうどよかった。おまえを探《さが》すのに、この大軍団中《だいぐんだん》を歩きまわらなければならないかと思っていたところだ……」ベオルンウルフが話しはじめた。

だがオウェインは、少し息をつまらせながら、それをさえぎった。「ベオルンウルフ……知っていたんですか？」

一瞬沈黙《いっしゅんちんもく》があったが、ベオルンウルフが答えた。「おまえの同胞《どうほう》との協定についてか？」

「はい」

「ほんの数時前まで、知らなかった」

ブリトン人とサクソン人とは、消えかかったたき火の灯《あか》りの中、目をそらすことなくピタリと合わせたままでいた。オウェインは、このサクソン人は嘘《うそ》をついていないと悟《さと》った。

ベオルンウルフのせいではない。だが、もう少し早く知ってさえいたなら……。オウェインは肩《かた》を落とした。今となっては、もう取り返しがつかない。このまま流れに身をまかせるしかなかった。「何かご用でしたか、ベオルンウルフ？」

「わたしが用があったのではない。ブリトンの公使のためだ」ベオルンウルフが言った。「お年を召《め》されていることでもあるし、身のまわりの世話をしたり、寝床《ねどこ》の支度《したく》をしてあげられる者が側《そば》にいたほうがいいだろう」

オウェインはぜひそうしたいと激《はげ》しく思ったものの、その気持ちはまるで灯《とも》されたばかりの火のように、すぐに消えてしまった。もちろん自分はブリトン人だ。だがサクソンの武具《ぶぐ》をまとい、サクソンの誓《ちか》いにしばられている。あの鋭《するど》い独眼《どくがん》を持ったブリトンの貴族《きぞく》にどうして顔向けができるだろう。「側仕《そばづか》えの若《わか》い者をお連れではないのですか？ご自身の太刀《たち》持ちは？」

バディールはうっすらと笑いを浮《う》かべながら、冷たい興味《きょうみ》をもってながめていたが、ここで口をはさんだ。「人質《ひとじち》が側近《そっきん》を連れてくるなどとは、聞いたこともないな」

「人質《ひとじち》？」オウェインは息をのんだ。「これは……」言葉がとだえた。「これは、平等な立場で交《か》わされた協定なのでは？」と言いかけたのだ。だが、バディール・セドリクソンの前でそんなことを言うくらいなら、自分の舌《した》をひっこぬいた方がましだった。

ベオルンウルフが、他の者がまた何か言い出さないうちに、大きな声で言った。「エイノン・ヘンは名誉《めいよ》ある公使として、自らの意志《いし》でやってきた。しかも勇敢《ゆうかん》にも、ついこのあいだまで敵《てき》だったわれわれの中に、たったひとりで乗りこんで来たのだ……だから、行って世話をしてさしあげるがいい。おまえも同じブリトン人だから、サクソン軍のなかで、おまえほどふさわしい者はいない」ベオルンウルフはマントの下から片手《かたて》を出して、オウェインのこわばっていた肩《かた》をぐっとつかんだ。「おまえにとっても名誉《めいよ》なことだ」

「なんともはや、すばらしく名誉《めいよ》なことで」バディールが星をながめながら、つぶやいた。

オウェインは両手の拳《こぶし》をブルブルと握《にぎ》りしめたが、バディールの方は見なかった。ただ

「わかりました」と答えた。

しばらく後、暗くなった広間で、オウェインはブリトンの公使の前に膝《ひざ》をついて、公使のやわらかい革靴《かわぐつ》のひもをほどいていた。公使は、壁《かべ》ぎわに割《わ》り当てられた長椅子《ながいす》に座《すわ》っていた。オウェインは敷物《しきもの》を敷《し》き、ワラをつめた枕《まくら》を置くと、老人がチュニカを脱《ぬ》ぐのを手伝った。その夜は蒸《む》し暑かったので、他の者もズボン一枚《まい》にマントをかけただけで眠《ねむ》るだろう。「王の乳兄弟《ちきょうだい》であるベオルンウルフから聞きました。ご自身の太刀《たち》持ちを伴《ともな》わず

に、こちらにお出《い》でになったとか」オウェインは、長いこと使っていなかった母語で話した。

「ああ、ヘーゲル王の若《わか》い戦士《せんし》の中に、ブリトンの者がいるとだれかが言っておったな」エイノン・ヘンはかがみこむと、骨《ほね》ばった指でオウェインの首に触《ふ》れた。武器研《ぶきと》ぎの石の近くにいた男よりも、やさしい手つきだった。「つい最近まで、おまえは奴隷《どれい》の首輪をつけていたとか？　戦《いくさ》のおりに捕《つか》まったか？」

オウェインは首を振《ふ》った。「いいえ、捕《つか》まって無理矢理にではなく、自分から奴隷《どれい》になりました」

「なぜだ？」エイノン・ヘンがたずねた。

「おれたち……その、友だちとおれは……ガリアへ逃《に》げようと思ったのです。でもその友だちが、海岸にたどりつく前に、森で病気になってしまいました。彼女《かのじょ》は年下で、まだ十三歳《さい》くらいでした。温かくして看病《かんびょう》してもらえなければ……たぶん死んでしまったでしょう。ミルクも必要でした」オウェインはしゃがんだまま上体を起こして、深い傷《きず》のある老人の顔を見上げた。「ほかに、どうすることもできませんでした」

オウェインは、この小鷹《コタカ》のように険《けわ》しい表情《ひょうじょう》をした男に向かって、素直《すなお》に思うままを話していた。これほど自然に話ができるのは、ウィドレスおじさんが死んでからは初めてのことだ。壮大《そうだい》な広間には、他に人はおらず、ただふたりだけがいるように思えた。そのときは自然に思えたが、後になって考えてみると不思議だった。

エイノン・ヘンは両手を膝《ひざ》について、いっそう前かがみになると、その独眼《どくがん》で、オウェインをじっと見すえた。ふいに、鋭《するど》い眼光《がんこう》が和《やわ》らいだ。思いがけないほど温かなほほえみに、顔のしわがいっそう深くなった。「そうだな、ほかに、どうしようもなかっただろう」エイノン・ヘンはそう言って、先ほどオウェインの首に触《ふ》れた骨《ほね》ばった長い指で、オウェインの袖《そで》からのぞく白い傷跡《きずあと》に触《ふ》れた。「だが、戦《いくさ》で捕《つか》まったのではなかったにしろ、おまえは戦った経験《けいけん》があるようだ。これは、古い槍傷《やりきず》のように見えるが」

「アクエ・スリスの最後の戦いのとき、戦場におりました。父も兄も、そこで死にました。でもおれは頭を蹴《け》られて、気を失っているあいだに戦いは終わっていました」オウェインはためらうことなく、独眼《どくがん》の老人を見上げた。バディールのあざけりの声を思い出した。

「本当です。逃《に》げたわけではありません」

「そうだ。おまえは逃《に》げてはいないと、わしにはわかる」エイノン・ヘンが言った。

オウェインは老人の足から柔《やわ》らかな革靴《かわぐつ》を脱《ぬ》がせると長椅子《ながいす》の下に入れて立ちあがりか

けた。だがエイノン・ヘンが、引きとめた。「とはいえ今ではおまえは自由の身だ。そしてわが同胞《どうほう》が、サブリナ河口《かこう》の向こうに結集している。同盟軍《どうめいぐん》が合流したなら、おまえは剣《けん》を携《たずさ》えてブリトン軍の一員となるつもりかね？」

　オウェインは一瞬黙《いっしゅんだま》りこんでから、重い口を開いた。「知るのがおそすぎました。おれは、ここにいる者たちと、もう兄弟の誓《ちか》いを交《か》わしてしまった」オウェインはまた黙《だま》りこんだが、しばらくするとつけ加えた。話しながら何かを探《さが》し、何かを見つけようとしているようだった。「でも、それだけの理由ではありません。戦《いくさ》が終わって、もしまだ命があったなら、おれは同胞《どうほう》のもとへ行きます。でも、今はそのときではありません。おれはベオルンウルフから剣《けん》をもらいました。その剣《けん》をついさっき、前庭の武器研《ぶきと》ぎの石柱へと持っていったんです。若《わか》い戦士《せんし》が大勢《おおぜい》いて、おれたちはいっしょになって笑いました……何で笑ったのか、忘《わす》れてしまいましたが。それから戦士《せんし》のひとりが、おれの肩《かた》に腕《うで》をまわしました。おれはその戦士《せんし》を憎《にく》いとは思いませんでした。その男も、おれがブリトン人だと知っても、おれを憎《にく》んだりしませんでした……」オウェインの声はだんだん小さくなり、やがて聞こえなくなった。片膝《かたひざ》を立てたまま、エイノン・ヘンを見上げた。この老人の理《り》解《かい》を求めていたが、何を理解《りかい》してほしいのか、自分でもよくわからなかった。

ブリトンの公使はうなずいた。「なるほど。つまり、和睦《わぼく》するということだな。槍《やり》の和《わ》睦《ぼく》だ。それでうまくいった例があるのを、わしは知っている」

第十六章　ウォーデンスベオルグ

翌朝《よくあさ》、南《サ》サ《セ》ク《ッ》ソ《ク》ン《ス》軍は、城《しろ》を後にした。ヘーゲル王が馬に乗って先頭に立ち、まわりを側近《そっきん》が固めている。馬を持たない位の低い戦士《せんし》は、馬のたてる砂塵《さじん》の中を、強い足だけを頼《たよ》りに行進していった。弓手《きゅうしゅ》や槍兵《そうへい》、そして剣《けん》を持った戦士《せんし》の一団《いちだん》にまじって、荷を運ぶ牛馬や、食糧《しょくりょう》の肉牛も追い立てられていく。もっともサクソン族は騎馬《きば》で戦うことをしないので、馬は移動手段《いどうしゅだん》にすぎなかった。王からオウェインのような末端《まったん》の戦士《せんし》まで、盾《たて》をつらねて戦うときがきたら、徒歩《かち》で戦うのだ。

古いローマ街道《かいどう》を三日行進すると、ベンタ（現《げん》ウィンチェスター）の町の北にある平地に到着《とうちゃく》した。ここで、サクソン連合軍の東からの勢力《せいりょく》と合流した。まずは、ツェアウリン王に反旗を翻《ひるがえ》した甥《おい》たちのなかでいちばん年若《としわか》なクスギルスが率《ひき》いる、チルターンの丘《おか》の軍勢《ぐんぜい》。古《いにしえ》の丘陵《きゅうりょう》の道を彼《かれ》らはイクニールド街道《かいどう》と呼《よ》んでいるが、その道の東側にある小王国からやってきたのだ。それからケントからやってきた二十隊。だがケントの軍旗はどこにも見当たらなかった。

北の白亜《はくあ》の壁《かべ》のふもとに、ローマ軍がやってくるずっと以前からの道があったが、その道をケントの戦士《せんし》がぽつぽつとやって来るのを見て、ヘーゲル王は笑った。野営地《やえいち》のたき火の煙《けむり》にかくれて、そっくりかえって笑っていた。「エゼルベルフト王め。カンティスバーグにひきこもって、何が起こるのか知らぬふりを決めこむつもりだな。けっこう、けっこう。そうすれば国境《くにざかい》の若者《わかもの》たちも監視《かんし》されずに、のびのびと戦えるというものだ！」

ときおり、各地の戦況《せんきょう》が報《ほう》じられた。ツェアウリンは、自国の首都ウィルトンにいた。サリーからアクエ・スリスのはずれまでの国境《こっきょう》を守っていたのは息子《むすこ》たちだが、すでに最初の攻撃《こうげき》が加えられた。シールとシールウルフが、新しく開拓《かいたく》された西の村々《むらむら》の軍勢《ぐんぜい》を率《ひき》いて、冬の飢《う》えたオオカミのように襲《おそ》いかかったのだ。ツェアウリンの息子《むすこ》たちは大きな痛手《いたで》を受け、後退《こうたい》を余儀《よぎ》なくされた。そこでツェアウリンは手勢《てぜい》を集めて、息子《むすこ》たちを支《し》援《えん》するため北へ向かっているところらしい。

また新しい戦況《せんきょう》がもたらされた。ツェアウリンの援軍《えんぐん》は息子《むすこ》たちの軍と合流したが、数では敵《てき》にかなわないと知って退《しりぞ》き、ウォーデンスベオルグにある古《いにしえ》の丘砦《おかとりで》にたてこもったようだ。北ウェセックス一の難攻不落《なんこうふらく》の砦《とりで》で、敵《てき》を迎《むか》え撃《う》とうという作戦だ。

この知らせは、勝利軍を率《ひき》いてきたシールとシールウルフによってもたらされた。彼《かれ》らは勝利をおさめた後、急旋回《きゅうせんかい》して南下し、予定より三十マイルほど手前で、サセックス、ケント、そしてチルターンの丘《おか》の軍勢《ぐんぜい》に合流した。これでブリトン軍をのぞくすべての連合軍が、一堂に会したことになる。その夜、野営地《やえいち》のまん中で、巨大《きょだい》なたき火がたかれた。オウェインは夕食の大麦パンを食べているとちゅうに、あわただしく呼《よ》び出された。ごうごうと燃《も》えるたき火の炎《ほのお》の近くに行くと、そこには十人ほどの男たちが集《つど》っており、まるで品定めでもするようにオウェインをじろじろながめた。そのなかでオウェインが顔を知っているのは、ヘーゲル王とエイノン・ヘンだけで、他は知らない男たちだった。もっともそのうちのふたりは馬で到着《とうちゃく》したのを見たので、見当がついた。肩幅《かたはば》の広い若者《わかもの》で、青い目に強い光があり、尊大《そんだい》な感じのあごひげを生やしている。あのふたりが、シールとシールウルフにちがいない。オウェインはたき火の光で、ふたりをながめ返した。そして何であれ、次に起こることに対して、覚悟《かくご》を決めた。なぜ呼《よ》びだされたのかオウェインには予想もつかなかったが、エイノン・ヘンが説明を始めた。エイノン・ヘンは怪《あや》しまれることのないよう、他の者たちにも理解《りかい》できるサクソンのことばで話した。

「オウェインよ、われらブリトンの民《たみ》に大きな栄誉《えいよ》が舞《ま》いこんだ。あるいは大きな代償《だいしょう》を伴《ともな》うかもしれんが。ツェアウリンとその全軍は、サクソン人が『ウォーデンスベオルグ』と呼《よ》ぶ場所に、背水《はいすい》の陣《じん》を敷《し》いた。追いつめられたイノシシが水際《みずぎわ》でくるりと向きを変えるように、あそこでわれらを迎《むか》え撃《う》つつもりだ。あそこは古《いにしえ》より、われらブリトン人が砦《とりで》としてきた場所。そういう場所の常《つね》として、あの地に至《いた》る道はひとつではない。だが本道は南東にあるから、主力軍は南東から入って、正面から攻撃《こうげき》を仕《し》掛《か》ける。そして猛攻撃《もうこうげき》の最中に、今度は敵《てき》の背後《はいご》をブリトン軍がつくのだ。後門を押《お》しやぶって敵《てき》の本営《ほんえい》になだれこめば、敵《てき》は大混乱《だいこんらん》におちいるだろう。すべて手はずは整った。主力軍はサンザシの森にかくれて進み、ウォーデンスベオルグの敵《てき》を急襲《きゅうしゅう》する。だがこの作戦が成功するには、槍《やり》投《な》げと同じで、完璧《かんぺき》に時を計らなくてはならぬ。二手に分かれた軍勢《ぐんぜい》がピタリと呼吸《こきゅう》を合わせぬ限《かぎ》り、大ガラスどもの息の根を止めることはできぬ。そういうわけで今、ブリトン軍営《ぐんえい》に作戦を伝える必要があるのだ。ブリトン軍は、ウォーデンスベオルグから北西へと二日走ったところに駐留《ちゅうりゅう》しているが、さて、だれを使者にたてればよいものか」

オウェインの耳には、野営地《やえいち》のさまざまな音が聞こえた。たき火を囲《かこ》んだ男たちの低い歌声。杭《くい》につながれた馬のいらだったいななき。「その役目に志願《しがん》しましょうか？　それとも、これは命令ですか？」ようやく、オウェインが口を開いた。

「志願《しがん》するがいい。おまえはブリトン人だ。この巨大《きょだい》な陣営《じんえい》に、わし以外にはブリトン人はおまえしかいない」

老人と若者《わかもの》とは一瞬《いっしゅん》、たがいに激《はげ》しく見つめあった。両者の目は、同じ誇《ほこ》りに輝《かがや》いていた。

すでに自らウェセックス王を名乗っているシールは、夕食の残りを足元の犬に投げてやった。それから、やおらたき火のほうへと身を乗りだして、言った。「土地勘《とちかん》のある者をひとり、おまえにつけてやろう。ふたりでも、三人でもいい。おまえがまちがいなく、ブリトンの陣営《じんえい》にたどりつけるようにな……」

オウェインは突然《とつぜん》、目の中に熱く血がたぎる思いがして、シールをさえぎった。だが、声は落ち着いていた。「見張《みは》りをつけたければ、全軍をつけていただいてもかまいませんが」

「無礼な口をきくな、わかぞう」シールが気色《けしき》ばんだ。

「無礼を働くつもりはありません。でもわたしは忠誠《ちゅうせい》を疑《うたが》われたことは、これまで一度もありません」

シールは険《けわ》しく眉《まゆ》を寄《よ》せたまま、オウェインをにらみつけた。それから、何かをひねりつぶして火の中に投げこむような仕草をした。「何事も、初めてということはあるものだ。だが、こちらにはおまえの忠誠《ちゅうせい》を疑《うたが》うつもりなどない。その点はエイノン・ヘンが保証《ほしょう》しているんでな。いいか、おまえがそうすぐにムキにならなければ、わたしはこう言うつもりだった。おまえがブリトン陣営《じんえい》にまちがいなく着けるように、道案内をひとりつけたほうがいい、その方が安心だとな。それからもうひとつ、伝言を届《とど》けた後、おまえがサクソン陣営《じんえい》にもどってこなければ、われわれは伝言が届《とど》いたかどうか知る手だてがない」オウェインを見ていた目が細くなった。その目がどれほど苛烈《かれつ》か、オウェインはこのとき初めて気がついた。「われわれは信じていいものか？　同胞《どうほう》のところへ帰ったその後で、おまえはわが白馬の軍旗のもとへもどってくるだろうか？」

「必ずもどります」オウェインが言った。そしてブリトンの公使をちらりと見た。「エイノン・ヘンは、わたしがもどってくることをご存《ぞん》じです」

エイノン・ヘンはうなずいた。「わしはブリトンの民《たみ》の使者として、ここに来た。だが一度ならず、自分が人質《ひとじち》と呼《よ》ばれているのを聞いた。サクソンの言葉でな」まわりに緊張《きんちょう》が走ったのを、エイノン・ヘンはぐるりと見渡《みわた》した。その黄色い独眼《どくがん》には、その光景を楽しんでいるような荒々《あらあら》しい光があった。「そうとも。わしは、目はひとつきりだが、耳はよく聞こえるんでな。そういうことなら、どれ、ひとつ同胞《どうほう》のこの若者《わかもの》が帰ってくるまでのあいだ、わしは本当に人質《ひとじち》となろうではないか」

また、沈黙《ちんもく》が訪《おとず》れた。そこへ、南サクソン《サセックス》のヘーゲル王が憤然《ふんぜん》とした大声を放った。

「それには及《およ》ばぬ！」

火のまわりにいた男たちがざわめいた。そしてシールが、その青く鋭《するど》いまなざしをオウェインの顔に注いだまま、口を開いた。「確《たし》かに、それには及《およ》ばない。いいか、おまえはブリトン陣営《じんえい》に着いたら、すぐにポーイス（現《げん》ウェールズ中東部の州）の王ジェロチヌスのところへ行け。そして王に、こう伝えるんだ。今日から数えて四日目、つまりトール神の日である木曜の朝、日の出とともに大ガラスの最期《さいご》がやってくる、と。それだけでよい。そう言えば、すべてわかるはずだ。もしそのときに王が森の縁《ふち》にいれば、角笛の音や戦いの響《ひび》きが耳に入る。いつ攻撃《こうげき》を仕掛《しか》けるべきか、それで判断《はんだん》できるだろう」話しながら、シールは自分の指から指輪を抜《ぬ》きとると、それをオウェインに手渡《てわた》した。金と銀の細い線が絡《から》みあった繊細《せんさい》な指輪は女性《じょせい》のもののようで、男のごつごつとした手には似合《にあ》わないように思えた。もっともオウェインは今までに何度となく、サクソンの金細工師《きんざいくし》の繊細《せんさい》な仕事を目にしてきたのだが。「これが盟約《めいやく》のしるしだ。おまえが西《ウ》サ《エ》ク《セ》ソ《ッ》ン《ク》の《ス》王シールと連合軍よりの真の使者であることの証拠《しょうこ》として、これをジェロチヌスに渡《わた》せ。そして代わりに、ジェロチヌスの盟約《めいやく》のしるしを持ち帰れ」

一時間後にオウェインは、急ぎ旅にふさわしい駿馬《しゅんめ》を借りると、道案内の男と共にサクソン陣営《じんえい》を出発した。今、自分は、なつかしい同胞《どうほう》のもとへと向かっている。だが、サクソンの伝令として出向くのだ。そう思うと複雑《ふくざつ》な気持ちだった。

ふたりは夜を徹《てっ》して馬を駆《か》った。そして日中は、人気のない谷間へ行き、ハリエニシダの茂《しげ》みで眠《ねむ》った。馬はその間に、端綱《はづな》で膝《ひざ》をつながれたまま、草を食《は》んでいた。二晩《ばん》目もまた夜通し馬を進ませた。大部分が開けた丘陵地《きゅうりょうち》で、道案内の男は地理にくわしかった。ふたりは、二度目の夜が明ける前に、無事にブリトン軍の陣地《じんち》へたどりついた。

その少し後のこと、へばった道案内と、もっとへばった馬を残して、オウェインはハシバミの茂《しげ》みのかげで、長身の男と向かいあっていた。こちらの陣営《じんえい》でも火がたかれ、そのまわりで男たちがうごめいている。そこにはローマの顔や、ケルトの顔があった。だがオウェインは疲《つか》れきっていたので、彼《かれ》らの顔も姿《すがた》も、まるで夢《ゆめ》のように思えた。ただひとり、自分が話している長身の男だけが現実味《げんじつみ》を帯びていた。浅黒い顔に、由緒《ゆいしょ》ありげなローマ軍の胸当《むねあ》てをつけ、ブリトン人らしい格子柄《こうしがら》のマントをはおっている。黒い眉《まゆ》の上には、金色の細帯を巻《ま》いていた。オウェインには、ブリトンのことばで話す自分の声がまるで他人のもののように思えた。ずいぶんしわがれた声だ、とうわのそらで思った。

男は少し首を曲げて聞いていたが、伝言を聞き終わると、ただこう聞いた。「おまえが本当に、西《ウエセックス》サクソンのシール王の使いだという証拠《しょうこ》があるか？」

「盟約《めいやく》のしるしです」オウェインはそう言って、自分の手から金銀細工の指輪を抜《ぬ》いた。

ジェロチヌス王は指輪を受けとると、指先ではさんで、燃《も》える火にかざしてじっくりながめた。そのあいだオウェインは王を観察していた。もしもこのキムルの王がグレバムの王やウィロコニウムの王とともに参戦していたなら、あの最後の戦いはあれほど悲惨《ひさん》な結末を迎《むか》えずにすんだのではないか。いや、たとえそうだったとしても、それは流れをほんの少しの間せき止められただけだろう。だれも、流れを変えることはできない。だがこれで――オウェインは盟約《めいやく》のことを思い出した――少なくとも西の丘陵《きゅうりょう》地帯だけは、サクソン族からのがれられる。とはいえオウェインの世界は、アクエ・スリスで亡《ほろ》んでしまった。

そう思うと、やはり苦い思いがこみあげた。

朝の訪《おとず》れとともに、おだやかな風が吹《ふ》いてきた。たき火の灯《あか》りの隅《すみ》の方で、何か風に動くものがあり、オウェインはそちらへと目を向けた。ハシバミの茂《しげ》みの端《はし》の柔《やわ》らかい土の上に、槍《やり》が柄《え》を上にして突《つ》きたてられている。朝の風にそよいでいるのは、そこに掲《かか》げられた荘重《そうちょう》な軍旗だった。緑色の地に、炎《ほのお》のような赤と金色の竜《りゅう》。それは忘《わす》れもしない、ブリトン軍の赤竜旗《せきりゅうき》だった。

オウェインの胸《むね》に、こみあげるものがあった。それは痛《いた》みであり、だが同時に光だった。古《いにしえ》の軍旗が、今、白馬の旗を掲《かか》げたサクソンの大軍団《だいぐんだん》の傘下《さんか》に入って、戦場におもむく。そう思うと苦しかった。しかしもう二度と見ることはあるまいと思ったブリトンの赤竜《せきりゅう》にまみえるのは、うれしくもあった。あのアルトス大王の赤竜旗《せきりゅうき》が、再《ふたた》び戦場にひるがえるのだ。

ふと気がつくと、ジェロチヌス王は指にはさんだ指輪を調べ終わって、オウェインを見ていた。オウェインはあわてて、ポーイスの王と目を合わせた。

「おまえはブリトン人だな。キムルの者ではないようだが？」ポーイスの王が言った。

オウェインが答えた。「ブリトン人であるため、伝言を届《とど》けるよう命じられました」

「おまえを見て、それはすぐに察した。しかしおまえは、われわれが送った白髪頭《しらがあたま》の公使のひとりではない。なぜおまえは、サクソン軍団《ぐんだん》に仕《つか》えているのか？」

「簡単《かんたん》なことです。わたしはサクソン人に仕《つか》える奴隷《どれい》でした。それがこの春、戦《いくさ》の召集《しょうしゅう》がかかったときに、わたしがしたあることに対して、主人から自由と剣《けん》とを贈《おく》られました」

「なるほど。それで今、サクソン軍営《ぐんえい》から預《あず》かってきた伝言を届《とど》けにきたわけか？」

「サクソン軍営《ぐんえい》から預《あず》かってきた伝言を届《とど》けにきましたが、それだけです。わたし自身とそれから道案内の男に、食事をとらせてください。それから数時間、休ませてください。その後で、新しい馬を二頭、貸《か》していただけないでしょうか。乗ってきた馬はもう動けそうにありませんので。昼前にはまた出発しなければなりません」

ジェロチヌスはどこか問いただすような、そしてどこかさげすむような目をしていたが、やがて肩《かた》をすくめた。「奴隷《どれい》の首輪は、よほど深く喰《く》いこんでいると見える。赤竜《せきりゅう》よりも、白馬とともに戦いに臨《のぞ》みたいとはあきれた所存《しょぞん》……」

オウェインは絶望《ぜつぼう》的に言った。「神に誓《ちか》ってもいい。もし戦いに……」ここで言葉が、とぎれた。うわっつらのものとならないように、自分の思いをはっきり探《さぐ》りたかった。オウェインはもう一度、夜明けの風にひるがえる歴戦《れきせん》の軍旗を見つめた。「もしこの戦いに、わがブリトン軍の一員として臨《のぞ》めるのなら、戦《いくさ》の後で、剣《けん》を持つこの手から指を三本切り落とすことも厭《いと》いません。だが今は、もどらなくては。戦いの後で自由となり、まだ命があったなら、そのときは同胞《どうほう》のもとへ帰ってきます。でも今ではありません」

体をふたつに引き裂《さ》かれるような思いで語ったが、ことばはとぎれずに出てきた。そのことばのゆえか、あるいは憔悴《しょうすい》しきった表情《ひょうじょう》のせいか、額《ひたい》に金の細帯を巻《ま》いたこの長身の男に、何か訴《うった》えるものがあったらしい。ジェロチヌス王のまなざしは、さっきより和《やわ》らいでいた。

ポーイスの王は語った。「自由にもいろいろあるものだ。さっきの、奴隷《どれい》の首輪についての発言は、取り消そう。それにサクソン軍営《ぐんえい》のシール王のもとへ、わが盟約《めいやく》のしるしを届《とど》ける者が必要だ」ジェロチヌス王はすばやい動作で、マントの肩《かた》につけていた立派《りっぱ》なブローチをはずすと、オウェインに渡《わた》した。「持っていけ。そして西サクソン《ウェセックス》王にこう伝えるがいい。ジェロチヌス率《ひき》いるキムル軍は、大ガラスが羽を広げる折りには、必ず約束の場所にいるとな。いや待て、まずそれを見るがいい」オウェインが自分の革《かわ》の上衣の胸元《むなもと》に、ブローチをしまおうとしていたのを押《お》しとどめた。

オウェインは言われたとおりに、ブローチを見てみた。手の中に、金と血の赤のほうろうの輝《かがや》きがあり、そこにもう一頭の竜《りゅう》がいた。

「ブリトンの運命は、おまえの手に握《にぎ》られている」ポーイスの王ジェロチヌスが言った。

「さあ、行け。食べ物と新しい馬の用意を、近くの者に言いつけておく。この戦いを生きのびるがいい。おまえがいつかわれわれのもとに帰ってこられるように」


二日後の朝、ウォーデンスベオルグを囲《かこ》む丘《おか》から最初の光がもれだしたころ、ふたつの大軍団《だいぐんだん》はたがいの動きをじっとうかがっていた。ふだんはイバラやシダが茂《しげ》り、チドリの鳴き声が聞こえるだけの場所だ。

ここは戦場にふさわしい、とオウェインは思った。あたりを見渡《みわた》しながら、盾《たて》を握《にぎ》りなおし、剣《けん》がいつでも抜《ぬ》けるようになっていることを確認《かくにん》した。剣《けん》はもう、二十回も調べたのだが。

昨晩《さくばん》、ずいぶん暗くなってから、オウェインと道案内はここにもどってきた。そのときウォーデンスベオルグは、西の空にそびえたつ漆黒《しっこく》の闇《やみ》にしか見えなかった。連合軍本営《ほんえい》のかがり火のそばにいたシール王に、オウェインはジェロチヌス王のことばを伝え、竜《りゅう》のブローチを渡《わた》した。疲《つか》れがひどかったので、そのときのことはあまり覚えていない。しかしエイノン・ヘンがそこにいたということと、鷹《タカ》のように鋭《するど》い顔に浮《う》かんでいた表情《ひょうじょう》は覚えている。そのときは、満足そうな表情《ひょうじょう》だと思った。しかし今思うと、あの顔は、どこか不思議な希望に満ちていたのではなかったか。だが、何に対する？　それはわからなかった。その後、疲《つか》れが波のようにどっと押《お》し寄《よ》せてきて、夜明け前に起こされるまで、ぐっすりと眠《ねむ》りこんでしまったようだ。長い時間ではなかったが、深い眠《ねむ》りだった。何時間も鞍《くら》にまたがっていたおかげでまだ体が痛《いた》かったが、頭も五感のひとつひとつも、まるで冷たい水を浴びた後のように澄《す》みきっていた。おかげで、景色も音もにおいも、さえざえとしている。しずまりかえった大軍団《だいぐんだん》の上で、カラスが一声カーと鳴いた。西の空に低く垂《た》れこめているのは、てっぺんが平らな鉄床雲《かなとこぐも》だ。夕暮《ゆうぐ》れ前に、雷《かみなり》が来そうだった……。

積み重なった雲の波を背《せ》に、三重の土塁《どるい》のあるウォーデンスベオルグがそびえている。土塁《どるい》はそれが囲《かこ》んでいる丘《おか》と同じくらい、古いものだった。もう、塁壁《るいかべ》や入口の防御柵《ぼうぎょさく》に群がっている男たちの影《かげ》が見える。地平線から暁《あかつき》の光が射《さ》してきて、斧《おの》の刃《は》や兜《かぶと》の頭頂《とうちょう》をきらめかせた。しかし丘《おか》の両斜面《りょうしゃめん》に大きく翼《つばさ》を広げるように並《なら》んだ男たちや、連合軍の長く曲がりくねった戦線には、まだ日は当たっていなかった。

戦線を見渡《みわた》してみると、中央にシール王の白馬の軍旗が高々《たかだか》とあがっているのが見える。

両翼《りょうよく》には、傘下《さんか》の王たちのさまざまな軍旗が翼《つばさ》や、かぎ爪《つめ》、あるいはヘビのしっぽのように、かすかな風にはためいている。オウェインの前方に、ヘーゲル王が側近《そっきん》とともに立っていた。オウェインの目に、輝《かがや》くばかりの深紅《しんく》のマントが映《うつ》った。ベオルンウルフのために、アテリスが昨冬織《お》り上げた新しいマントだ。ブリトン軍の赤竜《せきりゅう》と同じ色をしている。その赤竜旗《せきりゅうき》は、今はまだサクソンの軍旗にまじってはいないが、暗い森で、時が来るのを待っている。突然《とつぜん》オウェインは、自分が戦いの目的を持っていることに気づいた。かつては自分には目的はなく、戦う相手がいるだけだと思っていた。だが今、オウェインはウォーデンスベオルグの向こうの森にひそむブリテンの戦士《せんし》らとともに、西の丘陵《きゅうりょう》地帯の自分たちの土地と、そこに住む人々《ひとびと》の自由のために戦おうとしている。そしてブリトンの民《たみ》としての自分に気づいたその瞬間《しゅんかん》に、サクソンの戦士《せんし》と肩《かた》を並《なら》べて戦う一体感をも感じた。「われらはひとつ、まことの兄弟《はらから》……」

しばらく後に、戦士《せんし》らのさし迫《せま》った息づかいや武器《ぶき》のこすれる音など、待機した軍団《ぐんだん》のもらす音をかき消すように、戦いの角笛が低く響《ひび》き渡《わた》った。

長く、血みどろの一日だった。しかし一日が暮《く》れるころには、ツェアウリンはもはや西《ウェセックス》サクソンの王ではなく、ハリエニシダの茂《しげ》みを追われるキツネと成り果てていた。そしてオウェインの前には、まだ、自由への長い道のりが続いていた。

オウェインはそれを知らなかった。高台を流れる小さなせせらぎのそばに膝《ひざ》をついて、右手首に受けた槍傷《やりきず》を洗《あら》いながら、いよいよ自由になるときが来たと考えていた。深い傷《きず》ではなかったが、だいぶ血が流れた。先ほどまで正面の大門のまわりで吠《ほ》えわたり響《ひび》きわたっていた戦闘《せんとう》のことを思い出した。怒濤《どとう》のように押《お》しよせてはまた押《お》し返され、戦いは永遠《えいえん》に続くかと思えた。だが突然《とつぜん》、敵《てき》の背後《はいご》が騒然《そうぜん》となった。オウェインにはすぐわかったが、ブリトン軍の攻撃《こうげき》だった。シール王とヘーゲル王の後ろにいた戦士《せんし》がいっせいに雄《お》叫《たけ》びを上げて前進し、敵《てき》のどまん中を猛襲《もうしゅう》した。そのときオウェインは再《ふた》び、ブリトン軍の旗がひるがえるのを見た。あたかも翼《つばさ》を広げて戦場の空を舞《ま》うような、深紅《しんく》の竜《りゅう》がそこにいた。

ブリトン族は、自らの土地を勝ちとったのだ。もうじき、おそくとも夏の終わりまでには、オウェインは晴れて自由の身となり、同胞《どうほう》のもとへと帰ることができる。レジナをまた探《さが》すことだってできる。冷たい流れに手首をひたして、流れ出る鮮血《せんけつ》が徐々《じょじょ》に引いていくのを見ているうちに、オウェインの頭をふとよぎるものがあった。もしかしたら、あのサンザシの森は、ここからそう遠くないのではないか……。いや、レジナを探《さが》しに行くのは、自由になってから……本物の自由を得《え》てからだ。

背後《はいご》で何かが動く音がしたので、オウェインはあわてて頭を上げた。嵐《あらし》の暗雲がいつのまにか空一杯《いっぱい》に広がっており、せわしない風がまき起こって、シダやイバラの間を吹《ふ》き荒《あ》れている。迫《せま》りくる嵐《あらし》を背景《はいけい》に、土手のてっぺんに浮《う》かび上がったのは、曲がり足のバディールの姿《すがた》だった。杖《つえ》がわりに槍《やり》に寄《よ》りかかって、オウェインを見下ろしていた。今日のバディールの戦いぶりは、まさしく英雄《えいゆう》のそれだった。傷《きず》はどこにも負っていないようだが、疲労困憊《ひろうこんぱい》しているのがわかる。薄闇《うすやみ》に浮《う》かんだ顔は、青白くやつれていた。とはいえ色の薄《うす》い瞳《ひとみ》は、いつにも増《ま》して強い光を発している。この男はいったいいつからここに立って、おれを見下ろしていたのだろう、とオウェインは思った。

「ああ、こんなところにいたのか」バディールが気安い調子で、話しかけてきた。「ベオルンウルフがおまえを呼《よ》んでいる。あいつは砦《とりで》の奥《おく》の、堀《ほり》のそばの空き地に運ばれた。他のけが人といっしょだ」

「では、けがをしたのですか?」オウェインはあわてて立ちあがりかけて、いささかまぬけな質問《しつもん》をした。「ひどいけがでしょうか?」

バディールは少しばかり肩《かた》をすくめた。「傷《きず》自体は、大きくはない。だが考えてみると、驚《おどろ》くべきことだ。人間の皮というのは、ほんの少し傷《きず》がついただけで、命が流れ出てしまうんだ。まるで酒袋《さかぶくろ》に開いた針穴《はりあな》から、中味の酒が流れさってしまうようにな」

ついに、最初の遠雷《えんらい》がゴロゴロと空を震《ふる》わした。バディールはそれ以上何も言わずに向きを変えると、馬をつないである場所へと足をひきずって歩いていった。

それからほんの少し後に、ふたつの土塁《どるい》にはさまれた低い空き地で、オウェインはベオルンウルフのかたわらにしゃがんでいた。白い針《はり》のような雨が降《ふ》りはじめたので、ぬれないようにとけが人を自分のマントでくるんだ。傷口《きずぐち》はすでに調べた。胸骨《きょうこつ》のすぐ下に、丸くどす黒い穴《あな》があいている。バディールが言ったとおり、確《たし》かに小さな傷《きず》だった。刺《さ》さった矢じりをだれかが抜《ぬ》き取ろうとしたらしく、傷《きず》のまわりがぎざぎざになっていた。外から見たかぎりでは、血もそれほど出ていないようだ。それでもオウェインにはわかっていた。出血が体の内部で起こると、もうくいとめる手段《しゅだん》はないのだ。

傷《きず》を受けた本人も、わかっているようだった。

そのほうが呼吸《こきゅう》が楽らしく、ベオルンウルフは土手に寄《よ》りかかっていた。リラやヘルガと同じ青い目をオウェインに向けて、言った。「ずいぶん……時間がかかったな」

「バディールに聞いてすぐに、飛んできました」

「そうだ、バディールだ」その名前は、オウェインを呼《よ》んだことと、何か関係がありそうだった。だがその後しばらく、ベオルンウルフは口を閉《と》ざしたままだった。あたりの喧騒《けんそう》を縫《ぬ》って、さやさやという雨の音が聞こえる。遠くでかすかに、雷《かみなり》が鳴っていた。「暗いな」ベオルンウルフが口を開いた。「おまえの顔が、よく見えない」

「嵐《あらし》がやってきそうです」

「そうか」ベオルンウルフは痛《いた》みのため固く結んでいたくちびるをゆがめて、壮絶《そうぜつ》な笑《え》みを浮《う》かべた。渾身《こんしん》の力で、自分を支《ささ》えているのが見てとれた。再《ふたた》び口をきいたときには、さし迫《せま》った思いのあまり、声がかすれていた。「オウェイン、去年、ケント王の城へと出かけたとき、わたしはベオルンステッドの一切をおまえに託《たく》した。わたしはもう、朝がくる前に、バルハラの神殿《しんでん》へと召《め》されるだろう……もし……もし再《ふたた》びおまえの手に、ベオルンステッドをゆだねることができるなら、心安らかに行ける」

オウェインは黙《だま》っていた。ベオルンウルフが何を言いたいのか、正確《せいかく》にはわからない。だがオウェインがこれまで望んできたことや、せせらぎのそばで考えていたことを脅《おびや》かすものであることだけはわかっていた。

「女が家長では、家はたちゆかないものだ。女と少年、特にうちのブリニの、あの性格《せいかく》では……。あのきかん気と、あの無鉄砲《むてっぽう》では、家長になったとたんに、災難《さいなん》に向かってつっぱしるだろう」ベオルンウルフは必死の思いで体を起こそうとしたが、また倒《たお》れこんだ。そして咳《せ》きこんで、血を吐《は》いた。

「あれと、あれの母親のそばにいてやってくれ。頼《たの》む、ブリニが十五歳《さい》になって成人するまで」再《ふたた》び口をきけるようになったとたんに、ベオルンウルフが言った。

「もし頼《たよ》れる親類がいたなら、おまえにこんなことを頼《たの》んだりはしない。だが、うちがどんなだか……知ってのとおりだ。わたしはひとり息子《むすこ》で、父親もひとり息子《むすこ》だった。そして……わたしの息子《むすこ》もひとりだ」

それでも、オウェインは黙《だま》ったままだった。少し振《ふ》り返って、遠くの暗がりへと目をやった。土塁《どるい》の上に垂《た》れこめていた嵐雲《しけぐも》は、もう空いっぱいに広がっており、雲の下がリンボクの実のような紫《むらさき》に染《そ》まっている。ブリニは今、十一歳《さい》だ。ということは、あと四年。この夏が終わる前に自由になれると思っていたのに、この先四年とは。そんなことを頼《たの》まれる覚えはない。それに、レジナのこともある。でもレジナはもう、オウェインを必要としていないかもしれない。そしてベオルンウルフはまるで病気の犬のように、すがりつく目をしてオウェインを見つめている。オウェインは首が固まってしまったかのように、ゆっくりと向き直って、瀕死《ひんし》のサクソン人を見下ろした。「安らかに旅立ってください、ベオルンウルフ。ブリニが十五歳《さい》になるまで、ついています」

ベオルンウルフは小さなため息をもらした。「そうか。では明日の朝、火葬《かそう》用の薪《まき》が積み上げられるときに、おれの剣《けん》を持っていけ。そして、しかるべき時が来たら、ブリニに渡《わた》してくれ。おれがバルハラへと携《たずさ》えていくべきものだが、あれは立派《りっぱ》な剣《けん》だ。ブリニはやがて剣《けん》が必要になる……。ヘルガはもう結婚《けっこん》が決まっている。リラは、あと二、三回夏が来れば、年ごろになる……鍛冶職《かじしょく》のブランドに、息子《むすこ》のホーンの嫁《よめ》にどうかと言おうと思っていたところだ。母親に、そう伝えてくれ。それからエドマンド・ホワイトファングには、まだ貸《か》しがある。今年のニシン漁のときの、やつの船代だ。だが、肝心《かんじん》なことは……」ここで言葉がとぎれ、また咳《せ》きこんだ。オウェインはさっとかがんで、あごひげについた血をぬぐった。少したつとベオルンウルフは、最後の力をふりしぼって話を続けた。「わかっているだろうが、バディールのすることには、いちいち気をつけろ……理由はない。だが……あいつは信用できない……息子《むすこ》も、あいつを嫌《きら》っている。理由はおまえの知っているとおりだ。バディールとブリニとは、いつか……問題を起こすだろう……後のことは……おまえにまかせる。できるだけのことをしてくれ……ブリニが成人し、自分で何とかできるようになるまで」

「わかりました」オウェインが言った。喉《のど》の奥《おく》が痛《いた》んで、そっけない言い方しかできなかった。「さあ、もう話すのはやめてください。ベオルンステッドも、ベオルンステッドの者たちも問題がないように、わたしが守れる限《かぎ》り守りますから」

「いつも……思っていた。あの金貨一枚《まい》で、いい買い物をしたものだ、とな」ベオルンウルフは最後に冗談《じょうだん》を言おうとして、こう言った後、目を閉《と》じた。

どしゃ降《ぶ》りになっていた。オウェインがかがんで、ベオルンウルフの上のマントを掛《か》け直そうとしたそのとき、ピカッと最初の稲光《いなびかり》が天と地のあいだに炸裂《さくれつ》した。オウェインの目にその白い光がまだ残っているうちに、すさまじい雷鳴《らいめい》がとどろいて、地と天がゆれ動いた。

ベオルンウルフは、もう一度目を開いた。「聞け、あれはトール神の鉄槌《てっつい》が、雲をたたき割《わ》る音だ。まるでわれわれが、ツェアウリンと息子《むすこ》の軍勢《ぐんぜい》をうち砕《くだ》いた音のようだ」ベオルンウルフの声は誇《ほこ》らしげだったが、喉《のど》からゴロゴロと苦しそうな息がもれた。

ベオルンウルフは朝がくる前に死んだ。オウェインは言われたとおりに、剣《けん》を取った。そして死人から盗《ぬす》んだと罪《つみ》を問われたくなかったので、剣《けん》をヘーゲル王のもとへ持っていき、事情《じじょう》を話した。

トネリコの薪《まき》のまん中にサンザシとハリエニシダが積み重ねられ、火葬《かそう》の準備《じゅんび》が整うのを、ヘーゲル王は立って見ていた。乳兄弟《ちきょうだい》の剣《けん》を見ると、ただうなずいて、こう言っただけだった。「ああ、もちろん、息子《むすこ》の手に渡《わた》してやるといい。ベオルンウルフは短剣《たんけん》があれば、この先の旅には事足りるだろう」そう言うと他を向いて、こちら側の薪《まき》はあまり急勾配《きゅうこうばい》にしないようにと指示《しじ》した。

オウェインはその場を去ったが、熱い怒《いか》りがこみあげてきた。しかし後になって、ベオルンウルフが他の戦死者といっしょにいよいよ焼かれるというときに、その足元に剣《けん》が置かれているのを見つけた。火葬《かそう》の後、灰《はい》と共に埋《う》める剣《けん》だが、見事なひと振《ふ》りだった。柄《つか》には二匹《ひき》の蛇《へび》がからみあっていて、オウェインには、どこかで見た記憶《きおく》があった。近寄《ちかよ》ってよく見ると、それは、王の剣《けん》だった。

オウェインが次に南サクソン《サセックス》のヘーゲル王の姿《すがた》を見かけたときには、王は共用の武器箱《ぶきばこ》から取り出した剣《けん》をつけていた。オウェインの剣《けん》よりもさらに質素《しっそ》なもので、刀肩《むね》に銀の小花さえなかった。

第十七章　花嫁《はなよめ》競争

ツェアウリンと息子《むすこ》たちは逃《に》げだした。落ちのびていった先々《さきざき》で小ぜり合いがくり返されたが、それも夏が過《す》ぎると終わった。戦列を引き、家にもどって収穫《しゅうかく》にそなえる季節となった。ツェアウリンはあと何回かの夏を生きのびるかもしれないが、もうけりはついていた。ツェアウリンに代わって、シールが西《ウ》サ《ェ》ク《セ》ソ《ッ》ン《ク》ス《ス》の王冠《おうかん》を戴《いただ》き、ケント王エゼルベルフトは復讐《ふくしゅう》をとげた。

たわわに実った麦畑が熱気のもやにゆれるほど暑い日に、ヘーゲル王の一行は、チーザス・キスターの王領《おうりょう》へと帰ってきた。南《サ》サ《セ》ク《ッ》ソ《ク》ン《ス》に入ってからは、村に着くたびに、また古い街道《かいどう》から枝分《えだわ》かれした道があるたびに、戦士《せんし》が帰っていった。そのため王の館《やかた》の広い前庭にたどり着いたのは、王の側近《そっきん》のほかには、マインの森とアザラシ島の男たちだけだった。

女や犬が出迎《でむか》え、その夜は、ヘーゲル王の大広間で祝宴《しゅくえん》が開かれた。晴れやかな竪琴《たてごと》の音にあわせて、勝利の歌が歌われたが、泣きくずれる女がおり、帰らぬ主人を探《さが》して戦士《せんし》のあいだをうろつく犬がいた。オウェインは祝宴《しゅくえん》のとちゅうでうんざりしてしまい、冷たい空気を吸《す》いにひとりで外に出た。広い牧草地に馬がつながれているところへ行って、馬のワグテイルのようすも見たかった。館《やかた》にもどってくるときに、リンゴ園を通った。アザラシ島ほど強い風が吹《ふ》かないため、王のリンゴの木はベオルンステッドのものより大きく、枝《えだ》ぶりも良かった。葉陰《はかげ》の熟《う》れたリンゴが、月光を浴びて銀色に光っている。門を入ってすぐのところに、エイノン・ヘンがいた。苔《こけ》むした幹《みき》に寄《よ》りかかって、老いてなお鋭《するど》い独眼《がん》で、枝《えだ》を見あげていた。「長く生きてわかったんだが、蜜酒《みつざけ》を飲みすぎた頭をすっきりさせたいときには、リンゴの木を吹《ふ》き抜《ぬ》ける風にあたるにかぎる」老公使が、オウェインを見つけて言った。「どうやらおまえも、ヘーゲル王の酒盛《さかも》りには飽《あ》きたようだな」

「みんなはまるで根が生えたように、飲み続けています」オウェインはむっつり言うと、老人のとなりに立った。

「まあまあ、長い遠征《えんせい》が終わったんだ。へべれけになれば、豚小屋《ぶたごや》の壁《かべ》に寄《よ》りかかって、朝まで眠《ねむ》ればよいだけのこと」

「おれは違《ちが》います。朝一番の光がさす前に出発しなくてはなりません。日の出のころなら、引き潮《しお》の浅瀬《あさせ》を馬で渡《わた》れます。おれが着く前に、事実をねじ曲げた知らせがベオルンステッドに届《とど》くといけませんから」

エイノン・ヘンは一瞬黙《いっしゅんだま》って、それから言った。「そうか。なんとも気の重い使者の役目だな」リンゴの木の幹《みき》から体を起こすと、館《やかた》へもどりはじめた。オウェインはみじめな気分のまま、並《なら》んで草の中を歩いた。館《やかた》の門をくぐる時になって、老人がまた口を開いた。「これで決着がつき、戦場の誓《ちか》いもその力を失った。数日のうちには、わしも北西に向かって、故郷《こきょう》の丘《おか》に帰る……いっしょに来るか？」

オウェインは、その場に凍《こお》りついた。エイノン・ヘンにはまだ、ベオルンウルフとの約束を伝えていない。だれかに話すことなど、できなかったのだ。オウェインが答えないことにびっくりして、老人がこちらを向いた。答えなくてはならない。「もう少し、ベオルンステッドにとどまります」オウェインは、たいしたことではないというふうに言った。

「そうか？　自由を手にしたら同胞《どうほう》の元に帰る、そうおまえの心は決まっていると思っていたが」

「ベオルンウルフには、親類がいません。それで死の淵《ふち》で、頼《たの》み事をされました。息子《むすこ》が十五歳《さい》になるまで、ついていてくれと」

「おまえは以前には、その男の奴隷《どれい》だったが……」エイノン・ヘンは一呼吸置《ひとこきゅう》いて、ばくぜんと、まるで夜に向かって話しているように言った。

「頼《たの》み事をされたときには、もう奴隷《どれい》ではありませんでした。奴隷《どれい》だったなら、かえって断《ことわ》ることができたかもしれません」

「あるいは、そうかもしれん」老人は、じっと考えこむように言った。「それで、その息子《むすこ》は……いくつになる？」

「この春、十一になりました」

「そうか。あと、もう四年ほどか」

「時は流れます」

「ああ、時は流れる」エイノン・ヘンは同意した。「そして時が流れるあいだ、折々《おりおり》に、わしはおまえのことを思い出すだろう。オウェイン、神がおまえとともにいてくださるように」

格子柄《こうしがら》のマントをひらりとさせて、老人は館《やかた》の門に入ってしまった。

オウェインはリンゴの木の下でまたひとりになり、しばらくあたりを歩きまわった。それから館《やかた》にもどって、月明りの庭へとあふれてきた若者《わかもの》たちに混《ま》じった。マントにしっかりくるまると、豚小屋《ぶたごや》の壁《かべ》にもたれて眠《ねむ》った。

オウェインは朝一番の光より早く起きると、馬をつないである場所に向かった。傾《かたむ》いた月の最後の光で、ワグテイルの世話をし、鞍《くら》をつけた。夜明けの薄明《うすあ》かりのなか、王の広場の門を馬で抜《ぬ》け、古い街道《かいどう》を南のアザラシ島へ向かった。

あたりは露《つゆ》にぬれていたので、馬が駆《か》けると、水しぶきが散った。無事浅瀬《あさせ》を渡《わた》り、森を抜《ぬ》けて、なつかしい干拓地《かんたくち》の端《はし》にたどりついたころ、太陽が昇《のぼ》った。麦畑の明るい黄色の先に、平原が黄金色《きんいろ》に燃《も》えていた。

母屋《おもや》の屋根から、朝の煙《けむり》が青く上っている。オウェインは街道《かいどう》をはずれて、家に近づいた。農場はもう目覚めていて、朝の仕事にかかっている。門から入ると、女奴隷《どれい》のグンヒルダが牛乳《ぎゅうにゅう》を入れた桶《おけ》を手に、牧草地からもどってくるところだった。この季節、乳《ち》しぼりは戸外でするのだ。大麦パンを焼く匂《にお》いが、母家《おもや》の戸口から漂《ただよ》ってきた。まだ何の知らせも届《とど》いていない……、おかしな話だがオウェインは、炉辺《ろへん》から煙《けむり》が上がり朝食の大麦パンが焼かれていることから、このことを確信《かくしん》した。鞍《くら》から飛びおりて手綱《たづな》を柱にかけていると、犬がやかましく吠《ほ》えたてた。馬にそれほど長く乗ったわけではないので、水をやって体をこすってやるのは後回しにしても大丈夫《だいじょうぶ》だろう。

アテリスが戸口に出てきた。汗《あせ》ばんだ額《ひたい》に大麦の粉をつけたまま、こちらを見ている。母の後ろに娘《むすめ》たちがいて、ブリニは早朝の光のなかに走って出てきた。生まれたばかりの子犬が二匹《ひき》、後ろについてきた。グンヒルダが桶《おけ》のふちから牛乳《ぎゅうにゅう》をこぼしながら、不器用に走ってきた。

「オウェイン！ ちょうど刈《か》り入れにまにあうようにもどってきたのね」粉だらけの指で、髪《かみ》のたばをスカーフの下にもどしながら、アテリスが言った。「男たちが王の館《やかた》にもどって来た、と聞いたわ。主人が帰宅《きたく》を知らせるために、おまえを先に送ってよこしたの？」

それからアテリスの視線《しせん》はオウェインを通り過《す》ぎて、柱につながれた、乗り手のいない馬を見た。もう一度オウェインの顔を見ると、言葉にならない問いをすばやく発した。アテリスの顔から血の気が引いていくのがわかった。

「家の中に入ろう」オウェインが言った。なぜだかわからなかったが、家の中で話したほうがいいと思った。屋根と壁《かべ》が、アテリスを悲しみからかばってくれるかもしれない。

女主人が無言で向きを変え、炉辺《ろへん》に向かうと、みんながついてきた。太い柱のそばまでくると、アテリスはオウェインに向き直って聞いた。「主人は死んだの？」

オウェインはうなずいた。「二カ月近く前に、ウォーデンスベオルグというところでした。そこでわが軍は、ツェアウリン軍に勝利しました」

「ツェアウリン軍なんか、どうでもいい！」アテリスは、激情《げきじょう》を押《お》さえて言った。

アテリスは老《ふ》けて見えた。去年のあの日、ほとんど溺死体《できしたい》のようなこの家の主《あるじ》を連れ帰り、火のそばに横たえたときと同じくらい、老《ふ》けて見えた。やせた顔の骨《ほね》が突然《とつぜん》浮《う》きでて、緊張《きんちょう》した皮膚《ひふ》をつき破《やぶ》りそうだ。それでもアテリスは泣きわめいたりしないと、オウェインにはわかった。それも去年と同じだ。もし泣くとすれば、後でひとりになってからだろう。オウェインはそのことに感謝《かんしゃ》した。「たしかに、ツェアウリン軍はどうでもいいことです」オウェインはアテリスの質問《しつもん》に応《こた》えた。「しかしベオルンウルフにとっては、重要なことでした」

「じゃあ、勝利を知っていたの？　主人は、即死《そくし》ではなかったの？」

「ほぼひと晩《ばん》のあいだ、生きていました。でも、それほど苦しまなかったと思います。バルハラの神殿《しんでん》に行くために必要な代償《だいしょう》以上には」

女奴隷《どれい》が鼻をすすって泣きだした。ヘルガとリラは母に抱《だ》きついた。でもアテリスはそのとき、子どもがそこにいることすら気がついてはいなかった。ブリニは離《はな》れたところに立って、オウェインの顔を見つめていた。いつもの緑の目がまっ黒に見えたが、しっかりした小声で聞いた。「父上の剣《けん》も、いっしょに焼いたの?」

不気味なほど冷静な声だった。しかしブリニを知っているオウェインには、この少年が冷静でないことはわかっていた。「いえ、お父上は、あなたが剣《けん》を持つときのために、火葬《かそう》の前に剣《けん》を抜《ぬ》きとっておくようにと言い残されました」

「今、くれよ。きょうだけ……きょう一日だけでいいから」

オウェインは一瞬《いっしゅん》ためらった。だがマントの下から、よく使いこんだ剣《けん》を取りだすと、無言でブリニに渡《わた》した。少年は立ったまま、炉《ろ》の火で剣《けん》を見つめていた。そして、ついてくるなとばかりに挑戦《ちょうせん》的に家族をにらみつけると、剣《けん》を抱《かか》えたままくるりと向きを変えて、家から飛び出して行った。戸口を出る前に、すすり泣きがひと声もれたが、それだけだった。

炉辺《ろへん》では大麦パンが焦《こ》げていたが、だれも気づくものはいなかった。

ブリニは夕食のころに、父の剣《けん》を持って帰ってきたが、青い顔をして無言のままだった。剣《けん》は、ブリニが成人するまで、大きな収納箱《しゅうのうばこ》の底にしまいこまれた。オウェインは自分の剣《けん》と傷《きず》のついた盾《たて》とを、自分の寝床《ねどこ》の上にかけた。風など吹《ふ》いたこともなく、ヘーゲル王の軍団《ぐんだん》に加わったこともなかったかのように、いつもの農場の暮《く》らしがもどってきた。だがベオルンステッドでのオウェインの立場は、以前よりずっと難《むずか》しいものとなった。奴隷《どれい》の首輪こそなくなったものの、ギルスやカエドマンと同じく、農場の男手のひとりであることは以前と少しも変わらない。それに加えて一家と農場を支《ささ》えるという重荷が、オウェインの肩《かた》に重くのしかかってきた。まるでオウェインは家長であるかのように、アテリスの相談にのったり、ブリニをやっかいごとから遠ざけたりしなくてはならなかった。ときどき、考えると笑いたくなった。だが笑いは、口もとで苦く固まってしまう。ローマとケルトの息子《むすこ》として生まれた自分が、サクソンの家族と農場の世話を担《にな》っているとは、なんという運命のいたずらだろう。そうはいっても夜以外に考えるひまなどなかったし、夜は夜でいつも疲《つか》れきっていた。

刈《か》り入れが終わり、やせた三匹《びき》の豚《ぶた》を表に出して、ドングリで太らせる季節になった。秋は、家畜《かちく》を処理《しょり》して、燻《いぶ》したり、塩漬《しおづ》けにしたりして保存《ほぞん》する仕事に追われた。すぐに冬となった。堤防《ていぼう》はいつも頭痛《ずつう》の種だったし、子馬を馴《な》らす仕事もある。溝掘《みぞほ》りや水抜《みずぬ》きにも追われるが、なんとか一日空けることができたときには、オウェインは犬と、たまにはブリニも連れて、新鮮《しんせん》な肉を求めて狩《か》りに出かけた。塩漬《しおづ》け肉は虫がわくから、春まではもたない。だいいちそればかり食べていたら、壊血病《かいけつびょう》になってしまう。もし家のだれかが壊血病《かいけつびょう》になったら、ベオルンウルフの信頼《しんらい》を裏切《うらぎ》ることになる。

　羊のお産が終わると、春には畑を耕《たがや》し、初夏には牧草を刈《か》り取った。羊の毛を刈《か》るという、暑くて臭《くさ》い仕事もある。西サクソン《ウェセックス》では冬が終わるとすぐに、また思い出したように、戦闘《せんとう》が起こった。だが今度はツェアウリンとその一族の間の戦いだったから、ヘーゲル王が軍を集めることはなかった。アザラシ島では、畑の大麦が白く実り、収穫《しゅうかく》のときを迎《むか》えていた。オウェインがベオルンウルフに捧《ささ》げることにした四年のうち、こうして最初の一年が終わった。

　新しい情報《じょうほう》が、アザラシ島のような大地の舌先《したさき》まで届《とど》くには、いつも長い時間がかかる。村から村へと、外の世界のことを知らせてくれるのは、いつも竪琴弾《たてごとひ》きか商人と決まっているが、諸国《しょこく》をさすらう竪琴弾《たてごとひ》きがこの知らせをもたらしたのは、秋のことだった。ツェアウリンと、彼《かれ》の四人息子《むすこ》のうちのふたりが死んだ。ツェアウリンはブリトン島南部に、巨人《きょじん》のように影《かげ》を落としていた。その巨人《きょじん》のツェアウリンがすでに負けかかっていた小ぜり合いで、命を落とした。竪琴弾《たてごとひ》きはツェアウリンが倒《たお》れた場所の名前すら知らず、ただ確《たし》かなことはツェアウリンが死んだということだけだった。

　この土地は、秋のゲイル風が吹《ふ》くと、水路が閉《と》ざされてしまうが、その前に『風の港』に巡航《じゅんこう》してきた最後の船が、また新しい情報《じょうほう》をもたらした。生き残ったツェアウリンのふたりの息子《むすこ》は、西サクソン《ウエセックス》の新しい王と和平を結んだ。新王に服従《ふくじゅう》する見返りとして、亡《な》き父がかつて征服《せいふく》した土地のうちのかなりの部分を与《あた》えられたということだ。ケントのエゼルベルフト王は戦利品の分け前として、ノリーとサリーの土地を得《え》た。これで事は終わり、勘定《かんじょう》が支払《しはら》われて、きちんとけりがついたというわけだ。船長の話を聞こうと、小さな人垣《ひとがき》ができていた。その輪の中でオウェインは、思っていた。ずいぶん入り組んだ血なまぐさい話だが、そのなかでいちばん良く思えるのは、ツェアウリンと死んだふたりの息子《むすこ》だ……。結末は苦い味がして、ひどく不愉快《ふゆかい》な気分で農場へ帰った。

　またひとつ冬が過《す》ぎ、その次の冬も終わった。オウェインは熱望と後悔《こうかい》の混《ま》じりあった奇妙《きみょう》な気分で、自分の身の上を考えはじめた。「このアザラシ島で、もう一度だけ羊の毛を刈《か》り、もう一度だけ麦の刈《か》り入れをして、もうひと冬だけ堤防《ていぼう》と格闘《かくとう》すれば、それで終わりだ」そして、こうも思った。「ベオルンウルフがもどってきたなら、畑も家畜《かちく》もいい状態《じょうたい》だと思うだろう——未熟《みじゅく》で無鉄砲《むてっぽう》なブリニが、自分や他人を危険《きけん》にさらすこともなかった」

その夏ヘルガは、村長《むらおさ》の老ガマル・ウィッターソンの孫と結ばれた。だれもがうらやむ相手だったが、ヘルガ自身はそれほど喜んでいるようすはなかった。

炉辺《ろへん》の火の上で手を結ぶという結婚《けっこん》の儀式《ぎしき》に立ち会ったのは、両家の者だけだった。しかしその後の祝宴《しゅくえん》が始まると、アザラシ島じゅうからお客が集まってきた。そうなることがわかっていたので、アテリスは準備《じゅんび》おこたりなかった。母屋《おもや》の戸口の前に、台が積まれてその上に板が渡《わた》され、さまざまなものが並《なら》んだ。山積みの大麦パン、乾燥《かんそう》魚を入れたいくつもの鉢《はち》、凝乳《ぎょうにゅう》やチーズ、蜜《みつ》がしたたるミツバチの巣。それから巨大《きょだい》なつぼに入れられた香り高い花嫁《ブライド・エール》エール酒。結婚《ブライダル》式は、この酒の名前にちなんだ言葉だ。ヘーゲル王が若《わか》い雄牛《おうし》を贈《おく》ってくれたので、新鮮《しんせん》な肉も饗《きょう》された。

ヘーゲル王は、乳兄弟《ちきょうだい》との別れにあの蛇《へび》の模様《もよう》の剣《けん》を送って以来三年間というもの、一度も浅瀬《あさせ》を渡《わた》ってくることはなかった。アテリスは、王はもう乳兄弟《ちきょうだい》のことなど忘《わす》れてしまったのだ、と話していた。だがオウェインはひそかに、たぶん逆《ぎゃく》だろうと思っていた。王は忘《わす》れたいのに忘《わす》れられないのだ。だからかえってアザラシ島から足が遠のくのだろう。以前にも肉が届《とど》いたことがあったし、ふた冬まえの収穫《しゅうかく》が悪かった年には、穀物《こくもつ》が届《とど》いた。

今回届《とど》けられたのは、よく太った立派《りっぱ》な若牛《わかうし》だった。オウェインがまだ育ちきっていない豚《ぶた》を殺《ころ》すことを拒《こば》んだので、アテリスは、貧弱《ひんじゃく》な祝宴《しゅくえん》が笑われるのではないかと心配していた。しかし王の牛の肉が焼かれて、骨《ほね》付き肉が饗《きょう》せられると、笑われるどころではなかった。

オウェインはおくれて祝宴《しゅくえん》に加わった。三頭の牝牛《めうし》のうちの一頭がお産になって、無事終わるのを見届《みとど》けるまで、そばを離《はな》れたくなかったのだ。ようやくオウェインも片手《かたて》に花嫁《ブライド》エール酒《・エール》の杯《さかずき》を持ち、戸口の壁《かべ》にもたれて、お祭り騒《さわ》ぎをながめていた。たぶん疲《つか》れていたからだろう。その場から、ひとり取り残されたように感じていた。以前王の庭でも、武器研《ぶきと》ぎの石のまわりで、同じように感じたことがあった。だがあのときは自分から剣《けん》を研《と》ぎに行き、その後では自分も若《わか》い戦士《せんし》の一員と思えるようになった。もっともあそこには、大ガラスという敵《てき》がいた。エイノン・ヘンは「槍《やり》の和睦《わぼく》」と言っていたが……。

夕暮《ゆうぐ》れが、潮《しお》のようにあたりに満ちてきた。祝宴《しゅくえん》の火から立ちのぼる煙《けむり》が、月光を浴びて銀色に染《そ》まっている。花嫁《はなよめ》と花婿《はなむこ》は、干《ほ》し草の山の上に並《なら》んで座《すわ》っていた。ヘルガは祖《そ》母《ぼ》も曾祖母《そうそぼ》もかぶった銀細工の花嫁《はなよめ》の冠《かんむり》をつけていた。かがり火がヘルガの髪《かみ》を照らし、それから若《わか》いウェルムンドの膝《ひざ》に渡《わた》した剣《けん》の刃《は》をきらめかせた。花婿《はなむこ》は剣《けん》を携《たずさ》えるものとされていたが、今では結婚式《けっこんしき》で決闘《けっとう》ざたが起こることはめったになかった。どこかの暗がりで老オズウィが笛を吹《ふ》きはじめ、踊《おど》りが始まった。あえかに甘《あま》い笛の音には、かがり火よりも月光が似合《にあ》う。若《わか》い男女は手を取りあって、火のまわりをくるくると踊《おど》りだした。年のいった男たちは庭に陣《じん》どり、その間を女たちがエール酒を注いでまわった。

笛の音と、笑ったり論《ろん》じたり自慢《じまん》したりの人声のあいまに、狭《せま》い囲《かこ》いにつながれた馬がいななくのが聞こえた。結婚《けっこん》の祝宴《しゅくえん》ではいつも行われることだが、さっき若《わか》い男たちが馬の足ならしをしていた。そろそろ、花嫁《はなよめ》競争が始まるのだ。花嫁《はなよめ》競争という興奮《こうふん》抜《ぬ》きでは、アザラシ島の結婚式《けっこんしき》は終わらなかった。ブリテン島に最初のキール船が上陸し、最初の小屋が建てられて以来続いている儀式《ぎしき》なのだった。

笛の音が静かに収《おさ》まり、踊《おど》りの輪もほぐれた。人々《ひとびと》は庭じゅうに散らばり、ごちそうのまわりに群がっている。いつもいっしょのブリニとホーンが、リラの両脇《りょうわき》にいるのを、オウェインは見かけた。ところで、船大工のパッダは庭に三本の桜《さくら》の木を持っていたので、先がバラ色でお尻《しり》が薄黄色《うすきいろ》のさくらんぼを鉢《はち》に入れて、お祝いに持ってきていた。他の料理といっしょに出しては目立たないので、アテリスはごちそうがほとんどかたづくまで待ってから、テーブルに並《なら》べた。激《はげ》しい踊《おど》りのせいで、リラは髪《かみ》にかぶせるスカーフをなくしてしまった。おかげでたっぷりした三つ編《あ》みの髪《かみ》を後ろにはねると、桃色《ももいろ》の耳たぶがあらわになった。それを見て、ホーンがいいことを思いついたようだ。ブリニが笑っている前で、ホーンは鉢《はち》から二個《こ》がつながったさくらんぼの実をつまみあげた。ホーンはいつものように静かに神経《しんけい》を集中すると、その実を少女の耳にかけた。

そろそろだな、と突然《とつぜん》オウェインは思った。アテリスは鍛冶職《かじしょく》のブランドと、早く話をまとめたほうがいい。リラは今まで、ホーンをブリニとまったく変わりなく扱《あつか》っていた。だが今ふたりを見ているうちに、ホーンの方はリラをどう思っているか、オウェインにはわからなくなった。あるいはリラも、変化する時期にきているのかもしれない。さくらんぼを耳にかけてもらって、うれしそうなことだけは確《たし》かだ。

リラは笑いながら、ホーンを見上げている。笛の音がまだ耳に残っているかのように、青いスカートがゆれていた。

ふいにオウェインは、自分のほかにもリラを見ている者がいることを感じた。それも熱心に。オウェインが振《ふ》り返ると、すぐ近くで壁《かべ》に寄《よ》りかかっていたのはバディール・セドリクソンだった。頰《ほお》の削《そ》げた不遜《ふそん》な顔を、月がくっきりと照らしている。突然興味《とつぜんきょうみ》のあるものを見つけたように淡《あわ》い色の目が見開かれたのが、はっきりわかった。その瞬間《しゅんかん》オウェインは、バディールが今初めて、男が女を見る目つきでリラを見ていると気づいた。

オウェインは不安になった。オウェインはこれまでいつも、リラをヘルガよりも好もしく思っていた。そんなお気に入りのリラには、ホーンと結ばれてほしかった。あの少年なら、きっとリラを幸せにしてくれるだろう。ああいう目をする曲がり足のバディールに、リラを渡《わた》したくない……それから自分自身に、ばかなことを考えるな、と言って肩《かた》をすくめた。まるであごひげに白髪《しらが》のまじった父親のように、あの娘《むすめ》のことを心配しているじゃないか。オウェインは笑って、手に持ったエール酒の杯《さかずき》を飲みほすと、おかわりを注ぎにいった。

そうしているうちに、花嫁《はなよめ》競争が始まるという叫《さけ》び声があがった。花婿《はなむこ》は剣《けん》を鞘《さや》にしまうと、あわてて立ち上がった。その後に、馬の所有者か、あるいはこの日のために馬を借りることのできた未婚《みこん》の男たちが続いた。家の裏手《うらて》に向かって、人を押《お》しのけて、われ先にと進んでいく。オウェインがもう一度見たときには、バディールの姿《すがた》はその場になかった。

娘《むすめ》たちが花嫁《はなよめ》のまわりに集まってきた。ヘルガをひっぱって立たせると、火のそばに押《お》していった。ヘルガはそこで、母とリラにあわただしく別れのあいさつをした。家の裏手《うらて》から叫《さけ》び声が上がると、娘《むすめ》たちは散っていき、ヘルガがひとり残された。何が起こるのか初めて知ったとでもいうように、ヘルガは急におびえたようすを見せた。

同時に、門のあたりで馬に乗った男たちが争う気配がして、どなり声や押《お》し殺《ころ》した笑い、馬のひづめの音が聞こえた。それから馬の影《かげ》がひとつ、家の端《はし》からたき火の方へと駆《か》けてきた。乗り手はウェルムンドで、鞍《くら》から身をかがめてヘルガの手をつかむと、ぐいと引っぱった。「乗って、さあ乗るんだ!」ヘルガが、あぶみの男の足の上に自分の足を乗せて、飛びあがると、若者《わかもの》が引っぱり上げた。今はふたりとも笑いながら、ヘルガは男の鞍《くら》の前にまたがった。馬はほとんど止まることもなく、灯《あか》りの外へと駆《か》けぬけて、門を出ていった。一瞬《いっしゅん》の静けさの後、村に向かって平原を駆《か》けていくひづめの音が聞こえてきた。

花婿《はなむこ》のすぐ後に、残りの男たちの一団《いちだん》が続いた。押《お》し合いへし合いで門を入り、外の小屋と小屋の間の狭《せま》いところを抜《ぬ》けてくると、娘《むすめ》たちはキャーキャー騒《さわ》ぎながら走りまわった。先頭のふたりがくつわを並《なら》べて家の角を曲がったが、そこでひとりが飛び出した。小男の乗った黒い馬だ。馬の額《ひたい》にある白い稲妻《いなずま》の模様《もよう》が、銀色に輝《かがや》いた。オウェインは、心臓《しんぞう》を締《し》めつけられる思いがした。バディールだ。

馬が恐怖《きょうふ》で鼻を鳴らしても容赦《ようしゃ》せず、バディールはたき火ぎりぎりまで接近《せっきん》してから、馬をひるがえした。疾走《しっそう》したまま低くかがんでリラをつかまえると、一回のすばやい動作で自分の前に乗せ、暗がりへと走り去った。

次に飛びこんできたのが、ワグテイルに乗ったホーンだった。お目当ての娘《むすめ》がさらわれてしまったので、一番近くにいた娘《むすめ》を引き上げると、灯《あか》りの外へと消えていった。男たちが次々《つぎつぎ》に娘《むすめ》をつかまえて前に乗せ門に向かうと、前庭はしばらく、馬とその乗り手、飛びかう影《かげ》、悲鳴や笑い声であふれた。そして最後の者が行ってしまうと、がらんとなった。

こうして花嫁《はなよめ》は、熱狂《ねっきょう》した騎馬《きば》の集団《しゅうだん》に囲《かこ》まれて、新しい家と新しい生活へと連れ去られた。乗り手は輪となり、幸運を祈《いの》って、新居《しんきょ》のまわりを太陽の進行方向に三度回る。それからまた駆《か》けもどってくるのだが、最初に着いて娘《むすめ》を下ろしたものが、エール酒の最後の一杯《いっぱい》を、この家の主《あるじ》の杯《さかずき》から飲ませてもらえることになっていた。

家に残っていた祝宴《しゅくえん》の参加者は帰ってくるところを見ようと、もう門のところに集まっていた。何人かがたき火から燃《も》えている枝《えだ》を拾って、松明《たいまつ》代わりに、行く手を照らしている。人だかりから離《はな》れていたオウェインは、ブリニが突然《とつぜん》となりにいるのに気がついた。

「見たか?」ブリニは歯をくいしばって言った。オウェインがふり向くと、ゆれる灯《あか》りの下でも、怒《いか》りで顔が赤くなっているのがわかった。

「ああ、見た。いつもなら、ホーンが速く飛びだすのにな」

ブリニは両手をぎゅっと握《にぎ》りしめていた。「ブタ野郎《やろう》め！　チビのブタ野郎《やろう》め！」

「いいから、落ち着け」オウェインが門での陽気な騒《さわ》ぎにまぎれて、すばやく言った。「花嫁《はなよめ》競争に出た男ならだれでも、好きな娘《むすめ》を選んで馬に乗せる権利《けんり》がある。そんなことは、知っているだろう」

「あいつが花嫁《はなよめ》競争に出るのなんか、見たこともないぞ。こんな競争、いつもばかにしてたくせに」ブリニは怒《おこ》って、まくしたてた。「あいつの権利《けんり》なんか、知るか。あいつがリラから汚《きたな》い手を離《はな》さなかったら、あいつをぶっ殺《ころ》してやる」

オウェインは、ブリニの肩《かた》をつかんだ。祝宴《しゅくえん》のお客はみんな首を伸《の》ばして、平原の向こうを眺《なが》めていたが、もしこちらを見た者があっても、ただ親しみをこめたしぐさとしか見えなかっただろう。しかしオウェインの指は少年が身をよじるほど、深く喰《く》いこんでいた。

「ブリニ、よく聞くんだ。すこしばかりエール酒を飲みすぎたな。今夜は、あの男もこの家の客だ。もしそれなりの振舞《ふるま》いができないというなら、今すぐここから連れ出して、その熱くなった頭を桶《おけ》の水につっこんで、冷やしてやろう」

ブリニはすすり泣きのような長い息を吸《す》った。それでももう一度口を開いたときには、少し落ち着きを取りもどしていた。「わかった、ちゃんとする……でもおれの家の客なのは、今夜だけだからな」

オウェインは注意深く息を吐《は》いた。後のことは、後のことだ。オウェインはブリニの肩《かた》から手を放すと、いっしょに門へと向かった。

急ごしらえの松明《たいまつ》の火の向こうに、月明かりの平原が白く静かに続いている。堤防《ていぼう》の先のカシの木の防風林《ぼうふうりん》まで、さえぎるものは何もなかった。目と耳をこらしていると、静けさの中にかすかな鼓動《こどう》が聞こえてきた。ガがはばたくようなパタパタという音だ。「帰ってきた!」女が大声で言った。ちらちら動く影《かげ》がカシの茂《しげ》みの向こうに見えた。堤防《ていぼう》の端《はし》を通って、板を渡《わた》した橋に向かっている。みんなが叫《さけ》んでいた。大声を上げながら、松明《たいまつ》の枝《えだ》を振《ふ》っている。その喧騒《けんそう》をつらぬくように、ひづめの轟《とどろ》きが近づいてきた。今、二番手の騎手《きしゅ》が茂《しげ》みを抜《ぬ》けた。次に二、三人が競《せ》りあっている。だが先頭は堤防《ていぼう》を横切り、矢のようにまっしぐらに門の灯《あか》りへと向かってくる。

ブリニが人をかきわけて最前列に出たが、その後ろにオウェインがはりついていた。先頭がだれかは、火を見るより明らかだ。黒い馬がすさまじい勢《いきお》いで、迫《せま》ってきた。乗り手は片腕《かたうで》にかかえた娘《むすめ》におおいかぶさるように、体をひたと前に倒《たお》している。「バディールだ！」だれかが叫《さけ》んだ。「神の鉄槌《てっつい》が下るよ！　なんていう乗り方だい」女が鋭《するど》い声をあげた。「あんな全速力で、もしつまずいたら、娘《むすめ》は死んじゃうよ！」だがその女の叫《さけ》びは、男たちが上げる歓声《かんせい》に飲みこまれてしまった。「バディール！　バディール・セドリクソン！」

みんなは歓声《かんせい》を上げたものの、後ろを向いて逃《に》げだした。間髪《かんはつ》をいれず、バディールはまん中に躍《おど》りこんできて、ぐいっと手綱《たづな》を引いて黒馬を後ろ足で立てた。

ブリニが前に飛び出し、リラが降《お》りようともがいて鞍《くら》から落ちたのを受け止めた。ブリニが乱暴《らんぼう》に引っぱったので、リラはよろけて、オウェインが支《ささ》えてやらなかったら転ぶところだった。リラはまっ青で、触《さわ》ったとたんに震《ふる》えているのがわかったが、何も言わなかった。バディールが笑った。汗《あせ》をかいている馬を柔《やわ》らかく御《ぎょ》しながら、少年を見下ろした。「無礼なガキめ」と、ひとりごとのように言った。「奴隷《どれい》を相手にしすぎて、奴隷《どれい》の作法までうつったらしいな」他のひづめの音が近づいたので、バディールは馬の向きを変え、群集の中に入っていった。

ブリニが今にも追いかけそうだったので、オウェインはまたブリニの肩《かた》をつかんだ。「放っておけ！　おれたちふたりに対する侮辱《ぶじょく》だ。おれが耐《た》えられるのだから、あなたも耐《た》えられるはずだ」

ホーンがもどってきた。ほかの馬も次々《つぎつぎ》に、灯《あか》りの中に飛びこんできた。笑っている娘《むすめ》たちは、髪《かみ》を乱《みだ》し、息をきらしている。もう一度人垣《ひとがき》が動いて、まん中を開けた。そのまん中に、黒い愛馬に乗ったバディールが見えた。バディールは超然《ちょうぜん》と、しかしかすかに軽《けい》蔑《べつ》した表情《ひょうじょう》を浮《う》かべて、賞品を待っていた。銀と銅《どう》で飾《かざ》られたベオルンウルフの立派《りっぱ》な角《つの》杯《さかずき》が運ばれてきて、リラに手渡《てわた》された。リラは、最後の花嫁エール《ブライド・エール》酒が縁《ふち》いっぱいまで注がれた杯《さかずき》を持って、注意深く前に進んだ。リラの手はまだ震《ふる》えているだろう、とオウェインは思った。松明《たいまつ》がパチパチ音をたてている。リラが差しだす杯《さかずき》を受けとろうと、バディールはかがんだ。門からもれるたき火の灯《あか》りに照らしだされたその顔は、あざけりの表情《ひょうじょう》が貼《は》りついた仮面《かめん》のようだった。「乾杯《ハイル》！　おまえのために」頭をぐっとそらして、長い一息で飲みほした。普通《ふつう》の男なら、むせるところだ。それからリラの手にわざと自分の手を重ねて、杯《さかずき》を返した。「きょうの勝負は、勝つだけの価値《かち》があった」

次の瞬間《しゅんかん》に馬を返すと、もうだれを見ることもなく、無言で走り去った。

馬はとちゅうから早駆《はやが》けとなり、やがて遠くに消えていった。ひづめの音を聞きながら、オウェインは思った。祝宴《しゅくえん》の終わりに暗い影《かげ》がかかったことは、だれにも気づかれなかった。それを感じたのは、ブリニとホーン、そしてリラだけだ。ブリニは、憎《にく》きウィダス・ハムの領主《りょうしゅ》とのけんかを止められた腹《はら》いせに、ホーンに矛先《ほこさき》を向けた。馬を下りたホーンも、いつもの陽気な顔が険悪《けんあく》に変わっていて、けんかなら望むところのようだった。リラの姿《すがた》が見えず、オウェインは、リラはまだ震《ふる》えているだろうかと思った。オウェイン自身についてては――この夜二回目の言葉を、自分に言い聞かせていた。ばかなことを考えるな。

第十八章　バディール

それから三日後、オウェインが海沿《うみぞ》いの牧草地でやぶを払《はら》っていると、母屋《おもや》に向かって馬が駆《か》けていく音が聞こえた。カシの木の下のやぶには、人を刺《さ》すハエが繁殖《はんしょく》する。オウェインがそのハエに向かって悪態《あくたい》をつきながら仕事を続けていると、またひづめの音がして、今度は遠ざかっていった。だれだか知らないが、用事がすんで帰っていったのだろう。オウェインはそれ以上考えもせずに、仕事を続けた。

木々《きぎ》の影《かげ》が海に向かって長くなった。もうすぐ夕食に家へと帰る時間だ。オウェインはちょっと手を止めて背筋《せすじ》を伸《の》ばし、目に落ちる汗《あせ》をぬぐった。まったく、ばかげている。だが今でも、ここの牧草地が夕陽《ゆうひ》に染《そ》まるのを見るたびに、たてがみとしっぽを潮風《しおかぜ》になびかせた白馬があざやかに疾走《しっそう》してくる姿《すがた》を思い浮《う》かべずにはいられないのだ。

やぶを払《はら》うガソゴソという音が止《や》んで突然《とつぜん》静かになったところに、パタパタと走ってくる足音が聞こえた。一瞬《いっしゅん》ブリニかと思ったが、少年の奔放《ほんぽう》な足音とは違《ちが》う。足の運びをじゃまするものがありそうだし、スカートらしい衣《きぬ》ずれの音もする。オウェインが急いでふり向くと、ニワトコの低い枝《えだ》をくぐってやってくるのはリラだった。まるで小さな生き物が、猟犬《りょうけん》に追われて必死で逃《に》げてくるようだ。

リラがイバラの根につまずいて転びかけたので、オウェインは鎌《かま》を放りだして、さっと手を出して支《ささ》えてやった。次の瞬間《しゅんかん》リラはオウェインに飛びついてきた。ハーハーと息を切らしている。オウェインはリラを少し遠ざけて、顔を見た。「落ちついて、リラ！　いったいどうしたんだ？　ほら、だれも追ってきてなんかいないよ」

リラはなんとか落ちつこうと、首を振《ふ》った。オウェインの両手に支《ささ》えられてじっとしているが、走ったためにまだ息を切らしている。オウェインの顔を見つめたまま、口をつぐんでいた。

「何があったんだ、リラ？」オウェインがもう一度聞いた。

リラは息を飲みこんで、うつむいた。「なんでもない。ほんとに、なんでもないの」

「なんでもないってことは、ないだろう。まるで追われているウサギみたいだった」

「ちがう、わたし……ああ、どうしよう。だけどあんたはわたしを助けられない。それなのに、わたしったら、どうしてここに来たんだろう」

「いいから、大きく息を吸《す》って。それから、困《こま》っていることを話してごらん」オウェインが、さとすように言った。まるで、アザラシ島にやってきて初めて出会ったときの、幼《おさな》いリラに向かって言うようだった。

リラはゆっくり顔をあげ、両方の腕《うで》をねじりあわせた。「バディール・セドリクソンのこと」

オウェインは、自分の顔がこわばるのを感じた。「バディール・セドリクソンがどうしたんだ？」

「たった今、家にやってきたの。バディールが帰ったあとで、母さんがわたしを呼《よ》んで教えてくれた。バディールがわたしを欲《ほ》しいって、結婚《けっこん》を申しこみに来たって」

「それで、あなたの母上は何と言ったんだ？」

「まだ、何の返事もしていないって。でも、バディールは三日後にまた来るの。母さんは、きっと承諾《しょうだく》する。わたしにはわかる。母さんは、承諾《しょうだく》するに決まってる……でもわたし、バディールが怖《こわ》くてたまらないの」

オウェインは少しのあいだ、黙《だま》って立っていた。ヘルガの結婚式《けっこんしき》のことを、思い出した。

ホーンにさくらんぼを耳にかけてもらって、リラは笑っていた。だが花嫁《はなよめ》レースで、馬に乗ったバディールがリラをさらっていった。なんでこんなことになる前に、アテリスは鍛《か》冶職《じしょく》のブランドと話をまとめなかったのか？「あなたはブリニのところに行って、相談すべきだ」オウェインが言った。「ブリニはあなたの兄弟なんだから」

「ブリニですって！　ブリニがどんなだか、あんただって知ってるでしょ。今でもあんなにバディールを嫌《きら》っているんだから。ブリニが知ったら、何かひどいことをするに決まってるもの。そんなこと、できない」

「じゃあ、おれなら何かできるっていうのか？」オウェインは強い調子で言った。

「何も」絶望《ぜつぼう》のあまり、抑揚《よくよう》のない声だった。「さっきそう言ったでしょ。わたしがここに逃《に》げてきたのは、最初に頭に浮《う》かんだ人があんただったからよ。でも、あんたに助けてもらうことはできない……だれもわたしを助けることなんてできないんだわ」

リラがもがいてオウェインの手から抜《ぬ》け出ようとしたので、オウェインが急いで言った。

「いや、待って。考えてみよう、リラ。考えるから、ちょっと待ってくれないか」

するとリラはまたおとなしくなって、オウェインを見ていた。リラを支《ささ》えていた腕《うで》をゆるめて、オウェインは眉《まゆ》を寄《よ》せてまっすぐ前を向いたまま、腕《うで》の古傷《ふるきず》をかいた。深刻《しんこく》な考え事をするときのくせが、いまだに抜《ぬ》けていなかった。やがて小さくため息をついた。

「できるだけのことはしよう。何ができるかわからないが、でもやってみよう……だから今は、家にお帰り、リラ」

リラが行ってしまうと、オウェインはまた鎌《かま》を拾って、黙々《もくもく》と仕事を続けた。夕食前に終わらせようと思っていたぶんを、片《かた》づけてしまいたかった。

その晩《ばん》は家の炉端《ろばた》に、暗い影《かげ》が落ちていた。女主人は憔悴《しょうすい》した青い顔をしており、ハーブと大麦が入ったおいしい魚のスープも、何の味もしないようだ。リラは大鉢《おおばち》から、ほとんど何も取り分けなかった。母と娘《むすめ》はたがいに視線《しせん》を合わせないようにしていたが、それは怒《おこ》っているからではなく、みじめな思いをわかちあっているからなのだろう、そうオウェインは思った。まわりの雰囲気《ふんいき》に敏感《びんかん》ではないブリニでさえ、一度ならずふたりのほうを見たが、どうしたのか聞くことはなかった。炉端《ろばた》ごしにオウェインと目が合うと、片方《かたほう》の肩《かた》だけをすくめた。「女って、どうしようもないな」と言うしぐさだった。

暑い夏の夜は、夕食の後はだれも炉端《ろばた》には残らず、何かと外に出ていく。日中は息をつくひまもないアテリスも、夜はたいてい裏《うら》のリンゴの木の下の小さなハーブ畑の世話をした。これがアテリスの安らぎであり楽しみでもあった。

オウェインは馬小屋の壁《かべ》のかげで馬具を修理《しゅうり》しながら、アテリスがひとりになったら話しかけようと機会をうかがっていた。ところがその晩《ばん》に限《かぎ》って、アテリスはなかなか腰《こし》を上げなかった。今夜はもうだめかと心配になったとき、アテリスはようやく立ち上がって奥《おく》に入り、点《つ》けたばかりのランタンと庭仕事の道具を入れた籐《とう》カゴを持ってきた。それから家の裏《うら》へと、姿《すがた》を消した。

オウェインは少しの間アテリスをひとりにさせておいた。それから馬具をいつもの場所にかけて、後を追った。

アテリスはランタンをリンゴの枝《えだ》につるして、風になぎ倒《たお》された背《せ》の高い、紫色《むらさきいろ》のコンフリーをたばねていた。オウェインの足音に顔を上げたが、なぜ彼《かれ》が来たのか、よくわかっているにちがいない。オウェインはランタンをつった枝《えだ》に、寄《よ》りかかった。言いたいことがあって来たのだが、どうやって切り出したものか、わからなかった。話し始めさえすれば、言葉は出てくるだろう。「奥様《おくさま》」唐突《とうとつ》だったが、何とか切り出した。「さっきリラが、おれのところに走ってきました。バディール・セドリクソンがリラを欲《ほ》しいと言ってきたそうですね」

アテリスはコンフリーをたばねるふりをやめて、使っていた枯草《かれくさ》をよったひもを、カゴにもどした。「おまえにめんどうをかけるなんて、あの子はまちがってるわ」

「何がまちがっていて何が正しいか、考えられないほどおびえていました」オウェインは遠慮《えんりょ》なく言った。アテリスが何も言わないので、続けた。「バディールは答えを聞きに、また三日後に来るそうですね。あなたは承諾《しょうだく》するだろう、とリラが言っていましたが、本当ですか？」責《せ》めているように聞こえるだろうが、他にどう言えばいいのか、わからなかった。

アテリスはしばらく黙《だま》ったままでいたが、やっと口を開いた。「そう、そのとおりよ。他にどうしようもないでしょ？」

「もっと前に、鍛冶職《かじしょく》のブランドと話をまとめておけばよかったんです。ベオルンウルフもそう望んでいたのを、知っていたはずだ」

アテリスは、両手を投げ出した。「そうしておけばよかった——本当に、そうしておけばよかった。でも、わたしはそうしなかった。もう少し、あの娘《むすめ》を手元に置いておきたいと思ったのかもしれない。どっちにしても、もう手おくれだわ。今さら、こうすべきだった、ああすべきだった、とわたしを責《せ》めてどうなるの？　承諾《しょうだく》する以外に、わたしに何ができる？　バディールと結婚《けっこん》したって、あの娘《むすめ》は何とかやっていくでしょう」

「そうでしょうか？　とてもそんなふうには思えません。バディール・セドリクソンには、何かどす黒いものを感じないわけにはいきません。あの男はおれのドッグを自分の犬に殺《ころ》させ、それを平気でながめていた。それが忘《わす》れられないからでしょうが」

アテリスがうち消すように言った。「あのころは、バディールもまだ若《わか》かった。少年と言ってもいいくらいだったから。少年はたいてい、大人より残酷《ざんこく》なものだわ」

「あの男はすでに二十五、六回の夏を見ていた。もしひとつでも見ていればの話ですが」オウェインが言った。「バディールは、心も体もねじ曲がっている。あなたに、それを知らないとは言わせない」

ランタンの灯《あか》りに黒々《くろぐろ》と光る目で、アテリスがオウェインを見つめた。一瞬《いっしゅん》オウェインは、横柄《おうへい》な口をひっぱたかれるかと思ったが、アテリスはこう言っただけだった。「バディールには力がある。でもわたしたちには、盾《たて》で守ってくれる男の人はいないのよ」

「王は、乳兄弟《ちきょうだい》の家族が災難《さいなん》にあうのを黙《だま》って見過《みす》ごしはしないでしょう。たとえバディールが王の遠縁《とおえん》にあたるとしても。それに来春には、ブリニだって成人します」

「王！　ヘーゲル王ならウォーデンスベオルグの戦い以来、乳兄弟《ちきょうだい》の家のことなんか、思い出してもくれないわ」アテリスは苦々《にがにが》しく言った。「それに思い出したとしても、王の力の及《およ》ばない災《わざわ》いだってある。それからブリニは、おまえだってよく知ってるでしょう。あの子がどんなに意地っぱりで乱暴《らんぼう》か。いつもバディールと顔を合わせるたびに、けんかになるんじゃないかと冷や冷やさせられてきたわ。でももしバディールがリラを妻《つま》にすれば、いくらブリニだって、親類に向かってナイフを抜《ぬ》いたりはしないでしょう――バディールもそんなことはしないだろうし」

「ブリニは、姉がむりやり結婚《けっこん》させられるとわかれば、親類になる前にバディールに刃《は》を向ける。そう思いませんか？」むちゃなことを言っていると、自分でもわかっていた。ブリニが初めてバディールを殺《ころ》すとすごんだときに、十歳《さい》の少年に何と言ったかを思い出した。だが同時に、テイトリが生まれた晩《ばん》に感じた、バディール・セドリクソンの残酷《ざんこく》さも思い出した。あの男は、自分が愛しているものに対してさえ、残酷《ざんこく》だろう。オウェインはリラのために戦い始めていた。なんであれ、手近にあった役に立ちそうな武器《ぶき》をつかんで。

アテリスは両手をねじって握《にぎ》りしめると、つぶやいた。「どうすればいいの。せめて、おまえがここにいてくれさえしたら。おまえなら、少しはブリニをなんとかできる。ベオルンウルフが亡《な》くなってから、あの子に言うことをきかせられるのは、おまえだけなのに。でもそのおまえも、春がきたなら行ってしまう」

長い沈黙《ちんもく》だった。今夜は波の音がなんと大きいのだろう。まるで貝殻《かいがら》の中で聞こえる潮《しお》騒《さい》のように、うつろな音だ。その波音のなかから、ウィドレスじいさんの声が聞こえてくる気がした……「もっとも、若《わか》いときには、つねに希望があるがな。いつか何かが起きるかもしれない。ある日、小さな風が吹《ふ》くかもしれないという希望が……」いったい何度、この言葉になぐさめられたことだろう。だが結局、不毛ななぐさめだった。四年前、オウェインは風が吹《ふ》くのを感じた。でもその風はまた止《や》んで、草の中に埋《う》もれてしまった。もう、長いこと待った。長いこと、自由を待ち望んだ。すでに、若《わか》くはない。男盛《おとこざか》りの時間が、今まで待つことで過《す》ぎていった。これ以上、おれに何をしろというのだ。この人たちは、敵《てき》の民族ではないか。ベオルンウルフは金貨一枚《まい》の元は、十分にとった。だが彼《かれ》は金貨の値段《ねだん》の一部と思って、何かを頼《たの》んだのか？　違《ちが》う。ベオルンウルフは、ひとりの男が信頼《しんらい》する友に大切なものを託《たく》すように、死の淵《ふち》でオウェインに頼《たの》み事をしたのだ。

オウェインはゆっくりと顔を上げた。「もしおれが自由を待てるというのなら、あなたがいいと言うまでおれがここにとどまるなら、何か変わりますか？」

アテリスはやせた両手で、顔をおおった。それから手を落として、もう一度オウェインを見た。「本気なの？」

「本気でなければ、言いません」オウェインがきびしい声で言った。

「そのとおりだわ。ばかなことを言ったものね」アテリスは自分を取りもどし、少し冷静になって言った。「オウェイン、わたしは今、鍛冶職《かじしょく》のブランドと話をまとめることはできない。そんなことをしたら、バディールはすぐさまわたしたちに報復《ほうふく》するに違《ちが》いない。そうではなくて？」

「ええ、そう思います」

「でも、もしおまえが残ってくれるのなら、少なくとも『待って』と言うことができる。バディールに、リラはまだ若《わか》すぎるから、申しこむなら一年待ってから来るようにと言える。それ以上は約束できないけれど、でもあと一年、あの娘《むすめ》はバディールと結婚《けっこん》しなくてすむ」

一年の猶予《ゆうよ》。今考えられる最善《さいぜん》の策《さく》だ、とオウェインも思った。いいだろう、一年あればいろいろなことが起こる。バディールが心変わりするかもしれないし、ある晩津波《ばんつなみ》が起こって、みんな飲みこまれてしまうかもしれない。

「いいでしょう」オウェインは言った。「ここに残ります」

バディールが答えを求めてやってきたときに、正確《せいかく》には何が起こったか、オウェインは知らなかった。その日は干拓地《かんたくち》の一番奥《おく》で、仕事をしていたのだ。だが夕刻《ゆうこく》、食事にもどってくると、新しい豆のわら山のあいだでリラが待っているのに気がついた。リラは夕方の卵《たまご》集めで忙《いそが》しい、というふりをしていた。ヘルガが結婚《けっこん》して家を出てからは、卵《たまご》集めはリラひとりの仕事になっていた。だがオウェインが近づくと、リラは忙《いそが》しいふりをやめて、卵《たまご》のカゴをかかえて立ち上がった。

「バディールが来て、そして、もう帰ったの。これから一年間は来ないって」リラが言った。

オウェインがうなずいた。「よかった。とにかくこれで、一息つける。もっと力になれるとよかったんだが、リラ、おれの力では、一年が精一杯《せいいっぱい》だった」

リラは大きな白いスカーフで髪《かみ》をおおっていたが、頭をたれて、カゴの中の卵《たまご》を見つめていた。でも次の瞬間《しゅんかん》、心配そうな青い目をまっすぐオウェインに向けた。リラの瞳《ひとみ》がどれほど青いか、オウェインはそのとき初めて気がついた。鮮《あざ》やかではないがやさしい青い瞳《ひとみ》は、ブルーベルの色をしている。「母さんが言ってたの。あなたに助けてもらおうとするのは、まちがってるって」

「そんなことは、気にしなくていいよ」オウェインが言った。

「でも、母さんの言うとおりだわ。もしわたしが聞き分けがよくて、そして……そして勇気があって、かしこければ、今すぐバディールのところに行って、結婚《けっこん》しますと言うと思うの。そうすれば、あなたはわたしたちのために、自由をあきらめ続けなくてすむから。でも、わたしは聞き分けがなくて、それに勇気もない……」

涙《なみだ》がふた粒《つぶ》こぼれ落ちて、リラの頬《ほお》を伝った。オウェインは驚《おどろ》いて、あわてて言った。「泣かないで。どうか泣かないで、リラ。涙《なみだ》がおれのためなら……少しよけいに待つくらい、どうってことない。そして涙《なみだ》が自分のためなら……ほら、一年、もうかったんだ。一年もあれば、何が起こるかわからないじゃないか」

リラはあいているほうの手の甲《こう》で、ごしごしと目をこすった。「泣いてなんかないわ。泣いたとしても、ほんの少しだけ。それに、だれのために泣いているのか、わからないの……でも、何が起こっても、ううん、何も起こらなくて、結局バディールと結婚《けっこん》させられることになっても、わたしにはもう一年あるんだもの……わたしね、絶対《ぜったい》に絶対《ぜったい》に忘《わす》れない。その一年をくれたのが、あなただってこと」

だれかが歯と歯を合わせて、楽しそうに口笛を吹《ふ》いた。口笛がわら山に近づいてきたので、リラはまだ話を終えていなかったが、すばやく警告《けいこく》の低い声を出した。「ブリニよ」

そして泣き顔をかくすために、ちょっと横を向いて言った。「ね、大きな卵《たまご》でしょ？」
「黄身が二個《こ》も入っていそうだね」オウェインが話を合わせた。
何が起こったのか、ブリニは知らないほうがいい。そう、そのほうがずっといい。

第十九章　王の狩《か》り

それ以来、バディール・セドリクソンは、ぱったり姿《すがた》を見せなくなった。バディールの求婚《きゅうこん》話が、このことを知っている四名以外にもれることもなかった。人に話すには、バディールは誇《ほこ》りが高すぎた。

そして何カ月かが過《す》ぎ、秋には雁《ガン》がまた北から渡《わた》ってきた。

その冬、マインの森の村々《むらむら》は、一頭のイノシシに悩《なや》まされていた。以前から奥地《おくち》の森のイノシシが、ときどき湿地帯《しっちたい》にまぎれこむことがあった。大変な厄介《やっかい》もので、人々《ひとびと》はやっとのことで殺《ころ》したり、奥地《おくち》へと追い返したりしてきた。だが今回やってきたのは特別大きくて、気性《きしょう》が荒《あら》く頭もいい、王者のようなイノシシだった。このイノシシの王が、柵《さく》は引っこ抜《ぬ》くは、若木《わかぎ》はかじるはと、耕作地《こうさくち》をめちゃくちゃに荒《あ》らしている。森の周辺では、冬のたそがれに薪《まき》を担《かつ》いで家に帰るとちゅう、いつ遭遇《そうぐう》するともわからず、人々《ひとびと》は恐慌《きょうこう》をきたしていた。今でさえこうなのだから、春になって作物の種がまかれれば、被害《ひがい》はもっと深刻《しんこく》になるだろう。マイン森の男たちは一度ならず捕獲隊《ほかくたい》を出して、このイノシシを捕《つか》まえようとしたのだが、結果は仲間をふたり失っただけだった。

そんな折、王が御《お》ふれを出した。アザラシ島の南端《なんたん》にまで、御《お》ふれは届《とど》いた。そこはかつてローマ人の海辺の保養地《ほようち》だったところだが、今では漁師小屋《りょうしごや》がゴタゴタとあるだけだ。御《お》ふれによれば、王者のイノシシを槍《やり》で仕留《しと》めるために、王自らが出向いて狩《か》りを行う。それゆえ王の狩《か》りに参加したい者はだれでも、指定された日の夜明け、森の中の指定の場所に集まるように、ということだった。

鍛冶職《かじしょく》のブランドのところへ、新しい鋤《すき》の刃《は》を取りにいったブリニが、村からこの知らせを持ってきた。ブリニの瞳《ひとみ》は霜《しも》をおいたように深くキラキラと輝《かがや》き、日焼けした頬《ほお》も紅潮《こうちょう》している。「王の狩《か》りに参加できるんだ！」ブリニが告《つ》げた。

家の門のところで、オウェインはブリニと出会い、ブリニが熱心に話すのを聞き終えると、重々《おもおも》しくうなずいた。「王は、勢子《せこ》が大勢《おおぜい》必要なんだな。音を出させて、イノシシを追いこむ作戦だろう。イノシシといっても、入江《いりえ》の南側のおれたちには、関係ないんだが」

「暴《あば》れ者のイノシシだから、いつ入江《いりえ》を越《こ》えてくるか、わかるもんか。そうなったら、関係ないなんて言えるわけないだろ」ブリニは、アザラシ島の名誉《めいよ》が危《あや》ういとでも言うように、オウェインに食ってかかった。「それから、勢子《せこ》って言ったけど……」ブリニは挑戦《ちょうせん》的に頭をそびやかした。「おれは王の乳兄弟《ちきょうだい》の息子《むすこ》だ。王はそんなこと忘《わす》れちゃったようだけど……。オウェインはよかったら、勢子《せこ》として森に入って、叫《さけ》んだり、やぶに火をつけたりして、イノシシを追いこんでくれ。でもおれは槍《やり》を持って、イノシシと戦うからな！」

ふたりは黙《だま》ったまま、一瞬《いっしゅん》見つめ合った。だがオウェインの口の端《はし》がゆがんだのを見て、ブリニはうれしそうに笑いだした。「まったくもう、おれをからかったな。おれが勢子《せこ》になるはずはないって、思ってたんだろ」

「そのとおり。あなたが勢子《せこ》として参加するはずはないと思った」オウェインが同意した。

ふたりはイノシシ狩《が》り用の古い槍《やり》を出してきた。その夜、ブリニは火のそばに座《すわ》って、白砂《しらすな》で槍《やり》を磨《みが》いた。歯と歯を合わせて口笛を吹《ふ》いていたが、これはオウェインが古傷《ふるきず》をかくのと同じで、ブリニが考え事をするときのくせだった。

その三日後、指定された日がやってきた。集合場所まで歩いて一時間ほどかかるので、ブリニとオウェインとはまっ暗なうちに出発した。昔からある渡《わた》し場で、村からやってきた三、四人の男が合流した。渡《わた》し場のマンナ老人が、明け初《そ》めもしないうちにたたき起こされたと文句《もんく》を言いながら、今にも壊《こわ》れそうな小さな渡《わた》し船を出してきた。二度往復《おうふく》して全員を渡《わた》してからも、まだぶつぶつと文句《もんく》をたれているマンナ老人を残して、男たちはさびれたレグナム街道《かいどう》を進んでいった。

ブリニはあいかわらず歯と歯を合わせて口笛を吹《ふ》きながら、大股《おおまた》で先頭を歩いている。ブリニにとっては初めてのイノシシ狩《が》りだし、おびえるような少年ではないから、興奮《こうふん》するのも無理はない。だがオウェインは、ブリニが何かとんでもないことをたくらんでいるような気がしてならなかった。やはり勢子《せこ》として参加するよう説得《せっとく》すべきだろうか。だがブリニは猟《りょう》が得意《とくい》だった。力も技術《ぎじゅつ》もあり、そのうえ獲物《えもの》の行動を本能《ほんのう》的に嗅《か》ぎわけた。野生の獣《けもの》の心に寄《よ》りそうことができる、限《かぎ》られた人間のひとりなのだ。だいいち勢子《せこ》になったところで、何か無茶をやりかねないことに変わりはない。オウェインにできることは、なるべくブリニから目を離《はな》さないことだけだろう。いずれにしても、曲がり足のバディールが狩《か》りに参加しないことだけは、ありがたかった。戦争はまた別だが、イノシシを追って森や荒《あ》れ地を歩き続けるのは、足の悪い男にとっては負担《ふたん》が大きいのだろう。つまり心配事がひとつは減《へ》ったというわけだ。オウェインは深く息を吸《す》いこんだ。きょうの命知らずの狩《か》りへの期待で、自分の胸《むね》も高鳴るのを感じる。リズミカルな大股《おおまた》の歩調で、王の定めた集合場所へと向かっていった。

二日前に雪が降《ふ》り、半分溶《と》けたが、また凍《こお》っていた。木々《きぎ》の下やくぼんだところ、道路のへりの水路ぞいには、まだ白いものが残っていた。地面を踏《ふ》みしめると、霜《しも》の感触《かんしょく》と溶《と》けかけの雪の感触《かんしょく》が両方伝わってくる。だが空中にただよっているのは、春の訪《おとず》れを告《つ》げる、冷たい緑の匂《にお》いだ。男たちはクンクンやっては、こんな朝にはこういう匂《にお》いも悪くないと、口々《くちぐち》に言い合った。

男たちが集合場所に着くころにようやく夜が明けて、冷たく輝《かがや》く黄色の光が、東から幾《いく》筋《すじ》も射《さ》していた。先に着いた男たちが寒さをしのごうと火をたいていたので、オウェインたちも仲間に入った。もうかなりの人数が集まっていたが、さらにどんどん増《ふ》えている。マインの森の農家の半分に加えて、アザラシ島の数軒《すうけん》からも、男たちが集まってきたようだ。みんなが火のまわりに押《お》しよせて、話したり笑ったりしている。数カ月ぶりに会う者同士《どうし》があいさつを交《か》わし、近況《きんきょう》を報告《ほうこく》しあい、ナイフやイノシシ狩《が》り用の槍《やり》の切れ味を調べあった。

ゆっくりと空が明るくなってきた。オウェインが空を見上げると、マガモが長い列を作って高くを飛んでいくのが見えた。最初のマガモの群れを見送ってすぐ、ひづめの音が聞こえた。何かを問いかける声に続いて、すばやく笑う低い声も聞こえた。王が到着《とうちゃく》したのだ。

馬は、近くの農場へ預《あず》けられた。ヘーゲル王が炉辺《ろへん》の仲間を従《したが》えて、道端《みちばた》のたき火の方へと進み出た。ヘーゲル王の革《かわ》の狩猟服《しゅりょうふく》は風雨にさらされた古いもので、獲物《えもの》の血が黒いしみとなってあちこちについていた。まわりには猟犬《りょうけん》が群がっている。自分の槍《やり》を自ら携《たずさ》えた王は、たき火のまわりの男たちをすばやく、値踏《ねぶ》みするように見まわした。王の呼《よ》びかけに応《こた》えてどんな狩猟隊《しゅりょうたい》が集まったのか、見届《みとど》けようとしたようだ。「まずは朝のあいさつをおくる。友よ、そして、隣人《りんじん》たちよ。きょうはよい狩《か》りとなりそうだ」そう言うと、王のまわりへ進み出ていた長《おさ》たちを見ながら、勢子《せこ》の配置について質問《しつもん》した。それから昨夜のイノシシの居場所《いばしょ》について情報《じょうほう》を持ってきた男にすばやく何かを聞き、きょうの作戦を練った。「黒森の向こう、と言ったな？　よし。まだそこにいるとすれば、森のくびれとブレミア堤防《ていぼう》の間のどこかへ追いつめるのがいいだろう」

こうして王の狩《か》りが始まった。猟犬《りょうけん》と人の群れはかたまったまま東へとゆっくり移動《いどう》して、黒森をめざした。この森はペガズ・ハム村の向こうの海沿《うみぞ》いの湿地帯《しっちたい》へと続いている。湿地帯《しっちたい》の海に浮《う》かぶ島のような黒森は、今、冬の朝日に照らされても、その名のとおり、黒々《くろぐろ》としていた。黒森が見えるところまでくると、狩人《かりゅうど》たちは猟犬《りょうけん》を放そうと立ち止まった。だがちょうどそのとき、少年が後ろを振《ふ》りかえりながら、森から飛びだしてきた。そしてまだ男たちのところにたどりついてもいないうちから、何やら大声で言い始めた。

「イノシシはまだ中にいます！　湿地帯《しっちたい》には行っていません。それに森のくびれにいる鳥が、まったく騒《さわ》いでいません。だから、そっちにも行っていません！」

長いこと待たされた。王の狩人《かりゅうど》たちはつないだままの猟犬《りょうけん》を連れて、獲物《えもの》の跡《あと》をあちこち探《さが》しまわった。その後、森と黒森とを結ぶ細い茂《しげ》みのずっと奥《おく》で、一頭の猟犬《りょうけん》が吠《ほ》えた。

「おお！　ガルムがイノシシを見つけたぞ。あの犬が吠《ほ》える声だけは、どこにいようと、すぐわかる」王が言った。

今では他の犬も吠《ほ》えはじめた。うっそうとした太古の森で、狩《か》りの角笛の音が細く鳴りわたり、湿地帯《しっちたい》からはおびえたチドリがいっせいに飛びたった。それまでは軽い駆《か》け足だった狩猟隊《しゅりょうたい》は足を速め、突然《とつぜん》、全員が走りだした。

樹林《じゅりん》のなかに入ったため、低く垂《た》れた枝《えだ》が顔を打ち、槍《やり》にからみついてくる。腐《くさ》った木の切り株《かぶ》に足をとられ、木々《きぎ》の間が少し開いていると、今度はイバラがまるで生き物のように、とげで襲《おそ》ってくる。前方の森から、猟犬《りょうけん》の吠《ほ》え声や角笛のかすかな音が聞こえてきた。勢子《せこ》が近づいてきて、彼《かれ》らの叫《さけ》び声が聞こえるようになった。勢子《せこ》はぐるりと囲《かこ》むようにして叫《さけ》び声をあげているが、たがいの間隔《かんかく》を次第《しだい》に狭《せば》めている。オウェインはその声を耳にしながら頭を低くして走り、前を走るブリニのきゃしゃな姿《すがた》を追った。

それから息ひとつするまに、様子が一変し、いよいよ核心《かくしん》に迫《せま》った。冬のゲイル風でイチイの巨木《きょぼく》が倒《たお》れ、まわりの木々《きぎ》を押《お》しつぶしたために空き地ができていたのだが、狩猟《しゅりょう》隊《たい》はこの空き地にさしかかった。すると空き地の向こうに、倒《たお》れた大きな木の幹《みき》を背景《はいけい》にして、まるで待ち構《かま》えていたかのように、巨大《きょだい》な黒イノシシが立っていた。

あれは本当に血の通った生き物か？　森の暗い大地の一部、いや、森の悪霊《あくりょう》のようだ。頭を低くして、体をゆっくりと左右にゆすっている。カッと燃《も》えている石炭のように、目が赫《あか》い。悪気《あっき》に満ちた黒い顔に、曲がった大きな牙《きば》がひときわ目立っている。あごから黄色いよだれがだらだら流れていて、雪に落ちては湯気を立てた。

吠《ほ》え狂《くる》っていた猟犬《りょうけん》の群れは、ひもを解《と》かれたとたんに、飛びでていった。森の奥《おく》では、勢子《せこ》が叫《さけ》んだり叩《たた》いたりする物音が、なお囲《かこ》みをせばめている。空き地をぐるりと取り囲《かこ》んだ狩人《かりゅうど》は身をかがめ、槍《やり》の石突《いしづ》きを地面に固定して、槍《やり》ぶすまを作った。オウェインはブリニのま後ろの二列目にいた。イノシシが突進《とっしん》してきた場合に備《そな》えて、皆《みな》と同様槍《やり》を構《かま》えているが、ナイフもすぐに出せるようにしてある。二列目にいる狩人《かりゅうど》は、前にいる者が……今は、ブリニだ……槍《やり》で突《つ》いたとき、獲物《えもの》を殺《ころ》す手伝いをする可能性《かのうせい》が高いからだ。

猟犬《りょうけん》はイノシシを取り囲《かこ》み、イノシシが頭をゆらすたびに、悪魔《あくま》じみた黒い顔に向かって吠《ほ》えたてていた。オウェインは、ブリニの緊張《きんちょう》した肩《かた》ごしに、イノシシの背中《せなか》の黒い剛《ごう》毛《もう》と敵意《てきい》に燃《も》えた小さな赤目を見た。冷たい空気のなか、鼻が曲がりそうな悪臭《あくしゅう》がする。

イノシシが二、三歩前にのめると、王の猟犬《りょうけん》の中で最も勇猛《ゆうもう》なガルムが、イノシシの喉元《のどもと》めがけて轟然《ごうぜん》と飛びかかった。とたんにあたりは阿鼻叫喚《あびきょうかん》の修羅場《しゅらば》と化した。猟犬《りょうけん》はいっせいに獲物《えもの》に飛びかかった。うなったり吠《ほ》えたりしながらイノシシに噛《か》みつき、振《ふ》り落とされてはまた飛びかかる。もはやイノシシと狩猟犬《しゅりょうけん》というより、両方が入り混《ま》じった不気味な塊《かたまり》だった。その塊《かたまり》が空き地を転がって、人間の方へと近づいてくる。

イノシシは槍《やり》ぶすまに近づきながら、次々《つぎつぎ》に犬を振《ふ》り払《はら》った。ガルムも飛ばされ、もう一度飛びかかったが喉元《のどもと》をはずした。巨大《きょだい》な黒い肩《かた》に喰《く》らいついたものの、また振《ふ》り飛ばされ、たたきつけられた。大きなぶちの犬は雪を朱《あけ》に染《そ》めて、断末魔《だんまつま》にひくひくとあえいでいる。森の悪魔《あくま》は、喰《く》らいついてくる犬を蹴《け》ちらして、猛然《もうぜん》と突進《とっしん》してきた。待ち受ける槍隊《やりたい》の目には、まるで猛《たけ》り狂《くる》った大地が押《お》し寄《よ》せてくるように見えた。イノシシは弓形の槍《やり》ぶすまのまん中、王と側近《そっきん》が待ち受けている場所に向かったが、そこにたどり着くとはなかった。犬が蹴《け》ちらされたとき、若《わか》きブリニが、構《かま》えた槍《やり》のかげで背《せ》を伸《の》ばして腕《うで》を振《ふ》り上げ「ハイー、ヤイ、ヤイ、アイー！」と雄叫《おたけ》びを上げたのだ。そのうえ、まるで遠くにいる友人を振《ふ》り向かせようとするように、槍《やり》を頭上で振《ふ》りまわした。

阿鼻叫喚《あびきょうかん》のなか、叫《さけ》び声は効果《こうか》がなかったものの、突然《とつぜん》の動きが巨大《きょだい》な獣《けもの》の注意を引き、怒《いか》りをあおった。さっきまでイノシシは狩《か》りそのものに怒《おこ》っていたのだが、ねらいが定まり一点に集中した。向きを変えると、まっしぐらにブリニへと向かって突進《とっしん》してきた。

オウェインは一瞬《いっしゅん》、はらわたを氷の手でつかまれたような気がした。次の瞬間《しゅんかん》、巨大《きょだい》な野獣《やじゅう》が飛びこんできて、ブリニの槍《やり》の穂先《ほさき》に激突《げきとつ》した。槍《やり》は獣《けもの》の突進《とっしん》の勢《いきお》いを受けて、ズブリと突《つ》き刺《さ》さり、十文字鍔《つば》でようやく止まった。だが獣《けもの》の体を深く突《つ》いたとはいえ、致《ち》命傷《めいしょう》になってはいない。まだ終わらない。静止したようなこの瞬間《しゅんかん》に、ブリニの肩《かた》がよじれて怒張《どちょう》しているのを、オウェインは見た。ブリニは足で槍《やり》の石突《いしづ》きを保《たも》とうとしたものの、はねられた。それでも槍《やり》の柄《え》にしがみついているが、まるで犬に振《ふ》りまわされるネズミのように、ぶんぶん振《ふ》りまわされている。

「手を離《はな》すな、ブリニ！」オウェインが叫《さけ》んだ。「手を離《はな》すんじゃない！」オウェインは飛び出した。だがその瞬間《しゅんかん》にも、ブリニが手を離《はな》し、黒い悪魔《あくま》に踏《ふ》みしだかれる光景が目に浮《う》かんだ。オウェインは吠《ほ》え狂《くる》っている猟犬《りょうけん》をかいくぐり、槍《やり》を短く持った。他の者たちが穂先《ほさき》を冬陽《ふゆび》に光らせて飛びこんできたのと、オウェインが猟犬《りょうけん》の体を避《さ》けて槍《やり》を突《つ》き立てたのは同時だった。今やオウェインも、振《ふ》りまわされていた。握《にぎ》った槍《やり》の柄《え》が、生きているようにふるえ、オウェインは息も絶《た》え絶《だ》えだった。イノシシの悪臭《あくしゅう》と生臭《なまぐさ》い血のにおいで喉《のど》がつまり、世界がゆらいで目がまわり、息ができない。だが突然《とつぜん》、すべてが終わった。イノシシの息の根を止めたのは、オウェインの穂先《ほさき》か他の狩人《かりゅうど》のものか、わからなかった。あるいはブリニが突《つ》いた槍《やり》が、結局致命傷《ちめいしょう》になったのかもしれない。巨大《きょだい》な野《や》獣《じゅう》は身震《みぶる》いした。人間に対する敵意《てきい》をふりしぼるようにして、ここを先途《せんど》と立ちあがったが、再《ふたた》びどうっと倒《たお》れた。森が震《ふる》えて、頭を垂《た》れた。

オウェインはゆっくり立ちあがると、荒《あら》い息のまま立っていた。イノシシの胸《むね》のブリニの槍《やり》のとなりに、まだオウェインの槍《やり》が刺《さ》さっている。

猟犬《りょうけん》が二頭、死んでいた。他にも横腹《よこばら》を裂《さ》かれて血を流している犬がいた。ブリニも立ちあがった。日焼けした肌《はだ》は死人のように蒼白《そうはく》だったが、目を輝《かがや》かせてほほえんでいた。無言でイノシシの肩《かた》に片足《かたあし》をかけて、かがんで槍《やり》を抜《ぬ》き取った。

男たちがまわりを取り囲《かこ》んだ。猟犬《りょうけん》はムチで追い払《はら》われ、吠《ほ》える声は止《や》んだが、口をきく者はいない。オウェイン自身はあえぐように息をしており、呼吸《こきゅう》のたびに肋骨《ろっこつ》の打ち身に痛《いた》みが走った。ブリニに言わなければならないことがあるが、他の男の前で言うつもりはなかった。

だれかを通すために集団《しゅうだん》が分かれて、そこにヘーゲル王が立っていた。王は顔面蒼白《がんめんそうはく》の少年を見てから、足元の巨大《きょだい》な黒イノシシのぞっとする死骸《しがい》へと視線《しせん》を移《うつ》し、また少年を見た。「ばかものめ!」ヘーゲル王の目は冷たく、怒《いか》りのあまり声がざらついていた。「神々《かみがみ》の鉄槌《てっつい》を! 無知無謀《むぼう》とはおまえのことだ。わしの息子《むすこ》なら、背中《せなか》の皮をひんむいて、革《かわ》ひもにしてやるところだ! 王のイノシシを仕留《しと》めようなどと不埒《ふらち》な考えを、おまえのような子どもに吹《ふ》きこんだのは、いったいどこの何やつだ?」

ブリニの肌《はだ》は蒼白《そうはく》からまっ赤になったが、それでもまだ笑《え》みを絶《た》やしていない。「ヘーゲル王に申し上げます。だれでもありません。自分で考えました。王のイノシシを殺《ころ》してしまい、お怒《いか》りを買ったことについては、あやまります」

王は視線《しせん》を落とし、黒い死骸《しがい》にまだ突《つ》き刺《さ》さったままの二番手の槍《やり》や、他の者がナイフで負わせた刺《さ》し傷《きず》を見た。そして一瞬《いっしゅん》オウェインの目をとらえたが、あごひげに囲《かこ》まれた唇《くちびる》にはぴくりと笑いがきざしていた。何と言おうと、獲物《えもの》に一番槍《やり》を突《つ》き立てたのは、この少年にまちがいない。「それについては、王はすでに何度もイノシシを仕留《しと》めているゆえ、大目にみてもよい」ヘーゲル王の声からは、厳《きび》しい怒《いか》りの響《ひび》きは消えていた。それから急に声の調子を変えて質問《しつもん》した。「ところで、おまえはだれだ?」

「王の乳兄弟《ちきょうだい》ベオルンウルフの息子《むすこ》、ブリニです」ブリニがこう言ったとき、オウェインは納得《なっとく》した。イノシシの気を引いたのは、狩《か》りの興奮《こうふん》のためでなく、王の目に留《と》まるだけの価値《かち》があると思ったからだ。

ヘーゲル王は少しそりかえると目を細めて、若《わか》き狩人《かりゅうど》の大きな輝《かがや》く目を長いこと見ていた。「そうか。おまえは父親にあまり似《に》てはおらんな。おまえに会うのは、四つ前の夏以来だが」王の声はおだやかだった。

「なぜですか?」ブリニは向こう見ずに、つっかかっていった。「王はよくしてくださいました。作物が乏《とぼ》しいときには食べ物を、牛まで、贈《おく》ってくれました。それなのに、父がウォーデンスベオルグで死んでから、王の影《かげ》はうちの敷居《しきい》をまたいではくれませんでした」

そばにいた男のひとりが、怒《おこ》って割《わ》りこんできた。しかし王はすばやく片手《かたて》を上げて、それを制《せい》した。ヘーゲル王はあごひげをなでながら立っていたが、目には軽い笑《え》みが浮《う》かんでいた。「どうやらおまえは、イノシシの王だけでなく、人間の王まで組み伏《ふ》せたいようだな。大胆《だいたん》であつかましいというのも、戦士《せんし》としてはいいかもしれん。また大ガラスが集まるようなことになれば、役に立つ……ところで、ベオルンウルフの息子《むすこ》ブリニよ、おまえはいくつだ？」

「わが君、ヘーゲル王に申し上げます。十四歳《さい》です」ブリニはあわててつけ足した。「でもサンザシの実が出るころには、十五になります」

「よろしい。ではサンザシの実が熟《じゅく》す前に、おまえを呼《よ》び出すとしよう。ああ、だが、今回は戦《いくさ》のためではない。戦《いくさ》以外にも、王は側近《そっきん》の戦士《せんし》を召《め》しだす必要があるのでな」ヘーゲル王は深くくぼんだ目を少し上げ、冷静に思案しているようすでオウェインをながめた。「それからおまえだが、覚えているぞ。サクソンの盾《たて》に混《ま》じって戦った、ブリトンの槍《やり》だな。今でも母語を話せるか？」

「忘《わす》れてはおりませんが」オウェインは、不思議な質問《しつもん》だと思いながら答えた。

「よかろう」ヘーゲル王は長いことオウェインを見ていた。将来《しょうらい》の必要にそなえて、覚えておこうとでもいうようだった。それからまたブリニのほうを向くと、巨大《きょだい》な黒い死骸《しがい》を蹴《け》った。「それにしても、われわれはきょうの大事な仕事を忘《わす》れている。こいつのはらわたを抜《ぬ》かねばならん。その後は……おまえの獲物《えもの》だが、これをどうしたいのだ？」

「王への贈《おく》り物にします」ブリニは臆《おく》することもなく言った。

ヘーゲル王はカラカラと笑った。「それはまた気前がいいことだ。しかし牙《きば》と皮はとっておけ。おまえの戦闘《せんとう》用の兜《かぶと》を飾《かざ》るためだ」

ヘーゲル王は振《ふ》り返って体を伸《の》ばすと、自分の槍《やり》を置いたところへと歩いていった。

第二十章　静かな場所

ウィロコニウムの町もサクソンの民《たみ》がチーザス・キスターと呼《よ》ぶレグナムの町も、過去《かこ》の亡霊《ぼうれい》だけが住む荒《あ》れはてた場所と化していた。そんなひっそりとさびれた町の後で見たせいか、エゼルベルフト王の都のありさまには、オウェインは度肝《どぎも》を抜《ぬ》かれた。サクソン族の王たちは農場主でもあるため、ふつうは森林地帯に農場を作ってそこを住まいとする。だがケント王エゼルベルフトは、古都の跡《あと》に自分の都カンティスバーグ（現《げん》カンタベリー）を置いた。そうしたのは、この王は戦士《せんし》というより商人の一面があるからだろう。もっともこの都には王の農場もあるので、農場と古都がむりやり混《ま》ぜあわされたように見える。その結果が、かつては壮麗《そうれい》な姿《すがた》を誇《ほこ》っていた柱廊《ちゅうろう》の梁《はり》に沿《そ》ってびっしりとかけられた、コクマルガラスの巣というわけだ。オウェインは西門から帰るとちゅう、あちらこちらの道をあてもなくうろつきながら、そんなことを考えていた。道路や城壁《じょうへき》の多くは、ローマ人の町ドルノワリア（現《げん》ドーチェスター）のものだ。だがアシやシダで葺《ふ》いた屋根や、道をさえぎる肥《こ》やしの山は、カンティスバーグのものだった。道端《みちばた》でブタが食べ物をあさっている。雄牛《おうし》がモーと鳴く。さまざまなにおいがするが、おおむね農場の家畜《かちく》や土のにおいだった。

オウェインは今は他にすることもなかったので、ふたつの道が交わるところに立って、エゼルベルフト王の都の人々《ひとびと》が用ありげに行き過《す》ぎるのをながめていた。二、三週間前にヘーゲル王に召《め》し出された時のことが、ぼんやりと思い出される。今朝起こったことよりも、あの時のことを考えた方がよさそうだ。

奇妙《きみょう》なことに――少なくともその時はそう思った――王のお召《め》しは、ブリニだけでなく、オウェインもいっしょにとのことだった。「わが盾《たて》であるサクソンの戦士《せんし》と共に戦った、あのブリトンの戦士《せんし》も参上するように。母語を忘《わす》れていないことを望む」使者は、暗記していた王の言葉をそのまま伝えた。オウェインはわけがわからなかった。ふたりとも持参する武器《ぶき》は自分の剣《けん》のみ、と命じられたため、どうやら戦の召集《しょうしゅう》ではないらしい。そういえば王自身が、戦《いくさ》のためではないと語っていた。「今回は戦《いくさ》のためではない。戦《いくさ》以外にも、王は側近《そっきん》の戦士《せんし》を召《め》しだす必要がある」と。

三日後、王の大広間で告《つ》げられた理由は、実に単純《たんじゅん》なことだった。ヘーゲル王自身が、ケントのエゼルベルフト王から呼《よ》び出されていたのだ。ヘーゲル王はこのことを、冬の終わりのあのイノシシ狩《が》りのころには、すでに知っていたにちがいない。上王であるエゼルベルフトは、自分の支配《しはい》下の小王たちを呼《よ》び集めて、夏至《げし》の日にカンティスバーグで何やら大会議を催《もよお》すつもりらしい。みなに計《はか》って法を設定《せってい》し、部族間の境界《きょうかい》を決定しようということのようだ。このことについては、オウェインは今もまだよくわからないままなのだが、どうやら他の者も同様らしかった。盟約《めいやく》を交《か》わしたブリトンの小王も集まるようだが、彼《かれ》らは上王に仕《つか》えているつもりはないだろう。南サクソン《サセックス》王ヘーゲルはせっかく自分の戦《せん》士《し》の中にブリテン人がひとりいるのなら、その者を利用しない手はない、と考えたのかもしれない。ブリトン側の話の通訳《つうやく》ができるばかりか、ブリトン側の考え方を理解《りかい》する助けになるかもしれないのだから。

そんなわけで、ヘーゲル王がケントへ向かう船に乗りこんだときには、オウェインも同乗した。他に同行したのは、王の顧問官《こもんかん》三名と、血縁《けつえん》や側近《そっきん》の戦士《せんし》からなる小さな親衛隊《しんえいたい》だった。その中にはバディールやブリニもいたが、ブリニときたら二十回も戦いに参加した英雄《えいゆう》であるかのようにしゃちほこばって歩いていた。そんなことすべてがずいぶん昔のことのように思える。乗船中はひどい嵐《あらし》に見舞《みま》われ、オウェインは船酔《ふなよ》いに苦しんだ。おかげで航海《こうかい》のとちゅうから、ドゥブリス（現《げん》ドーバー）にある朽《く》ちたローマの灯台のたもとに上陸したまでの記憶《きおく》が、緑がかった船酔《ふなよ》いのベールにおおわれていた。上陸すると、一行のために馬が用意されてあった。ひと晩《ばん》そこで休んだが、オウェインが泊《と》まった納屋《なや》の床《ゆか》は、大波にもまれるように、ひと晩《ばん》中グラグラとゆれ続けた。翌朝《よくあさ》出発し、ローマ軍の広く立派《りっぱ》な道路の残骸《ざんがい》をたどっていった。道路は巨大《きょだい》な森を抜《ぬ》けてカンティスバーグまで、槍《やり》のようにまっすぐ続いている。もっとも、ローマ軍団《ぐんだん》が行進したころと違《ちが》って道は荒《あ》れはてていたから、目的地に着くまでに二日もかかってしまった。それでも昨日の夕刻《ゆうこく》、一行はエゼルベルフト王の都に馬を乗り入れた。

　西サクソン《ウエセックス》のシール王とその弟のシールウルフも、族長や戦士《せんし》の一団《いちだん》を引きつれて、すでに到着《とうちゃく》していた。東アングルの王レッドワルドはその夜遅《よるおそ》く、お抱《かか》えの竪琴《たてごと》弾《ひ》きを従《したが》えて到着《とうちゃく》した。人々《ひとびと》が集まるにつれ、カンティスバーグ中がワーンと低いうなりを上げ始めた。全員が集まるまで、音はさらに深く、さらに大きくなっていくのだろう。オウェインはまた歩きまわりながら考えた。大会議が開催《かいさい》されれば、そしてヘーゲル王が本当に自分を必要としているのなら、何かするべきことがあるだろう。オウェインは仕事がなくて手が空《あ》いているという状態《じょうたい》に慣《な》れていなかったので、自分をもてあましていた。

歩いているうちに西門の先にある王の厩舎《きゅうしゃ》まで来てしまったのは、他にすることがなかったからだ。少なくともオウェインは自分に、それだけの理由だと言い聞かせていた。もしテイトリをひと目でも見たくて来たのなら、それはおろかというものだ。テイトリは、もういないのだ。そう思わなくては。

そしてオウェインは実際《じっさい》に、あの馬をひと目見たのだった。白馬が雌馬《めすうま》とともに走っているのが見えたが、ずいぶん遠くだったから見分けはつかなかった。だが目ではわからなくとも、心が「テイトリだ」と叫《さけ》んだ。もし昔のあの口笛を、海辺の鳥の鳴き声のような口笛をここで吹《ふ》いたなら、テイトリは何かを思い出してくれるだろうか。だがオウェインは、試《ため》すようなことをしてはいけない、とわかっていた。

「おれはこれまで、三頭の神馬《じんめ》を世話してきたが」オウェインのとなりで柵《さく》の板に寄《よ》りかかっていた、厩番《うまやばん》の頭《かしら》が言った。赤ら顔で、ひどい塩辛声《しおからごえ》をしている。「あんな馬は初めてだ。あの馬はフレイ神の元へと帰る前に、人間を殺《ころ》さずにゃおくめえ。そうじゃなきゃあ、馬があんな目をしているはずはねえやな。あの馬は、南サクソン《サセックス》地方から連れられてきたんだ」

「知ってる」オウェインは声をひそめるようにして言った。「前に見たことがあるんだ」

オウェインは自分のとなりに影《かげ》があることを、見たというより感じた。その影《かげ》とは、曲がり足のバディールだった。オウェインと同じくバディールも、広い飼育場《しいくじょう》の奥《おく》に目を向けて、風にゆれる白い炎《ほのお》のような馬の姿《すがた》を追っていた。なるほど、バディールもやはり忘《わす》れられないのか……。

やがて、バディールが振《ふ》りかえった。冷たく冴《さ》えた目は一瞬《いっしゅん》オウェインをとらえたが、そのまま素通《すどお》りした。そして厩頭《うまやがしら》に向かって、絹《きぬ》のようになめらかな声で言った。「この男が言わないことを、わたしが代わって教えてやろう。あそこにいる神の馬が生まれたとき取りあげたのは、他ならぬこの男だ。許《ゆる》されて調教を行ったのも、こいつだ。あの馬は今でこそ偉大《いだい》で恐《おそ》ろしい存在《そんざい》だが、以前はこいつが口笛を吹《ふ》くと、まるで犬ころのように飛んできたものだ。もうひとつ教えてやるが、こいつは今、こう思っていたところだ。昔のように口笛を吹《ふ》けば、あの馬はまだ来るだろうか、とな。神に向かって口笛を吹《ふ》くことが、冒涜《ぼうとく》でなければだが」

オウェインは、自分の心に秘《ひ》めていた大切な思いが、突然覆《とつぜんおお》いをはがされ、はだかにされて野次馬《やじうま》の前につきだされた気がした。オウェインにそう思わせせようとしたバディールの思惑《おもわく》どおりだ。ちくしょう！　オウェインは、何も言わずふたりに背《せ》を向けた。何か言えば、自分を押《お》さえられる自信がなかったので、そのまま立ち去った。

怒《いか》りと惨《みじ》めな気持ちを抱《かか》えたまま、オウェインは角を曲がった。まだ子どものブタがキーキー鳴きながら前を通ったので、よけた拍子《ひょうし》に、向こうから来た男とぶつかりそうになった。改めてよけようとしたところ、相手は白髪頭《しらがあたま》の小柄《こがら》な老人だった。「失礼しました、おじいさん」と言って立ち去ろうとすると、次の瞬間《しゅんかん》思いがけない強さで肩《かた》をつかまれ、ぐるりと振《ふ》り向かされた。オウェインが目をやると、琥珀色《こはくいろ》に輝《かがや》く独眼《どくがん》が、大きな鷲《わし》鼻《ばな》ごしにカッと見上げているではないか。「わしのほうが、物覚えがいいようだな」老人が言った。「サクソン軍の陣地《じんち》で、ブリトン人の太刀《たち》持ちと出会ったことを、わしは忘《わす》れてはおらんぞ！」

見知らぬ老人と見えた人物がエイノン・ヘンとわかって、オウェインは信じられないほどうれしく、同時になぜか救《すく》われた気がした。オウェインは肩《かた》に置かれた老人の手に、自分の手を重ねた。「エイノン・ヘン、まるで雲に乗っているみたいだな！　まさかカンティスバーグでお会いできるとは思いもよりませんでした。すみません、今、他のことで頭がいっぱいだったんです」

「よほど大変なことのようだな。わしの顔は他とちがって、簡単《かんたん》に忘《わす》れられるような顔ではないはずだが」

「ずっと以前に、生まれる瞬間《しゅんかん》に立ち会った子馬のことを考えていたんです。では、キムルの諸王《しょおう》も、もうこちらに？」オウェインが尋《たず》ねた。

「いや、まだだ。実はわしはまだふるさとに帰る日を迎《むか》えられずにいるのだ。盟約《めいやく》以来わが民《たみ》は、サクソンの王国に公使を置かなければならなくなったんでな。つまりわしがこの地で、キムルの民《たみ》のために、つとめを果たしているというわけだ。もう三年になろうかの。しかしブリトンの言葉を聞くのは、やはりいいものだな」

「おれも」オウェインが言った。「実はおれも事情《じじょう》があって、エイノン・ヘン」ふたりは、通行人の波に逆《さか》らうように立っていた。二匹《ひき》の犬がけんかをはじめ、戸口にいた子どもが、家の中に入りこんできたさっきのブタにぶつかって転び、ワーワー泣いている。オウェインは、騒音《そうおん》に負けないよう声を張《は》り上げた。「どこか、話ができる静かな場所はありませんか？　そこへごいっしょするわけにはいかないでしょうか？」

老公使はうるさく狭《せま》い通りで、静かにオウェインを見上げた。「静かな場所があるぞ……カンティスバーグ中で、静かな場所はあそこしかないという場所がな。実は、わしは今そこへ行くとちゅうだったんだよ。おまえがいっしょに来てくれたら、こんなにうれしいことはない」エイノン・ヘンは笑顔《えがお》になって言った。

ふたりは一本の通りを行き、それから別の通りに入った。エイノン・ヘンが前を歩き、オウェインがその後に続く。ふたりは、かつてのローマ総督《そうとく》の館《やかた》——今ではエゼルベルフト王の館《やかた》となっているが——の近くまでやってきた。通りを離《はな》れ、崩《くず》れかけた門を入っていくと、小さな中庭があった。この庭一面に、クワの木がまだらな影《かげ》を落としている。小さな屋根つきの柱廊《ちゅうろう》があり、その折れた柱と柱の間から、遠くの壁《かべ》の扉《とびら》が開いているのが見える。そこは、静けさに満ちていた。クワの葉の影《かげ》のように、静けさが目に見えるような気がする。

「ここは、どういう場所なのでしょう?」オウェインが、あたりを見まわしてたずねた。

「聖《せい》マルティヌスの教会だ。さあ、こっちへ」老人が当然のことのように話すので、老人の後ろを歩いていた若者《わかもの》も、そのときは当然のことのように受けとめた。ジュート人の王国の都、ここカンティスバーグに、キリスト教の教会が……廃墟《はいきょ》ではなく、実際《じっさい》に使われている教会が……あるのは変なのか、それとも変ではないのか、よくわからなかった。中に入ってみると、お香《こう》のにおいがただよっていた。お香《こう》にまじっているのは、古い時代と影《かげ》のひっそりしたにおいだったかもしれない。ずっと奥《おく》では、ゆらめくロウソクの灯《あか》りのもと、司祭の前にひざまずく三人の女の姿《すがた》があった。

彼《かれ》らの姿《すがた》は意外だったようで、エイノン・ヘンはためらった。「お后様《きさきさま》がお祈《いの》りに来るにしてはおそい時間だな。それとも、思ったよりも、まだ早い時間か」エイノン・ヘンがささやいた。「ここで待つとしよう」そして二段《だん》の急な階段《かいだん》を静かに降《お》りると、扉《とびら》の内側のかげになるところに身を寄《よ》せ、オウェインにも同じようにさせた。

老人とともに脇《わき》によけて、オウェインはまわりを見まわした。教会はとても小さく、からっぽの納屋《なや》のようだ。ただ、一方の壁《かべ》に、昔だれかが描《えが》いた聖《せい》マルティヌスの絵があった。聖《せい》マルティヌスは自分のマントを半分に裂《さ》いて、キリストであるこじきに差しだしている。しっくいにはひびが入り、色はあせていた。かつて戦士《せんし》の緋色《ひいろ》をしていた聖《せい》マルティヌスのマントは薄汚《うすよご》れた桃色《ももいろ》に変わっていたが、しかし今でも、内なる光に輝《かがや》いているように見える。静けさの中で、低いラテン語の祈《いの》りの声が聞こえた。自分の世界が砕《くだ》けちったあの夏以来、キリスト教の教会に来たのは初めてだった。突然《とつぜん》ありありと、丘陵《きゅうりょう》地帯で出会ったあの灰色《はいいろ》の石の十字架《じゅうじか》を思い出した。あそこでは、礼拝《れいはい》の静けさのなかに、ベルヘザーの花の上を飛びまわるミツバチの平和な低い羽音が聞こえていた。それから、プリスクスとプリシラのことも思い出した。彼《かれ》らを最後に思い出したのは、いったい何年前のことだろう。あのふたりなら自分たちのマントを裂《さ》いて、オウェインに分けてくれるだろう……オウェインの心の、熱をもった痛《いた》みがゆっくりと引いていった。

隣《となり》の老人がかすかに動いたので、オウェインは我《われ》に返った。司祭はもうおらず、三人の女が立ち上がってこちらに向かってくるのが見えた。ひとりが先頭に立ち、あとのふたりは少しおくれて従《したが》っている。先頭の女性《じょせい》の顔には、見覚えがあった。昨夜、上王の大広間で、オウェインは遠く離《はな》れた末席から、最上位の場所にいたその人を見かけたのだ。大勢《おおぜい》の女に囲《かこ》まれていて、頭には王妃《おうひ》のしるしの金の輪が輝《かがや》いていた。でも今は、地味なドレスをまとい、頭にはただ青い絹《きぬ》だけを載《の》せている。顔は、やさしそうだが……馬に似《に》ていた。

その人は階段《かいだん》の下までやってきたところで、扉《とびら》のかげにいるエイノン・ヘンとオウェインに気づいて立ち止まり、ふたりに向かって両手を広げた。「まあ、エイノン・ヘン！　ごきげんよう！」その声を聞いたとたんに、オウェインはこの人の顔が馬に似《に》ていることなど忘《わす》れてしまった。それほど美しい、低く涼《すず》やかな声だった。

「ごきげんうるわしゅう、お后様《きさきさま》」老人は頭を下げて、あいさつをした。

「こちらは？　お友だちを連れておいでなの？」

「はい、友人を連れてきました。わしと同様ブリトン人で、オウェインと申します」

「オウェイン」また涼《すず》やかな声がした。「もしここがわたしの家だったら、昔エイノン・ヘンにしたように、大歓迎《だいかんげい》してさしあげるところよ。でも、ここは神様の家ですから、神様が迎《むか》えてくださるわ」喜びに満ちたおだやかな顔だった。突然《とつぜん》その人はオウェインとエイノン・ヘン、そして自分のかたわらのふたりの女たちにも手を差し伸《の》べて、みんなを集めるような仕草をした。「ほら、仲間が増《ふ》えた！　リンドハード司教様を入れれば、これでもう六人。すぐに、そう、もうすぐに、大勢《おおぜい》の仲間ができることでしょう！」

王妃《おうひ》は皆《みな》に向かって母のようにほほ笑《え》みかけると、引きずるほど長いスカートのすそをたぐって階段《かいだん》を上っていった。その後ろに侍女《じじょ》が従《したが》い、三人は中庭を横切っていった。オウェインはこのとき初めてクワの木の後ろに扉《とびら》があることに気づいたのだが、その扉《とびら》が開き、また閉《し》まる音がした。

祭壇《さいだん》のロウソクも消され、からっぽの教会でふたりきりになったところで、オウェインが口を開いた。「王妃様《おうひさま》がキリスト教徒だったとは、知りませんでした」

「ここエゼルベルフト王の宮廷《きゅうてい》では、王妃《おうひ》は自らの信仰《しんこう》に従《したが》う自由を保証《ほしょう》されておるのだよ。エゼルベルフトがフランク王国の王女を王妃《おうひ》として迎《むか》えたときの約束なのだ」

「もうすぐ大勢《おおぜい》の仲間ができるとおっしゃっていましたが、あれはどういう意味でしょうか？　ジュートの民《たみ》もサクソンの民《たみ》も、彼《かれ》らの信じる神々《かみがみ》を捨《す》てたがっているようには思えませんが」

しかしエイノン・ヘンは、すぐには答えなかった。まだやさしいまなざしで、王妃《おうひ》の姿《すがた》を追っていたのだ。まるでお気に入りの子どもを見送る父親のようだった。「かわいそうなほど、純真《じゅんしん》な人だ」エイノン・ヘンはそう言うと、小さな教会の中を、聖所《せいじょ》へと向かった。

ふたりはそこで朝の祈《いの》りを終えると、再《ふたた》び中庭へ出て、クワの木の根元を囲《かこ》んだ縁石《えんせき》に座《すわ》った。ふたりのあいだには、これまでずっと友人だったような、親しみにあふれた沈黙《ちんもく》があった。やがてオウェインは、老人が何か問いたげに自分を見ていることに気がついた。

「おまえはここカンティスバーグで、わしに会うとは思わなかったと言ったが」エイノン・ヘンが口を開いた。「わしもおまえに会うとは思ってもみなかった。わしは計算をまちがえたのか？　おまえは今年の春には自由を手に入れたと、ずっと思っていたのだが」

「いいえ、まちがいではありません。ブリニという少年は、リンボクが花を咲《さ》かせる前に、十五歳《さい》になりました」

「では、おまえはもう自由の身なのか？」あまりにもさりげなく本当に聞きたいことを聞かれたので、オウェインは聞こえない振《ふ》りをしたければ、そうすることもできた。

「いえ、まだです」オウェインは答えた。オウェインは膝《ひざ》に乗せた荒《あ》れて日焼けした両手を見下ろしたまま、じっと座《すわ》っていた。ところがいつのまにか、すべてをエイノン・ヘンに語っていた。リラとバディール・セドリクソンのこと、一年の猶予《ゆうよ》の代償《だいしょう》に、リラの母アテリスと交《か》わした約束のこと。「それでよかったかどうか、わかりません。でも、その一年も、もうすぐ終わります……またバディールが申しこみにきても、おかしくない時期になりました。もっとも今は、バディールもここに来ていますが。あの男が本当に申しこんだらどうなるのか、神のみぞ知ることです。それから……おれがいつ自由になれるかということも。あまりにも長く待ちすぎたので、ときどき気が狂《くる》いそうになります。そして、自由になったら……自由になれたら……どうするか、ちゃんと判断《はんだん》が下せるのか、と時々《ときどき》考えこんでしまいます」オウェインは唐突《とうとつ》にとなりの老人をながめて、懇願《こんがん》するように両手を伸《の》ばした。自分の民《たみ》から長く離《はな》れすぎたことを、相手に責《せ》められてでもいるかのような、奇妙《きみょう》な仕草だった。「でも、他にどうすればよかったのでしょうか？」

エイノン・ヘンは、ハヤブサのようなあの鋭《するど》い独眼《どくがん》でオウェインを見つめたまま、しばらく黙《だま》っていた。小さな中庭いっぱいにエイノン・ヘンの沈黙《ちんもく》がふくれあがるようだった。「おまえはベオルンウルフとの約束を破《やぶ》ることもできた。そしておまえの正当な権利《けんり》である自由を手にしてもよかったのだ」エイノン・ヘンはやっと口を開いた。それからオウェインに答える間を与《あた》えず、前かがみになって両腕《りょううで》を膝《ひざ》にのせると、続けた。「オウェインよ、ブリトン人とサクソン人の間で、何か不思議なことが起こっていると思ったことはないか？　ブリトン族の偉大《いだい》な王アルトスが死んでから後、三世代の時が流れた。そのあいだわれらは虚《むな》しくとまどい、いたずらに血を流してきた。だから過去《かこ》を振《ふ》りかえると、まるで嵐《あらし》の夜をのぞきこむような思いがする。見えるのはただ、はるか遠くでかすかにまたたく、最後の勇敢《ゆうかん》なともしびだけだ。そしてその最後の灯《あか》りが消えるのを、アクエ・スリスの戦場にいたおまえは見たのだ。だが、わしは思い出さずにはいられない。以前おまえとわしとで、槍《やり》の和睦《わぼく》について話したではないか。それだけでなく、他の形の和睦《わぼく》というものもある、とわしは信じている。もっと深く結ばれ、とちゅうで変化したり、成長して力強くなるような和睦《わぼく》が……」エイノン・ヘンはクワの葉ごしにさす太陽の光が、足元の砂《すな》ぼこりの上で舞《ま》うのを見ていた。だがいきなり頭を上げると、オウェインをじっと見すえた。「つまり、このベオルンウルフという男は、おまえにすべてを預《あず》けたのだ。最も友を必要とするいまわの際《きわ》に頼《たよ》ったのは、ブリトン人であるおまえだった。そしておまえは自分の人生のうちの四年間、サクソン人の一家をその肩《かた》に背負《せお》ってきた。あるいはこれからもまだ背負《せお》っていくかもしれん。そして今、そこに座《すわ》って、おまえは以前と同じ事をわしに聞いている。『他にどうすればよかったのでしょうか？』と。……おまえに、わかるだろうか、オウェイン。このことこそが、エゼルベルフト上王とキムルの王たちとの間で交《か》わされたどんな盟約《めいやく》よりも、わしに希望を抱《いだ》かせてくれるのだ。もしかしたら、ずっと先でだが、別のともしびを灯《とも》すことになるかもしれぬと、わしは楽しみに待っていたい」

オウェインは少し眉《まゆ》をひそめ、古傷《ふるきず》をかきながら、エイノン・ヘンを見つめた。エイノン・ヘンは正確《せいかく》には何を言いたいのかと思いをめぐらせ、次に出てくる言葉を待っていた。だが沈黙《ちんもく》は続いた。老人は再《ふたた》び砂《すな》ぼこりに射《さ》す太陽の光に視線《しせん》をもどしていて、結局、それ以上の言葉は出てこなかった。オウェインはさっき自分が口にして、まだ答えをもらっていない質問《しつもん》に、またもどった。「あれは、どういう意味だったのでしょうか。王妃様《おうひさま》のお言葉の、今は六人だが、これからすぐに仲間が増《ふ》える、という意味は？」王妃《おうひ》は神を敬《うやま》う気持ちを語っただけではなく、具体的に何かを語っていたように思えた。

エイノン・ヘンは足を出すと、注意深く正確《せいかく》に、足元に踊《おど》る太陽の光をひとつ踏《ふ》んだ。

まるで黄色い落ち葉のように、足の下に閉《と》じこめられるとでもいうように。そして「わしにはわからん」と言った。

これを聞いて、オウェインは悟《さと》った。とにかく今のところは、これで満足するしかない。

何日かが過《す》ぎたところで、ようやく参会者の全員が集まった。大会議は、エゼルベルフト王の「蜜酒《ミード》の大広間」で行われた。大会議の間、若者《わかもの》たちは自由に過《す》ごしてよかったので、レスリングをしたり馬を借りて競争をしたりしたが、結局退屈《たいくつ》していた。いったん大会議が始まると、二日目も三日目も卓《たく》を囲《かこ》んでえんえんと議論《ぎろん》が続けられた。最も上座《かみざ》にいるのは背《せ》の高い猫背《ねこぜ》の男で、だれにも真意が読みとれない謎《なぞ》めいた目をしていた。ケント王エゼルベルフトその人だ。会議は続くものの、いっこうに結論《けつろん》は見えてこないようだ。

オウェインはヘーゲル王の後ろに立っていたが、そっと卓《たく》のまわりを見まわした。西サクソン《ウエセックス》王のシール、東アングル王のレッドワルド、グウェント（現《げん》ウェールズ南東部の州）とポーイスのブリトン族の諸王《しょおう》、そして上王のそばに座《すわ》っているエイノン・ヘン。こうして今、法や境界《きょうかい》についてあいまいな議論《ぎろん》がなされているが、それは統治者《とうちしゃ》たちを集める手《しゅ》段《だん》に過《す》ぎず、実は目的は他にあるような気がしてならなかった。それはいったいなんだろう。オウェインは考えをめぐらせた。戦争ではない。五、六人の王とその親衛隊《しんえいたい》だけでは、軍団《ぐんだん》になるはずはないから。

夕方、会議が終わると、エゼルベルフト王の蜜酒《ミード》の広間は本来の目的に帰った。王や長老は長椅子《ながいす》に腰《こし》かけて、宴会《えんかい》を始めた。一方若《わか》い戦士《せんし》は、前庭にしつらえた大きなたき火のまわりに集まった。若者《わかもの》たちだけで気兼《きが》ねなく浮《う》かれ騒《さわ》ぎ、深酒をして、小犬のようにとっくみあいをした。あるいは正面ポーチに集まって、エゼルベルフト王の足元に座《すわ》った竪琴《たてごと》弾《ひ》きの、歌や英雄《えいゆう》物語に耳を傾《かたむ》けることもあった。

三日目の夜のことだ……オウェインはその日を決して忘《わす》れない……たそがれ時に雨が降《ふ》りだしたので、男たちは大広間の下座《しもざ》のほうにぎゅうづめになっていた。長椅子《ながいす》を片《かた》づけ、三つある長い炉《ろ》火《か》のうちの一番下座《しもざ》の火のまわりに、猟犬《りょうけん》もいっしょに座《すわ》りこんでいた。戸口から入りこむ湿《しめ》った地面のにおいに、木を燃《も》やすにおいや、人や猟犬《りょうけん》、蜜酒《みつざけ》のにおいが入り混《ま》じった。エゼルベルフト王の竪琴《たてごと》弾《ひ》きイングウィは、乞《こ》われて竪琴《たてごと》を手に取り、太陽の英雄《えいゆう》ベオワの物語を語り始めた。ベオワがいかにして冬の悪魔《あくま》を殺《ころ》したかを語っているうちに、話し声や笑い声でうるさかった広間は静まりかえって、みな熱心に聞きほれた。これは、ヘンゲストの民《たみ》が北海を越《こ》えて持ってきた英雄《えいゆう》物語の中でも、もっとも人気のある物語だった。物語りが高潮《こうちょう》して興奮《こうふん》してくると、聞き手も物語に参加した。イングウィの竪琴《たてごと》の弾《はず》むようなリズムに合わせて、聞き手は握《にぎ》った拳《こぶし》やエールをいれた角杯《つのさかずき》を膝《ひざ》に叩《たた》きつける。まるで刀鍛冶《かたなかじ》が鉄床《かなとこ》で焼けた刃《は》を叩《たた》くような迫力《はくりょく》だった。

サクソン人の音楽や語りを聞く耳を持っていなかったオウェインでさえ、英雄《えいゆう》に危機《きき》が迫《せま》り、冬の悪魔《あくま》が暗闇《くらやみ》から忍《しの》び寄《よ》る場面になると、心臓《しんぞう》の鼓動《こどう》が速まり、首の後ろの毛が逆立《さかだ》つ思いがした。

イングウィは竪琴《たてごと》をガシャーンと打ち鳴らして耳障《みみざわ》りな音を出し、怪物《かいぶつ》の到来《とうらい》を知らしめた。この音と同時に、まるでこの古い物語に呼《よ》び寄《よ》せられたかのように、開け放ったままにしてあったエゼルベルフト王の蜜酒《ミード》の広間の戸口に、何だかわからない巨大《きょだい》なものが、ぬうっと現《あらわ》れた。

猟犬《りょうけん》が飛び上がって吠《ほ》えたて、男たちが息を飲む音が大広間を走った。全員が武器《ぶき》に飛びついた。竪琴弾《たてごとひ》きは次の言葉を忘《わす》れて、沈黙《ちんもく》した。長く思えた一瞬《いっしゅん》、骨《ほね》の髄《ずい》に突《つ》き刺《さ》さるような静けさが、大広間に満ちた。

それから戸口に現《あらわ》れた巨大《きょだい》なものが、ずんずんと前に進んで、たき火や松明《たいまつ》の灯《あか》りの中に入った。とたんに爆笑《ばくしょう》の渦《うず》が、天井《てんじょう》に届《とど》くほど高らかにわいた。長椅子《ながいす》にぎゅうづめに座《すわ》っている男たちが見たものは、たそがれの国からやってきた悪魔《あくま》ではなくて、オオカミの皮のマントをまとい、雨をしのぐために目深《まぶか》にフードをかぶった、ただの大きな男だった。

その男の後ろから、次々《つぎつぎ》に別の男たちが入口の暗がりに現《あらわ》れた。大きな男が広間の奥《おく》へとずんずん歩いていくと、ぬれたマントからしぶきが飛んで、炉《ろ》の火をジュッと言わせた。猟犬《りょうけん》は男の後ろを、くんくん嗅《か》いでいる。大男は長時間馬に乗っていた者らしく、ぎこちない動きで、上王の足元にひざまずいた。するとエゼルベルフト王は、高いところにしつらえた立派《りっぱ》な椅子《いす》から身を乗り出した。椅子《いす》のひじかけに彫《ほ》った歯をむいた竜《りゅう》の頭に両手を置いて、ひどく謎《なぞ》めいたあの目で、大男を見下ろした。「沿岸《えんがん》の見張《みは》りのエドウルフだな。何か知らせを持ってきたと見える。どれ、知らせとはなんだ?」

沿岸《えんがん》の見張《みは》り役は、雄牛《おうし》のような首と、雄牛《おうし》のような声の持ち主だった。返事の声は、広間の隅々《すみずみ》まで、はっきりと響《ひび》き渡《わた》った。「わがエゼルベルフト王のもとに、知らせを持ってまいりました。フランク族の地からやってきたキリスト教徒の祭司の一行が、エブスフリートの岸に到着《とうちゃく》。四十名ほどで、武器《ぶき》も持たず、害もなさそうだったので、上陸を許可《きょか》いたしました。一行の代表が、その者たちの神と、ローマの地の聖《せい》なる父の御名《おんな》により、王にごあいさつ申し上げるとのことでございます。さらに、王にお目通りを願い出ております」

「そうか」エゼルベルフト上王は首をかしげた。しかし成り行きを見ていたオウェインは、王はこの男が言おうとしていることをすでに知っていたように思えてならなかった。「して、その代表とは、どんな男だ？　何という名前で呼《よ》ばれておるのか？」

「背《せ》が高く誇《ほこ》り高い男で、冷厳《れいげん》な目をしております」沿岸《えんがん》の見張《みは》りが言った。「力のある男で、自分でもその力を知っているようです。名前は、アウグスティヌスとか」

第二十一章　夜明けの風

朝まだき湿原《しつげん》をぬらしていた霧《きり》も今は晴れわたって、高く流れる空の下、平原は青く澄《す》んでいた。かつて沿岸《えんがん》を防備《ぼうび》していた塁壁《るいへき》は、崩《くず》れかけた今でもなお威嚇《いかく》するようにそびえており、本島とタナタス島とを隔《へだ》てる湾曲《わんきょく》した水路をにらんでいる。

彫刻《ちょうこく》をほどこしたカシ材の立派《りっぱ》な椅子《いす》に座《すわ》った上王の後ろを、戦士《せんし》らが半月型《はんげつがた》にとり囲《かこ》んでいる。オウェインもブリニと共にそこにいた。上王はまるで自分の大広間の玉座《ぎょくざ》にいるかのように、広漠《こうばく》とした湿原《しつげん》のただ中に座《すわ》っていた。王の椅子《いす》を運ぶにはラバの背《せ》にのせなければならず、椅子《いす》の係りは、他の仕事全部をあわせたよりも大変だった。だがエゼルベルフト王が最初に聖職者《せいしょくしゃ》を接見《せっけん》する場所として、ここを選んだ以上、致《いた》し方なかった。接見《せっけん》の場所は、まずは聖職者《せいしょくしゃ》らを王国内部に招《まね》き入れずにすむように、彼《かれ》らが上陸した場所の近くでなくてはならなかった。そのうえ王は、彼《かれ》らが何か魔力《まりょく》を使おうとした場合にそなえて、それが発揮《はっき》されにくい屋外とすると、固く心に決めていた。カンティスバーグからやってくるにあたっては、もうひとつ困難《こんなん》があった。エゼルベルフト王は、神の馬を接見《せっけん》場所まで連れていくと決めていたのだ。フレイ神の馬だ。そうすれば万が一必要がある場合は、サクソンの神々《かみがみ》が守ってくれるだろう。神馬は杭《くい》につながれて、激《はげ》しく怒《おこ》っていた。いななき、足を踏《ふ》み鳴らしているのが、聞こえてくる。オウェインはあの朝、王の厩舎《きゅうしゃ》で別れて以来、白馬に近づいたことはなかったが、他にどれほど馬がいようと、ティトリの声だけは聞き分けられた。

聖職者《せいしょくしゃ》を待っている上王から目をそらして、オウェインは要塞《ようさい》の険《けわ》しい灰色《はいいろ》の塊《かたまり》をながめた。ルトピエ……、オウェインの民《たみ》は、ここをそう呼《よ》んでいた。だが今は名前もなくなっていて、ただローマの砦《とりで》と言われている。この古い砦《とりで》は、いったいどれほどのものを見てきたのだろう。『海のオオカミ』と呼《よ》ばれたサクソン族らの最初の侵略《しんりゃく》、ブリタニアから撤退《てったい》したローマの最後の船団《せんだん》、そして今……？

おだやかな海風が、かすかな詠唱《えいしょう》の声を運んできた。待っていたサクソン側も、それを受けて動きだした。古《いにしえ》の上陸の門の向こうで、何か動くものがあり、磨《みが》かれた金属《きんぞく》がキラリと光るのが見えた。聖職者《せいしょくしゃ》の一行はきょうという接見《せっけん》の日を待っていた間、廃墟《はいきょ》と化した砦《とりで》に逗留《とうりゅう》していたのだが、その砦《とりで》の門から人の長い行列が出てきて、ゆっくりこちらに向かってくる。チドリを思わせる、黒と白のまだらの行列だ。先頭の者が、頭上に大きな銀の十字架《じゅうじか》を掲《かか》げている。その後ろの者は、絵とも旗ともつかぬものを高く掲《かか》げている。それはまるで宝石《ほうせき》のように鮮《あざ》やかな色をしているのが、この距離《きょり》からでもわかった。その後ろにいる背《せ》の高い男がリーダーらしく、まるで皇帝《こうてい》のように威風堂々《いふうどうどう》としていた。沿岸《えんがん》の見張《みは》りが「背《せ》が高く誇《ほこ》り高い男で、冷厳《れいげん》な目をしております。力のある男で、自分でもその力を知っているようです」と言っていたので、たとえ修道士《しゅうどうし》の行列の最後にいたとしても、オウェインは、その男こそが一団《いちだん》の長、アウグスティヌス（訳注：後の初代カンタベリー大司教）だとわかっただろう。

　一行が橋を渡《わた》り、湾曲《わんきょく》した舗道《ほどう》をこちらへとゆっくり近づくにつれ、唱える声が大きくなった。抑揚《よくよう》としか聞こえなかった詠唱《えいしょう》の言葉が、聞き取れるようになった。おごそかな連祷《れんとう》の句だ。「主よ、あわれみたまえ《キリエ・エレイソン》」と、オウェインには聞こえた。「主よ、あわれみたまえ」

　エゼルベルフト王が、そばに立っていたリンドハード司教を手招《てまね》きして、何か質問《しつもん》しているのが見えた。王妃《おうひ》付きの司祭であるリンドハード司教は、金色の長い祭服の上に、ダルマチカと呼《よ》ばれる白と緑の寛衣《かんい》をつけていた。司教は首を横に振《ふ》り、低い声で何か答えた。オウェインには聞こえなかったにもかかわらず、はっきりわかった。王は「あれは、何かの呪文《じゅもん》か？」と聞いたのだ。

サクソンの戦士《せんし》のあいだに立っていたオウェインは、突然奇妙《とつぜんきみょう》な思いにおそわれた。胸《むね》の内に、涙《なみだ》があふれてくるようだ。幼《おさな》いころのオウェインにとって、信仰《しんこう》は大切なものだった。野蛮人《やばんじん》の侵入《しんにゅう》に、ブリトン人が剣《けん》を取って立ち向かったのも、信仰《しんこう》によって結ばれていればこそだった。だがそのオウェインの思いは、今ではすっかり薄《うす》れてしまった。レジナの記憶《きおく》さえ薄《うす》れてしまったのと同じことだ。成長してから真剣《しんけん》に祈《いの》ったことは、たった一回。ドッグを埋葬《まいそう》した日に、シルウァヌス神に祈《いの》ったときだけだ。だが今、何か光り輝《かがや》くすばらしいことが起きている。オウェインは大きな神秘《しんぴ》に打たれて、湿地《しっち》に広がる雲の影《かげ》さえ、天の翼《つばさ》の影《かげ》のように感じられた。

先頭の十字架《じゅうじか》を掲《かか》げた修道士《しゅうどうし》が、ケント王エゼルベルフトと、王を取り巻《ま》く小王や顧問《こもん》団《だん》の前へと到着《とうちゃく》した。ブリテンへの道を、ここに渡《わた》りきったのだ。詠唱《えいしょう》が止《や》み、静かになった。十字架《じゅうじか》を掲《かか》げた者が左に、キリストをたたえる色あざやかな大きな旗を掲《かか》げた者が右によると、その中央をあの長身の男が、手を祝祷《しゅくとう》の形に組んで進んだ。王へ取りつごうと前へ出ていたリンドハード司教を待たずに、エゼルベルフト王の椅子《いす》の足載台《あしのせだい》の前へと足を運んだ。

しばらくの間動くものは何もなく、ただ金の刺繍《ししゅう》をほどこした絹《きぬ》の旗が、おだやかな海風になびいていた。アウグスティヌスはひざまずくことなく、ふたりの男はたがいに目と目を見つめあっていた。やがてエゼルベルフト王は立ち上がって、門の内に客を迎《むか》えた主人としての礼をとった。

だがオウェインはそれに続く光景を見ているうちに、さっきの高揚《こうよう》した思いが消えていくのを感じた。平原を渡《わた》る影《かげ》は、またただの雲の影《かげ》にもどってしまった。

アウグスティヌスが正確《せいかく》きわまりないラテン語で話し始め、それをリンドハード司教が通訳《つうやく》した。アウグスティヌスの声は剣《けん》の刃《は》のように硬《かた》く力強いが、しなやかさを欠いていた。その後ろには修道士《しゅうどうし》の一団《いちだん》が、大きな弧《こ》を描《えが》いて並《なら》んでいる。ケント王のまわりを戦士《せんし》が囲《かこ》んでいるのと同じ形だ。王のイノシシ狩《が》り用の白い猟犬《りょうけん》が何匹《びき》か、アウグスティヌスが話している間、その祭服のすそを、あやしそうに嗅《か》ぎまわっていた。

「エゼルベルフト王にごあいさつ申し上げる。王の御許《みもと》に、神の祝福と神の平和があらんことを。われらは、尊《とうと》くもローマ教皇《きょうこう》グレゴリウス御自《おんみずか》らの命により、教皇《きょうこう》のお言葉と、神の祝福を伝えんとて、この地に参ったもの……」友好の辞が、長々《ながなが》と続いた。オウェインはラテン語を忘《わす》れておらず、リンドハード司教のたどたどしい通訳《つうやく》を介《かい》さなくても、話の大半は理解《りかい》できた。アウグスティヌスは今、若《わか》かりし日の教皇《きょうこう》の話をしていた。まだ一介《いっかい》の修道士《しゅうどうし》だった教皇《きょうこう》はローマの奴隷《どれい》市場で、海賊《かいぞく》にさらわれてきたアングル族の少年たちを見かけ、彼《かれ》らが、主なる神も、神の子イエスのことも知らない民《たみ》の子らであることを聞いた。それ以来、その民《たみ》をいつか信仰《しんこう》の門へ迎《むか》えいれたいと思い続けてきたという。

感動的な話だったが、オウェインの心に触《ふ》れるところはなかった。

「この沿岸《えんがん》に住むわれらは、ジュート族だが」エゼルベルフト王は、指であごひげをもてあそびながら言った。リンドハード司教が今度は、王の言葉を通訳《つうやく》した。

アウグスティヌスは、小さくうなずいた。「ジュート族、アングル族、サクソン族、いずれも、われらがもたらす喜びを必要としておいでの点は同じだ。この大いなる旅の入口として、アングル族でなくこちらへと参ったゆえんは、王妃《おうひ》ベルタ様がおられるためである。王妃《おうひ》は、われらと信仰《しんこう》を同じくするもの。こちらの宮廷《きゅうてい》内においても、自由に礼拝《れいはい》のおつとめをしておいでとお聞きした。それゆえわれらも、またわれらを遣《つか》わせられた父なる教皇《きょうこう》も、この地こそが、ここより入れと、神が定められた地と考えた次第《しだい》である」

エゼルベルフト王はまだあごひげをいじりながら聞いていた。異国人《いこくじん》の顔を見ている王の目は、ひそめられているだろう、とオウェインは思った。リンドハード司教がまた通訳《つうやく》すると、王は「客人の言葉はもっともである」と同意した。「だが、そなたらの選択《せんたく》を賢明《けんめい》に思う理由が、もうひとつ別にある。本日、わが後ろには、五人の王が並《なら》んでいる。五人の王と、はるか西のウェールズから参ったふたりの王がそろっている」（王が「ウェールズ」とサクソンの言葉を使ったので、リンドハード司教はつまった。それに相当するラテン語が見つからなかったのだ。上王の椅子《いす》のまわりの一団《いちだん》の中から、エイノン・ヘンが進み出て、ブリトンの言葉に直した。「キムルです。同教の地であるキムルの王です」）ケント王エゼルベルフトは続けた。「五人の王と、はるか西のウェールズから来たふたりの王が並《なら》んでおるのだ。だがアングル族にも、はたまたサクソン族の中にも、これほどの陣容《じんよう》を整えることができる王は、他にはおらぬ」

アウグスティヌスはまた頭を下げたが、オウェインはそこにかすかな皮肉がこめられているように感じた。「オイシング王の高貴《こうき》な御血筋《おちすじ》は、偉大《いだい》にして強大であらせられる。エゼルベルフト上王の権勢《けんせい》は、ローマにまで聞こえております」

「そなたらの父なる教皇《きょうこう》とやらは、おそらくこう考えたのであろう。強大な王と、そなたら信仰《しんこう》を同じくする王妃《おうひ》ならば、そなたらに庇護《ひご》を与《あた》えることだろう。そなたらが成さんと心に決めている営《いとな》みに、援助《えんじょ》の手を差し伸《の》べることだろう、とな」エゼルベルフト王の声が突然《とつぜん》、凍《い》てつく夜に鳴くキツネのように鋭《するど》くなった。「よかろう、聖職者《せいしょくしゃ》であるお客人よ。そなたらが、わしに望むものは何だ？」

「まずは、ご厚情《こうじょう》を」アウグスティヌスが言った。「王国に入ることをお許《ゆる》しいただき、それから少しばかりの土地をいただきたく存《ぞん》じます。われらはその土地に、信仰《しんこう》を共にせんとやって来る者たちを迎《むか》え入れる、キリストの教会を建てる所存《しょぞん》ゆえ」

オウェインの後ろで、だれかが盾《たて》の縁《ふち》で口をかくして、仲間にぶつぶつ言うのが聞こえた。「それじゃあ、おれたちは自分たちの神様を捨《す》てるのか？　先祖《せんぞ》を守ってくれて、おれたちを勝利に導《みちび》いてくれた神様だぞ。それをまたなんだって、負けたブリトン人が崇《あが》めている神のところにすっとんでいく必要があるんだ。あいつらの神は、あいつらが負けるのを黙《だま》って見てたじゃないか。それもこれもみんな、このはげ坊主《ぼうず》がそうしろと言うからかよ？」

男の仲間が、笑いを押《お》し殺《ころ》して答えた。「どんなみょうちきりんな考えを持とうが、人それぞれさ。おれの祖先《そせん》には、自分をトネリコの木だと信じて、十五年間も座《すわ》れずにいたやつがいるんだ」

アウグスティヌスは笑い声を聞きつけると少し眉《まゆ》をしかめ、尊大《そんだい》な視線《しせん》をつと、声のした方に向けた。王の後ろにいる者たちを視野《しや》に入れ、言葉をかけるのは、これが初めてだった。聖職者《せいしょくしゃ》の持つ摩訶不思議《まかふしぎ》な能力《のうりょく》も磁力《じりょく》も、このときまではいっこうに発揮《はっき》されていなかったと、オウェインは感じた。「初めは笑う者が多かろう。だがわれらは、光が消え闇《やみ》に飲まれたこのブリテン島に、再《ふたた》びキリストの愛の光をともさんとやってきたのだ。われらがいかに願ったとて、始まりは小さいことであろう。しかし覚えておくがいい。火《ほ》口《くち》についた火は初めはどれほど小さかろうと、やがて大きく燃《も》え上がり、いずれは王の広間を照らし暖《あたた》めるほどの火ともなるであろう！」

「光が消え闇《やみ》に飲まれたこのブリテン島に、再《ふたた》びキリストの愛の光を」グウェントとポーイスの両王はこれを聞いて、たがいに目を見交《みか》わした。オウェインも再《ふたた》び思い出していた。あの丘《おか》に立っていた灰色《はいいろ》の十字架《じゅうじか》、魂《たましい》が燃《も》えているような小柄《こがら》な司祭、そして安息日のための立派《りっぱ》な青い首飾《くびかざ》りをつけたプリシラ。そして思った。「この人はたしかに偉大《いだい》な指導《しどう》者《しゃ》であり、神を愛している。でも人の思いを理解《りかい》せず、謙虚《けんきょ》な心を持ってはいない」ついさっき輝《かがや》かしい喜びを覚えた分だけ、オウェインの気持ちは沈《しず》んだ。

アウグスティヌスはまだ、おのが主キリストと信仰《しんこう》について語っていたが、ジュート人やサクソン人は勝手にしゃべっていた。オウェインももう、心をこめて聞いているわけではなかった。何かがあの輝《かがや》きを汚《よご》してしまった。それに、この出来事には表面に見えている以上の何かがある、という思いが頭をもたげていた。

異国《いこく》の修道士《しゅうどうし》の話が終わって、今度はエゼルベルフト王が口を開いた。「よろしい。そなたの言わんとすることも聞いたし、願いでたことも耳にした。だが、言わんとしたことについては、よくわからぬ。そなたの言う三位一体《さんみいったい》がわからぬし、そなたの神がわれらの神々《かみがみ》より良いということもわからぬ。われらにはウォードン神、鉄槌《てっつい》を持つトール神、家畜《か ちく》を授《さず》け収穫《しゅうかく》をもたらすフレイ神がおいでだ。とはいえ、そなたらの望みについては、王妃《おう ひ》ベルタに免《めん》じて許《ゆる》すことにしよう。そなたらを追い払《はら》ったなら、王妃《おうひ》は嘆《なげ》き悲しみ、まちがいなくわが人生の苦渋《くじゅう》の種となるであろう。カンティスバーグに赴《おもむ》き、そこにそなたらの教会を建てるがよい。そしてだれであろうと愚《おろ》か者どもがやってきたら、その汚《よご》れなきキリストとやらを信仰《しんこう》させるがよかろう。われらの祭司がそなたらに危害《きがい》を加えることのないよう、守ってもやろう」

王の言葉が訳《やく》されると、長身のアウグスティヌスの背《せ》がいっそう伸《の》びたように見えた。

頭をそらし手を上げて、勝利のしるしであり同時に祈祷《きとう》とも見える仕草をした。アウグスティヌスは、湿地《しっち》に差す冷たい昼の光とは異《こと》なる光で、一瞬《いっしゅん》顔を輝《かがや》かせ、声を張《は》りあげて言った。「わが主キリストをたたえまつらん！」後ろに控《ひか》えていた修道士《しゅうどうし》たちも、歓呼《かんこ》の声を上げた。二百年前に同じこの海岸で、ブリトン人戦士《せんし》を率《ひき》いた聖《せい》ゲルマヌスが、海のオオカミに向けて上げた雄叫《おたけ》びのように。「ハレルヤ！　ハレルヤ！」

この後、肉を焼いていたかまどから、羊と牛の丸焼きが引きだされてきた。ケント王エゼルベルフトは祝宴《しゅくえん》を開いて、客人をもてなした。その間に、急ごしらえのテントや小屋の影《かげ》が、草原に長く冷たく伸《の》びていった。

しかしオウェインは祝宴《しゅくえん》という気分ではなく、蜜酒《みつざけ》が一巡《じゅん》もしないうちにうんざりしてしまった。しゃぶっていた羊の骨《ほね》をすぐそばにいた犬に放ってやると、たき火のそばの席を立って、砂丘《さきゅう》と古い灰色《はいいろ》の塁壁《るいへき》の方へと歩いていった。ブリニは短刀の先で、牛骨《ぎゅうこつ》から熱い骨髄液《こつずいえき》をすくっていた。オウェインが近づくと、顔を上げてニヤッとしたが、そのまま見送った。いつも一匹《いっぴき》オオカミのオウェインを呼《よ》び止める者は、だれもいなかった。

オウェインの背後《はいご》では、人の声や竪琴《たてごと》の音が平原のかなたへと薄《うす》れていき、やがてぼんやりとしたざわめきとしか聞こえなくなった。オウェインは土手道を横切り、クジラの背《せ》のようなルトピエ砦《とりで》のわきを通って、かつては港だった場所へと柔《やわ》らかな砂《すな》を踏《ふ》んでいった。そこにはもう、何もなかった。ただ砂《すな》の吹《ふ》きだまりのあちこちから、腐《くさ》った材木が奇《き》妙《みょう》な形で突《つ》き出ていて、これがにぎやかだった埠頭《ふとう》と船架《せんか》の名残《なごり》だった。加工された石が長く湾曲《わんきょく》して沖へつきでているが、これが大桟橋《おおさんばし》の礎石《そせき》だったのだろう。かつてはローマ帝国《ていこく》のガレー戦艦《せんかん》や大輸送船団《だいゆそうせんだん》が着岸できた深い港だったものが、港湾《こうわん》が積もる砂《すな》に埋《う》もれてしまい、満潮時《まんちょうじ》の今でさえ水深は浅かった。

そんな場所のゆるゆるとカーブした砂丘《さきゅう》の頂《いただき》近くに、エイノン・ヘンが鷲鼻《わしばな》を海に向けて、ぽつんと座《すわ》っているのを見つけた。オウェインはためらった。言葉をかけずに行ってしまおうかと思ったが、老人がふり向いた。金色の独眼《どくがん》には、笑いの影《かげ》が浮《う》かんでいる。じゃまではないとわかって、若者《わかもの》は老人のとなりに腰《こし》を下ろした。

「ここ何日もの間、わしはふたつの世界のかけ橋になろうと骨《ほね》を折ってきた。ところがサクソン人ときたら、われわれのあり方がちっとも理解《りかい》できない。きょうやってきたローマ人も同じことだ。わしは、くたびれはててしまったよ」親しみのこもった沈黙《ちんもく》の後に、エイノン・ヘンが言った。

「サクソン人とブリトン人はたがいに歩みよっている、とお考えではなかったのですか」オウェインは湿《しめ》った砂《すな》の向こうをながめながら、のろのろと言った。

「そうだ。確《たし》かに歩みよってはいる。だがいつまでも越《こ》えられぬ溝《みぞ》があるだろうし、その溝《みぞ》は今のところはまだ広い」

また長い沈黙《ちんもく》がおとずれた。やっとオウェインが言った。「きょうのこのことだったのでしょうか……王妃様《おうひさま》の言葉の意味は。じきに大勢《おおぜい》の仲間ができると言っておいででしたが」

老人がすばやくふり向いた。「王妃《おうひ》が意味したことの、始まりではあるだろうよ」

「エゼルベルフト王はこのことを知っていたのではありませんか？　もしかしたら王が自ら、使節を招《まね》いたのでは？」

「おまえはそう思うか？」

「そうお思いになりませんか？」

「わしは……フム、たしかに、そのとおりだろう」エイノン・ヘンは静かに言った。

「エイノン・ヘン、きょうわれわれが目にしたことの裏《うら》には、何があるんです？」

公使は骨《ほね》ばった人差し指で注意深く、砂丘《さきゅう》の斜面《しゃめん》に何かの模様《もよう》を描《えが》きはじめた。だが線を引くそばから、さらさらした砂《すな》が埋《う》めていく。エイノン・ヘンはようやく口を開いた。

「わからん。だが、わしはこう読んでいる――事は、アーチ形の門の両端《りょうたん》から育ってきたのだ。そしてきょう目にしたことは、両端《りょうたん》がぶつかってひとつになる、門の頂上《ちょうじょう》のかなめ石にあたる。ずっと昔、偉大《いだい》なアルトス王より以前に、ローマの崩壊《ほうかい》は始まっていた。そして灰《はい》の中から、ローマが再《ふたた》び立ち上がったときには、すべては変わっていた。ローマ軍《ぐん》団《だん》の力は永遠《えいえん》に失われ、それに代わる別の種類の力が起こった。キリスト教の力だ。西ローマ帝国《ていこく》の属州《ぞくしゅう》はすべて失われたが、もしかしたら別の形の帝国《ていこく》として、また取りもどせるかもしれない。とはいえそれを実行するのは軍団《ぐんだん》ではなく、教会だが。これが一方の端《はし》だ。さて、もう一方の端《はし》だが――四年前のウォーデンスベオルグの戦いをふり返るがいい。ケント王エゼルベルフトは自分の前途《ぜんと》から敵《てき》を一掃《いっそう》し、ブリテン島の南半分を支配《しはい》する大王となった。サブリナ川の向こうのわれわれを除《のぞ》いてだが。そして王妃《おうひ》を介《かい》して、クロービス一世が興《おこ》したキリスト教の強国フランク王国とも、すでにつながりを持っている。あの男は賢《かしこ》いから、彼《かれ》のような支配者《しはいしゃ》にとっては、キリスト教の新帝国《しんていこく》の一員となったほうが得《え》るものが大きいと気づいたのだろうよ。だから、おそらくエゼルベルフト王のほうからローマにこう言ってやったのだと思う。『来るがいい。王が改宗《かいしゅう》し、それから民《たみ》も従《したが》わせよう』そしてローマが、それにこう返答した。『喜んで参りましょう』と」老人は、砂《すな》の上に二本のなだらかな曲線を描《えが》いた。そして細心の注意をこめて、二本が出会うまさにその場所に、骨《ほね》ばった指をつき立てた。「門は完成した。その上に何を築《きず》き上げるかは、神のみぞ知る」

オウェインは足元の黄色いツノゲシの花が、おだやかな海風にそよぐのを見ていた。

「ではエゼルベルフト王は彼《かれ》らが来ると約束した時期にあわせて、境界《きょうかい》を検討《けんとう》するという口実で、小王を集めたということですか？　そうすればローマの使節の前に、自分の力を誇示《こじ》できるという理由で。なるほど、あんな大会議とやらは、おれは信じていませんでした」

「そうか？」

「ええ。でも、もしあなたが言われるとおりなら……」オウェインは考えながら、ゆっくり話した。「もしそうなら、上王はなぜあれほどしぶって、彼《かれ》らに許可《きょか》を与《あた》えたのですか？　大喜びして、即座《そくざ》に改宗《かいしゅう》すればよかったのではありませんか？」

「なぜなら、上王は愚《おろ》かではないからだ。配下の王や族長たちが、キリスト教をどう受け止めるか、まだ確信《かくしん》が持てないのだ。諸王《しょおう》や族長がフレイ神やウォードン神への信仰《しんこう》を弱めずに踏《ふ》みとどまるのなら、上王はキリスト教を受け入れるわけにはいかぬからな。ことを運ぶには時間をかけねばならぬし、確信《かくしん》を得《え》てからでなくてはならない。上王は辛抱《しんぼう》強い男だ。ウィベンドーンの復讐《ふくしゅう》を果たすのに、二十年以上も待ったことを見ればわかる。王が大丈夫《だいじょうぶ》だと思えるようになるまでには、たぶん一年やそこいらはかかるだろう。だがそのときが来れば、王妃《おうひ》の嘆願《たんがん》を聞き入れ、改宗《かいしゅう》の痛《いた》みを受けいれたということにして、洗礼《せんれい》をほどこしてくれとアウグスティヌスのところに行くだろう」

ふたりとも、これまでなかったほど長く沈黙《ちんもく》していた。あまり長い沈黙《ちんもく》だったので、湿《しっ》原《げん》を包んでいた夕陽《ゆうひ》も、その光を失っていた。エイノン・ヘンが強く光る独眼《どくがん》をオウェインに向けて、やっと口を開いた。「おまえときたら、すっぱいリンボクの実を口に入れたような顔をしておるぞ」

オウェインは、悔《くや》しそうに笑った。「自分の愚《おろ》かさをかみしめると、すっぱい味がするようです。けさおれは、時の翼《つばさ》がはためく一瞬《いっしゅん》の間、何かとてもすばらしいことが起きているのだと思いました。でもそれは、政治《せいじ》の策謀《さくぼう》に踊《おど》らされていただけだったんですね」

エイノン・ヘンは静かに言った。「だがたとえ政治《せいじ》の策謀《さくぼう》であろうと、もしかしたらその芯《しん》には、おまえの言う『何かすばらしいこと』があるのかもしれん」

オウェインは急いでエイノン・ヘンを見た。この人は、若《わか》いころは剣《けん》の力とその使い方をよく知っていたにちがいない。そして今では政治《せいじ》の力とその使い方をよくわきまえている、と思い出した。

「何日か前にふたりで話したことがあったのを、覚えているか？　ここ何年間かの嵐《あらし》と闇《やみ》の向こうには、はるか遠くに最後のともしびが見えるだけだ、とわしは言った。だがそのときおまえに、こうも言った。はるか前方にだが、別の灯《あか》りという希望が見える、とな。少なくとも二世代のあいだ、わしらは孤独《こどく》だった。ブリテンにいる者たちは、かつてはローマが守っていたもの、わしらが命をかけてもいいと思ったもの、その全てから切り離《はな》されていた。しかし今日わしらは、サクソン族の世となる前の、長い放浪《ほうろう》の日々《ひび》と手をつなぐことができた。まだ握《にぎ》り方は弱く、すぐに離《はな》れてしまうかもしれない。それでも必ず、力をつけていくだろう。ひとつは、政治《せいじ》の策謀《さくぼう》によって。それから、アウグスティヌスとキリスト教会のもとにやってくるすべての男女によって。彼《かれ》らはまだ王妃《おうひ》の言う多数ではないが、そうなるまでに、それほど長くかからないかもしれない」エイノン・ヘンは砂《すな》の上に模様《もよう》を描《えが》くのを止《や》めて顔を上げ、しばらくじっと動かずに座《すわ》っていた。海風が、こめかみの白髪《しらが》まじりの毛をふるわせている。「まだ夜明けではないかもしれない。だがオウェインよ、わしは、夜明けの風が吹《ふ》きはじめたと思う」

第二十二章　フレイ神の馬

　オウェインが砂丘《さきゅう》の下へともどってきたときにはとっぷりと日も暮《く》れて、地上にはうっすらと霧《きり》が流れていた。湿原《しつげん》の向こうの野営地《やえいち》では、たき火が燃《も》えている。人の声や竪琴《たてごと》の音《ね》が、出迎《でむか》えるように響《ひび》いてくる。とはいえ、こうしてハリエニシダの茂《しげ》みの中に立っていると、ザブンザブンというおだやかな引き波の音が、あいかわらず砂丘《さきゅう》の向こうから聞こえてくる。

「まだ夜明けではないかもしれない。だがわしは、夜明けの風が吹《ふ》きはじめたと思う」老公使の声が、まだ耳に響《ひび》いている。ウィドレスおじさんの声がいつまでも耳に残っていたのと同じだ。もしあのふたりの老人が出会うことがあったなら、とオウェインは突然《とつぜん》思った。きっとおたがいを好ましく思ったことだろう。「まだ夜明けではないかもしれない。だが夜明けの風は吹《ふ》きはじめた」そしてまた「政治《せいじ》の策謀《さくぼう》であっても、その芯《しん》には、おまえの言う『なにかすばらしいこと』が含《ふく》まれているかもしれん」……おかげでさっきまでのささくれだったような不幸な気持ちが消えて、オウェインはおだやかな気分になっていた。痛《いた》みから解放《かいほう》されたときのようだが、しかし、それだけではない。自分の深いところ、もしかしたら意識《いしき》できないほど奥深《おくぶか》いところで、何かが変わったような気がする。冬の終わりに、風が変わるように。アクエ・スリスの最後の戦闘《せんとう》以来、オウェインは、自分は何かの終わりにいると感じていた。それが今、薄闇《うすやみ》の砂丘《さきゅう》の、ハリエニシダの茂《しげ》みの中で、納得《なっとく》がいった。自分は、何かが始まる場所にいるのだ。

自分がまた歩きだしたことにほとんど気づかないまま、オウェインはたき火の方に向かっていた。

野営地《やえいち》のまん中の、エゼルベルフト王の大テントの前で、王のたき火が燃《も》えていた。上王は自分の椅子《いす》に座《すわ》り、足元にはイノシシ狩《が》り用の白い猟犬《りょうけん》がいる。まわりを取り囲《かこ》んでいるのは、配下の小王と顧問団《こもんだん》、そして黒い僧衣《そうい》をまとった聖職者《せいしょくしゃ》たちだ。上王の竪琴弾《たてごとひ》きイングウィがたき火のそばにひざまずいて、竪琴《たてごと》を弾《ひ》きながら、世界がまだできたばかりのころの物語、民族の父スキョルのはるか昔の偉業《いぎょう》を歌っていた。

下座《しもざ》のたき火には若《わか》い戦士《せんし》たちが集まって、若者《わかもの》らしい騒々《そうぞう》しい楽しみ方をしていた。

ここにも竪琴《たてごと》があった。だれかの竪琴《たてごと》が、まるで蜜酒《みつざけ》のつぼを回すように、手から手へと回されている。彼《かれ》らは手の込《こ》んだ長い謎《なぞ》かけ歌を作ってはそれを竪琴《たてごと》に合わせて歌うという、サクソン人が好む謎《なぞ》かけ遊びをやっていた。

オウェインが近づいてきたときには、亜麻色《あまいろ》の髪《かみ》の若《わか》い男が竪琴《たてごと》を手にしていた。笑っている聴衆《ちょうしゅう》の輪に向かって、陽気で力強い声でわめくように、謎《なぞ》をかけていた。

真白き喉《のど》に、灰色《はいいろ》頭
茶のわき腹《ばら》に、早い足
身にまとったは、鋭《するど》き物具《もののぐ》
背《せびら》に生えたる剛毛《ごうもう》は、イノシシのごとく逆立《さかだ》っておる
つんと尖《とが》ったつま先で、緑の原をば疾駆《しっく》する
果たしてわれは、何《なん》ぞ何ぞ？

「アナグマ！」だれかが叫《さけ》んだ。「アナグマだ！」

「アナグマの頭は灰色《はいいろ》じゃないぞ、縞《しま》だ！」だれかが反論《はんろん》した。「白と黒の縞《しま》じゃないか。

向こうの王のたき火にいる、聖職者《せいしょくしゃ》と同じだ」

「それでもやっぱり、おれはアナグマだと思うな。そうだろ、オスリック？」

「おまえは切れすぎるよ。よくそれで自分自身を切らないものだ」オスリックがそう言って、ニヤリと笑った。

そのとなりに座《すわ》っていたのは、ブリニだった。ブリニは、たき火の向こう側をぼんやり見ていた。キムルから来たジェロチヌス王の護衛《ごえい》のふたりの褐色《かっしょく》の髪《かみ》のブリトン人をながめていたのだが、自分の番が回ってきたので、さっと竪琴《たてごと》に手を伸《の》ばした。「いいのを考えたんだ――聞いてくれ！」ブリニの目は輝《かがや》き、声は太く、いつもよりずっと大きかった。

ツバメのごとく疾《と》く空を飛ぶ、剛毅《ごうき》の翼《つばさ》われにあり
しかれどわれは鳥にあらず
まといしものは鎖帷子《くさりかたびら》、輝《かがや》くものはその鱗《うろこ》
しかれどわれは魚にあらず
わが息吹《いぶ》くのは、紅蓮《ぐれん》の炎《ほのお》……

バディール・セドリクソンはかくそうともせずに、あくびをした。「西の異国《いこく》の民《たみ》に敬《けい》意《い》を表して歌っているなら、竜《りゅう》を赤くするのを忘《わす》れるなよ」

ブリニは唐突《とうとつ》に止《や》めると、バディールをにらみつけた。「なんだと、バディール・セドリクソン！」

バディールが笑った。「『赤竜旗《せきりゅうき》』を持つ西の民《たみ》に敬意《けいい》を表して歌っているのなら、竜《りゅう》を赤くしたほうがいい、と言ったんだ」

「おれが竜《りゅう》を赤くしないと、なぜ思うんだ？」

バディールが薄《うす》い色の眉《まゆ》を上げた。「記憶《きおく》にある限《かぎ》り、うちのじいさんは竜《りゅう》を赤くしたことはなかったんでね。じいさんは、少なくとも年に二十回は、それと同じ、聞きあきた謎《なぞ》かけを唱えていたものだが」

「うそをつくな。おれがさっきの夕飯の後で、自分で作ったんだぞ！」

「もし夕飯の前に考えたのなら、どこで聞きこんだものか、覚えていただろうよ」

「おれが酔《よ》っぱらっていると言うのか？」ブリニはおそろしい声をだした。竪琴《たてごと》を放り出したので、弦《げん》がジャーンと音をたてて倒《たお》れた。「酔《よ》っぱらっていると言うなら、月が昇《のぼ》るまでに、しこたま酔《よ》ってやろうじゃないか。おれは自分で決めたら、そうする。だが、おまえに言われる筋合《すじあ》いはない！」

「筋合《すじあ》いはないだと？」バディールが、絹《きぬ》のようになめらかな声で言った。

「ない！」ブリニが叫《さけ》んだ。

オウェインが気づいたときには、炎《ほのお》はすでに燃《も》えさかっていた。オウェインは割《わ》って入った。「ばかなことをするな、ブリニ。おまえは飲みすぎているし、あの男もそうだ。いいから、かかわるな」しかし少年は、その言葉が聞こえないようだった。頬骨《ほおぼね》にそって血がカッカと燃《も》え、目が狂乱《きょうらん》していた。「ベオルンウルフの息子《むすこ》のブリニが酔《よ》っぱらっているなどと、人に言われてたまるか。たとえどれほど近い縁者《えんじゃ》でも、そんなことを言うのは許《ゆる》さん。そのうえ、バディールなど、おれの縁者《えんじゃ》でも何でもないぞ。バルハラ神殿《しんでん》におはします神々《かみがみ》よ、この男がおれの縁者《えんじゃ》でないことを感謝《かんしゃ》します」

バディールがゆっくりと立ち上がった。不自由な足にもかかわらず、そうしようと思えば十分にすばやく動けるものを、このときはあえてそうしなかった。緩慢《かんまん》な動作のほうが、怒《いか》りをあおることがあるものだ。表面にはそうと見えなかったが、バディールもブリニに負けないほど酔《よ》っていた。そしてこの男は、もとから自在《じざい》に少年を怒《いか》り狂《くる》わせることができた。

だが今バディールは、おそらく生まれて初めて、言うつもりがなかったことを口走ってしまった。バディールを見ていたオウェインには、それがわかった。「まだ、これからだな」とバディール・セドリクソンは口にしたのだ。

たき火のまわりは静まりかえってしまい、その言葉だけが宙《ちゅう》に浮《う》いていた。できることなら、今の言葉をなかったことにしたいとばかりに、バディールは淡《あわ》い色の目をしばたいた。バディールはプライドゆえに、女から一年も待たされているという事実をまわりからかくしていた。そしてこの同じプライドが、いったん口にしたことを否定《ひてい》することを自分に許《ゆる》さなかった。

無言のまま、ブリニが脅《おど》すように大きく一歩、足を踏《ふ》みだした。「いったい、どういうことだ?」

ゆっくりとなめらかに、バディールは事情《じじょう》を話した。

「それもうそだ!」バディールが話し終わると、ブリニが言った。

「うそなものか。だが女たちはおまえが信用できないから、言わなかったのだろう」

「リラがおまえの炉辺《ろへん》に来るのは、ずっと先のことになるだろう、バディール」

「そうならないことを願うよ。おまえの母親の考えでは、リラは去年の時点ではまだ若《わか》すぎるが、この秋家畜《かちく》を屠《ほふ》るころなら……」

ここまでは、口喧嘩《くちげんか》に過《す》ぎなかった。だが一転して、今や命をおびやかすものとなった。熱くなっていたブリニが冷たくなり、歯を食いしばるようにして言った。「殺《ころ》しの月とはちょうどいい。家畜《かちく》と同じように、人間も死ぬときだ、バディール。おれがおまえに、リラをやると思うのか、おまえのような、みにくいチビに」

たき火のまわりの静けさが、刺《さ》すような沈黙《ちんもく》に変わった。その沈黙《ちんもく》の中でオウェインは、バディールの目に悪魔《あくま》の光が宿るのを見た。バディールが物音も立てずに、マムシのようにシュッと動いた。さっきまで空だった手に何かがあり、それがたき火に光った。同時にブリニもナイフを抜《ぬ》いて、ふたりは相手に飛びかかった。刃《は》と刃《は》がガシャリとぶつかって、火花が散った。そのときオウェインが背後《はいご》から飛びつき、ナイフを持った少年の手首をつかんで引きずった。一方他の男たちもバディールを押《お》さえて、ふたりを引き離《はな》した。

「ナイフを放せ！」オウェインが荒《あら》い息で言った。「放すんだ、ブリニ！　ここがどこだか忘《わす》れたのか！」

このような場で剣《けん》を抜《ぬ》くことなど、許《ゆる》されるはずはなかった。

事は終わった。ブリニは二の腕《うで》の浅い傷《きず》から血を流して、息をはずませて立っていた。

バディールも両側からつかまれ抵抗《ていこう》を止《や》めて、じっとしていた。馬のようにふくらませた鼻の穴《あな》から荒《あら》い息が漏《も》れ、半分閉《と》じた目をギラギラさせているが、それでも自分を取りもどしていた。バディールはほとんど冷静に、凍《こお》るような低い声で言った。「おまえの口にしたことの代償《だいしょう》は、おまえの心臓《しんぞう》の血で支払《しはら》わせてやる」

「だが、今でもないし、ここでもない」エゼルベルフト王のお供《とも》の大男が言った。男があまりに大きいので、その発言まで重く響《ひび》いた。「上王の祝宴《しゅくえん》のたき火は、血の清算にふさわしい場所ではない」

オウェインは感謝《かんしゃ》の目で、大男をちらりと見た。ところが火のまわりの男たちが騒《さわ》ぎだした。あっけにとられていたのが納《おさ》まると、また血のなかの蜜酒《みつざけ》が暴《あば》れだしたのだ。なんでもいいから興奮《こうふん》させてくれるものを求めて、いきりたったふたりのまわりに集まってきた。そのときひとりのブリトン人が突然《とつぜん》口を出した。少々《しょうしょう》たどたどしいながらも、サクソンの言葉で言った。「おれの部族には、こういう場所やこういうとき、つまり剣《けん》を抜《ぬ》くことが許《ゆる》されないところでけんかが起こった場合に、うまく片《かた》をつける方法がある」

即座《そくざ》に何人もが声をそろえて、先をうながした。「どんな方法だ？　教えてくれ」バディールとブリニもたがいに鋭《するど》い目つきを交《か》わすのを止《や》めて、ブリトン人のほうを向いた。

「けんかをしているふたりは、くじを引くんだ。短いほうの麦わらを引いた者は正しいとみなされる。長い麦わらを引いた者は、翌朝《よくあさ》の日の出までに、選ばれた危険《きけん》に命がけで挑《いど》む。そうしなければ以後、それまで兄弟だった者から臆病者《おくびょうもの》と呼《よ》ばれる」ブリトンの男はこう言うと、ゆれる灯《あか》りの下で、まわりの面々《めんめん》を見渡《みわた》した。「これは古いしきたりであり、いい方法だ。事が終われば、それですべて終わりだ。血の恨《うら》みの残る余地《よち》はない」

オウェインは急に、吐《は》き気を感じた。だが他の者たちは、血のにおいをかぎあてた若《わか》い猟犬《りょうけん》のように、熱狂《ねっきょう》して集まってきた。ブリニが突如《とつじょ》その目を激《はげ》しい緑色に輝《かがや》かせて、叫《さけ》んだ。「いいじゃないか、何をぐずぐずしてるんだ？　ここには麦わらなんかないが、草の茎《くき》だって同じだろ」

「よしきた」さっきアナグマの謎《なぞ》かけをしたオスリックが、さっさと身をかがめて、火のそばから踏《ふ》みつけられた草を数本引っこ抜《ぬ》いた。浅黒いブリトン人はそれを受けとると、うまく整えて握《にぎ》った。親指と人差し指の間から頭を出して、灯《あか》りの下へとつきだした。

「さあ、引け」

先にブリニが引き、ろくに見もせずに上にかかげた。ふわふわした茶色の穂《ほ》の下には、指幅《ゆびはば》三本分ほどの長さの茎《くき》がついている。それからバディールが足をひきずって一歩前に出ると、慎重《しんちょう》に自分の分を引いて、同じように上にかかげた。ブリニの引いた草の長さの二倍はあるのを見て、オウェインはほっとしたあまり頭がくらくらした。「バディールだ!」だれかが叫《さけ》んだ。「バディールが引いたぞ!」ブリニは気にいらなそうにわめくと、自分の引いた草を放り投げた。草は風に乗って、たき火のまん中に落ちた。バディールが立ったまま、まわりを見渡《みわた》した。自分が引いた草をまるで花のようにかかげたまま、薄《うす》い唇《くちびる》に異様《いよう》な笑いを浮《う》かべている。

ちょうどそのとき、どよめく歓声《かんせい》のまにまに、神の馬が怒《おこ》っていななく声が再《ふた》び聞こえた。

バディールは頭を振《ふ》りあげて、不敵《ふてき》にも大笑いした。「さて、危険《きけん》にいどむのはこのわたしだな。おもしろい、喜んで受けてやろう。だが自分の危険《きけん》は、自分で選ぶ。わが兄弟たちよ、わたしはフレイ神の馬に乗ってみせよう。いまだかつて人間を乗せたことがないという馬だ」

火のまわりに集《つど》った戦士《せんし》たちの間に、その晩《ばん》二度目の沈黙《ちんもく》が広がった。一度目よりずっと深い沈黙《ちんもく》だった。ブリニでさえ黙《だま》っていた。いつものように体を少し傾《かたむ》けて立っているバディールを、オウェインはながめた。目を爛々《らんらん》とさせ、さっきの不敵《ふてき》な笑いのなごりが口もとにわずかな筋《すじ》をつけている。オウェインはバディールを嫌《きら》っていたが、この気狂《きちが》いじみた勇気には心の中で賛嘆《さんたん》していた。これほど大胆極《だいたんきわ》まりない、自分自身に対する挑戦《ちょうせん》があるだろうか。たぐいまれな馬の乗り手が、ほとんど野性《やせい》の荒馬《あらうま》を乗りこなそうとするだけではない。これは神への挑戦《ちょうせん》だった。もしバディールが、いずれかの神を信じていればの話だが。もっとも酔《よ》っていなかったら、いくらバディールといえども、こんな挑戦《ちょうせん》はしなかったにちがいない。

「よし、やるがいい」エゼルベルフト王のお供《とも》の者が言った。かたわらでは浅黒いブリトン人が手を開いて、残った草を炎《ほのお》にくべていた。「これでここにいるだれも、おまえの血を求めることはない。あとは、おまえ自身の判断《はんだん》による」

沈黙《ちんもく》がどよめきに変わった。男たちはたき火から燃《も》えさしを引きぬいて、松明《たいまつ》の代わりにした。バディールをまん中に、火を高く掲《かか》げた一団《いちだん》が、野営地《やえいち》の後方へと流れていった。湿地《しっち》の高くなったところにはあちこちにサンザシの古木が生えていたが、そのうちの一本に、フレイ神の馬は丈夫《じょうぶ》な亜麻《あま》の端綱《はづな》でつながれていた。馬は警戒《けいかい》したようすで立っていた。とはいえまるで待っていたかのように、やってきた者たちのほうに頭を向けた。松《たい》明《まつ》に向かって鼻息も荒《あら》く足を踏《ふ》みならし、頭を振《ふ》りたてたので、たてがみがまるで砕《くだ》ける波頭のように風になびいている。だが馬は、恐《おそ》れていたわけではない。この馬はただ一度を除《のぞ》けば、誇《ほこ》り高き一生のうちで恐《おそ》れたことなどなかった。オウェインは自分の手で取りあげた灰色《はいいろ》の子馬がよろよろ立ち上がったときのことを思い出した。そして改めて、この白馬の美しさに、まるで剣《けん》で刺《さ》されるように胸《むね》を貫《つらぬ》かれた。

馬の耳は何事かとばかりに、前にぴんと立っている。若《わか》い戦士《せんし》が近くに群がったので、松明《たいまつ》の灯《あか》りが馬の目を光らせ、白い毛を金色に染《そ》めた。馬はまたもや丸いひづめで地面をかきむしると、頭を振《ふ》りたてて、男たちに挑戦《ちょうせん》していなないた。

「下がってろ、ばかども。脳《のう》みそをかち割《わ》られたいのか。だれか、塩をひとつかみ持ってこい」バディールが言った。

だれかが料理用のたき火へと走って、灰色《はいいろ》がかった塩をひとにぎり持ってきた。バディールは手を伸《の》ばして受け取ると、まわりの男たちには目もくれずに、ひとり、足をひきずって進んだ。

「ムチだ」松明《たいまつ》の間の暗がりから、だれかが小声で言った。あたりは奇妙《きみょう》なほど、静まりかえっていた。「あいつにムチをやれ」

「短剣《たんけん》の柄頭《つかがしら》で十分だ。手が使えればだが」バディールはあいかわらずだれも見ずに進み、馬に手が届くところで止まった。馬は高みから見下ろすような興味で、バディールを見ている。バディールが、手に乗せた塩を差しだした。フレイ神の馬は頭を伸《の》ばして、男の手をかぐと、鼻面《はなづら》を塩につっこんだ。以前にも人間から塩をなめさせてもらったことがあったし、そのときの声も耳に残っていたのだろう。まだこれほど猛々《たけだけ》しい存在《そんざい》でなかったころの記憶《きおく》が、もしかしたらうっすらと馬に残っていたのかもしれない。そのころ、今のこの男のように、馬の鼻面《はなづら》の前に手を出した人間が確《たし》かにいた。

「やめとけ、バディール。見込《みこ》みはないぞ！」だれかが鋭《するど》く叫《さけ》んだ。

しかし聞こえたとしても、バディールは無視《むし》した。

バディールはゆっくりと静かに、馬のわきに回りこんだ。不思議な感覚、狂《くる》おしいほどの喜びがこの男をとらえている。生涯《しょうがい》で待ち望んできたものとついに対面した男の顔がそこにあった。「ふたり出てきて、この馬を押《お》さえろ」バディールは冷静に指図した。「いいと言ったら、端綱《はづな》を切るんだ」

一瞬《いっしゅん》のためらいの後に、初めにサクソン人、次にブリトン人が馬に近よって、たてがみと端綱《はづな》をつかんで白馬を押《お》さえた。白馬が鼻をならして後ろ足で立ち上がろうとしたその瞬間《しゅんかん》、バディールは間髪《かんはつ》をいれずあざやかに馬に跳《と》び乗った。馬の震《ふる》える白い首に手をついたかつかないかで、次の瞬間《しゅんかん》には馬の背《せ》に完璧《かんぺき》にまたがっていた。「今だ！」その声は勝利の叫《さけ》びのようだった。

松明《たいまつ》の灯《あか》りの下で、刃《は》が二回きらめき、端綱《はづな》が切って落とされた。フレイ神の馬は解《と》きはなたれ、後ろ足で立ちあがった。ふたりの男は命からがら、後ろに跳《と》びすさった。

馬には、初めてのことだった。何かが、何か厭《いと》わしいものが、背中《せなか》に乗っている。初めて馬具をつけられたあの冬でさえ感じなかったほどの恐怖《きょうふ》が、馬を襲《おそ》った。だが恐怖《きょうふ》よりもっと激《はげ》しく沸《わ》き上がってきたもの、それは憤怒《ふんぬ》だった。馬は憤怒《ふんぬ》の鋭《するど》い鳴き声をあげ、高く高く前足を蹴立《けた》てた。あまりのすさまじさに、明るい夏の夜空に輝《かがや》く星が、ひづめに打ちすえられた火花と見えたほどだった。馬は今度は頭を低くしてぐるぐる回っては、後ろ足を蹴《け》り上げた。そうしながら、しっぽとたてがみが白い泡《あわ》に見えるまで振《ふ》りまわして、馬自身の一部であるかのように背中《せなか》にぴたりとはりついているものを、なんとか振《ふ》り落とし、打ち砕《くだ》き、こっぱみじんにしようとした。

バディールはまさしくフレイ神の馬と一体となったように、ぴったりとはりついていた。ぐっと膝《ひざ》をしめ、ひるがえるたてがみの根元に手をからませている。見物人はバディールに向かって勝利の雄叫《おたけ》びを上げかけたが、畏敬《いけい》の念のようなものに押《お》されて、口をつぐんだ。男たちの激《はげ》しい興奮《こうふん》は、音のしない風のように、ひたすら静かに吹《ふ》きぬけていった。フレイ神の馬は前足を蹴《け》り上げ、後ろ足を蹴立《けた》てた。ひづめの下で地面が打ち震《ふる》え、憤怒《ふんぬ》のいななきは夜を切り裂《さ》くかと思われた。だがその間じゅう、戦っている馬と男は、嵐《あらし》の中の月のように、動くように見えて実は一カ所に留《とど》まっていた。一度ならず神馬は、松明《たいまつ》の灯《あか》りの輪から抜《ぬ》け出し、夜の闇《やみ》へと轟《とどろ》き去ろうとした。だがそのたびに、たてがみと面《おも》がいをつかんだ情《なさ》け容赦《ようしゃ》ない手が、頭をぎゅうっとねじり上げた。馬は自分の尻《しり》を追いかけるように、ぐるぐる回ることしかできなかった。

後からふり返ると、オウェインは不思議だった。なぜバディールは馬を自由に走らせなかったのだろう。彼《かれ》ほどの優《すぐ》れた乗り手なら、馬が走りまわったあげくに疲《つか》れて静かになるまで、振《ふ》り落とされずにいることができたはずだ。そうなれば馬は従《したが》っただろう。おそらくバディールは、いつ馬を走らせるかは、乗り手である自分が決めるのであって、馬には決めさせないと固く決意していたのだろう。だが、もしそうなら、時間をかけすぎた。突然《とつぜん》、あまりにも突然《とつぜん》のことでバディールは不意をつかれたまま、馬がすさまじく旋回《せんかい》しながら、サンザシの木に突《つ》っこんだ。

低くたれさがった枝《えだ》が、迎《むか》えうつようにバディールを直撃《ちょくげき》した。野獣《やじゅう》は恐《おそ》ろしい勝利のいななきを上げ、男は苦悶《くもん》の一声を残した。乗り手から解放《かいほう》されたフレイ神の馬は、後足を蹴《け》って跳《は》ねた。さらに前足を蹴立《けた》てて鋭《するど》くいななくと、向きを変え、地面の上で動かなくなったものを踏《ふ》みつけようとかかってきた。

オウェインは自分で気づかないうちに走り出し、踏《ふ》みにじるひづめからバディールをかばおうと、前に飛びだした。そんなことをする自分に、漠然《ばくぜん》と驚《おどろ》いた記憶《きおく》がある。まわりの男たちが何か叫《さけ》びながら、燃《も》えさかる松明《たいまつ》を手に近づいてきた。オウェインはそのまん中で、短く切られた端綱《はづな》の端《はし》をつかむと、ぐっと握《にぎ》りしめた。もしこの綱《つな》を放してしまい、おそろしい凶器《きょうき》であるひづめにかかれば、踏《ふ》みつけられるどころではすまない。血のしたたるボロ布《ぬの》にされるだろう。だが一方で、これほど振《ふ》りまわされては、長く持ちこたえることは無理だともわかっていた。猛《たけ》り狂《くる》った野獣《やじゅう》は憤怒《ふんぬ》を殺意《さつい》にまで高めている。望みは、ただひとつ。憤怒《ふんぬ》を飛びこえて、この馬をゆり動かし、今でも思い出させることができるかどうかだ。オウェインは息も絶《た》え絶《だ》えになりながら、渾身《こんしん》の力をふりしぼって、子馬のころの名前をよんだ。あの足の長い子馬を愛した、すべての思いをこめて、何度も何度も。

「テイトリ！　テイトリ！」

暗闇《くらやみ》にのぞく悪鬼《あっき》のように、荒《あら》ぶる白い頭が、オウェインにのしかかってくるのが見えた。だがそのときブリニが丸めたマントを抱《かか》えて、となりに立っていた。目を血走らせた巨大《きょだい》な白馬が、オウェインの怒張《どちょう》した肩《かた》めがけて歯をむいたその瞬間《しゅんかん》、ブリニは武器《ぶき》ともいえない武器《ぶき》、丸めたマントを馬の口の中につっこんだ。丸めた布《ぬの》は馬の歯をくい止め、馬は息をつまらせた。おかげで馬の動きが一瞬《いっしゅん》止まり、それがどうやら燃《も》えさかる憤怒《ふんぬ》の環《わ》を壊《こわ》したようだった。

白馬は再《ふたた》びいななくと、前足を高々《たかだか》と蹴《け》って、右へ左へと首を回した。厚《あつ》い布《ぬの》を噛《か》み、何とか吐《は》きだそうとして頭を振《ふ》りまわしている。だが恐慌《きょうこう》をきたしていた憤怒《ふんぬ》の火は、しずまってきたようだ。そして突然《とつぜん》、子馬のころの名を呼《よ》ぶなつかしい声が胸《むね》に届《とど》いたのだろうか。盛《さか》んに蹴立《けた》てていた前足がゆっくりと下ろされた。フレイ神の馬は最後に発作《ほっさ》的に後ろ足を蹴《け》りあげると、静かになった。

白馬はたてがみからしっぽまで、うち震《ふる》えていた。ミルクのように白い毛が汗《あせ》にぬれて、てらてらと光っている。燃《も》え木の強い灯《あか》りに、白目は狂気《きょうき》じみて光り、血を吹《ふ》き出すかと思うほど熱い鼻息を吹《ふ》いている。しかし凶暴《きょうぼう》に後ろに伏《ふ》せられていた耳は、かすかに覚えている声をさぐろうと、さかんに前に動いていた。

「テイトリ！　おいで！　さあ、さあ、帰るんだ。まったく奔放《ほんぽう》だな、おまえは！」オウェインは息を切らしていたが、震《ふる》えている馬にあえぎながら話しかけた。子馬のころと同じ、ブリテンの言葉で。「ようし、よし、そうだ。帰るんだ。いっしょにおいで！」オウェインは話しながら、馬のふくれた鼻に手を置いた。そうやって、低く垂《た》れたサンザシの枝《えだ》の下でピクリとも動かない男から、馬を少しずつ引き離《はな》した。

突然《とつぜん》、まるで疲《つか》れはてた子どものように、神馬は頭を垂《た》れると、波打っているオウェインの胸《むね》に鼻面《はなづら》をすりつけてきた。

後は簡単《かんたん》だった。だれかが神馬のお気に入りの雌馬《めすうま》を連れてきたので、馬はいっしょに去っていった。白馬が行ってしまったのを見届《みとど》けると、オウェインは、バディール・セドリクソンを取り巻《ま》いている一団《いちだん》のところに行った。バディールは死んでいた。どうやら、枝《えだ》で首の骨《ほね》を折ったらしい。地面に落ちたときには、もう死んでいたにちがいない。ブリニもそこにいた。バディールの死体の横にひざまずいた姿《すがた》は、もう酔《よ》っぱらってはおらず、完全にしらふだった。「おれはいつも、殺《ころ》してやるって言ってたんだ。そうだろう？　ある意味、おれが殺《ころ》したんだな」そう言って、オウェインを見上げた顔は、死人と同じくらい蒼白《そうはく》だった。

「フレイ神の馬だ。馬がこの男を殺《ころ》したんだ」だれかが言い、賛成《さんせい》するつぶやきが上がった。

だがオウェインは同意しなかった。「テイトリと同様に、おまえとおれが殺《ころ》したんだ。だが最大の原因《げんいん》は、本人にあった」

ふいにオウェインは、だれかがキツネのような声で質問《しつもん》しているのに気づいた。それに答える別の声もする。だがすべては、どこか別の場所で起きていることのように、遠くて意味のないことのように思えた。その瞬間《しゅんかん》はブリニさえしめだして、オウェインはただひとり、動かなくなった敵《てき》の死体と向き合っていた。

白い死に顔は、オウェインの目を刺《さ》した。だがオウェインの耳は、サンザシをゆらす海《うみ》風《かぜ》の音になでられ、鼻孔《びこう》は、潮《しお》のにおいと、踏《ふ》みにじられた湿地《しっち》の草の甘《あま》いにおいにくすぐられている。

オウェインはバディール・セドリクソンを憎《にく》んできた。今この男は死に、彼《かれ》が死んだおかげで、オウェインは自由になった。しかしオウェインの心にまず思い浮《う》かんだのは、ふたりを結んでいた絆《きずな》だった。絆《きずな》は、銀の子馬が生まれた晩《ばん》にいっしょに仕事をやりとげたときに生まれたものだった。

肩《かた》に手がかけられ、だれかがオウェインの上にかがみこんだ。「立て。上王のお出ましだ」オウェインはふらふらと立ち上がって、前を向いた。手を伸《の》ばしたほどの距離《きょり》に、ケント王エゼルベルフトが立っていた。上王の背後《はいご》には側近《そっきん》が控《ひか》え、となりには長身でいかめしい異国《いこく》の修道士《しゅうどうし》アウグスティヌスがいた。

エゼルベルフト王は、無言だった。王のまわりで動くものはなく、ただ王のあごひげだけが風にそよいでいる。王はうかがい知れない目をしているが、その奥《おく》に怒《いか》りがあるのを、オウェインは感じた。祖先《そせん》の信仰《しんこう》を捨《す》て、もっと役に立ちそうな信仰《しんこう》に乗り換《か》えようとしていたところではあるが、まだ完全に捨《す》て去ったわけではない。そうでなければこの場に、フレイ神の馬を連れてくる必要などあるはずはなかった。しかし同時に、上王がフレイ神への冒涜《ぼうとく》を処罰《しょばつ》するつもりがないことも、オウェインにはわかった。もちろんそうしたかったに違《ちが》いないが、ローマからの使者の印象《いんしょう》を害したくはないのだ。こちらの神がいつの日か、ウォードン神、トール神、そしてフレイ神の白馬を放逐《ほうちく》するかもしれないのだから。

上王は問いただす必要のあることはすべて明確《めいかく》に問いただし、自分の決めた範囲《はんい》内で言うべきことはすべて言った。王は最後に、古木の下の死体を一瞥《いちべつ》すると、質問《しつもん》した。「して、この男はおまえの友だったのか？」

「いいえ」オウェインは答えた。

「それならなおのこと、おまえはばか者だ。この男のために、とんでもない死に方をするところであった。それにしても、おまえは馬に対して何かの力を持っていると見えるな。怒《いか》れる神の馬をうまくあやつって鎮《しず》められる者など、前代未聞《ぜんだいみもん》だ。生きのびてそれを語れるというだけでも、ありえぬ話だ」

「子馬だったころ、あの馬を見知っておりました。神の馬もわたしを思い出したのでしょう。それ以上のことはありません」

エゼルベルフト王はうなずくと、となりでじっと見ていたローマの使者に向き直って、何かを言いはじめた。だがじれったそうに不満の声をあげると、通訳《つうやく》できる者を探《さが》した。あいにくリンドハード司教の姿《すがた》はどこにも見当たらなかった。オウェインがすばやく言った。「わたしでよろしければ、少しラテン語を覚えています。聖《せい》なる方にお伝えになりたいことを、わたしにお申しつけください」

「強大なものと結ばれたいという人間の知恵《ちえ》には、愚《おろ》かな側面があると言おうとしただけだ。もしおまえが本当にかの国の言葉ができるというなら、ローマからの客人が今、目にしたことの意味を教えてやるがいい。好奇心旺盛《こうきしんおうせい》で、なんでも質問《しつもん》する男だから」

オウェインが上王のとなりの客人の方を向くと、冷たく見下すような目が、すでにこちらを見ていた。オウェインは慎重《しんちょう》に、ラテン語を話しはじめた。「聖《せい》なる父よ……」

ところがオウェインがそれ以上話す前に、相手が喜んで話しかけてきた。「ああ、やはりそなたは話せるのだな！　一目見たときから、そなたがサクソン人でないことはわかっておった」

「わたしはブリトン人ですが、ローマの血を引いております。でもわたしのラテン語はさびついてしまいました。わたしが子どもだったころでも、ふだんは使うことはありませんでしたから。それでもわれわれの司祭は、ラテン語で礼拝《れいはい》をしておりました」

「ラテン語ができるだけでなく、信仰《しんこう》を持つ者か？」

オウェインは威圧《いあつ》する視線《しせん》を、少々挑戦《しょうしょうちょうせん》的に受けとめた。「わが祖先《そせん》の信仰《しんこう》は、ローマの方々《かたがた》が信じておいでのように、ブリテン島から完全に消滅《しょうめつ》したわけではありません」こう言ったものの、自分が小さな男の子で武装《ぶそう》した大人におもちゃの矢を放ってしまったように感じた。

アウグスティヌスはただ軽くうなずいて答えた。「では、わたしが今見たものの意味を、すべて説明しておくれ」

「上王からもそうするようにと、命じられております」オウェインは自分の考えをまとめて、できるだけ短い言葉で、アウグスティヌスの求めに応《おう》じた。その間エゼルベルフト王は、あごひげをもてあそびながら傍観《ぼうかん》していた。

バディールが長いほうの草を引いたことを話すと、修道士《しゅうどうし》はつぶれた遺体《いたい》を指さして、また口をはさんだ。「それで、この男のために選ばれた危険《きけん》が、これだったのか?」

「いいえ、彼《かれ》は自分自身でこの危険《きけん》を選んだのです。彼《かれ》はわたしと同じように、白馬が生まれたときから知っていました。この男と白馬とは強い絆《きずな》で結ばれていた……と、思います」オウェインは的確《てきかく》な言葉を探《さが》して、口ごもった。頭が重く感じられた。「彼《かれ》はこのように、運命づけられていたのではないでしょうか」

アウグスティヌスはしばし沈黙《ちんもく》し、遠くを見つめる目をした。「運命、なるほど」ようやく口を開いた。「上王は、先ほどわたしにこう話してくれた。サクソン人の祖先《そせん》は新しい牧草地を求めるときには、いつでも先に白馬を放して、先導《せんどう》させたと。そして今また白馬が、古きものから新しきものへと、彼《かれ》らを導《みちび》いている」アウグスティヌスの視線《しせん》はさっとオウェインにもどった。「ケント王エゼルベルフトに伝えてくれ。まるで北風のように、だれの手にも負えなかったフレイ神の馬がキリスト教徒を受け入れ、その前に頭を垂《た》れるのを見た。わたしはこれを神からいただいた前兆として、喜びを持って受けとめると」

若《わか》い戦士《せんし》たちは、がっくりと頭を落としたバディールを運び去った後で、再《ふた》びたき火の前にもどってきた。飲み直しを始める前に、彼《かれ》らはフレイ神に捧《ささ》げるためにと言って、蜜《みつ》酒《ざけ》を炎《ほのお》にかけた。

エイノン・ヘンの言葉どおり、王妃《おうひ》の言う大勢《おおぜい》の仲間はまだ生まれてはいなかった。

第二十三章　三人の女

古《いにしえ》の石畳《いしだたみ》の道は、森の中へと続いている。オウェインはそこで立ち止まり、ふり返って開けた土地をながめた。ぬけるような高い空の下、干拓地《かんたくち》は淡《あわ》い金色の刈《か》り株《かぶ》におおわれて、輝《かがや》きわたっている。オウェインは牧草の刈《か》り入れを手伝うために残っていたのだが、ようやく作業が終わって、出発することができた。

ブリニは、せめて最初の二、三マイルくらいはついてきて見送りたかったようだが、オウェインがそれを望まなかった。別れを長引かせたところで、何にもならない。オウェインは、小鳥や花に飾《かざ》られた少女の絵や、ドッグの墓《はか》さえ、最後にもう一度訪《おとず》れようとはしなかった。ただマントと使いこんだ古い剣《けん》と、身の回りのものをまとめた小さな荷物を持つと、家の者たちに別れを告《つ》げた――全員にと思ったが、リラだけはいよいよ出発という時になってもその場にいなかった――まるで夜にはもどってくるかのような、あっさりした別れだった。

オウェインは干拓地《かんたくち》と未開の森のあいだで足を止めたが、今この瞬間《しゅんかん》こそが、本当の別れの時かもしれない。オウェインは、風で曲がったリンゴの木々《きぎ》のかたわらに建つ、あの住みなれた家を、最後にもう一度ながめた。それから再《ふたた》び北を向いて森を抜《ぬ》け、渡《わた》し場へと向かった。これで人生の一部が終わり、過去《かこ》のものとなった。オウェインは今、未来に向かって歩いていた。

森の縁《ふち》の茂《しげ》みがカサカサと鳴ったので、オウェインはすばやくふり向いた。リラが古い石畳《いしだたみ》の道に、飛びだしてきた。黄色い髪《かみ》には小枝《こえだ》がいくつもからみついている。オウェインの心は、少しだけ重くなった。「リラじゃないか！　どうしてこんなところに？」

「あなたが……」リラは息を切らしながら答えた。「あなたが行ってしまう前に、追いつきたかったの。太陽と月があなたの道を照らしますように、って言いたかったから」それから、あわてて言った。「ううん、ちがう。わたしが言いたいのは……オウェイン、お願い、行かないで」

オウェインの心はますます重くなった。「行かなくちゃいけないんだ、リラ」

「なぜなの？　わたしたち、家族みたいなものでしょ……いつだって、いっしょだったじゃない。あなたがいなかったときがあったなんて、わたし、思い出すこともできないわ。ヘルガやブリニだって、同じよ。あなたのいない炉辺《ろへん》なんて、うちだとは思えない」

「あなたはもうじき、自分の炉辺《ろへん》を持つことになる。おれはどっちにしろ、ここの人間じゃない」

リラは一瞬黙《いっしゅんだま》りこんだ。それからもっとそばに近づくと、荷物を持っているオウェインの手に、さっと自分の手を重ねた。「それならわたしも連れてって。どこだって、かまわない。あなたが行くところなら、どこでもいいの。あなたがいっしょなら」

オウェインも黙《だま》りこんで、いっしょうけんめい訴《うった》えかけてくる小さな丸い顔を見つめた。そして、首を横に振《ふ》った。「おれには、心に決めた女がいる」

リラは、何かに刺《さ》されたかのように、手を離《はな》した。「どこで会った女《ひと》なの？　ケント王のお館《やかた》？」

「あなたの父上の奴隷《どれい》の首輪をつける前のことだ」

「ずいぶんむかしの話ね」リラは大きく目を見開き、深刻《しんこく》そうに見つめていた。「それで、その人もあなたを待ちつづけてるって、そう思ってるの？」

オウェインはやさしくリラを見下ろした。「わからない。でも、行ってみるつもりだ」

「それじゃ、もしその人が待っていなかったら……」

再《ふた》びオウェインは首を振《ふ》った。「いや、もどってはこない。今言ったように、おれはこの人間じゃない。そしてリラ……リラには、同じ年頃《としごろ》の、まじめな若者《わかもの》がふさわしいんだ。ホーンのようなね」なんて格好《かっこう》をつけた、年寄《としよ》りくさいことを言っているのだろう、とオウェインは思った。でも、もしここで、リラが笑ってくれたら、何かが違《ちが》っていたかもしれない。レジナなら、きっと笑っただろう。

でもリラは笑わなかった。ただ、気が抜《ぬ》けたような小さな声でこう言っただけだった。

「そうね、きっとあなたの言うとおりなんでしょうね。わたしも、いっしょに連れていってもらえるって、本気でそう思ったのかどうか、わからない」

「そう、おれの言うとおりなんだよ。でも、いっしょに行きたいと言ってくれて、うれしかった」オウェインは荷物をひょいと持ち上げた。「リラはもう家に帰らなきゃ。おれも、行かなくちゃいけない」

「ええ……一日が半分過《す》ぎてから出発するなんて、いいことじゃないものね。……それじゃ、オウェイン、太陽と月があなたの道を照らしますように……」

「あなたの行く手も、リラ。元気で」オウェインにはわかっていた。のちのちの思い出に、リラはキスしてもらいたがっていると。だが思い出は少ないほうが、リラとホーンのためになる。だからオウェインはリラの肩《かた》に手を置き、向きを変えるだけにした。「さあ、行くんだ。振《ふ》り向いちゃだめだ。おれも振《ふ》り返らないから」

オウェインは長いこと立ったままで、リラが帰っていくのを見ていた。リラが泣いていると思うと、ひどく辛《つら》かった。それでもまた荷物を持ちあげて、森を北へと向かった。

数週間がたった。オウェインはうす汚《よご》れ、身なりもみすぼらしくなり、過酷《かこく》な旅のせいで冬のオオカミのようにやせてしまった。今はまた別の森の縁《ふち》に着いて、ハシバミやガマズミの茂《しげ》みに立ち、開墾《かいこん》された土地を見渡《みわた》した。記憶《きおく》のとおりだ。まちがいない。ベオルンウルフに連れられていった南への長い道のりを、オウェインは細かいところまで、まざまざと覚えていた。最初のころは頭の中で、この道を逆《ぎゃく》に北に向かって何度も何度もたどってみた。そしてここ数カ月の間も、同じことを繰《く》り返していた。それが今、ここに立っている。十一年前、新しい主人の後をとぼとぼと歩き出す前に、最後に振《ふ》り返った場所だった。

しかし、旅はずいぶん時間がかかってしまった。とちゅうで狩《か》りをすることもあったし、農家に寄《よ》って一日そこで働くかわりに、食事をもらい、干し草置き場の隅《すみ》で泊《と》まらせてもらうこともあった。一度など、記憶《きおく》があいまいだったために、道をまちがえて西へ行きすぎてしまい、正しい道へもどるのに二日もかかった。もう夏は、終わりかけていた。カバノキからは黄色い葉が落ちはじめ、目の前に広がる平野では、すでに秋の畑作りが始まっていた。

ほんの短い間だが、オウェインは森の縁《ふち》に立って、それ以上前に進みたくないと思った。リラの言うとおりかもしれない、という思いが頭に浮《う》かんだのだ。たしかに十一年という年月は、長い年月だった。

やがてオウェインは肩《かた》をゆすると、荷物を持ち直して、家畜《かちく》追いの道へ入っていった。この道を行けば耕作地《こうさくち》があり、その先に農場の門がある。歩きながら、真剣《しんけん》な目であたりを見まわした。ひょっとしたらレジナが、キャベツ畑や果樹園《かじゅえん》で働いているかもしれない。オウェインが近くにいることに気づいて、出迎《でむか》えようと走ってきてくれるのではないか。そんなことを半分期待していた。レジナが現《あらわ》れてくれたら、ずいぶんむかしにここで諦《あきら》めざるをえなかった旅を、もう一度いっしょに始めることができる。でも今度は、たとえ金貨をたくさん持っていたとしても、ガリアには行かない。ガリアに行く計画は、絶望《ぜつぼう》と挫《ざ》折《せつ》、そして暗闇《くらやみ》に備《そな》えてのものだった。しかし今、事情《じじょう》は変わった。「夜明けはまだだ。だが、夜明けの風は吹《ふ》きはじめている」オウェインの頭に、ふとある考えが浮《う》かんだが、ずっと前からわかっていたような気もする。レジナを、プリスクスとプリシラのところへ連れていこう。

しかしレジナは、キャベツ畑にも果樹園《かじゅえん》にもおらず、走ってくることもなかった。もう、農場の門に着いてしまった。鎖《くさり》につながれた犬が吠《ほ》えている。女がひとり、家の戸口に姿《すがた》を現《あらわ》した。青いスカートのまわりには、子どもたちがまとわりついていた。女はきつい声で犬をしずめると、オウェインをながめた。太い腰《こし》に両手を置いたまま、オウェインが肥《こ》やしの山の横を通りすぎて近づいてくるのを待ちかまえている。ふっくら太った、きれいな女だ。ぽってりした口はピンク色で、目はスカートの色と同じくらい青く、小石のようにとがっていた。女はあいさつもなしに話しはじめた。「うちの人に用かい。それともうちの人の父親にかね。ふたりともエラの農場で、脱穀《だっこく》を手伝ってるけど」

「この家と、この家の奥様《おくさま》に幸運が訪《おとず》れますよう」オウェインが切り出した。「おたくのご主人やお父上に用があるわけではありません。女の子をさがしに来たんです……レジナという名前ですが、こちらにいるでしょうか？」

女は一瞬《いっしゅん》、オウェインをじっと見つめた。それからオウェインの顔を見つめたまま、笑った。「レジナって名の女の子だって？　いやだねえ、彼女《かのじょ》はあたしよりいくつも年上だったのに」

「年上だった？」オウェインは突然《とつぜん》、体の芯《しん》が冷たくなり、呼吸《こきゅう》が苦しくなった。「彼女《かのじょ》は……もうこちらにはいないのですか？」

「もういないよ。ほんの一カ月ほど前まではいたんだけどね。でも、逃《に》げ出したのさ」

オウェインを凍《こお》りつかせたものは和《やわ》らいだが、吐《は》き気が残った。「なぜですか？」オウェインはたずねた。

女は考えこみながら、きつい目でオウェインをながめた。「それで、あんたは何者だい？　レジナに何の用があるんだい？　この辺じゃ見かけない顔だね」

「遠くから来ました」オウェインは疲労感《ひろうかん》に襲《おそ》われながらも答えた。「今まで、もどってくることができませんでした。レジナをここに置いていったのは、このおれです」

女は目を見開いた。そして笑いともあざけりともつかないふうに、フンと鼻をならした。「なるほどね！　その話なら、聞いたことがあるよ！　彼女《かのじょ》は、あんたがいつか来てくれるって、ずっと思ってたからね」

「どうして……あの人は逃《に》げだしたんですか、奥様《おくさま》？」オウェインはもう一度たずねた。

女はオウェインを見て、ちょっとの間黙《だま》っていた。子どもたちは女のスカートのまわりで、興味《きょうみ》いっぱいの目をキラキラさせて、こちらを見ている。女はどうやら雌《め》ギツネのようにあれこれ頭をめぐらせて、心を決めたようだった。「教えてやるよ。うちの人の母親が、あの子によくしてやってたんだよ。だから母が生きていた間は、よかったんだ。でも母は、牧草の刈《か》り入れのころに死んじまってね。そうしたらうちの人が、レジナを自分の女にしようとしたのさ。どうしてかなんて、大地の女神様《めがみさま》だってわかるもんか。だってレジナときたら、イバラの茎《くき》みたいに細くてぎすぎすしてるし、そのうえ、もう若《わか》くもなかったんだから」

オウェインは、雄《おす》の子牛のように凛々《りり》しかった少年のことを思い出した。レジナが意識《いしき》を失って火のそばに寝《ね》かされていたとき、前へ出てレジナをじっと見ていた、あの少年だ。

「それで、レジナは逃《に》げたんですか」オウェインが言った。

「そう。わたしが手伝ってやったんだよ。もし彼女《かのじょ》のほうでも、うちの人の女になりたがってたんなら、毒《どく》を飲ましてやったとこだけどね」女の勝ち気な目を見て、オウェインはこの話は本当だと思った。「でも実際《じっさい》は、マントと食べ物とナイフを持たしてやったんだ。レジナが逃《に》げてから三日間、うちの人には、彼女《かのじょ》は具合が悪くて女の家で寝《ね》てるって、うそをついてやったよ。おかげでわたしはなぐられたけど、別にどうってことないね」

オウェインはそのあたりの話は、もう聞いていなかった。「それで、どこへ？」どっと質問《しつもん》した。「どこへ行ったんですか？　何をしてるんです？　彼女《かのじょ》には、頼《たよ》れる人なんていない……」

女は肩《かた》をすくめた。「ただ出て行くとだけ言って、北へ向かったよ。それ以上は、知らないね」

「でも、これからどうするつもりか、何も言っていなかったんですか？　おれが来ると思っていたなら、なぜ伝言を残していないんでしょうか？」

「どうしようかなんて、自分でもわからなかったんだろうよ。それとも、あたしには教えたくなかったのかもしれない。うちの人が、力ずくで聞きだすかもしれないからさ。それが理由なら、そんな心配いらなかったんだけどね」

オウェインは立ちつくし、女を見つめながら、はたしてこの女は本当のことを言っているだろうかと考えた。しかしオウェインを見つめる勝ち気な瞳《ひとみ》には、何かを隠《かく》しているようすは見当たらなかった。女がうそをつかなければならない理由もなかった。オウェインはゆっくりと身を起こすと、荷物を手に取った。「そういうことなら、おれはもう行きます」

女はまた肩《かた》をすくめた。「どうぞご勝手に。出発の前に、ミルクでも一杯《いっぱい》飲んでいくかい？」

「いや、こちらのお宅《たく》では遠慮《えんりょ》します。以前おいでだった大奥様《おおおくさま》が、もういらっしゃらないようですから」オウェインはそう言って向きを変え、ふらふらと歩きはじめた。

オウェインは門を出ると、一瞬《いっしゅん》立ち止まった。それから川にそって、北西へと歩きだした。どこへ行くのか、はっきりとした考えがあったわけではなく、とにかくこの農場を離《はな》れたい一心《いっしん》だった。農場を出さえすれば、考えもまとまるだろう。頭がしびれたようになっていたので、この地にもうひとつ残していったものがあることなど忘《わす》れていた。だが森の縁《ふち》の茂《しげ》みに着いたとき、不意に思い出した。父の指輪だ。

記憶《きおく》していたとおりの場所に、あの大きなサンザシの木があった。森の中にひときわ高々《たかだか》とそびえている。てっぺんの枝《えだ》が、空をおおわんばかりに誇《ほこ》らしげに広がっていた。あのころすでに古木だった木にとって、ふもとに指輪を埋《う》めてからの年月など、何ということもないのだろう。昔とまったく変わらない姿《すがた》を見せていた。ただ葉だけは、前には初夏の緑色だったものが、今は黄色く色づいていて、赤い実も見える。ここだ。オウェインは、幹《みき》からねじれた根っこが突《つ》きでているところを見つけて、しゃがみこんだ。ベルトからナイフを取り出すと、苔《こけ》や腐葉土《ふようど》を掘《ほ》り始めた。すぐに、ナイフの先が何かに当たった。だがそれはぼろ布《ぬの》に包んだ指輪の感触《かんしょく》とは違《ちが》い、何か石のようなもので、刃先《はさき》がガリッとあたった。ただ、石が埋《う》まっているだけのようだ。だがここに指輪を埋《う》めたときに、石にぶつかったという記憶《きおく》はない。まわりを必死で探《さぐ》ってみたが、指輪の痕跡《こんせき》はなかった。

オウェインはそばの苔《こけ》の上にナイフを放り投げると、掘《ほ》った穴《あな》に手を入れ、湿《しめ》ってぼろぼろと崩《くず》れる土を指で探《さぐ》った。何かグニャリと冷たい、足が何本もあるものが、親指の下で身をよじって逃《に》げていった。しかし、指輪らしいものはどこにもない……指輪があったはずの場所には、石があるだけだった。丸くて、すべすべした石だ。突然《とつぜん》オウェインの胸《むね》が高鳴った。石にしては、なめらかすぎる。何だかわからないが、これは人工のものだ。

オウェインはそれを指で掘《ほ》り起こして、取り出した。それは、女たちが軟膏《なんこう》の類《たぐい》を入れるような、陶製《とうせい》の小さな壺《つぼ》だった。狭《せま》い口の部分は、川べりの粘土質《ねんどしつ》の土で封印《ふういん》されていた。オウェインは胸《むね》をドキドキさせてナイフを拾うと、その壺《つぼ》を柄《つか》で叩《たた》いた。壺《つぼ》はオウェインの手の中で割《わ》れて、茶色い花びらのように、ばらばらになった。そのまん中には、ミヤマガラスの羽のように黒々《くろぐろ》とした、ひとふさの髪《かみ》の毛があった。くるくると丸めて、赤い糸でしばった髪《かみ》の毛が。

やはり、やはりレジナは、オウェインに伝言を残してくれていた。字を書くことができないレジナにとって、これが考えられるいちばん良い方法だったのだろう。オウェインは陶器《とうき》のかけらをまた穴《あな》に押《お》しこみ、土をもどして平らにした。そうしながらレジナがオウェインに伝えようとしたことを、必死で読み解《と》こうとした。まずレジナは、オウェインの父の指輪を掘《ほ》り起こし、それから自分の髪《かみ》をひとふさ、同じ場所に埋《う》めた。もしオウェインがここに指輪を探《さが》しにきたなら、それを持っていったのがレジナだと、わかるように(レジナは目を開けていたあの短い間に、オウェインがこのサンザシの根の間で何をしていたか、ちゃんと見て、わかっていたようだ)。これはつまり、レジナがオウェインに見つけてもらいたがっているということだ。それなら、オウェインが知っている場所へと向かったはずだ。オウェインを探《さが》しに行こうとはしないだろう。この広い南ブリテンのどこを探《さが》せばいいか、レジナにはわからないのだから。ひょっとしたら、プリスクスとプリシラのところだろうか? オウェインはとっぴなことを思った。だが、あのふたりのことは、まだレジナに話していない……オウェインもレジナも、過《す》ぎ去ったことについては多くを話さなかった。その日その日を生きぬくだけで、精一杯《せいいっぱい》だったのだ。そのとき茂《しげ》みから、突然《とつぜん》一羽のカケスが飛びたった。翼《つばさ》が光を受けて、青く輝《かがや》いている。このとき、オウェインは悟《さと》った。そうだ、レジナは、ふるさとのウィロコニウムへ帰ったにちがいない。

オウェインは崩《くず》した土の上に、苔《こけ》をかぶせて平らにすると、ナイフをベルトにしまった。それから赤い糸をほどくと、長い黒髪《くろかみ》を、自分の手首にぐるぐると巻《ま》きつけた。こうすれば、なくさずにすむだろう。オウェインは立ち上がると、すっかりぼろになった荷物を拾って、レジナを追ってウィロコニウムへと向かった。

遠い過去《かこ》にふたりが歩いた道を、わざわざたどるようなことはしなかった。まっすぐに北西に向かって、ただただ道を急いだ。やがて、国境《くにざかい》にそった二車線の広い街道《かいどう》にぶつかった。この道は、これまでに二度通ったことがある。おかげでもう迷《まよ》う心配はなくなったが、それでもやはり、過酷《かこく》な旅であることに変わりはなかった。オウェインはレジナが心配で、胸《むね》がきりきりと苛《さいな》まれた。城壁《じょうへき》の外の世界をあれほど怖《こわ》がっていたのだ。それに、遠くまで道をたどれたとしても、ウィロコニウムのあの廃墟《はいきょ》にたったひとりでどうしているのだろうか。十一年間も屋根の下で暮《く》らしてきたレジナが、荒野《こうや》で自分の身を守ることなどできるだろうか。食べる物を手に入れようと狩《か》りをするたびに、もっと速く進めないことがオウェインをいらだたせた。そのうちに狩《か》りのために立ち止まるよりも、飢《う》えているほうがましだと思うようになった。そこいらのクロイチゴだけを片手《かたて》でむしって口に入れると、先へと進み続けた。この西の地は、遠く東の土地のように昔から人々《ひとびと》が住みついているところとは違《ちが》い、未開の荒野《こうや》が広がるばかりだった。これからどんな盟約《めいやく》が結ばれるかわからないが、未《いま》だ国境《くにざかい》の地であることはまちがいない。あるときオウェインは、遠くのほうで農場が燃《も》えている煙《けむり》を見た。その火はサクソン人がつけたものか、それともブリトン人なのか、オウェインには知るよしもなかった。

しかし、ついにその日はやってきた。まだ秋のある日、日が傾《かたむ》くなかを、オウェインは疲《つか》れた体を押《お》して、ウィロコニウムの南門へとまっすぐに続く道を足早に歩いていた。黄色いポプラの葉が、舞《ま》い散っている。古い墓地《ぼち》の墓石《ぼせき》は野バラやニワトコがからみつき、すっかり埋《う》もれていた。そのうえイバラがツルを伸《の》ばして、道まですっぽり覆《おお》っている。

百年というもの、だれひとりこの道を通ってはいないように見えた。そう思うと、オウェインの心は少し沈《しず》んだ。ばかなことを考えるな、オウェインは自分に言い聞かせた。

少女がひとり通ったくらいでは、道ができるはずはない……子どものころ聞いたお話に出てくるお姫《ひめ》さまなら、足あとに小さな三つ葉のクローバーが生えるだろうが。オウェインは円形劇場《げきじょう》の芝土《しばつち》の壁《かべ》を通り過《す》ぎ、崩《くず》れかけたアーチ形の門までやってきた。そして門をくぐり抜《ぬ》けて、町の中へと入っていった。

ウィロコニウムはひっそりと、やさしい荒廃《こうはい》に抱《いだ》かれていた。緑の潮《しお》がゆっくり満ちるように……まるで神のあわれみのようだと、あたりをながめてオウェインは思った。……悲しみや傷《きず》がおおわれていく。キンダイラン王が亡《な》くなったあの年は、彼《かれ》の都ウィロコニウムはまだ廃墟《はいきょ》となったばかりで、傷跡《きずあと》が生々《なまなま》しかった。しかし今、見捨《みす》てられた通りは、緑におおわれた道となった。どこを見ても、ヤナギランの綿毛《わたげ》が飛んでおり、柔《やわ》らかな灰《はい》色《いろ》に煙《けむ》っている。そして、あのころ影《かげ》を落としていた恐怖《きょうふ》の色が消えていた。こうして自然に還《かえ》っていくなら、金貨の入った袋《ふくろ》を持ったあの老人も、静かに眠《ねむ》ることだろう。むかしイバラの中に倒《たお》れた墓標《ぼひょう》に名が刻《きざ》まれていた、あの第十四軍団《ぐんだん》の旗手のように。オウェインはそんなことを思っていた。

そのままひたすら歩きつづけた。耳をすまし目をこらしながら、町の中心にある金髪《きんぱつ》のキンダイランの館《やかた》をめざして進んだ。そのうち喉《のど》が渇《かわ》いてきたので、道をそれて壁《かべ》のすきまへ向かい、昔見つけた近道を岩屋の方へと進んだ。あそこなら、かつてのように水がわいているかもしれない。かつて来たときには、キンダイランの館《やかた》の庭は荒《あ》れてはいたものの、花が咲《さ》き乱《みだ》れていた。それが今は、サンザシやニワトコや野バラが伸《の》び放題に伸《の》びて、厚《あつ》くからまっている。あまりにも茂《しげ》みが深いので、しょっちゅう迂回《うかい》したり、茂《しげ》みの中をくぐったり、茂《しげ》みと茂《しげ》みの間をすり抜《ぬ》けたりしなくてはならなかった。

オウェインが茂《しげ》みの下をくぐり抜《ぬ》けようとしたとき、ニワトコの実をついばんでいたツグミが警告《けいこく》の一声を残して、飛んでいった。でもどこか先のほうでは、コマドリが何を気にすることもなく、のんきに歌っている。そしてやはり前方から、水が流れる音が聞こえてきた。からまった茂《しげ》みを回りこむと、井戸《いど》の穴《あな》の縁《ふち》に出た。足元には階段《かいだん》が三段《だん》あるが、記憶《きおく》より苔《こけ》むしていた。階段《かいだん》を降《お》りると、ハシバミが大きく枝《えだ》をはった下に、めざす岩屋があった。青銅《せいどう》のライオンの口からは今も水がしたたって、下の水盤《すいばん》や、その下のシダの上へと流れている。そして、そこに女が立っていた。水を入れた壺《つぼ》を持ったまま、オウェインが来る音の方へと、期待に満ちた顔を向けている。

背《せ》が高く、ひどくやせていて、茶色のぼろぼろのスカートをまとっている。結《ゆ》い上げた豊《ゆた》かな黒髪《くろかみ》の下に、ほっそりした浅黒い顔があった。オウェインを見上げている瞳《ひとみ》は、濃《こ》いまつ毛にふちどられて、雨のようにけぶっている。女の足元には鳥が群がっていたが、オウェインの足音に驚《おどろ》いたらしい。いっせいに、ハシバミの木の上へと飛び立ってしまった。おかげでその人の頭の上の枝《えだ》は、小鳥のはばたきでゆれていた。

「レジナ」オウェインが口を開いた。

女はにこりともしなければ、壺《つぼ》を下に置くこともしなかった。「オウェイン」女が言った。「あなたなら、いつか必ず来てくれるって、わかってた」それが、すべてだった。

オウェインは三段《だん》の階段《かいだん》を降《お》りて岩屋に入り、レジナの手から壺《つぼ》を受けとると、下に置いた。レジナの手は、流れる水にさらしていたのかと思うほど、冷たかった。「来られるようになったとたんに、とんできたんだ」オウェインが言った。「きみの残してくれたものを見つけたとたんに、追いかけてきた」

「わかってくれると思ってた。どうしてもあそこに指輪を残してくるわけにはいかなかった。いつかあの土地がすっかり開墾《かいこん》されて、指輪が見つかってしまうといけないから。でもあたしの髪《かみ》の毛を置いておけば、指輪を持っていったのはあたしだと、あなたにわかると思ったの。あなたなら、あたしの行き先を当てて、そうして追いかけてきてくれるだろうって」話しながら、レジナは両手を自分の首元に持っていった。首から服の中に、赤い糸で何かがぶら下がっている。それを引っぱりだすと、糸をかみ切って、オウェインに渡《わた》した。「見て……あなたのお父さんの指輪よ」

オウェインは黙《だま》ったまま、指輪を受けとった。指輪は見なくとも、なつかしい感触《かんしょく》でそれとわかった。指にはめてみると、今はぴったりと収《おさ》まった。まるで自分のためにあつらえたようだ。オウェインはその間ずっと、レジナから目を離《はな》さなかった。「イバラの茎《くき》みたいに細くてぎすぎすしてるし、そのうえ、もう若《わか》くもない」目の前のこの女性《じょせい》と、オウェインが何とかしてもう一度見つけ出したいと願っていた、記憶《きおく》の中のあの少女とを、結びつけようとしていた。

レジナは、オウェインのすぐ後ろに何かを見つけようとでもするように、視線《しせん》を下げた。そして、不意にたずねた。「ドッグはどこ?」

「レジナ……あれから十一年だよ」

沈黙《らんもく》が訪《おとず》れ、頭上の鳥の羽音やさえずりが聞こえた。やがて、レジナが口を開いた。

「忘《わず》れてた……あなたは変わったけれど、あたしも同じくらい変わった?」

オウェインはうなずいた。「もう一度最初から、おたがいに知り合わないといけないみたいだ」

「そんなの、ちっとも大変じゃないわ」レジナは、まるで子どもをなぐさめるように、柔《やわ》らかな口調で言った。「あなたがどれほど変わっても、あたしはやっぱりあなたがわかったと思う。たとえあなたのことを待ちつづけていなかったとしてもね。そしてあたしは昔のまま、ここにいる」

小さな岩屋の中には、光がもう届《とど》かなくなっていた。「おそくなったわ」レジナが言った。「いっしょに家に帰って、夕飯にしましょう……あなたがくれた火打石ね、あれで何度も何度も火を起こしたの。その火のおかげで、あたしは暖《あたた》まることができた。ありがとう、オウェイン」レジナは、自分で気づかないうちに、すばやく小さなため息をついていた。「今夜、オリーブの青い火を焚《た》きたかったな……でも、しかたがない。普通《ふつう》の薪《まき》だって、料理はできるから」

「おれの荷物の中に、ウサギが入ってるよ。きのう、つかまえたんだ」オウェインが言った。

「あたしは、卵《たまご》を二個《こ》持ってる。きのうの分を取っておいたの……まるで、あなたがきょう来るって、わかってたみたい」

「卵《たまご》って？　どうやって二個《こ》も手に入れたの？　レジナ、今までずっと、どうやって食べ物を手に入れていたの？」

「ちゃんとやってたわ。わなの仕掛《しか》け方は、あなたが教えてくれたの、覚えてる？　それに秋だから、食べ物にはあまり困《こま》らなかった。それから、卵《たまご》はね……」そのときまでレジナは静かな表情《ひょうじょう》をしていたが、突然《とつぜん》、うれしそうに顔をきらきらと輝《かが》やかせた。「ウィロコン山の向こうの森に、奥《おく》まった小さな村があるの。そこのメンドリは、しょっちゅうキツネにやられてる。だから茶色いメンドリが一羽いなくなったくらい、気づきやしないでしょ」

オウェインはレジナを一瞬《いっしゅん》見つめた。それから喉《のど》をそらせて、うれしそうに声をあげて笑った。「そう、そのとおりだ！　そのとおりだよ！　ああ、レジナ、やっぱりむかしのまんまのレジナだ！」

オウェインはかがんで、壺《つぼ》を持とうとした。水面に、ハシバミの葉が三枚浮《まいう》いている。でもレジナのほうが早かった。「これはいいから、自分の荷物を持って……それにね、これを持つには、コツがいるの。ほら、ここにひび割《わ》れがあるでしょ。こっちに傾《かたむ》けると、水がもれてくるの。それでも、これ、あたしが見つけたいちばんいい壺《つぼ》なのよ」

レジナは空いているほうの手で、オウェインと手をつないだ。ふたりはいっしょに階段《かいだん》を三段《だん》上り、むかしよくしたように角を曲がって、キンダイランの館《やかた》のいちばん奥《おく》をめざした。

「屋根が落っこちちゃったの」レジナが言った。「あたし、あのすみっこに、イバラや草を使って屋根を作ったのよ。あんまりしっかりした造《つく》りじゃないけど、オウェインなら、雨が入ってこないようにできるんじゃないかな」

「雨が入ってこないようにできるよ」オウェインは少しためらったが、歩きながらレジナのほうを見た。「でも、そんなに長くここにいるわけじゃない。二、三日うちに、いっしょにまた旅に出よう。冬が来て、道が閉《と》ざされる前にね」

「あたしたち、やっぱりガリアに行くの？」少したってから、レジナがためらいながらたずねた。

「いや、あの計画は、暗い時代のものだったんだ。今はもう、夜明けの風が吹《ふ》きはじめた」オウェインは少し顔を傾《かたむ》けた。歩きながらその風を、顔に感じているかのように。それからレジナの手をにぎった手に、力をこめた。「南東に進んで、丘陵《きゅうりょう》地帯に行こう。そこに、年寄《としよ》りの夫婦《ふうふ》がいるんだ。そのふたりのことは、話したことがなかったけれど、むかし、おれはふたりにとても親切にしてもらった。もしまだふたりがそこに住んでいたら、おれといっしょにいるレジナのことを、きっと歓迎《かんげい》してくれるよ。そしてきみを知るようになれば、きみ自身を喜んで迎《むか》えてくれるだろう」

「もしそのふたりがもうそこにいなかったら？」

「そうしたら、芝土《しばつち》屋根の小屋を建てて、炉《ろ》に火を入れよう。それから、丘《おか》の斜面《しゃめん》の土地を干拓《かんたく》するんだ。小さな茶色いメンドリといっしょに飼《か》うように、羊を見つけてこよう」

オウェインが言った。

訳者あとがき

『夜明けの風』は、英国が誇《ほこ》る歴史作家ローズマリー・サトクリフの、堂々とした代表作のひとつである。カーネギー賞を受賞した『ともしびをかかげて』に続いて一九六一年に書かれ、前作の続編となっている。『ともしびをかかげて』は、衰退《すいたい》したローマ帝国《ていこく》がブリタニア駐在《ちゅうざい》の軍団を引き上げるところから話が始まるが、本書はそれから百年以上後の六世紀後半を舞台《ぶたい》としている。主人公オウェインは前作の主人公アクイラの子孫で、イルカの紋章《もんしょう》つきの指輪を引き継《つ》いでいる。ローマン・ブリテン・シリーズを象徴《しょうちょう》するこの指輪は、本書でも重要な役割《やくわり》を担《にな》っている。

本書はローマン・ブリテンの終焉《しゅうえん》を描《えが》いているが、同時に、ケルト民族の滅亡《めつぼう》（とその先の希望）を描《えが》いた作品でもある。ブリトン人（ブリテンに住む人々という意味で、ローマ文明を受けいれた複数のケルト部族の総称《そうしょう》）は、ローマ軍団が去って百年以上たったこの作品の時点では、ローマ化の衣を脱《ぬ》ぎ捨《す》てて、以前のケルト的特性にかなりもどっているからだ。そのためアクイラに比べると、オウェインはケルトの色が濃《こ》い。サトクリフは時代が大きくうねり、ある民族が滅亡《めつぼう》に瀕《ひん》したときを描《えが》くと、その筆が実にいきいきとするのだが、本書でも魅力《みりょく》は遺憾《いかん》なく発揮《はっき》されている。

背景《はいけい》となっている歴史の流れを簡単《かんたん》に見てみよう。ローマ軍団が去った後のブリテン島は、押《お》しよせて来る侵入者《しんにゅうしゃ》に自力で立ち向かわなければならなくなった。この島に侵入《しんにゅう》してきたのはアングル族、サクソン族、ジュート族などだが、彼《かれ》らは現在のドイツ北部からデンマークにかけて居住していたゲルマン民族である。以前から「海のオオカミ」としてローマ領ブリタニアの沿岸《えんがん》を略奪《りゃくだつ》していたのだが、五世紀後半からは、不毛の土地を捨《す》てて、大挙してブリタニアに移動してきた（彼《かれ》らこそ、現在のイギリス人――イングランド人――の先祖にあたる）。

サクソン族らの侵略《しんりゃく》は、特に移動の初期には徹底《てってい》しており、先住民族を支配したのではなく、抹殺《まっさつ》したと言われている。彼らはローマ風の都市を破壊《はかい》し村々《むらむら》を焼き払《はら》って、その後に自分たちの農地を開拓《かいたく》した。ブリトン人から見ると「野蛮人《やばんじん》」ではあるが、勇敢《ゆうかん》で独立心の強い人々《ひとびと》であり、小王国が分立していたので、この時代は七王国時代と言われている。オウェインの住んでいた南《サ》サ《セ》ク《ッ》ソ《ク》ン《ス》王国も、この小王国のひとつである。ちなみにキンダイラン王、ケント王エゼルベルフト、その妃《きさき》ベルタなど、すべて歴史上の人物であり、後のカンタベリー初代大司教アウグスティヌスのブリテン島到着《とうちゃく》（五九七年）は、もちろん歴史的な出来事である。

ブリテン側は六世紀前半には、アーサー王のモデルともいわれるアルトス王が現れ、一時勢力を挽回するが、歴史の流れを変えることはできなかった。結局オウェインの参加した戦が最後の大がかりな戦で、これ以降殺されなかった者は奴隷となるか、大陸に逃れるか、辺境の地で生きのびるか以外には、選択肢《せんたくし》はなかった。

主人公の少年オウェインは、最終戦のただひとりの生き残りという過酷《かこく》な運命を生きる。それでも親切な人に巡《めぐ》り会い、おだやかに生きられそうなチャンスが来るのだが、自分だけが平和に生きること――「敗残者の平和」――を自分に許すことができない。自分の全世界が壊滅《かいめつ》するのを見てしまった少年の衝撃《しょうげき》は、あまりに深かったのだろう。少年は自分でもよくわからない理由で、無謀《むぼう》にも先に進もうとする。ある意味で空虚《くうきょ》になってしまったオウェインは、その空虚《くうきょ》を埋《う》め合わせようとでもするように、様々な重荷を引き受けていく。この「引き受けて」しまうオウェインの生き方を訳《やく》しているあいだに、私《わたし》は何回か、こういう人を知っているという気がした。状況《じょうきょう》も方法もまったく違《ちが》うけれど、困難《こんなん》な戦いを誇《ほこ》りと無謀《むぼう》さを持って引き受け、そして忍耐《にんたい》深く継続《けいぞく》している人々《ひとびと》は、私《わたし》の周りにも確かに存在する。そんな人たちにこの本が「いい風」を送ってくれるといいと、いささか勝手に願っている。

サトクリフはケルト人を主人公とする作品を多く書いているため、生前「ケルトの血が流れているのですか」と聞かれることが多かったようだ。それに対して、「残念ながら私《わたし》が知っている限りでは、まったくのアングロ・サクソンです」と答えている。サトクリフにとっては「民族の血」が大切なのではなく、民族が融合《ゆうごう》し、新しい生き方が生まれること。そして連綿と続いていく歴史のなかで、変わらないもののほうが大切だったのだろう。

サトクリフの作品はいつも叙事詩《じょじし》のようだと感じるが、この『夜明けの風』も、歴史の表舞台《おもてぶたい》に出ることのない無名の人間を描《えが》きながら、偉大《いだい》な魂《たましい》の叙事詩《じょじし》となっている。

最後に、協力なアシスタントを務めてくれた竹内美紀さん、山本紗耶さん、ありがとうございました。ほるぷ出版の松井英夫さんの激励《げきれい》と忍耐《にんたい》のおかげで、今回も最後までたどり着くことができました。心からの感謝を捧《ささ》げます。

灰島かり

本書は二〇〇四年刊『夜明けの風』の新版です。

ローズマリー・サトクリフ（1920-92）
Rosemary Sutcliff

イギリスの児童文学者、小説家。幼いときの病がもとで歩行が不自由になる。自らの運命と向きあいながら、数多くの作品を書いた。『第九軍団のワシ』『銀の枝』『ともしびをかかげて』（59年カーネギー賞受賞）（以上、岩波書店）のローマン・ブリテン三部作で、歴史小説家としての地位を確立。数多くの長編、ラジオの脚本、イギリスの伝説の再話、自伝などがある。

灰島かり

子どもの本の作家、翻訳家、研究者。英国のローハンプトン大学院で児童文学を学ぶ。著書に『絵本を深く読む』（玉川大学出版部）、訳書に『ケルトの白馬』『ケルト神話　炎の戦士クーフリン』『ケルトとローマの息子』（ほるぷ出版）、『猫語の教科書』『猫語のノート』（筑摩書房）などがある。

サトクリフ・コレクション
夜明けの風［新版］

2004年 7月15日　初版第1刷発行
2020年 3月20日　新版第1刷発行

著者　ローズマリー・サトクリフ
訳者　灰島かり
発行者　中村宏平
発行所　株式会社ほるぷ出版
〒101-0051　東京都千代田区神田神保町3-2-6
TEL. 03-6261-6691　FAX. 03-6261-6692
https://www.holp-pub.co.jp/
印刷・製本　中央精版印刷株式会社

NDC933　448P　188×128mm
ISBN978-4-593-10161-0